W0316741

Rabenblut drängt

Nikola Hotel wurde 1978 als jüngste von zwei Töchtern geboren und wuchs in Bonn auf. In ihrer Jugend streifte sie viel durch den Wald, staute Bäche, eroberte Dachsbauten und flüchtete vor Wildschweinen. Bereits als Schülerin begann Nikola Hotel zu schreiben. Heute lebt sie mit ihrem Mann und drei Söhnen in Hennef. Neben dem Schreiben gehört ihre ganze Leidenschaft der Musik von Rachmaninov.

Nikola Hotel

RABENBLUT DRÄNGT

Roman

1. Auflage 2012
Dieser Titel ist auch als E-Book erschienen.
Vollständige Taschenbuchausgabe

Heckenweg 11
53773 Hennef

Umschlaggestaltung: Talysa Design & Art
www.wortschmid.ch/talysa-design-art/
Titelfotos: Prag © Shutterstock/mumblegrumble
Rabe © stockmichelle
Textur © Ruth West
Innengrafiken: Raben © Shutterstock/Vladimir Ceresnak/
abrakadabra/Ilya D. Gridnev
Lektorat: WortSchmid
Korrektorat: Mag. Gudrun Hopf
http://gudrun.hopf.at.tf

ISBN 978-1-4776-3559-9

www.nikolahotel.com

Für Arndt

»If men had wings and bore black feathers,
few of them would be clever enough to be crows.«

Henry Ward Beecher

Prolog

Meine Augen schlossen sich gegen meinen Willen. Speichel sammelte sich und lief mir den Mundwinkel hinunter. Alles war schärfer, die Düfte klangen nach Musik, die Geräusche um mich herum tanzten. Ich hatte jegliche Kontrolle über meinen Körper verloren.

Ich atmete nicht mehr.

Ihre Lippen berührten meinen Mund, und meine Seele öffnete sich wie die Staubflügel eines Nachtfalters: Gleich würde sie davonfliegen.

Ich hätte so gerne gelächelt, um sie zu trösten, aber meine Muskeln gehorchten nicht.

Ich sterbe.

Dieser Gedanke quälte mich nicht, weil sich eine Gewissheit in mir ausbreitete, die alles andere verdrängte, mich auf wispernden Winden bettete, zart, liebkosend.

Ich wusste: *Ich sterbe als glücklicher Mann.*

Schaumzähne

Mein Gefieder sträubte sich, und mein Herz schlug schneller. Der Wolf war unser Freund, und ich vertraute ihm. Aber trotz dieses Wissens hob und senkte sich meine Brust in immer kürzeren Abständen.

Ich lockerte meinen Griff um den Zweig und trat vorsichtig einige Schritte die Astgabel entlang. Zwischen den Baumwipfeln spannte sich der Nebel wie dickes Tuch. Tief sog ich die kühle Luft der Morgendämmerung ein.

Ich lauschte nicht nur auf die Geräusche des anbrechenden Tages; horchte nicht allein, sondern erfühlte mit meinem ganzen Sein jede kleinste Regung auf der Lichtung vor mir: das Knistern des Laubes, das Flüstern des Windes, wenn er sich am Widerstand eines anderen Lebewesens brach.

Und es gab wahrlich genug Geräusche. Dieser Herbst war ein Jahrmarkt. Ein buntes Karussell wispernder Stimmen und trippelnder Pfoten. In vielen Fällen brachte dieser Lärm das Überraschungsmoment auf unsere Seite. Aber genauso konnte er alles verderben, bei einem einzigen unbedachten Schritt.

Im Moment war der Morgen noch still. Doch die Dunkelheit täuschte mich nicht darüber hinweg, dass bald die ersten Sänger den Tag begrüßen würden.

Ein lautes »*Kroak*« ließ mich zusammenfahren und brachte meinen Zweig zum Wippen. Sofort suchte ich alle Seiten ab.

»*Chii!*« Ein langer Schrei floh über die Baumwipfel. Ich zwinkerte erleichtert – das war unverkennbar Pavels Stimme. Ein Flattern, ein leichtes Schwirren im halbkahlen Blätterdach, und ich lokalisierte ihn wenige Ruderschläge entfernt.

Ruckartig schlug ich meine Flügel nach hinten und startete senkrecht in die Luft. Einige kurze Aufschläge, und ich gewann so viel an Höhe, dass der Zweig, auf dem ich eben noch gesessen hatte, mit der Masse der Bäume unter mir verschmolz. Ich glitt direkt neben Pavel auf den höchsten Ast einer Roteiche. Zur Begrüßung stupste er mich mit seinem Schnabel an.

»Eulengleich, lieber Alexej! Nahezu eulengleich!«, neckte er mich.

Doch ich war nicht in der Stimmung zu scherzen. »Wo sind die anderen?«

Pavel zupfte seine Brustfedern zurecht. »Darius und Laszlo treffen die Jungs unweit der Weide, bei der wir letztes Frühjahr Teile dieser Hirschkuh versteckt haben. Erinnerst du dich?«

»Natürlich.«

»Sie haben sich mit dem Staubgrauen abgesprochen. Raban bleibt bei ihm und warnt uns, wenn der Angriff startet.«

Ich nickte. Raban würde den Wolf keine Sekunde aus den Augen lassen, denn wir kannten diesen Jäger noch nicht lange genug.

Der Staubgraue war ein mittelgroßer Einzelgänger. Es war ungewöhnlich, dass ein Wolf allein jagte, aber er war ein Pionier in dieser Gegend, auf der Suche nach einem Weibchen, mit dem er sein eigenes Rudel gründen konnte. Seine Wanderung hatte ihn über das Riesengebirge bis hierher nach Böhmen geführt. Er war hungrig.

Und jetzt würde er unser Dosenöffner sein.

Tagelang hatten wir die Strecke beobachtet, die der Wanderhirte mit seinen Schafen zurücklegte, einer großen Herde mit mindestens hundertzwanzig Muttertieren. Es waren Schwarzköpfe. Große, breitschultrige Schwarzköpfe mit dichtem, fettigem Fell, das es unseren Schnäbeln unmöglich machen würde, die zarte Haut darunter zu durchdringen.

Deshalb würde der Staubgraue es für uns aufbeißen. Er würde sich satt fressen und weiterziehen, und wir wären in den nächsten Stunden damit beschäftigt, die Beute in sicheren Verstecken unterzubringen.

Die Vorfreude ließ mich erbeben. Und doch: Da war dieses Gefühl der Gefahr. Ein Flattern in meinen Eingeweiden wie das hysterische Surren eines Hummelschwebers oder das Gefühl auf zwei Beinen zu gehen, ohne den Schutz meiner Flügel, die mich jederzeit in luftige Höhen retten konnten. Aber diese Erinnerung scheute ich.

Sollte ich Pavel von meinen Befürchtungen erzählen?

Ich überlegte nicht lang: Pavel kannte nur jugendlichen Leichtsinn. Er würde mich aufziehen und meine Vorsicht als Angst verspotten. Und Angst war ein menschliches Gefühl, viel zu menschlich für meinen Geschmack.

»Was ist mit den Hütehunden?«, fragte ich stattdessen. »Was haben die Jungs als Ablenkungsmanöver geplant?«

»Das Übliche. Lautes Getöse, ein Scheinangriff auf ein paar Lämmer.« Pavel gluckste. »Die fahren voll auf diese Hitchcocknummer ab.«

Die freudige Erregung, die ihn erfasst hatte, machte mir bewusst, wie kindlich er noch war. Ob es richtig war, ihn bei dieser Beutetour dabei zu haben? Und wie oft hatte ich mir diese Frage in den letzten Tagen schon gestellt?

Vor gut einem Jahr war Pavel noch unbeholfen und linkisch gewesen: ein zarter Jungvogel mit blauen Kinderaugen. Inzwischen waren seine Augen gebräunt, seine Federn geschwärzt und die Flügel langgestreckt und spitz. Allein an seinem schlanken Schnabel erkannte man, dass er noch nicht ausgewachsen war. Ich hoffte inständig, dass wir keinen Fehler machten, dass sich mein ungutes Gefühl verflüchtigte und hinterher nur ein Lachen blieb – ein aufatmendes Lachen über meine übertriebene Vorsicht.

Ich horchte. Es wurde stetig kälter und die Morgenlieder der Singvögel verspäteten sich. In den nächsten zwei Wochen würden sie fast vollständiger Stille weichen.

In diesem Moment hörte ich Rabans Warnruf.

Wir stießen uns beinahe gleichzeitig vom Ast ab. Mit kräftigen Ruderschlägen flogen wir über die Kronen dahin. Ich ließ mich in einen leichten Segelflug gleiten, und Pavel tat es mir nach.

Als wir auf Darius und Laszlo trafen, hörten wir unter uns die Schwarzköpfe weiden. Diejenigen, die nicht im Liegen Halbverdautes hochrülpsten, setzten in immer gleichem Rhythmus und mit hängenden Köpfen ein Bein vor das andere und rupften emsig ihr Gras. Manche robbten auf den vorderen Kniegelenken vorwärts, weil ihre Klauen vor sich hin faulten und schmerzten.

Wir kreisten kurz über der Herde und lauschten auf den Wolf und das herannahende Spektakel unseres Schwarms. Einer der beiden Hütehunde hatte die weiße Schnauze zwischen die Vorderpfoten geklemmt und blinzelte müde. Der zweite Hund bahnte sich seinen Weg durch die Herde und schnüffelte in die Dunkelheit. Plötzlich sprang sein Partner auf und bellte warnend. Die Schafe drückten sich ängstlich aneinander. Wir hörten ein lautes »*Krak*«, dem ein heftiges Gekreische antwortete.

Die Jagd begann.

Ein Adrenalinschub durchflutete mich und ließ meinen Herzschlag flattern. Mein Schwarm schoss durch die Luft. Es war eine grandiose Show: Mit nach vorne klatschenden Flügelschlägen machten sie einen ohrenbetäubenden Lärm. Überrascht sprangen die beiden Hunde in die Höhe, drehten sich um sich selbst, als wäre das alles nur ein Spiel.

Unter den Schafen sprangen die ersten in hektischen Bocksprüngen davon. Ferenc und Andràs attackierten eine kleine Lämmergruppe, die sofort hysterisch blökte. Dann erst erkannten die Hunde den Ernst der Lage: Dumpf kläffend versuchten sie, die angreifenden Vögel zu vertreiben und schnappten in die Luft.

Wo blieb der Staubgraue? Allmählich wurde es Zeit für den Überfall, bevor das Spektakel den Schäfer aus seinem rostigen Escort lockte. Ich sah den Wagen etwa zweihundert Meter weiter westlich: ein roter Blechfleck im Dämmergrau – die Scheiben beschlagen und undurchsichtig.

Neben mir schrie Pavel erregt auf, als der Staubgraue aus dem Dickicht trat und mit gesenktem Kopf über die Wiese schlich.

Wie abgebrüht er das tat! Mich fröstelte.

Sein Körper war gespannt. Seine Mimik ließ die Absicht nicht erahnen. Er wirkte neutral, fast unbeteiligt.

Er rannte los. Die Hinterläufe flogen geradezu nach vorne. In einem unglaublichen Tempo erreichte er den Rand der Herde. Kein nach oben gerichteter Schwanz ließ die Attacke erkennen, kein Zähneblecken, kein Knurren. Ohne jede Vorwarnung sprang er scheinbar wahllos eines der Tiere an und ließ sein kräftiges Gebiss aufblitzen.

Es dauerte kaum eine Sekunde, da hing er dem Jungtier an der Kehle, rüttelte es mehrmals hin und her, bevor er nachbiss. Angsterfülltes Blöken schallte über die Wiese und die Tiere preschten auseinander. Der Staubgraue zerrte seine schlaffe Beute in Richtung Wald. Ein Kläffen ertönte. Diese Stimmen waren mir nicht vertraut, und ich schoss nach oben, um die Quelle des Lärms auszumachen.

Ein Rudel Hunde stürmte heran, und ich stieß einen Warnschrei aus.

Sie waren zu viert. Ihr glattes Fell glänzte. Die bulligen Gesichter mit den kurzen Nasen waren vor Wut verzerrt. Hier sah ich die Mimik, die ich beim Staubgrauen vergeblich gesucht hatte: die angelegten Ohren, die gebleckten Zähne, den Pelz, der sich im massigen Nacken sträubte. Das alles begleitet von einem Wutgebell, das mich trotz der Entfernung in Panik versetzte. In kräftigen Sprüngen setzten sie hinter dem Staubgrauen her.

Das war ungewöhnlich: Das Schaf war bereits erlegt und unser Schwarm immer noch eine Bedrohung für die Lämmer. Warum also rannten sie dem Wolf hinterher und ließen die Herde schutzlos zurück?

Aber nein, die Hütehunde hielten ihre Stellung und trieben die Tiere wieder zusammen. Zu wem also gehörten diese Bluthunde? Ein Gefühl der Panik würgte sich in meiner Kehle hoch und presste meine Zunge gegen den Schnabel.

Ich sah Arwed mit Milos und Sergius über die wütende Meute hinweg davonstieben.

»Wo ist Pavel?« Unbarmherzig schlug ich in die Luft und trieb mich zu Höchstgeschwindigkeit an. Doch als ich den Wald erreicht hatte, musste ich mein Tempo drosseln, um nicht im nächsten Baum zu landen.

Dem Wolf hing seine Beute noch immer zwischen den Lefzen. Und dort war auch Pavel: Er hockte auf dem Rücken des Staubgrauen in einer natürlichen Symbiose.

Die Bluthunde kamen näher. Ich stürzte zu Pavel hinab, schrie ihn an; aber er regte sich nicht. Auch der Wolf war wie erstarrt.

»Wir werden unsere Beute verteidigen!«, krächzte Pavel heiser.

»Bist du wahnsinnig geworden?« Mit Schwung stieß ich gegen ihn und brachte ihn zu Fall. Wenige Flügelschläge später stand er wieder oben.

War das die Strafe für unseren Übermut?

Der Kampf gegen vier barbarische Bluthunde war doch völlig aussichtslos!

»Sei vernünftig, Pavel! Das hier ist kein Spiel mehr«, versuchte ich ihn zur Einsicht zu bringen. Aber er sträubte sich.

In wenigen Sekunden würde uns das Rudel erreicht haben.

Der Staubgraue schleuderte das Lamm beiseite. Seine Gesichtszüge veränderten sich, verzerrten sich in Angst. Erst knurrte er durch die Zähne und riss dann sein Maul weit auf, um einen gellenden Schrei auszustoßen. Etwas Ähnliches hatte ich noch nie gehört, und die Laute rieselten wie scharfkörniger Sand mein Gefieder hinab.

Von allen Seiten belferte die Meute auf den Wolf ein. Dieser klapperte mit den Zähnen, um seine Feinde zu vertreiben – ohne Erfolg. Der erste Hund schnappte zu, und ich hackte nach Pavel, um ihn zu verscheuchen. Wir konnten dem Staubgrauen nicht helfen, merkte er das denn nicht?

Einer der Angreifer lag plötzlich winselnd am Boden. Mit Triumphgeheul fiel der Staubgraue den Nächsten an. Schon zog sich das zweite Tier zurück. Das brachte Pavel auf den Plan: Siegesgewiss flog er auf den dritten Bluthund zu und versuchte, ihn mit seinem harten Schnabel im Gesicht zu treffen.

Ich hörte eine angsterfüllte Vogelstimme kreischen – es war meine eigene. Knapp flatterte ich über die Meute hinweg, um sie abzulenken, von dem Jungvogel wegzulocken, der mir so viel bedeutete. Ich ließ sie nach mir springen, lockte sie. Und gerade, als ich dachte, der Staubgraue gewänne die Oberhand, stieß Pavel einen markerschütternden Schrei aus: Einer der Bluthunde hatte ihn erwischt.

Ein Knacken, und etwas in Pavel zerbrach.

»Nein!« Im Sturzflug schoss ich auf die beiden zu. Ein Knall, ein Aufjaulen, und der Staubgraue brach über dem Pelz eines Hundes zusammen. Blut rann aus seinem Maul und sickerte in sein Fell. Ich prallte gegen den Hund, der Pavel gefangen hielt. Überrascht ließ er sein Opfer fallen und schnappte nach mir. Seine schaumgetränkten Zähne drangen durch mein Gefieder. Mein linker Arm schmerzte, fühlte sich auf einmal seltsam fremd und unnütz an.

Mein Arm?

Da erst spürte ich, wie mein Körper an Schwere gewann, meine Federn von mir abfielen und der Flaum sich wie Sprühregen in der Luft verteilte. Die Kälte traf mit voller Wucht meine nackte Haut.

Ich stürzte nach vorn über den feuchten, blutbesudelten Boden und riss Pavel mit den Händen an mich.

Er war so leicht, so zart, so zerbrechlich.

Meine Brust schmerzte. Ich drehte seinen kleinen Kopf zu mir und sah, nur für den Bruchteil einer Sekunde, sein wahres Gesicht.

Er war noch so jung!

Qualvoll stöhnte ich auf. Und meine menschliche Stimme war mir dabei so fremd und doch so vertraut wie eine lang verdrängte Erinnerung.

Nachtschuss

Ich verwünschte mich selbst. Was um Himmels willen hatte mich nur dazu getrieben, hier an diesen entlegenen Ort zu ziehen? Akute geistige Verwirrung? Ich zog die Decke bis zur Nasenspitze herauf, um mein Zittern zu unterdrücken. Wie sollte das erst im Winter werden? Marek hatte mir zwar versprochen, dass er die Zentralheizung in meinem Häuschen reparieren lassen würde, aber bisher war das nur leeres Gerede gewesen.

Im Sommer war es hier gar nicht so übel. Zumindest nicht, wenn man so freundlich empfangen wurde wie von Marek und Lara. Die beiden hatten dringend Hilfe nötig. Das war auch der Grund, warum sie mich für ein Jahr als Praktikantin einstellten, obwohl ich weder promovierte Biologin war, noch über die gewünschten Sprachkenntnisse in Tschechisch verfügte. Sie arbeiteten schon seit vielen Jahren grenzübergreifend mit anderen Forschern zusammen, und ich war für die Arbeiten eingeteilt worden, bei denen man nicht zwingend mit anderen Projekthelfern kommunizieren musste.

Hauptsächlich bestand meine Arbeit darin, bei der Riss- und Losungssuche von Luchsen mitzuhelfen. Das bedeutete, dass ich auf meiner Route durch den Wald nach getötetem Wild Ausschau hielt. Meist waren das Rehe, Rothirschkälber oder Feldhasen. Fanden wir erlegtes Wild, positionierten wir Schlingenfallen um das tote Tier. Luchse fraßen bis zu sieben Tage lang an ihrer Beute. So konnten wir hoffen, eines dieser Raubtiere einzufangen und mit einem Sender auszustatten.

Mit diesem Sender war es uns dann möglich, die Aktionsräume des Luchses zu erforschen. Wo ging er jagen? Wo schlief er? Wie oft wechselte er sein Revier? Die Auswertung dieser Telemetrie-Daten war Mareks Aufgabe. Lara war die PR-Frau, zuständig für die Gestaltung der Homepage und die Leiterin der aktuellen Projektarbeit: *Der Einfluss des Raubtieres auf seine Beute.*

Ortsansässige Helfer verrichteten die anfallenden Technik- und Schreinerarbeiten. Ich zitterte. Ob es darunter wohl jemanden gab, der meine Heizung reparieren konnte? Sicher war es draußen noch wärmer als hier drinnen. Die graue Blechfassade, hinter der ich schlief, schien ausschließlich Kälte-Atome aufzusaugen.

Ein Blick auf meinen Wecker prophezeite mir noch genau achtundfünfzig Minuten bis zum Klingeln. Da lohnte es sich gar nicht mehr einzuschlafen. Allerdings konnte mich die Vorstellung, in dieser Kälte vor dem Laptop zu sitzen und Spammails zu löschen, auch nicht reizen, und ich knipste das Licht wieder aus.

Die Vorhänge an den Fenstern standen einen Spalt offen, aber der Nebel hing so tief, dass das Mondlicht nur träge auf mein Bett fiel.

Ich stellte mir all die nachtaktiven Tiere vor, die jetzt durch das Unterholz streiften: Gleich, noch vor Tagesanbruch, würden sie zurück zu ihren Schlafplätzen huschen – in Höhlen, Felsspalten oder unter riesige Wurzelteller.

Der nachtdunkle Wald gruselte mich nicht, sondern übte eine eigenartig beruhigende Wirkung auf mich aus. In diesem Wald gab es keine Gefahren oder Tiere, die erschreckend waren. Keine Schäden, keine Katastrophen. Alles hatte seine eigene Ordnung und Naturgesetze. Selbst Stürme wie Kyrill hatten dem Nationalpark nicht schaden können. Es war eine natürliche Zerstörung, die Raum für neues Leben bot, denn die Natur besaß einen anderen Blickwinkel als wir Menschen, keinen ökonomischen.

Musste ich mitten in der Nacht über solche Dinge nachgrübeln? *Schlafen sollst du!*, schalt ich mich. Aber als Befehl zeigte es leider auch keine Wirkung. Und gerade als der Gedanke daran, im Parka vor dem Laptop zu sitzen, für mich an Attraktivität gewann, hörte ich einen peitschenden Knall. Erschrocken riss ich mir die Decke vom Kopf und horchte.

Stille.

Sekundenlang hielt ich den Atem an.

Wirklich absolute Stille. Leise sog ich wieder Luft in meine Lungen. Ich fragte mich, aus welcher Richtung der Schuss wohl gekommen sein könnte. Denn dass es ein Schuss gewesen war, daran bestand kein Zweifel. Dieser harte, nachhallende Knall konnte unmöglich etwas anderes bedeuten.

Den Gedanken, Marek deswegen zu benachrichtigen, verwarf ich aber schnell. Das war wohl kaum ein Grund, in aus dem Bett zu reißen. Was, wenn es sich doch nur um die Fehlzündung einer alten Rostlaube handelte?

War der Knall überhaupt so furchtbar laut gewesen? Ich hatte schließlich wach gelegen und auf jedes kleinste Geräusch gelauscht. Sicher wäre ich niemals davon aufgewacht.

An Schlaf war jetzt natürlich gar nicht mehr zu denken. Also schob ich die Decke endgültig von mir und tappte ins Bad. Doch kaum hatte ich die Tür hinter mir geschlossen, klingelte das Telefon.

»Isa?« Mareks Stimme hörte sich ziemlich verschlafen an. »Tut mir leid, dass ich dich so früh anrufe – «

»Ich war schon wach!«, unterbrach ich ihn. »Hast du den Knall auch gehört?«

»Knall?« Er wirkte irritiert. »Nein. Ich wurde gerade angerufen. Ein Jungtier aus einer Schafherde wurde gerissen und irgendjemand hat den wildernden Hund angeschossen. Vielleicht hast du den Schuss gehört.«

»Soll ich mitkommen?«

»Deshalb rufe ich an. Lara kann ich jetzt unmöglich wecken. Sie würde mir den Tag zur Hölle machen!«

»Ist gut. Ich komme mit dem Rad rüber.«

»Nein, lass das Rad! Wir nehmen den Suzuki. Bestimmt müssen wir das Tier mitnehmen und zum Tierarzt bringen.« Er atmete laut in den Hörer. »In drei Minuten bin ich bei dir.«

Ich legte auf und verkürzte das Zähneputzen auf dreißig Sekunden, bevor ich mich aus meiner Jogginghose quälte und in die eiskalten Jeans stieg.

Ganzkörpergänsehaut.

Leider musste ich auf das zusätzliche Paar Socken verzichten, sonst hätte ich nicht in die Stiefel gepasst. Ich schnürte gerade den zweiten, als ich hörte, wie der Motor von Mareks Auto hundert Meter entfernt startete, schnappte meinen Parka und knallte die Tür hinter mir zu. Marek sollte nicht behaupten können, er hätte auf mich warten müssen.

Als er neben mir hielt, riss ich die Tür auf und ließ mich auf den Sitz fallen.

»Guten Morgen.« Er lächelte entschuldigend.

»Dreh bloß die Heizung auf!«, gab ich zurück und klemmte meine Hände zwischen die Oberschenkel.

»Gut geschlafen?«, fragte er, dabei sah er selbst so aus, als wäre sein schütteres Haupthaar in der Nacht explodiert.

»Wann kommt der Heizungsinstallateur?«, fragte ich anstelle einer Antwort. Eine kleine Provokation zum Wachwerden konnte schließlich nicht schaden.

Marek schürzte die Lippen und bog auf einen breiten Schotterweg ab.

»Ich werde mich heute darum kümmern. Versprochen!«

Ich nickte. »Wer hat dich angerufen?«

»Irgendein Bauer aus der Umgebung vermutlich. Ich hab den Namen nicht verstanden. Wir müssen nicht weit«, erklärte er, »etwa achthundert Meter von der Straße entfernt. Ein

Wanderhirte hat seine Herde dort geparkt. Der Bauer war stinksauer. Angeblich hatte er die Weide mit einem Strohbündel markiert, damit keine fremden Tiere darauf weiden. Er hat sich total darüber aufgeregt, dass der Schäfer die Markierung missachtet hat.«

»Also ist es einer seiner Hunde?«

»Keine Ahnung. Jedenfalls habe ich keine Lust, mich mitten in der Nacht als Streitschlichter zu betätigen.« Er presste die Lippen aufeinander.

Es war immer noch stockduster, und die Scheinwerfer des Geländewagens warfen nur einen bescheidenen Lichtkegel nach vorne. Marek verlangsamte das Tempo, als sich die Straße in Richtung eines Feldwegs krümmte. Langsam strahlte die Heizung Wärme aus, und ich streckte meine Finger der Lüftung entgegen. Vor uns leuchtete etwas Rotes auf: ein ziemlich dreckiger Ford Escort.

»Wir sind da.« Er lenkte den Wagen direkt hinter das rote Auto. Das Knirschen unter den Reifen verstummte. Ich ließ den Gurt aufschnappen und stieß die Tür auf.

Marek ging zur Rückseite des Wagens und öffnete den Kofferraum. Ich lauschte in die Dunkelheit, hörte aber nur das ruhige Schnaufen der Schafherde.

»Hier.« Er hielt mir eine Taschenlampe hin.

»Und wohin jetzt? Sollen wir die ganze Weide absuchen?«, fragte ich.

Marek seufzte, öffnete erneut die Wagentür und beugte sich nach innen. Ein lautes Hupen ließ mich zusammenfahren. Ich warf meinem Arbeitgeber einen vorwurfsvollen Blick zu, aber das konnte er in dieser Dunkelheit unmöglich erkennen. Aus der Herde antwortete uns ein unsicheres Blöken. Es folgte der Ruf einer rauen Stimme.

Das Licht einer Campinglaterne flackerte auf, und ein völlig verwahrloster Typ kam uns entgegen: unrasiert und mit dreckverkrusteter Kleidung. Er hielt sich die Laterne vors Gesicht und begrüßte uns mit einem tschechischen Wortschwall. Die Finger, die die Laterne hielten, waren blau verfärbt, vermutlich von dem antibiotischen Spray, mit dem er die Klauen seiner Tiere behandelte. Marek sprach ebenfalls Tschechisch, eindeutig in fragendem Tonfall. Ich schämte mich dafür, mich bisher so wenig mit dieser Sprache befasst zu haben, und gelobte insgeheim Besserung. Die beiden schienen über irgendetwas zu diskutieren. Der Schäfer führte uns quer über die Wiese bis zum Wald, und ich wunderte mich, wieso wir uns so weit von der Herde entfernen mussten.

Zwischen den Bäumen drangen abscheulich klingende Schmerzenslaute hervor. Sie schienen weder menschlicher noch tierischer Art zu sein.

War der Hund so schwer verletzt? Warum hatte ihm der Schäfer dann nicht den Rest gegeben? Mein Herzschlag beschleunigte sich, und ich hoffte, dass es nicht zu ekelig wurde. Ich wollte mich nicht vor Marek und dem Schäfer blamieren, indem ich direkt neben das angeschossene Tier auf den Waldboden kotzte.

Wieder ein rauer, abgehackter Satz des Schäfers. Er unterstrich seine Worte, indem er mit seiner blauen Hand auf eine Stelle vor uns deutete. Marek hielt den Strahl der Taschenlampe in die angegebene Richtung, und mir blieb mein letzter Atemzug im Halse stecken.

»Ein Wolf!«, entfuhr es mir. Anscheinend kannte der Schäfer dieses Wort sogar auf Deutsch, denn er nickte heftig.

Marek trat über das Blattwerk hinweg und leuchtete dem Wolf direkt in die Augen. Leblose, bernsteinfarbene Augen – wie furchtbar! Das Tier war augenscheinlich tot. Ich bemerkte einen mittelgroßen Hund, der halb unter dem Wolf begraben lag. Marek schien ihn genau im selben Moment gesehen zu haben, denn er feuerte weitere Fragen ab. Es sah aus, als hätten die beiden miteinander gekämpft, bevor der Schuss abgegeben worden war.

Wo war nur dieser verfluchte Bauer, der Marek angerufen hatte? Und was hatten diese qualvollen Geräusche zu bedeuten?

Wenn beide Tiere tot waren – und daran bestand kein Zweifel – konnte ich mir nicht erklären, woher die Laute kamen. Mit dem schwachen Strahl der Lampe kreiste ich um die Tiere. Da hörte ich es wieder: ein Stöhnen, ein bitteres, leidvolles Stöhnen, als ob sich der Boden schmerzvoll wand. Suchend ließ ich den Lichtstrahl weiter wandern und sah etwas Weißes aufblitzen.

»Oh mein Gott!«

»Was ist?«, rief Marek alarmiert aus. Sein Lichtkegel suchte den meinen, und ich ließ meine Hand schockiert sinken.

Dort war ein Mann.

Seine weiße Haut leuchtete in der Dunkelheit. Er hockte in seltsam gekrümmter Haltung auf dem Waldboden, sein Oberkörper glänzte. Ich hatte nur einen kurzen Blick auf seine verzerrte Gestalt werfen können, und trotzdem war unverkennbar, dass er schwer verletzt sein musste.

War das der Bauer, der Marek angerufen hatte? Oder irgendein Gehilfe des Schäfers, der gerade wild gestikulierte?

Hilflos sah ich mich nach Marek um. Ein entsetzter Fluch von ihm, und er war mit wenigen Schritten bei dem Verletzten. Aber als Marek eine Hand nach ihm ausstrecken und ihn an der Schulter berühren wollte, wich dieser vor ihm zurück. Ein grollendes Geräusch brach aus ihm heraus, und er hob abwehrend eine Hand.

Der Schein meiner Lampe berührte kurz die Stelle, an der ich das Gesicht des Mannes vermutete, doch ich sah nur einen wilden Wust verschwitzter Haare, bevor ich den Lichtstrahl irritiert sinken ließ.

Der Körper des Mannes bebte. Und dieser Anblick ließ den Blutfluss stocken, den mein Gehirn zum Denken brauchte.

»Hol die Wolldecke aus dem Auto!«, befahl eine Stimme nahe meinem Ohr. Mein Kopf versuchte angestrengt, einen Sinn in diesem Satz zu erkennen.

»Schnell!«

Ich riss mich von dem grausigen Bild los und stolperte zurück in Richtung Auto. Wolldecke. Logisch. Der Mensch musste fürchterlich frieren.

Mit der Decke im Arm eilte ich zurück. Marek machte keine Anstalten, sie mir abzunehmen, und ich kam mir blöd vor, so tatenlos herumzustehen. Also ließ ich sie auseinanderfallen, um sie dem Mann um die gekrümmten Schultern zu legen. Da sah ich plötzlich zwei Dinge, die mich erschrocken aufkeuchen ließen:

Eine riesige Fleischwunde entstellte den Arm des Mannes und offenbarte eine blutende, ausgefranste Masse, wie ich sie sonst nur bei gerissenem Wild zu sehen bekam. Und ich sah, dass der Verletzte etwas in seinen Händen hielt. Einen blauschwarzen Schemen.

Nein, einen Vogel!

Der Kopf des Tieres baumelte in unnatürlicher Haltung herab. Mir wurde erst heiß und dann kalt.

Marek redete auf den Mann ein, dessen Gesicht durch Haare und Bart beinahe vollständig verdeckt wurde, bekam aber keine Antwort. Der Verletzte ließ nur ein kehliges Geräusch hören, und mit Entsetzen erkannte ich, dass es ein unterdrücktes Schluchzen war. Jetzt wurde mir auch das Seltsame an dieser Situation bewusst: Nicht der tote Wolf hatte mich so schockiert oder die Nacktheit dieses Mannes. Es war das Entsetzen darüber, dass der Verletzte gar keine körperlichen Schmerzen zu spüren schien. Dass es nicht die Verwundung war, die ihn peinigte, sondern eher der Schmerz um das tote Tier, das er so fürsorglich auf seine Knie gebettet hatte.

»Wir müssen ihn sofort ins Krankenhaus bringen«, erklärte Marek. »Bis wir dem Rettungswagen die Wegbeschreibung verständlich rübergebracht haben, ist der Mann verblutet. Aber wie kriegen wir ihn nur dazu, das Vieh loszulassen?«

Der Mann machte bei diesen Worten eine so ruckartige Bewegung der Abwehr, dass ich beinahe sicher war, er hatte Marek genau verstanden.

»Wir nehmen das Tier mit«, flüsterte ich und breitete meine Arme aus. Der Mann hob den Kopf und richtete seine Augen das erste Mal auf mich. Ich schickte ein beruhigendes Lächeln in seine Richtung.

Hoffentlich war das kein Psychopath!

Der Typ konnte unmöglich bei klarem Verstand sein. Er sah aus wie ein Eremit – ein Einsiedler, der alleine im Wald hauste. Fast erinnerte mich sein Anblick an eine kindliche Vorstellung des heiligen Franziskus: schmutzig, ausgemergelt und von Tieren umgeben.

Nur dass diese Tiere hier alle tot waren.

Nach einigem Zögern legte er den Vogel behutsam in meine Arme. Er war so leicht, als bestünde er nur aus Knochen und Federn.

Plötzlich schwankte der Mann und wäre fast zur Seite gekippt. Marek fing ihn auf, und gemeinsam mit dem Schäfer schleppte er ihn zum Auto. Ich legte das Tier auf der Rückbank ab, drehte schnell am Knauf des Vordersitzes, damit sie den Mann in eine liegende Position bringen konnten, und quetschte mich dann dahinter. Marek rannte um den Wagen herum zum Fahrersitz und startete den Motor.

Der Verletzte hatte die Augen geschlossen und die Lippen fest aufeinander gepresst. Seine blasse Schulter ragte aus der Wolldecke heraus wie ein Eisberg.

Blutqual

Alles war mir fremd. Das grelle künstliche Licht, die unnatürliche Wärme der starren Luft, diese seltsame Stille. Eine Welt, die nicht raschelte, rauschte oder knisterte, als wäre ich begraben unter einer dicken Schneedecke. Der Schwarm war fort, und eine unendliche Schwere lähmte mich.

Ich versuchte meinen Schnabel zu öffnen, um ein *Kroak* auszustoßen. Aber meine Kehle war ausgedörrt wie eine Trockenpflaume. Ich schob meine Zunge hervor und leckte mir über die Lippen. Diese Berührung erschütterte mich. Spröde, aufgerissene Lippen anstelle eines harten, spitzen Schnabels. Die Erinnerungen prasselten wie Eisregen auf mich ein:

Pavel war tot.

Sofort setzte der körperliche Schmerz ein, der bisher in Dumpfheit ausgeharrt hatte.

»Ich glaube, er wacht auf«, sagte eine Frauenstimme.

»Keine Sorge, ich spritze ihm noch Metamizol in die Infusion, sonst springt er mir gleich hier runter.« Eine Männerstimme – dunkel, rauchig.

Ich roch etwas Scharfes, das ich nicht kannte, und den Geruch, der mir selbst anhaftete: Erde, Laub und Schweiß. Aber da war noch ein süßes, metallisches Aroma. Eines, das so intensiv war, dass ich es sogar auf meiner Zunge schmecken konnte:

Blut. Mein eigenes Blut.

Mein linker Arm brannte und pulsierte heftig. Durch die dünne Haut meiner Augenlider leuchtete eine hellorange Lichtquelle.

Ich drehte mein Gesicht davon weg und fühlte die Kühle eines Kissens an meiner Wange. Wohin hatte man mich gebracht? Und wo waren meine Gefährten? Wo war Pavel?

»Und er ist einer Ihrer Mitarbeiter?« Wieder diese rauchige Stimme.

»Nein, ich habe keine Ahnung, wer der Mann ist. Ich wurde wegen eines Tierrisses gerufen«, sagte ein anderer, der schnell sprach und in nervösem Tonfall. Er erzählte, wie sie mich gefunden hatten, und von einem toten Kolkraben in meinen Armen. Das war nur schwer zu ertragen, und ich wand mich auf meiner Liege.

Ich wollte das nicht hören.

Was sie dachten, interessierte mich nicht. Erst recht wollte ich mir keine Beschreibungen anhören. Nicht von dem toten Staubgrauen. Von den Bluthunden. Von vergossenem Rabenblut. Ein Ächzen entrang sich der Enge meines Brustkorbs.

»Kann man ihm nicht mehr von diesem Schmerzmittel geben?«, fragte die Frauenstimme.

»Er hat bereits die Maximaldosis erhalten. Wir wollen ja nicht, dass sein Kreislauf kollabiert. Ich injiziere ihm jetzt erst einmal ein Tetanus-Toxoid.«

Raschelnd wurde die Decke, die mich wärmte, zur Seite gezogen. Etwas Feuchtes benetzte meine Haut, und dann spürte ich einen Stich direkt in den Muskel meines Oberarms. Es kostete mich unheimliche Überwindung, nicht zurückzuweichen – diese Scheu zu überwinden, die mein Leben als Rabe begleitete. Scheu vor den Menschen, die uns beinahe ausgerottet hatten, die uns mit Strychnin vergifteten, für lächerliche Fangprämien erschossen, unsere Eier raubten und unsere Brut zerstörten.

Welche Erleichterung, als die Hände von mir abließen und sich die warme Decke, einer schützenden Eihülle gleich, um meinen Körper legte. Hätte es doch in meiner Macht gestanden, die letzten Stunden ungeschehen zu machen, ich hätte mehr als nur meinen Arm dafür gegeben. Trauer überrollte mich und quoll zwischen meinen Lidern hervor. Eine Trauer, die mehr schmerzte als das Pochen in meinen Gliedern.

Der Schatten einer Hand schwebte über meinem Gesicht und wischte mit einem weichen Tuch meine Tränen fort. Was ich dann tat, war ein Reflex, mehr nicht: Ich riss meinen rechten Arm hoch und schlug diese Hand beiseite.

»Nicht!« War das meine Stimme?

Ich sah in erschrockene Augen, die Farbe mehr braun als grün.

Übelkeit überkam mich. Mein Magen krampfte sich zur Größe eines Hühnereis zusammen. Ich rollte mich auf die Seite und erbrach das Letzte an Aas, das ich zu mir genommen hatte.

Jemand fluchte.

Hände fassten erst nach meinem Handgelenk, dann an die Kuhle neben meinem Kehlkopf.

»Fadenförmiger Puls«, sagte die Rauchstimme. »Und er hat hohes Fieber. Ungewöhnlich, dass sich jetzt schon Entzündungszeichen bemerkbar machen.« Eine kurze Pause. »Ich werde einen Kollegen hinzurufen.«

Das Nächste, woran ich mich erinnerte, war wieder ein Geruch nach Blut. Um mich herum helle Farben: Zitronengelb an den Wänden, weiße Bettwäsche, grelles Licht, das von der Decke zu mir herunterbrannte und ein hellgrauer Linoleumboden. Das alles sah ich nur durch einen schmalen Lidspalt. Neben meinem Bett hing ein Beutel mit dunkelrotem Inhalt. Ich gab der Schwere meiner Augen nach und schloss sie. Wieder fassten Hände nach mir, aber ich wehrte mich nicht mehr. Etwas berührte meinen gesunden Arm und tröpfelte langsam, wie aus einem porösen Wasserhahn, in mich hinein.

Doch schon kurz darauf zog sich mein Hals zusammen. Schweiß lief mir über die Stirn bis in die Augen. Meine Glieder prickelten wie von feinen Nadeln gespickt. Das Atmen fiel mir schwer. Ich keuchte. Diese Enge war unerträglich, als zerquetschte ein Fels mir den Brustkorb.

»Doktor Pražák!« Diese Frauenstimme erkannte ich wieder.

»Doktor!« Jetzt rief sie lauter, beinahe schrill. »Ich glaube, er bekommt keine Luft mehr!«

Hastige Schritte.

Ich schüttelte mich wie ein nasser Hund. Mein Herz wummerte, wurde langsamer, stolperte und galoppierte wieder davon. Schwach, so schwach. Es hatte keine Kraft, mein Blut weiter durch meinen Körper zu pumpen.

Jemand presste etwas Kaltes auf meine Brust. »Scheiße! Ich glaube er hat einen Schock!«

Wieder Schritte. »Stellen Sie sofort die Transfusion ab, Doktor Pražák!« Papiere raschelten. »Der Patient hat die Blutgruppe AB negativ?«

»Ja, Professor Syrový. Ich kann mir das nicht erklären! Der Bedside-Test zeigte eine Agglutination bei Anti A und Anti B.«

Die Stimmen verschwammen.

»… Spritze … Cortison … Theophyllin …«

Das Gewicht auf meiner Brust nahm noch zu, und dann waren meine Glieder auf einmal leicht und schwerelos, als trüge mich eine Strömung aufwärts.

»Wo bleibt das EKG?«, brüllte jemand in den Raum.

Luftwellen streichelten meine Schwingen, und ich glitt in einen warmen See aus Milch.

»Blutdruck ist nicht mehr messbar!«

Grabaugen

Meine rechte Hand zitterte unkontrolliert, und schwarze Brühe schwappte über meinen Tassenrand.

»Du magst doch gar keinen Kaffee«, stellte Lara fest.

»Ich dachte, etwas Koffein könnte nicht schaden.«

Lara lachte, nahm mir die Tasse ab und schüttete den Inhalt in den Ausguss. Mit den Fingern strich sie sich das lange, blonde Haar aus dem Gesicht und brachte dabei ihre Ohrringe zum Klirren.

»Ich mach dir einen Kakao, Süße. Was hältst du davon?«

Ich lächelte dankbar, war aber mit den Gedanken ganz woanders. »Wo bleibt Marek nur so lange?«

»Er wird sicher gleich hier sein. Er wollte unbedingt dabei sein, wenn der Tierarzt die Kadaver untersucht. Wir müssen wissen, ob sie tollwütig waren.«

Unwillkürlich trommelte ich mit den Fingerspitzen auf die Tischplatte und probierte mehrere Rhythmen aus. Lara stellte eine dampfende Tasse auf den Tisch. Vorsichtig nippte ich daran, aber selbst dieser süße Genuss konnte mich nicht darüber hinwegtrösten, was in den vergangenen Stunden passiert war.

Erst der Schuss, die Entdeckung des verletzten Eremiten und dann auch noch diese grauenvolle Situation im Krankenhaus. Das alles war nicht nur furchtbar mitzuerleben, sondern auch noch mehr als merkwürdig gewesen.

Besonders wenn man den Raben bedachte.

Das war überhaupt das Seltsamste von allem: der tote Rabe in den Händen dieses nackten Einsiedlers.

Ein Kolkrabe, wie Marek mir erklärt hatte. Eine Rasse, die selbst bei uns im Nationalpark nicht allzu häufig anzutreffen war. Der größte Rabenvogel überhaupt, mit einer Flügelspannweite von bis zu anderthalb Metern. Größer als ein Bussard und diesem auch noch an Schlauheit bei Weitem überlegen. Marek hatte sich in seiner Begeisterung richtig heiß geredet:

»Raben sind einfach faszinierend! Sie sind die intelligentesten Vögel der Welt. Auch wenn man Greifvögel noch so elegant findet, im Vergleich zum Raben sind sie dämlich.«

Ich hatte Marek nur mit halbem Ohr zugehört, aber der nächste Satz hatte mich aufhorchen lassen:

»Sie sind einem zweijährigen Kind in seinen geistigen Fähigkeiten durchaus ebenbürtig.«

»Du meinst, sie sind so intelligent wie Schimpansen?«

»Auf jeden Fall! Sie spionieren sich gegenseitig aus, beobachten, wie andere ihr Futter verstecken, um es dann in Seelenruhe wieder auszugraben. Sie können bestimmte Situationen vorher gedanklich durchspielen, um sie dann fehlerfrei auszuführen. Und sie versetzen sich in die Lage ihrer Feinde, schließen daraus, wie sie reagieren werden.«

»Wow, das fällt ja sogar manchen Menschen schwer.«

Marek hatte gegrinst. »Jedenfalls können sie ihr Gegenüber perfekt einschätzen. Wenn sie zum Beispiel einen Wolf, den sie wohl für ziemlich blöde halten müssen, dabei beobachten, wie er Fleisch vergräbt, schauen sie ihm ungeniert zu. Versteckt aber ein anderer Rabe seine Beute, dann setzen sie ihr Pokerface auf und tun so, als hätten sie null Interesse.«

»Und dann beklauen sie sich gegenseitig?«

»Sie haben ein sehr stark ausgeprägtes Sozialverhalten. Ihren eigenen Schwarm berauben sie normalerweise nicht.«

Das war durchaus verständlich, zumindest aus menschlicher Sicht. Aber bestimmt steckte einfach nur Instinkt dahinter. Man biss ja auch nicht die Hand, die einen fütterte.

Ich nahm einen weiteren Schluck Kakao. Er war immer noch heiß und deshalb brannte meine Oberlippe. Plötzlich sprang Lara auf und eilte zur Küchentür. Ich hörte sie noch *Handy* murmeln, bevor sie verschwand.

»Keine Tollwut«, sagte sie wenig später erleichtert und setzte sich auf einen der weißen Plastikstühle.

»Gibt es Neuigkeiten aus dem Krankenhaus? Hat Marek mit dem Arzt gesprochen?«

Lara strich sich wieder einige Strähnen hinters Ohr, als könne sie so ihre Gedanken besser ordnen. »Zuerst einmal: Man konnte keine Tollwut-Erreger finden. Nicht in der Speichelprobe und auch nicht in der Blutprobe. Weder beim Wolf noch bei diesem Hund. So weit, so gut.«

»Das klingt verdächtig nach einem *Aber*«, erwiderte ich.

»Dieser Hund hatte einen ziemlichen Cocktail im Blut. Man hat *Zilpaterol* nachweisen können, ein Dopingmittel, das illegal in Mastbetrieben eingesetzt wird. Es verwandelt Fett in Muskelmasse und soll normalerweise das Gewicht erhöhen, damit an dem Schlachtvieh mehr verdient wird. Aber das ist noch nicht alles«, erklärte Lara. »Außerdem noch ein Mix aus Amphetaminen und Koffein. Das Vieh war so aufgeputscht, das hätte locker bei der *Tour de France* mitfahren können!«

»Also hat der Hund den Mann gebissen?«

»Seltsamerweise nein. Das Ganze wird immer mysteriöser. Je mehr Infos ich bekomme, umso unlogischer erscheint es mir. Keine menschlichen DNA-Spuren. Absolut nichts. *Nic*«, fügte sie noch auf Tschechisch hinzu. »Es ist also sicher, dass weder der Hund noch der Wolf diesen Mann gebissen haben.«

»Da stimmt doch was nicht«, überlegte ich laut. »Vielleicht sollten wir uns den Tatort nochmal bei Tageslicht ansehen.«

»Genau das hat Marek vor. Er ist gerade auf dem Weg dorthin. Denn wenn es nicht eines der beiden Tiere war, die ihr gefunden habt, dann muss es ein drittes sein, und das läuft vielleicht noch frank und frei durch den Wald.«

»Kann Marek mich nicht abholen?«

Lara lachte über meine Ungeduld. »Willst du nicht erst einmal hören, wie es eurem Eremiten geht?«

»Hat er also doch mit dem Arzt gesprochen?«

»Marek musste Dr. Pražák ja direkt die Untersuchungsergebnisse der Hunde durchgeben. Es ist alles okay, keine Sorge. Der Mann ist zwar immer noch auf der Intensivstation, aber er wird nicht mehr beatmet und ist sogar schon einmal aufgewacht.«

Erleichtert sank ich gegen die Rückenlehne. Ich wusste gar nicht, warum ich mir so viele Sorgen gemacht hatte, schließlich kannte ich diesen Mann ja gar nicht. Aber ich fühlte mich doch verantwortlich. Immerhin hatten Marek und ich ihn gefunden und ins Krankenhaus gebracht. Und die letzten Minuten, die wir bei ihm verbracht hatten, waren so dramatisch gewesen, dass es mir jetzt noch eiskalt den Rücken runterlief.

Erst der extreme Blutverlust durch die Bisswunde und dann noch dieses hohe Fieber von vierzig Grad, das sich nicht senken ließ. Anscheinend hatte der Mann auf das fremde Blut auch noch allergisch reagiert, obwohl die Blutgruppen übereingestimmt hatten. Jedenfalls war er dem Tod ziemlich knapp von der Schippe gesprungen, und das hatte mich doch mehr mitgenommen, als ich mir zuerst eingestehen wollte.

»Es würde mich ja schon interessieren, was der Kerl dort im Wald zu suchen hatte, und das mitten in der Nacht«, riss mich Lara aus meinen Überlegungen. Dann wechselte sie abrupt das Thema. »Komm! Es hat doch keinen Sinn, hier rumzusitzen und zu grübeln.« Sie schob den Stuhl zurück und ließ die Fachzeitschrift des Nationalparks, in der sie nebenbei geblättert hatte, auf den Tisch fallen. Ich warf einen Blick auf den Titel des Artikels: *Biosphere reserves – learning sites of sustainable development?* Ich beneidete Lara nicht gerade darum, so etwas lesen zu müssen.

»Lass uns lieber die neuen Fallen überprüfen. Da kann ich zur Abwechslung mal wieder durch den Wald streifen, und außerdem lenkt es ab.«

Ich nickte, Ablenkung konnte ich auch gut gebrauchen, und studierte die Karte, auf der Marek unsere letzte Tour markiert hatte. »Wir müssen die westliche Route nehmen.« Zwei der Fallen waren in unmittelbarer Umgebung des Aussichtsturms und die dritte etwa anderthalb Kilometer davon entfernt.

»Fahrräder?«, fragte ich Lara.

»Nnja.« Sie knurrte durch zusammengebissene Zähne. Lara hasste Fahrradfahren. Mit einem Märtyrerblick verschwand sie nach draußen. Ich packte das Blasrohr und das Narkosebesteck in den Rucksack und suchte aus dem Technikraum zwei funktionstüchtige GPS-GSM-Halsbänder heraus.

Wir fuhren auf dem Weg, der auch den Touristen als Wanderweg diente. Nachdem sich der zähe Nebel endlich verzogen hatte, drängte sich tatsächlich die Sonne durch die Wolken, und es wurde mir in meinem Parka beinahe zu warm. Wir stellten die Räder am Aussichtsturm ab und orientierten uns mittels Karte und Kompass.

Leider hatten wir kein Glück. An beiden Stellen waren die vier ausgelegten Schlingenfallen noch intakt und unter Blättern und Zweigen verborgen. Die Tierrisse, in einem Fall ein Marder, im anderen ein Reh, waren nicht weiter angefressen worden. Zumindest konnten wir sicher sein, dass der Luchs unsere Fallen nicht überwunden hatte, und es bestand die Hoffnung, ihn vielleicht noch in den nächsten Tagen einzufangen.

Die dritte Falle war keine Schlingenfalle, sondern eine der Holzkastenfallen, die an Plätzen installiert wurden, die Luchse häufig aufsuchten. In der ersten Zeit wurden diese Fallen nicht aktiviert, damit die Tiere sich an sie gewöhnten. Später wurde der Schließmechanismus durch einen Stolperdraht ausgelöst. Marek machte mit dieser Art bereits seit zwei Jahren gute Erfahrungen. Und doch waren wir jetzt mehr als überrascht, als in einer Ecke des dunklen Kastens tatsächlich ein Luchs kauerte.

»Ein Prachtkerl!«, befand Lara, als das Narkosemittel zu wirken begann und wir es wagen konnten, das Tier genauer in Augenschein zu nehmen.

»Ein richtiges Muskelpaket«, bestätigte ich. Der Luchs hatte die mandelförmigen Augen halb geschlossen und brummte ungehalten. Die langen Haarpinsel an den Ohren standen steil nach oben, und der Backenbart spreizte sich ab. Das Fell der Raubkatze hatte sich schon winterlich graubraun verfärbt. Die im Sommer ausgeprägt dunklen Flecken konnte man kaum noch erkennen.

Ich half Lara, den Tragesack für die Waage auszubreiten, und gemeinsam wuchteten wir das Tier hinein. Es brachte knapp dreißig Kilo auf die Waage, was selbst für ein so großes Männchen beeindruckend war.

»Der steht wirklich gut im Futter!«, stöhnte Lara, als wir ihn wieder aus dem Tuch stemmten. Mit einem Maßband überprüfte sie die Kopf-Rumpflänge des Tieres und trug alles in ein Datenblatt ein. Sein Gebiss war noch vollständig, was den guten Gesundheitszustand bestätigte.

»Wie sollen wir ihn nennen? Diesmal darfst du einen Namen aussuchen.«

Ich überlegte nur kurz. Bei einem so imposanten Kater konnte mir nur ein Name einfallen.

»Peter.«

»So wie Heidis Peter?«

»Ich dachte eher an *Peter den Großen*.«

»Ein Russe!« Lara stöhnte gespielt. »Na gut, großer Pjotr.« Sie kraulte dem Luchs das dichte Unterfell und hob dann seine Augenlider an, um die goldumrahmte Pupille zu beobachten.

Dann legte sie ihm eines der gelben Halsbänder um. Es musste fest genug sitzen, damit er es nicht verlieren konnte, durfte aber auch nicht einschneiden.

Wir beobachteten sein Aufwachen aus einiger Entfernung. Ab jetzt würde Marek die kompletten Tagesaktivitäten von Peter auswerten können. Wann er jagte, wann er ausruhte und wann er schlief. Und durch den integrierten VHF-Sender würde es uns möglich sein, seinen Standort mit Hilfe einer Yagi-Antenne anzupeilen.

Ein Fauchen ließ mich aufblicken. Peter hatte sich mühsam auf die Vorderpfoten erhoben und die Ohren wachsam aufgestellt. Sein Gehör war wesentlich besser als meines, deshalb nahm ich die krächzenden Rufe erst jetzt wahr. Lara zeigte in den Himmel über uns.

»Da! Ein Schwarm Kolkraben.«

»Sechs, nein sieben Stück«, zählte ich.

»Es gibt in unserem Bereich des Parks eigentlich nur zwei brütende Pärchen«, überlegte Lara laut. »Wahrscheinlich sind es Junggesellen, die noch kein eigenes Revier haben.«

»Ob sie denken, unser Peter wäre eine nette Beute?«

»Schon möglich. Vielleicht haben sie ihn für Aas gehalten. Er würde sie aber schnell eines Besseren belehren, glaub mir.«

Der Schwarm zog über uns Kreise, und der Luchskater gähnte faul. Er reckte die Hinterbeine und machte einen genießerischen Buckel, bevor er gemächlich loszockelte. Zufrieden packten wir unser Untersuchungsmaterial ein. Es war eine erfolgreiche Tour gewesen und Lara freute sich schon darauf, Marek davon zu berichten.

Wir brauchten eine gute Viertelstunde, bis wir bei unseren Fahrrädern angelangt waren und noch weitere zwanzig Minuten bis zum Haupthaus. Seltsamerweise hatte ich die ganze Zeit über die Rabenrufe im Ohr. Und tatsächlich: Als wir bei der Station ankamen, konnte ich den Schwarm wieder über uns ausmachen.

Lara stürzte als Erstes ans Telefon. Marek hatte eine Nachricht auf dem AB hinterlassen. Ich legte das übriggebliebene Sender-Halsband zurück in den Technikraum, entsorgte die Narkosemittel und leerte gerade die Thermoskanne aus, als ich Lara lachen hörte.

»Das wird ihr gefallen!« Sie sah meinen neugierigen Gesichtsausdruck und legte den Zeigefinger an die Lippen. Dann wurde ihr Blick ernst, und sie stellte Marek einige Fragen.

»Vier? Das ist ja interessant! Und da bist du sicher? Dann ist die Tollwutfrage immer noch nicht abschließend geklärt, das ist schlecht.« Sie lauschte weiter in den Hörer und nickte.

Wie ein nervöses Hühnchen hüpfte ich um Lara herum, bis sie mir nach einer Ewigkeit kommentarlos den Hörer hinhielt.

»Marek? Wo bist du? Hast du etwas erfahren? Warst du schon im Krankenhaus? Hast du mit ihm gesprochen?«

»Jetzt hol erst mal tief Luft, ja?«

Ich schnaufte. »Hab ich gemacht. Habe Luft geholt und mich beruhigt und jetzt sag schon!« Ich hörte mich ziemlich anstrengend an und leistete innerlich Abbitte.

Marek grummelte, und ich konnte förmlich sehen, wie er den Kopf hin und her wiegte.

»Ich bin noch im Krankenhaus«, warf er mir den ersten Brocken hin.

»Und was wird mir gefallen?«

»Isa, du bist fast so schlimm wie meine kleine Schwester!«

»Marek!«

»Ist ja gut. Ich habe mir die Stelle im Wald noch einmal genau angesehen. Ich kann es nicht mit Bestimmtheit sagen, aber mindestens vier verschiedene Pfotenabdrücke konnte ich differenzieren. Und deshalb können wir nicht ausschließen, dass der Mann doch mit Tollwut-Erregern infiziert wurde. Aus dem Grund bin ich noch einmal ins Krankenhaus gefahren, damit die Impf-Prophylaxe noch rechtzeitig gestartet werden kann.«

»Deshalb hat man also keine menschliche DNA in den Speichelproben gefunden.«

»Vermutlich. Ich hatte gehofft, dass der Mann inzwischen wieder ansprechbar ist und erklären kann, was genau passiert ist.«

»Und?«

»Er sagt, er kann sich an nichts erinnern. Außerdem hat er die Tollwutimpfung verweigert.«

»Ist er verwirrt?«

»Eigentlich nicht.«

»Und *un*eigentlich?«

»Na ja. Er hat als Erstes nach dem Raben gefragt, den er dir gegeben hat.«

»Er hat was?«

»Er wollte wissen, was du mit ihm gemacht hast.«

»Und du sagst, er wäre nicht verwirrt!« Ich schüttelte den Kopf. »Erst wird er mitten in der Nacht von wilden, gedopten Tieren angegriffen, die ihm den halben Arm abreißen. Dann stirbt er fast an einem anaphylaktischen Schock, und das Erste, was ihm einfällt, wenn er wieder ansprechbar ist, ist, nach dem Raben zu fragen? Hat der keine anderen Sorgen?«

»Es schien ihm furchtbar wichtig zu sein. Ich habe ihm jedenfalls gesagt, du hättest den Raben begraben. Hast du doch, oder?«

Ich hatte das Tier nach unserer Rückkehr in einer der Plastikkisten abgelegt, die vor meiner Haustür standen und sonst zum Einkaufen verwendet wurden. »So gut wie.«

»Ich muss schon sagen, mittlerweile kenne ich dich doch ziemlich gut«, sagte Marek. »Der Spaten steht übrigens am Schuppen neben meinen Kräutern. Und wehe du lässt deine Wut an meinem Beet aus!«

Ich musste lachen, und Marek stimmte mit ein. »Wusste ich doch, dass dir das gefallen würde.«

Tatsächlich fand ich den Spaten an der angegebenen Stelle und überlegte kurz, ob ich den Raben nicht unter Mareks Rosmarinbaum pflanzen sollte, nahm aber doch davon Abstand.

Ich begann, ein Loch in die Wiese hinter meinem Häuschen zu graben. Ganz in der Nähe hörte ich ein Krächzen. Ein Blick nach oben bestätigte mir, dass der Kolkrabenschwarm, der uns schon den kompletten Weg von der Luchsfalle bis nach Hause verfolgt hatte, wieder über mir schwebte. Der Boden war steinhart und ich musste mein ganzes Körpergewicht einsetzen, um den Spaten in die Erde zu treiben. Als mir das Loch tief genug schien, holte ich den Raben aus der Einkaufskiste und legte ihn behutsam in sein Grab.

Ein Rascheln neben mir ließ mich zusammenfahren. Einer der Raben war plötzlich gelandet und kam neugierig angetrippelt. So nah war mir noch nie ein Vogel gekommen, und ich überlegte, ob er mich wohl für so dämlich wie einen Wolf hielt, weil er mich ungeniert beim Graben beobachtete.

»Das ist kein Futter für dich«, erklärte ich dem Tier geduldig. »Du bist doch kein Kannibale, oder?« Er flatterte aufgeregt neben dem Erdloch und stieß weiter krächzende Laute aus. »Schau mich nicht so vorwurfsvoll an, *ich* habe deinen Kollegen nicht auf dem Gewissen.«

Das Tier hackte als Antwort die noch geschlossene Erde auf, dann stieß es sich mit Schwung vom Boden ab. Ich schüttelte belustigt den Kopf, während ich das Loch wieder mit Mutterboden füllte.

»Neugierige kleine Biester!«, sagte ich laut.

Klangtränen

Jeden Morgen kam die Schwester um halb sechs, um meine Körpertemperatur zu kontrollieren. Ich schaute auf die Uhr an der gegenüberliegenden Wand: Mir blieben noch acht Minuten.

Ich war nicht daran gewöhnt, nach der Uhr zu leben. Wenn überhaupt, dann nur nach meiner inneren. Für gewöhnlich orientierte ich mich an der Sonne, die den Frost auf den Grashalmen zu Tau schmolz. An den Schatten, die sie zog, bis sie länger waren als Bäume. Das war die einzige Uhr, die zu lesen ich gewöhnt war. Ich brauchte keine andere.

Doch in dieser Umgebung hier, die Tag und Nacht verdrehte, die alles mit weißem Licht geißelte und mein Herz flattern ließ wie Mottenflügel um eine Flamme – in dieser Umgebung war mir, als verlöre ich mich.

Das hier war ein fensterloses Gefängnis. Nicht einmal eine Zimmerpflanze brachte Leben. Als einziges Beiwerk stand ein Bücherregal am anderen Ende des Raumes. Obwohl die Titel für ein menschliches Auge kaum zu entziffern waren, konnte ich sie ohne Weiteres lesen. Die obligatorische Bibel war darunter, ein Ordner mit Informationsblättern sowie ein Schmuckband mit Sprüchen des Friedens und der Besinnung. Welch ein Gewäsch! Als ließe sich in diesem Zimmer Frieden finden! Ungeduld breitete sich in mir aus.

Mein Rabenblut drängte.

Das war nicht gut. Ich konnte diesem Drang nicht nachgeben. An eine Flucht war nicht zu denken, jetzt, wo mein Arm zum Fliegen unbrauchbar war.

Um nicht aufzufallen, würde ich mich besser anpassen und wieder an den menschlichen Stoffwechsel gewöhnen müssen.

Noch sechs Minuten.

Leider war die Umgebungstemperatur nicht geeignet, mir bei der Regulation zu helfen, denn es war viel zu warm. Trotzdem versuchte ich, die Hitze aus meinem Kopf abzuleiten. Ich stellte mir vor, mit einem kühlen Wind zu segeln, der meine Schwungfedern streichelte. Unter mir glitzerte ein See mit flacher Uferzone. Ich stürzte mich in das Gewässer hinab. Ich fühlte es. Das dunkle Nass schlug über meinen Schwanzfedern zusammen. Ein eisiger Sog zerrte an jeder Faser meines Gefieders und spülte die Hitze fort.

Wie sehr ich mir wünschte, diese Vorstellung wäre real! Ich war himmelweit davon entfernt.

Verletzt und allein, ohne meinen Schwarm, meine Gefährten, war ich gefesselt in einer Welt, die mir in den letzten Jahren fremd geworden war. Die ich nicht betreten hatte, weil die Erinnerung daran mich abstieß.

Da – ich konnte ihre Schritte hören. Ihre Turnschuhe quietschten auf dem frisch gebohnerten Linoleum, und das Geräusch schmerzte in meinen Ohren, weil ich immer noch zu empfindlich war.

»Guten Morgen, Fremder!« Sie war unverkennbar guter Laune, darauf musste ich reagieren, am besten mit einem Lächeln. Nicht übertrieben, eher zurückhaltend. Ich lächelte also.

»Es scheint Ihnen ja viel besser zu gehen.«

Ein Atemhauch von kalter Asche traf meine Nase, und ich schloss kurz die Augen.

»Mal sehen, ob das Fieber gesunken ist. Schon erstaunlich, was Ihr Körper alles aushalten kann.« Sie steckte ein Plastikhäubchen auf das Thermometer und hielt das Messgerät in meinen Gehörgang. Das Brummen, für sie wahrscheinlich unhörbar, dröhnte in meinem Kopf. Dann ein lauter Piepton. Ich hatte ihn erwartet und zuckte deshalb auch nicht zusammen.

»Sechsunddreißig acht!«, sagte sie. Über ihrer Oberlippe prangte ein starker Damenbart. »Wenn Sie mir heute Ihren Namen verraten, zeige ich Ihnen gleich Ihr neues Apartment.«

»Alexej«, krächzte ich und räusperte mich sofort. Es überraschte mich, wie tief meine Stimme war.

»Alexej. Na, das ist ja schon mal was. Ich bin Schwester Tereza.« Ihre Stimme war rau, aber sehr mütterlich. »Sie haben uns alle ganz schön ins Schwitzen gebracht. Seltsame Geschichte mit Ihrer Blutgruppe.« Sie schüttelte den Kopf. Ihre rot gefärbten Haare rochen wie eine parfümierte Kneipe. Eine Mischung aus Haarspray, Zigarettenqualm und abgestandener Luft.

»Alexej also. Und wie weiter?«

Ich überlegte angestrengt. Meinen richtigen Namen konnte ich ihr unmöglich sagen, das Risiko war einfach zu groß.

»Nepovím«, antwortete ich. Ein Name, der in Tschechien nicht unüblich war, aber den Humor von Schwester Tereza traf. Sie lachte kehlig.

»Wie Sie wollen, Herr *Sag-ich-nicht*. Ich bringe Sie jetzt ins Bad. Wäre doch gelacht, wenn ich Sie nicht mobilisiert bekäme, wo Sie schon wieder witzig sein können.«

Sie versuchte, mich zum Aufstehen zu bewegen. Ich wollte ihr den Gefallen gern tun, ein flügellahmer Rabe war schließlich zu nichts nütze. Aber meine Beine gehorchten nicht. Ich war zu schwach. Mein linker Arm hing an mir herab wie ein abgeknickter Zweig.

»Nach oben sehen!«, befahl sie, als ich hilflos die Augen verdrehte. »Und das Atmen nicht vergessen! Tief durchatmen! Sie schaffen das schon!«

Ihr Arm stützte mich. *Bloß ein Bein vor das andere setzen. Das ist längst nicht so schwer wie dein erster Flug!* In Erinnerung an dieses einprägsame Erlebnis biss ich die Zähne zusammen. Ein stechender Schmerz durchfuhr meinen Arm.

Gut so. Schmerzen waren mir allemal lieber als diese Taubheit, die sie mit ihren Drogen in mich hineingepumpt hatten.

»Sehr gut!«, lobte Schwester Tereza, und ihre Stimme schickte wieder einen Schwall Nikotingeruch in meine Richtung.

»Nur ein paar Schritte noch. Nein, nicht die Augen schließen! Wenn Sie mir hier umkippen, kriege ich Sie nie wieder hoch. So ein Riesenkerl! Wie soll ich das denn schaffen? Ja, so ist's gut. Denken Sie an was Schönes! Singen Sie gerne?«

Diese Frage reizte mich zum Lachen und ich hielt inne, weil mein Hals wund und rau war wie Eichenrinde.

»Nein? Gibt es nicht irgendein Lied, das Sie besonders gerne mögen? Singen hilft immer!«, beteuerte sie. »Das bringt den Kreislauf in Schwung.«

Also gut. Wenn sie es unbedingt wissen wollte: »Nummer zwei in e-Moll aus dem Opus zweiundsiebzig von *Dvořák*.« Ich keuchte, weil mir das Atmen schwer fiel.

»Was? Opus?« Sie verstand kein Wort.

»Antonín Dvořák, slawische Tänze …« Ich hatte das Waschbecken erreicht, und Schweißperlen tropften von meiner Stirn auf das weiße Porzellan. Meine rechte Hand umkrampfte den kalten Beckenrand. Ich ließ den Kopf sinken, weil ich mich danach sehnte, diese Kühle an meiner Stirn zu spüren.

»Slawische Tänze? Also ehrlich, ich finde Volksmusik nicht so toll.«

Ich lachte heiser. Schwester Tereza drückte den Gummistopfen in den Ausguss und drehte den Wasserhahn auf. Am liebsten hätte ich sofort beide Hände ins Wasser getaucht und mein Gesicht großzügig damit begossen, aber ich konnte das Becken nicht loslassen, ohne umzufallen. Ich fühlte mich alt und schwach wie ein Tattergreis.

»Soll ich Ihnen beim Waschen helfen?«

»Unter keinen Umständen!« Mit einer Kopfbewegung scheuchte ich sie hinter den blassgelben Vorhang zurück und sank auf einen Stuhl.

»Ich habe Ihnen eine Zahnbürste besorgt. In dem weißen Becher.« Die Bettdecke raschelte.

Mein Gott – selbst die einfachsten menschlichen Bedürfnisse waren mir fremd geworden. Ich angelte nach der Zahnbürste und klemmte sie mir zwischen die Zähne. Während ich mit dem Tubenverschluss kämpfte, dachte ich darüber nach, wie lächerlich es war, sich mit solch banalen Handlungen abzugeben. Viel Wichtigeres wartete.

Ich musste in Erfahrung bringen, wo Pavel war. Sein Körper. Und ich musste seine Familie benachrichtigen, so sehr es mir auch davor graute. Sie hatten so viel Grund mich zu hassen. Ich hasste mich selbst dafür, dass ich ihn nicht hatte retten können. Ich hatte ihn so armselig sterben lassen. Einen einfachen Rabentod.

Wahrscheinlich war er irgendwo verscharrt worden, in feuchter, ungeweihter Erde.

Wenn nur dieser Mann wiederkäme – wie hieß er noch gleich? Marek? Ein freundlicher, ruhiger Mann. Ein Mann, der sich sorgte und verantwortlich fühlte. Ich sollte versuchen, bei ihm Anschluss zu finden. Was war schon ein Mensch alleine? Nicht viel mehr als ein Rabe ohne seinen Schwarm.

Die plötzliche Stille im Zimmer ließ mich vermuten, dass Schwester Tereza etwas gefragt hatte.

»Ja gewiss«, antwortete ich aufs Geratewohl. Was konnte es schon gewesen sein?

»Einen Moment, ich hole nur die Rasierklinge.«

Auch das noch! Heute blieb mir aber auch nichts Menschliches erspart. Ich strich mit den Fingern über mein Gesicht. Langes, drahtiges Haar bedeckte mein Antlitz von den Wangenknochen bis hinunter zum Hals. Ich musste zum Fürchten aussehen. Entweder die Schwester hatte ein ausgeprägtes Helfersyndrom oder sie war furchtbar neugierig, wie ich unter diesem Wust von Barthaaren aussah.

Vermutlich Letzteres.

Allerdings konnte es nicht schaden, mit Wohlwollen betrachtet zu werden. Das vereinfachte ein Menschenleben ungemein. Deshalb ließ ich mich wenig später von ihr rasieren. Sie hatte eindeutig Geschick darin, wesentlich mehr als ich. Sollte ich das in Zukunft selbst übernehmen müssen, würden meine Wangen mit Schnitten übersät sein.

Schwester Terezas Augen wanderten über mein Gesicht. Sie spitzte die Lippen und stieß einen undamenhaften Pfiff aus. Ich meinte, fast etwas wie Stolz in ihren Zügen zu erkennen und hegte die Befürchtung, dass sie mich bei nächster Gelegenheit präsentieren wollen würde.

Du musst deine Scheu ablegen!, sagte ich mir wiederholt. Aber viel lieber wollte ich in der Masse untertauchen wie in einem Schwarm Kraniche, der zu einer fliegenden Eins verschmelzen konnte und vor dem Nordwind flüchtete. Hätte ich nur flüchten können! Vor diesen Menschen, die mich berührten, untersuchten, mit Drogen betäubten und mein Rabenwesen bedrohten.

»Soll ich Ihre Haare – ?«

»Kommt nicht infrage!«, unterbrach ich sie. Die Grenze des Ertragbaren war für heute erreicht. Meine Kräfte verließen mich, und das machte mich unaufmerksam.

»Wieder bereit für den Rückweg? Wie fühlen Sie sich?«

»Blümerant.« Es war mehr ein Seufzen denn eine Antwort. Die Schwester runzelte die Stirn. Ich hatte unbedacht geantwortet. So sprach hier niemand, und ich lief Gefahr, zu viel von mir preiszugeben. Dabei hatte ich die letzten Tage, die ich wieder bei Bewusstsein war, darauf verwandt, zuzuhören und zu beobachten. Die Stimmen um mich herum, die Tonlagen, die Wortschätze und die passenden Gesten. Ich hatte damals so vieles anders gelernt. Aber ich durfte mein früheres Leben nicht mit dem dieser Menschen hier vergleichen. Vergleichen hieße, darüber nachzudenken, und ich wollte mich nicht daran erinnern.

Es strengte mich weniger an, das Bett zu erreichen, als befürchtet. Vielleicht pulsierte mein Blut jetzt stärker durch meine Adern, nährte jede Zelle, um mich so menschlich wie möglich sein zu lassen. Ich rieb mir über die Augen und versuchte abermals, die Buchrücken an der Wand zu lesen – es gelang mir nicht. Möglicherweise war ich auch nur zu müde. Ich ließ mich in das Kissen zurücksinken, und jäh wurde mir bewusst, dass ich die Weichheit, die mich umgab, zu genießen begann.

Denken Sie an etwas Schönes, hatte Schwester Tereza empfohlen. An Musik sollte ich denken. Sie konnte ja nicht ahnen, welche Sehnsucht das in mir wecken würde.

Wann hatte ich das letzte Mal Musik gehört? So lange hatten wir die Nähe der Menschen gemieden, dass Musik für mich nur noch Erinnerung war. Ein Andenken, ein unerreichbares Denkmal – tief vergraben. Ich hatte damals vieles zurückgelassen, aber die Musik hatte mir das größte Opfer abverlangt.

»Gibt es hier ein Radio?« Es war die erste Frage, die ich ihr stellte.

»Hier nicht. Das würde die medizinischen Geräte stören. Manche sind sehr empfindlich.« Sie schüttelte bedauernd den Kopf. »Nur Geduld! Ich bringe Sie nach dem Frühstück auf Station fünf, dort kann man bestimmt eins für Sie auftreiben.«

Frühstück? Natürlich – als Mensch begab man sich nicht unter freiem Himmel auf die Suche nach etwas Essbarem. Man ging einkaufen, kochte und verzehrte es. Oder man beauftragte einen Bediensteten damit. Ich musste die Mahlzeit hinter mich bringen, auch wenn es mir wahrscheinlich nicht schmecken würde.

Meine Vermutung bestätigte sich: Weißes Brot und ein Aufstrich von undefinierbarer Konsistenz, vermutlich Marmelade. Dazu ein blassgrüner Kräutertee. Ich würgte alles hinunter, in der Hoffnung, mich damit zu stärken.

Mein neues *Apartment* war ein kühles Zweibettzimmer, immerhin mit einem großen Fenster zum Park. Aber das Wetter war trüb und ließ nur diffuses Licht herein. An der Wand neben der Garderobe kletterte ein kleiner Affe mit blauem Gesicht die Ranken an einem Fenster hoch. *Au visage bleu*, ein Kunstdruck von *Maria Čermínová*, wie ich las. Ich interessierte mich aber nicht für surrealistische Kunst und wandte mich lieber meinem Zimmernachbarn zu, einem großen, korpulenten Mann mit Gipsbein, der bis zu meinem Eintreffen im Rollstuhl gedöst hatte. Sein Hemd war über dem massigen Bauch hochgerutscht und entblößte einen Streifen behaarter Haut.

»Wadenbein gebrochen«, erklärte er mit sonorer Stimme, während er mich musterte.

»Bin kein Sportler, wie man sieht, hehe. Aber was tut man nicht alles für die Enkel? Wollten unbedingt mit mir Fußball spielen, und dann hat der kleine der zwei Teufel mir den Ball zwischen den Füßen weggetreten. Und bei Ihnen?«

Ich wusste nicht, was ich ihm darauf antworten sollte. Aber bei Lügen musste man so nah wie möglich an der Wahrheit bleiben.

»Jagdunfall. Aber ich kann mich nicht mehr daran erinnern«, ergänzte ich, um weitere Fragen zu vermeiden.

»Mmpf«, er kaute sichtlich an meiner Antwort. »Wenn Sie mich fragen, es gibt wieder viel zu viele Wölfe und Bären hier. Kommen alle aus Polen rüber. Und dann die Tollwut, und was die nicht sonst noch alles für Krankheiten einschleppen. He, was ist denn los?«

Ich hatte mich vorgebeugt und gelauscht.

»Hat die Alte die Tür nicht richtig zugemacht?« Er versuchte, seinen Rollstuhl in Richtung Flur zu bugsieren. »Jetzt dreht sie wieder auf!« Er trat mit seinem Gipsbein nach der Tür.

»Halt, warten Sie!« Ich rutschte an den Rand des Bettes. Mein Arm schmerzte entsetzlich und in meinem Kopf wirbelte ein Bündel Herbstlaub durcheinander. Aber ich hatte eindeutig Musik gehört.

»Ist 'ne Verrückte. Will am liebsten den ganzen Tag den Flur mit so 'ner Fiedelmusik beschallen. Die Schwestern können alle paar Minuten hinrennen, um das Ding leiser zu drehen.«

Ich schwang meine Beine über die Bettkante und bereute diese Eile sogleich. Alles drehte sich. Ich hatte mein zweites Gleichgewichtsorgan mit meiner Rabengestalt verloren und war nun völlig auf mein Innenohr angewiesen. Außerdem spürte ich die Luftkräfte nicht mehr über meine Federn. Der Gedanke, dass mein Körper es vielleicht verlernt hatte, sich umzugewöhnen, war beunruhigend.

Doch die Musik lockte. Ich tastete mich am Bettrand entlang und stützte mich an der Wand ab.

»Ist das Ihr Morgenrock?«, fragte ich.

Mein Bettnachbar nickte verwirrt.

»Ich leihe ihn mir nur kurz aus«, sagte ich und warf mir den Mantel über die Schultern. Dann war ich zur Tür hinaus. Er rief mir noch etwas hinterher, aber ich hörte nicht hin.

Ich taumelte den Flur entlang, bis ich eine keifende Stimme hörte.

»Lassen Sie Ihre schäbigen Finger von meinem Radio!«, zeterte sie. »Das ist ein Präludium aus dem *Wohltemperierten Klavier*, Sie Bildungsphilister! Wagen Sie es nicht!«

Es folgte eine Antwort, die wohl beruhigen sollte.

»Finger weg von meinem Bach! Sie verderben ja alles!«

Ich hangelte mich durch die Tür. Dieses Rauschen war unerträglich.

»Was machen *Sie* denn hier?«

Vorsichtig drehte ich am Einstellknopf herum. Behutsam, fast zärtlich, bis sich das kreischende Geräusch in diese wundervollen, legato gespielten Töne verwandelte, die ich seit so vielen Jahren nicht gehört hatte. Ich seufzte erleichtert. Die Musik strömte durch mich hindurch – durch jede Pore. Sie vibrierte in mir nach, verknüpfte sich, umschlang alles und floss mir dann in stummen Tränen übervoll aus den Augen.

»Endlich ein vernünftiger Mensch hier in diesem Haus«, sagte die Alte.

Schweißblässe

»Haben Sie die Anziehsachen mitgebracht?«, fragte mich die Krankenschwester in befehlsgewohntem Ton. Ihr Englisch war gut, jedenfalls besser als das der Frau, die an diesem Morgen angerufen hatte. Eigentlich hatte sie ja Marek sprechen wollen, aber der war gerade mit seinen Kamerabeobachtungen beschäftigt gewesen, und so hatte ich den Anruf entgegengenommen.

Ich deutete auf die Plastiktüte, die unter meinem Arm klemmte, und nickte. Mit seltsam gemischten Gefühlen war ich hierher ins Krankenhaus gefahren. Marek hatte mir den Jimny überlassen und war mit dem Fahrrad losgezogen, und Lara hatte bereits gestern Abend angekündigt, sie würde heute den ganzen Tag mit der Umgestaltung der Homepage beschäftigt sein. Wenn ich mich nicht danach sehnen würde, mich in HTML zu üben, solle ich sie tunlichst in Frieden lassen.

Der Anruf war von einer Frau Němcová aus der Verwaltung des Krankenhauses gekommen. Sie hatte mir mitgeteilt, dass der Patient *Alexej Nepovím* heute entlassen werden könne, und gefragt, wann wir ihn abholen würden. Im ersten Moment war ich ziemlich überrascht. Auf weitere Nachfragen verstand ich nur so viel, dass Herr Nepovím keine Angaben zu seiner Familie hatte machen können, und Nachforschungen durch die Sozialarbeiter zu keinem Ergebnis geführt hatten. Sicher gab es Nepovíms genug, aber es wurde niemand mit Namen Alexej vermisst oder war ihnen auch nur bekannt. Außerdem sei Alexej gar kein tschechischer Name.

Alexej.

Ich ließ den Vornamen langsam über meine Lippen gleiten. Dann erzählte sie mir noch etwas über Krankenkassen und Kostenübernahme und dass ich Herrn Nepovím nach der Visite um halb elf abholen solle und ihm etwas zum Anziehen mitbringen müsse. Er hätte seltsamerweise keinerlei Garderobe dabei. Ach nein? Wer wusste das besser als ich!

Marek war über das Handy nicht zu erreichen gewesen, und Lara hatte nur geschimpft, ich solle den Fremden halt in Dreiteufelsnamen abholen, und weiter in die Tastatur gehämmert.

Jetzt war ich also hier. Und das mit einem ziemlichen Geröllhaufen in der Magengrube. Was sollte ich mit diesem Mann anfangen? Und was machte ich, wenn ihm die Klamotten nicht passten? Ich hatte sie einfach aus Mareks Schrank stibitzt. Sicher würden sie ihm zu weit sein. Marek war etwas füllig um die Mitte rum, dafür aber recht groß. Und wenn ich mich richtig erinnerte, war der Eremit alles andere als kräftig.

Ob er sein Gedächtnis verloren hatte? War es dann nicht normalerweise Aufgabe der Polizei, herauszufinden, wer er war und wohin er gehörte?

Ich umkrampfte die Plastiktüte fester und dankte Gott, dass ich an Unterwäsche gedacht hatte. Wie unendlich peinlich, wenn ich die vergessen hätte!

Die Schwester neben mir schritt schnell aus. Wir betraten den Aufzug und fuhren, eingezwängt zwischen einem Rollstuhlfahrer und einem riesigen Rollwagen, der die Frühstückstabletts transportierte, in den zweiten Stock.

»Melden Sie sich dort hinten im Schwesternzimmer, Nummer zweihundertneunzehn!«, gab sie mir mit auf den Weg und verschwand in einem Seitengang, über dem ein Schild mit der Aufschrift *Ambulance* angebracht war. Ich suchte vergeblich nach der richtigen Zimmernummer und folgte schließlich dem lauten Geschnatter, das aus einem Raum in der Mitte des

Ganges herausdrang. Zaghaft klopfte ich an die Tür, die nur Augenblicke später aufgerissen wurde.

»*Dobrý den*!«, sagte eine junge Frau in weißem Kittel.

»*Dobrý den*. Guten Tag«, versuchte ich es auf Englisch.

»Ah, Moment«, antwortete sie und rief in den Raum hinein: »Tereza!« Es folgte ein Stühlerücken, dann erschien eine ältere Frau, die gerade den letzten Zug ihrer Zigarette ausblies und stehend noch einen Schluck Kaffee hinunterspülte.

»Sie sind die Deutsche, die Herrn Nepovím gefunden hat?«

»Ich bin gekommen, um ihn abzuholen.« Ich knisterte mit der Tüte in meiner Hand. »Man hat mich heute Morgen angerufen.«

»Ich erinnere mich an Sie. War ganz schön aufregend, als Sie ihn hergebracht haben, nicht wahr?« Sie spitzte die angemalten Lippen.

Aufregend? Das war eigentlich nicht das Wort, das ich gewählt hätte. Erschreckend, Angst einflößend, ja. Aber aufregend? Ich senkte betreten den Kopf, dann hielt ich ihr die Klamotten hin. Sie nahm sie kommentarlos und führte mich denselben Gang wieder zurück.

»Herrn Nepovím geht es sehr gut. Die Bisswunde hat sich nicht entzündet. Er hat noch Schwierigkeiten mit der Feinmotorik, aber er kann den Arm schon ganz gut bewegen. Allerdings hatte er die ersten Tage ziemliche Gleichgewichtsprobleme, konnte kaum einen Schritt gehen, ohne umzufallen. Aber beim Hörtest war alles unauffällig.«

Ich nickte ihr interessiert zu.

»Das heißt, unauffällig eigentlich nicht.« Sie überlegte einen Moment. »Seltsam ist, dass er bestimmte Symptome einer Schwerhörigkeit aufweist. Wir nennen das *Recruitment*. Das bedeutet, dass er sehr empfindlich auf Geräusche reagiert. Normalerweise tritt so etwas bei alten Menschen auf, die gleichzeitig bis zu einer bestimmten Lautstärke sehr schlecht hören. Das ist aber bei ihm nicht der Fall. Also laut HNO-Arzt eine sehr seltsame Kombination. Für die Abwehrreaktion bei der Bluttransfusion haben wir bis heute auch keine Erklärung gefunden. Man müsste vielleicht ausführlichere Tests durchführen. Könnte auch mit irgendwelchen Anomalien zu tun haben, die noch nicht so genau erforscht sind. Aber Doktor Pražák meint, es müsse wohl nicht für alles auf der Welt eine Erklärung geben. Hat er eigentlich recht, nicht?« Sie wartete keine Antwort ab, sondern öffnete nach kurzem Klopfen eine der vielen Türen.

»Er ist schon wieder ausgeflogen«, stellte sie nach einem knappen Blick fest. »Dann finden wir ihn bei unserer *Madame.*«

Sie beugte sich verschwörerisch zu mir.

»Das ist eine alte, schrullige Dame. Bevor Herr Nepovím hierher kam, hatten wir ganz schöne Probleme mit ihr, aber die zwei haben sich inzwischen angefreundet. Sitzen den ganzen Tag zusammen und spielen Schach.« Sie grinste und zeigte dabei eine Reihe vergilbter Zähne, was so herrlich sympathisch war, dass ich ihr Lächeln einfach erwidern musste.

Dann steuerte sie eine weitere verschlossene Tür an. Vor Nervosität war mein Hals völlig ausgetrocknet, dafür aber meine Hände feucht. Eigentlich albern, immerhin war ich eine erwachsene Frau von vierundzwanzig Jahren, da sollte man über ein bisschen mehr Selbstbewusstsein verfügen.

Die Schwester klopfte und drückte im selben Moment die Klinke hinunter. Mein Blick fiel auf eine weißhaarige Dame in seidenem Morgenmantel. Ihr gegenüber, mit dem Rücken zu mir, saß der Eremit. Er trug einen Morgenrock und hatte die Beine leger übereinandergeschlagen. Die Dame sagte etwas auf Französisch, und erst jetzt drehte sich der Eremit zu uns um. Im selben Moment wurde mir bewusst, wie furchtbar er in Mareks alten Jeans, dem Strickpullover und den weißen Turnschuhen aussehen würde.

Mit einer nonchalanten Bewegung strich er sich einige dunkle Strähnen hinters Ohr, aber sie fielen sofort wieder in seine Stirn zurück. In seinem blassen Gesicht glänzten dunkelblaue Augen mit einem dichten, rabenschwarzen Wimpernkranz. Und er lächelte. Himmel, wieso lächelte er denn so? Hatte Schwester Tereza etwas gesagt? Mir schoss das Blut ins Gesicht.

Tief durchatmen!

Ich folgte der Schwester ins Zimmer und begrüßte erst einmal die alte Dame. Ihre Hände waren kalt und sehr knochig. Sie sprach mich auf Tschechisch an. Dann reichte ich auch dem Eremiten die Hand, ohne ihn anzusehen. Seine war sehr warm, berührte mich aber so flüchtig, dass ich nicht einmal sagen konnte, ob er einen festen Händedruck hatte oder nicht.

»Ich bin Ihnen sehr dankbar, dass Sie so freundlich sind, mich abzuholen.«

Er sprach Deutsch! Ich war so erstaunt, dass ich nur undeutliches Zeug murmeln konnte und dann verlegen auf die Plastiktüte deutete, die Schwester Tereza ihm hinhielt. Wie peinlich mir jetzt diese Klamotten waren!

Marek, ich muss dringend mit Dir über Deine Garderobe reden!

»Ich werde ein paar Minuten benötigen, um mich umzuziehen.« Er hatte eine dunkle, warme Stimme und rollte das *R* auf sehr charmante Weise. »Würden Sie so lange auf mich warten?«

Ich nickte und war froh, als ich das Zimmer wieder verlassen konnte. Schwester Tereza folgte mir nach wenigen Augenblicken und seufzte.

»Ist ein schöner Mann, nicht?«

»Ja ... sicher. Ich meine, wenn man auf dunkle Typen steht«, versuchte ich meine Antwort zu relativieren.

Nach kurzer Zeit kam der Eremit aus dem Badezimmer heraus. Ich war einigermaßen erleichtert. So schlimm waren die Sachen nun doch nicht, wenn ich auch das untrügliche Gefühl hatte, dass Jeans nicht zu seiner bevorzugten Garderobe gehörten. Denn er trug sie nicht so zwanglos wie den dunklen Morgenmantel, sondern so, als wäre ihm das Gefühl auf der Haut ungewohnt.

»Müssen Sie noch etwas aus Ihrem Zimmer holen? Irgendwas einpacken?«, fragte ich.

»Nein, ich besitze nichts«, erwiderte er kurz, und ich wunderte mich über diese seltsame Wortwahl.

»Die Schwester hat gesagt, dass Sie in drei Tagen zum Verbandwechsel wiederkommen müssen.«

Keine Antwort.

Na toll. Erwartete er etwa von mir, dass ich das alles für ihn regelte? Das konnte ja heiter werden. Ich marschierte über den Gang zu den Aufzügen und drückte direkt alle Knöpfe, die zur Verfügung standen. Der Eremit bewegte sich unbehaglich neben mir.

»Würde es Ihnen etwas ausmachen, wenn wir die Treppe nähmen?« Er kam ins Schwitzen und rieb sich mit der rechten Hand über die Nasenwurzel.

»Geht es Ihnen nicht gut? Soll ich besser die Schwester rufen?«

»Nein, nein!«, wiegelte er ab. »Es ist nur … Ich vertrage das Aufzugfahren nicht besonders gut.«

Dann also die Treppe. Warum drückte er sich nur so umständlich aus? Bestimmt war er nur wenige Jahre älter als ich, und trotzdem redete er wie mein Opa.

Ich war froh, das Krankenhaus mit seinen Gerüchen nach Desinfektionsmittel und Körpersekreten zu verlassen. Draußen präsentierte sich der Himmel im typischen November-Einheitsgrau. Ich schloss den Suzuki auf. Der Eremit zögerte beim Einsteigen, atmete dann aber tief durch und setzte sich auf den Beifahrersitz.

»Alles okay mit Ihnen?«

Er nickte bloß, und ich ärgerte mich, dass ich nicht einfach mal die Klappe halten konnte. Langsam fuhr ich aus der Parklücke, griff nach vorne und drehte die Heizung voll auf. Neben mir Schweigen. *Auch gut.* Ich schaltete das Radio ein, und sofort schepperte ein alter *Guns-N'-Roses*-Song aus den Boxen. Der Eremit neben mir stöhnte und ich stellte das Radio wieder aus. Anscheinend waren seine Ohren immer noch ziemlich empfindlich.

»Können Sie sich an mich erinnern?«, fragte ich und hätte mir im selben Moment die Zunge abbeißen mögen. Ich sah aus dem Augenwinkel, dass er mich musterte, aber er sagte nichts. Vielleicht war er so in Gedanken versunken, dass er die Frage gar nicht gehört hatte. Hoffentlich.

An der Auffahrt zur Autobahn beschleunigte ich. Das Auto war nicht besonders gut isoliert und dröhnte. Bei einem vorsichtigen Blick zur Seite sah ich, dass der Eremit die rechte Hand krampfhaft um den Türgriff geschlossen hatte. Er starrte stur geradeaus.

Wurde ihm vielleicht schlecht? Ich gab etwas weniger Gas, aber sein ohnehin schon weißes Gesicht sah gespenstisch blass aus. Ich entschied, ihn diesmal nicht nach seinem Befinden zu fragen, und bremste langsam ab. Es war nicht viel Verkehr auf dieser Strecke, also ließ ich das Auto auf dem Seitenstreifen ausrollen. Der Eremit rührte sich nicht, deshalb beugte ich mich halb über ihn, stieß die Autotür auf und schubste ihn an. Er erwachte aus seiner Starre und kletterte umständlich nach draußen. Als ich die Fahrertür aufriss, hörte ich ihn auch schon würgen.

Er erbrach sein Frühstück auf den schmalen Grasstreifen neben der Fahrbahn. Sein Gesicht war schweißnass, und das Haar bedeckte seine Augen. Unwillkürlich fasste ich nach seiner Stirn. Sie fühlte sich glühend heiß an. Ich wollte meine Hand gerade wegziehen, da presste er sie an sich, als würde ihm das Linderung verschaffen. Und weil ich sonst beinahe umgekippt wäre, kniete ich mich neben ihn und flüsterte tröstende Worte in sein Ohr.

Langsam beruhigte sich sein Magen wieder.

»Warum haben Sie mir nicht gesagt, dass Sie Autofahren auch nicht so gut vertragen?«, fragte ich.

Aber statt einer Antwort sagte er nur: »Ich erinnere mich an Ihre Augen.«

Also hatte er die Frage vorhin wohl doch gehört. Ich zog meine Hand fort. »Wenn das so ist, dann können wir jetzt wohl *Du* sagen, oder? Ich bin Isa.«

Lachte er? Tatsächlich – das Geräusch, das er da von sich gab, war unverkennbar ein Lachen.

»Alexej«, sagte er.

Wundfessel

Es war nicht schwierig für mich, das Gebäude, in dem ich schlief, unbemerkt zu verlassen. Die Nacht war einsam und still, unnatürlich still. Ich hörte nicht einmal ein Knacksen im Holz oder das Summen eines der vielen Elektrogeräte. Auch die Geräusche, die normalerweise von draußen gegen die Fensterscheiben wehten, waren verstummt.

Diese Stille hatte mich geweckt, hatte meine Ohren wachsam werden und mich atemlos lauschen lassen. Ich wollte die Gelegenheit nutzen und schlich an den verlassenen Räumen vorbei, wo sonst Schulklassen und andere Besucher des Nationalparks untergebracht waren. Es gab sechs Zimmer, je nach Größe mit vier bis fünf Betten, und im Keller einen Gemeinschaftsraum mit Fernseher. Ich dürfe ihn gerne benutzen, wenn mir in den Abendstunden langweilig sein sollte, hatte Marek mir angeboten. Aber das reizte mich nicht. Viel mehr interessierte mich das Klavier, das in einer Ecke an die Wand geschoben war und nach altem Staub roch. Es war nicht völlig verstimmt, wie ich zuerst befürchtet hatte. Man würde also nicht nur Garlands und Razafs *In the mood* darauf spielen können. Ich ließ meine Finger zart über die Tasten gleiten, fühlte die Kälte des alten Elfenbeins unter meinen Fingerkuppen und das glatte Ebenholz der Zwischentöne.

Aber meine Finger waren starr wie knorrige Äste. Die Sehnen unflexibel und steif. Gleich einem zugefrorenen Bach, der einst in wildem Staccato über die Kiesel gesprungen war. Ich schaute auf meine Hände hinab und ballte sie zu Fäusten, bevor ich den Klavierdeckel wieder zuklappte.

Ich verließ den Aufenthaltsraum und stieg die Treppe hinauf. Alle Räume waren tot. Tagsüber herrschte zumindest in der Küche Leben, wenn Michala darin werkelte. In den wenigen Tagen seit meiner Ankunft hatte ich die meisten von Mareks Mitarbeitern kennengelernt. Erst hatte ich befürchtet, dass es mir schwerfallen würde, meine Rolle als Rekonvaleszent glaubwürdig zu spielen, noch dazu eine Rolle ohne Erinnerung, aber mein jahrelanges Schwarmleben war mir zugute gekommen.

Meine erste Gelegenheit, Sympathie zu erlangen, war fast schon zu einfach gewesen: Ich musste nur Marek um Hilfe bitten. Er war verantwortungsbewusst, kein Schwätzer, sondern ein Mann mit einem geerdeten Verstand. Warmherzig, freundlich und nicht uneitel. Die Möglichkeit, mir seine Hilfe anzubieten, hatte ihn erfreut.

Das war eine der vielen Lektionen gewesen, die ich damals gelernt hatte: Wenn du willst, dass dir jemand mit Sympathie begegnet, bitte ihn um einen persönlichen Gefallen. Bei Marek hatte es funktioniert und auch seine Frau Lara war nicht schwer zu überzeugen gewesen. Eine gezielte Schmeichelei hatte ausgereicht.

Und jetzt durfte ich so lange bleiben, bis ich vollständig genesen war. Diese Manipulation war mir eigentlich zuwider, denn ich mochte die beiden. Aber was ich wollte, war gesund und flugfähig werden, damit ich meinen Schwarm nicht in Gefahr brächte. Und ich wollte Pavel nach Hause bringen.

Ich verließ das Haus durch den vorderen Eingang, lehnte die Tür nur an und schlug den Weg Richtung Wald ein. Ich hatte Mareks Jacke in meinem Zimmer zurückgelassen, weil ich sie nicht brauchen würde, ebenso wenig wie die anderen Sachen, die ich am Leibe trug. Wie angenehm es sein würde, sie loszuwerden!

Meine Füße schritten schneller aus. Ich hatte es eilig, meine Gestalt zu wandeln. Ich sehnte mich danach, die Welt wieder als Vogel wahrzunehmen. Es war nur ein Versuch. Ich spürte den Druck des Verbandes umso fester, je mehr ich danach strebte, ihn zu vergessen. Er schnürte mich, er fesselte mich, er schien mich in diesem fremden Körper gefangen zu halten wie die Lederriemen, die einen Falken an seinen Falkner banden.

Im Gehen zog ich mir den Pullover aus und warf ihn über eine Astgabel. Aus den engen Jeans zu kommen, war nicht so einfach. Wer hatte sich nur einfallen lassen, diese primitiven Arbeiterhosen gesellschaftsfähig zu machen? Ich ließ alles am Baum zurück und lief nackt über den Waldboden. Nadeln stachen mich in die Fußsohlen und das Herbstlaub knisterte. Mein Atem blies weiße Fahnen in die klare Nachtluft.

Ich rannte schneller. Dorniges Gestrüpp riss mir die Haut auf, aber ich spürte dabei nur, wie lebendig ich war. Die Nadelbäume flogen schemenhaft vorbei, und die Schwere meiner Glieder fiel von mir ab. Ich reckte mich, stieß meine Arme von mir und schwang mich in die Höhe. Meine Lunge brannte, und mein Hals zog sich in plötzlicher Enge zusammen. Mit einem lauten Schrei machte ich mir Luft:

»*Chii!*«

Es war ein Siegesschrei, weil ich es geschafft hatte, meinen menschlichen Körper zu überwältigen.

Ich ruderte hastig. Mein linker Flügel lahmte und verlor viel zu schnell an Kraft. Ich ließ mich auf dem Ast einer Tanne nieder und schöpfte Atem. Endlich war ich wieder Herr meiner Sinne! Ich zupfte mein Gefieder zurecht und genoss die Wärme, in die es mich bettete. Mein Herz schlug in seinem gewohnten Takt. Alles war schärfer. Wenn auch meine Augen die Dunkelheit nicht bezwangen wie die der Eulen, so konnte ich trotzdem im fahlen Mondlicht jede kleinste Bewegung wahrnehmen. Als Mensch war das nicht möglich, weil mein Gehirn die Lücken schloss wie bei einem Daumenkino. Aber als Rabe sah ich jedes noch so winzige Flattern oder Flimmern.

Ich hüpfte seitlich den Ast entlang und stellte befriedigt fest, wie beweglich und leicht ich war.

So war ich gedacht. So ließ es sich aushalten – allerdings nur, wenn man keinen Hunger hatte.

Lustlos pickte ich an der Baumrinde herum, denn ich wollte etwas Fleischiges auf meiner Zunge schmecken. Ich flatterte zu Boden und mein Gleichgewichtssinn funktionierte einwandfrei. Welcher Unterschied zu meinen ersten Gehversuchen im Krankenhaus!

Gemächlich schritt ich aus und hielt nach Kleingetier Ausschau. Doch nichts lockte mich. Also schwang ich mich erneut in die Luft, ruderte und rotierte wie eine orientierungslose Biene, die man aus ihrem Glasgefängnis befreit hatte. Mein linker Flügel spreizte sich seltsam von meinem Körper ab und pochte schmerzhaft. Enttäuschung drohte mich zu überwältigen. Hatte ich denn erwartet, meine Verletzung mit den menschlichen Gliedern einfach abschütteln zu können? Welche Dummheit! Sinnlos war es ohnehin, jetzt nach meinem Schwarm zu suchen. Um diese Zeit schliefen wir normalerweise längst in einer hohen Fichtenkrone. Es wäre wesentlich leichter, Laszlo, Darius und die anderen bei Tage zu finden. Sicher suchten sie auch nach mir. Und diese Frau – Isa – suchte nach Tierspuren. Ich könnte mich ihr anschließen und ihr dabei helfen, überlegte ich. Umso schneller würde ich auch zu meinem Schwarm zurückfinden.

Mit dieser neuen Hoffnung ließ ich mein Rabenkleid ernüchtert von mir herabrieseln und begutachtete die Wunde an meinem Arm, deren Verband ich natürlich verloren hatte. Die Naht schien fest, allerdings trat an einer Stelle Wundsekret aus und nässte meine Haut.

Meine Sachen fand ich unter dem Baum im Laub verstreut. Anscheinend hatten Tiere darin gewühlt. Ich stieg in die steife Hose und klemmte mir den Pullover unter den gesunden Arm. Mir war furchtbar heiß und ich fragte mich, weshalb es nur so lange dauerte, bis sich mein Stoffwechsel von selbst regulierte.

Gedankenverloren betrat ich das Haus.

Wäre ich wachsamer gewesen, hätte ich bemerkt, dass die Tür geschlossen war, obwohl ich sie nur angelehnt hatte. Aber vielleicht hätte ich mich auch damit beruhigt, dass der Wind sie zugedrückt haben könnte. Mein kleiner Ausflug hatte mich hungrig gemacht und mein Gaumen gierte immer noch nach Fleisch. Ich ging in die Küche, warf meinen Pullover auf einen Stuhl und durchsuchte den Kühlschrank nach Essbarem. Das Licht erhellte den Raum nur bis zu meinen Füßen. Im untersten Fach fand ich, was ich suchte. Ich griff nach einem Behälter, der herrlich frische Steaks enthielt – das war nun wirklich Aas der köstlichsten Art. Ich zog eines der großen, rohen Stücke heraus und biss herzhaft zu.

Im selben Moment hörte ich hinter mir ein Hüsteln und erstarrte. Dort saß jemand im Dunkeln; jemand, der mich beobachtet hatte.

»Tut mir leid, dass ich dich erschreckt habe.«

Ein Feuerzeug flammte auf und entzündete ein Teelicht. Mit angezogenen Beinen saß Isa auf einem der Küchenstühle und balancierte einen Suppentopf auf ihren Knien. Das gelbe Licht berührte kaum ihr Gesicht, trotzdem sah ich, dass sie lächelte.

»Ich hatte Hunger.« Ihre Augen funkelten. »Ich dachte auch, ich müsste in diesen Topf springen, um nach einem Stück Fleisch zu tauchen, aber auf die Idee, das Zeug roh zu essen, bin selbst ich noch nicht gekommen.«

Im ersten Moment war ich sprachlos und überlegte, ob ich lügen sollte. »Das war auch mein erster Versuch«, sagte ich lahm.

»Sicher.«

Offensichtlich glaubte sie mir kein Wort.

Ich wusste, wie sie mich nannte, zumindest Marek gegenüber: der Eremit. Erst hatte es mich amüsiert, aber jetzt fragte ich mich doch, ob sie mich wirklich für einen Wilden hielt, der im Wald hauste, sich von Beeren, Wurzeln und Getier ernährte und nackt in einer Höhle schlief.

Obwohl dieser Gedanke gar nicht so verkehrt war. Das war mein Leben. Wir wilderten und gierten, lebten für den Augenblick, planten nur für den Winter, der nach dem Herbst folgen würde. Aber unzivilisiert? Nein, unzivilisiert waren wir nicht. Wir hatten unsere Regeln. Regeln, die die Gemeinschaft aufrecht hielten und das Leben vereinfachten. Auch hausten wir nicht wie Eremiten, suchten nicht nach einem Glauben, oder betrachteten unser Leben als Opferdienst an einen Gott.

Ich lächelte. »Und was, wenn ich fragen darf, machst du hier zu dieser nachtschlafenden Zeit? Wolltest du mich besuchen?« Die Frage war provokant. Ich hatte genau den richtigen, süffisanten Ton getroffen, und ihr Gesicht lief prompt rot an. Das war ihr schon im Krankenhaus ständig passiert, und ich vermutete, dass sie sich selbst darüber ärgerte.

Mühsam schluckte sie und würgte eine unverfängliche Antwort hervor.

»Ich sagte doch, ich hatte Hunger.« Sie stellte den Topf auf dem Tisch ab. An ihrem erhobenen Kinn erkannte ich Trotz und Stolz. Aber Stolz war dazu da, gebrochen zu werden. Und jetzt versuchte sie auch noch, mich bei meinem eigenen Stolz zu packen. Sie konnte ja nicht wissen, wie sinnlos das war.

»Hast du dich noch nicht daran gewöhnt, in einem Bett zu schlafen? Oder warum streunst du nachts durch den Wald?«

Das war ein netter Versuch, mich aus der Reserve zu locken. Aber wenn ich mit ihrer Hilfe meinen Schwarm finden wollte, durfte ich mich nicht mit ihr streiten. Ich musste anders reagieren, anders als sie es erwartete.

»Du hast recht.« Ich strich mir eine lange Haarsträhne aus dem Gesicht und senkte die Lider. »Es fällt mir noch schwer, mich hier einzugewöhnen.«

Ihre Antwort kam unerwartet milde. »Ich wollte dich nicht beleidigen. Hier.« Sie schob mir den Topf herüber. »Ist allerdings kalt.«

Das störte mich nicht im Geringsten. Ich griff nach ihrem Löffel und aß schnell ein paar Bissen. Nahrung zu finden, war das Wichtigste, um unser Überleben zu sichern, da durfte man nicht wählerisch sein. Sie beobachtete mich schweigend und stand auf. Als sie dann direkt neben mir stand, signalisierte mein Vogelinstinkt nur eins:

Flucht.

Aber ich war jetzt kein Vogel. Ich musste meine Rolle gut spielen – besser als bisher. Deshalb schluckte ich tapfer den Eintopf hinunter und versuchte mir meine Nervosität nicht anmerken zu lassen. Sie beugte sich vor und untersuchte die Wundnaht an meinem Arm. Ihre Hände berührten meine gespannte Haut wie ein kühler, zarter Windhauch. Gänsehaut breitete sich über meinem Rücken aus, und ich rutschte unbehaglich auf dem Stuhl nach vorne.

»Machst du dich fluchtbereit?«, fragte sie.

War das so offensichtlich? Betont gelassen nahm ich einen weiteren Bissen in den Mund.

»Ich glaube, es hat sich wieder entzündet.« Sie seufzte. »Du solltest besser aufpassen!«

Ich kaute.

»Quark ist da am besten, der zieht die Entzündung heraus. Ich mache dir damit einen neuen Verband.«

Ich schüttelte den Kopf.

»Sei nicht albern. Das kannst du wohl schlecht selber machen, mit einer Hand, oder?«

Sie kramte in einem der Küchenschränke nach Verbandsmaterial und durchstöberte danach den Kühlschrank. Als sie den Quark gefunden hatte, bestrich sie eine Kompresse fingerdick damit und drückte sie vorsichtig auf meinen Arm.

Ich schluckte. »Mit Essen spielt man nicht.«

Ihr Gesicht färbte sich sofort wieder feuerrot, und schnell wickelte sie einen frischen Verband um meinen Oberarm. Mir wurde bewusst, dass ich auf diese Weise wieder gefesselt wurde. Gefesselt von ihr.

»Ich glaube du fieberst«, sagte sie. Doch in ihrer Stimme schwang ein Ton mit, der mir zu verstehen gab, dass ich bloß fantasierte.

Aasgier

Dieses vermaledeite Bett brachte mich noch um. Ich verwünschte Marek, weil er mich in dieser armseligen Hütte untergebracht hatte und der Eremit bequem im Haupthaus schlafen durfte. Und ich verwünschte ihn, weil er sich noch immer nicht um meine Heizung gekümmert hatte und ich die Nacht über vor Kälte kaum ein Auge zumachen konnte. Aber am meisten verwünschte ich diesen Eremiten, der, das musste ich zugeben, die eigentliche Ursache war, warum ich kaum Schlaf fand.

Er reizte mich. Er reizte mich wahnsinnig, und ich konnte nicht einmal sagen womit genau, denn die meiste Zeit war er ausgesprochen höflich. Vielleicht war genau das der Grund. Er hatte eine Art sich auszudrücken, die mich einfach anstachelte. Die Wahl seiner Worte, seine zurückhaltenden Gesten – er war immer so beherrscht, so nachdenklich. Kaum, dass ihm ein unbedachtes Wort entschlüpfte.

Außer vermutlich gestern Nacht.

Ich schmunzelte in Erinnerung daran. Ein wenig war er schon aus sich herausgekommen. Allerdings nur, weil ich ihn dabei erwischt hatte, wie er ein rohes Steak verspeisen wollte. Wie unangenehm ihm das gewesen war! Ich hätte die Situation wahrlich genießen können, wenn er es nicht geschafft hätte, sie innerhalb von Sekunden umzudrehen.

Dieser Mann gab mir Rätsel auf. Ich glaubte keine Sekunde, dass er sich nicht an den Unfall erinnern konnte. Vielmehr war ich mir sicher, dass er absichtlich etwas verbarg.

Ein Geheimnis umgab ihn. Und das Schlimmste daran war, dass ich die Einzige war, die das so empfand. Marek fand ihn furchtbar nett und bescheiden und war einfach nur froh, ihm behilflich sein zu können. Und Lara – tja, was sollte ich dazu sagen? – sie war schlicht hingerissen von ihm. Und das ließ meine Fantasie erst recht hochsprudeln. Er hatte eine Art, die ihn bei anderen sofort beliebt machte. Selbst Michala, die Köchin, war heute Morgen furchtbar guter Laune gewesen. Anscheinend hatte ihr der Eremit schon gebeichtet, ihre Reste dezimiert zu haben, und sie freute sich auch noch darüber. *Der arme Junge musste ja dringend wieder etwas auf die Rippen bekommen!*

Aber hatte ich nicht selbst das Gefühl gehabt, Mitleid mit ihm haben zu müssen? Natürlich – ich hatte ja schließlich seinen Überlebenskampf im Krankenhaus hautnah miterlebt. Trotzdem empfand ich ihn nicht als armen Jungen. Da war eine innere Kraft, die in ihm zu pulsieren schien. Eine Stärke des Willens, die ihn antrieb. Nein, da war überhaupt nichts Jungenhaftes.

Ich dachte daran, wie er gestern vor dem Kühlschrank gestanden hatte, und atmete tief durch. Das gelbe Licht hatte seinen Oberkörper angestrahlt. Ich war davon so gebannt gewesen, dass ich mich gar nicht früher hätte bemerkbar machen können, selbst wenn ich es gewollt hätte. Seine weiße Haut, der Schweißfilm, der ihn bedeckt hatte – er musste einen ganz schön weiten Weg gerannt sein. Und wie heiß er sich angefühlt hatte, fast wie im Fieber.

Hoffentlich würde der Quark die neue Entzündung aus ihm herausziehen. Allerdings – was ging mich das überhaupt an? Ich sollte wirklich aufhören, mir über ihn Gedanken zu machen. *Nein!*, beschloss ich, ich würde jetzt sofort aufhören, an ihn zu denken!

Nach diesem Entschluss dachte ich an ihn, bis Lara mir beim Frühstück mitteilte, sie müsse zum Einkaufen in die

Stadt fahren, und ich solle Alexej auf meiner Tour mitnehmen. Wir könnten ja gemeinsam die neuen Schlingenfallen überprüfen.

Na prima! Ich suchte mir also das nötige Material zusammen, stopfte alles in den Rucksack und ging in die Küche, um Tee zu kochen. Es war kalt und an einer Tasse Tee konnte man wenigstens Hände und Bauch ein wenig wärmen. Aber als ich den Raum betrat, war Alexej schon da und goss gerade heißes Wasser in die Thermoskanne.

Er lächelte – mal wieder. Obwohl ich damit gerechnet hatte, so einer Charme-Attacke ausgeliefert zu werden, verschlug es mir doch die Sprache, als seine kräftigen Zähne aufblitzten. Konnte er damit wirklich rohes Fleisch kauen?

»Guten Morgen«, sagte er.

»*Dobrý den.*« Es klang wohl etwas mürrisch, denn sein Lächeln wurde breiter. Außerdem hieß es *Guten Tag*, aber mir fiel gerade das richtige Wort nicht ein.

»Du übst dein Tschechisch?«

Ich antwortete nicht darauf. Sollte er doch seine gute Laune allein verbreiten. »Hast du schon gefrühstückt? Wir haben da noch etwas *rohen* Schinken im Kühlschrank!«, sagte ich bissig.

»Danke, ich habe genug.« Er blieb völlig gelassen.

Mir kam eine andere Idee: Ich legte den Rucksack auf einem Stuhl ab, beugte mich über die Küchentheke und stellte das Radio an. Leider Werbung. War Radiowerbung schon auf Deutsch eine Zumutung, auf Tschechisch war sie einfach grauenvoll. Ich drehte an dem Einstellknopf herum, bis ich den Popsong irgendeiner furchtbar aktuellen Band hörte, und stellte genüsslich lauter. Neben mir zuckte Alexej zusammen und schraubte schnell die Kanne zu, bevor er sich auf dem Absatz umdrehte.

»Ich warte draußen auf dich«, sagte er.

Anscheinend war er immer noch ziemlich empfindlich, dachte ich, konnte aber meinen Triumph nicht richtig auskosten. Denn eigentlich hatte er mir doch gar nichts getan. Außer mir den Schlaf zu rauben, aber dafür konnte er ja nichts. Warum also musste ich so furchtbar zickig sein? Vielleicht sollte ich ihm einfach eine Chance geben und ihm nicht nur mit Misstrauen begegnen. Es konnte sicher nicht schaden, mal etwas freundlicher zu sein.

Ich folgte ihm nach draußen. Es war ein ungewöhnlich heller Tag. Der Himmel zeigte sich blau und nahezu wolkenlos. Deshalb war es also letzte Nacht so kalt gewesen. Auf den ersten Blick konnte ich den Eremiten nirgendwo entdecken. Dann sah ich ihn hinter meinem Häuschen verschwinden.

Mir fiel der Rabe ein, den ich dort verbuddelt hatte, und ich vermutete, dass er nach dem Grab sah. Es war schon seltsam, wie sehr er an dem Tier hing. Ob es wohl zahm gewesen war? Es war ja möglich, dass er den Vogel selbst dressiert hatte. Es gab schließlich nicht wenige Menschen, denen es gefiel, sich wilde Tiere zu halten.

Aber ein im Wald hausender Eremit mit einem Vogelkäfig war nun wirklich eine absonderliche Vorstellung. Vielleicht war das Tier ebenfalls von den Hunden angegriffen worden? Irgendwie musste es doch zu erklären sein, dass es gestorben war.

Während ich darüber nachdachte, untersuchte ich die Fahrräder und hantierte eine Zeitlang mit der Luftpumpe herum, bis Alexej zurückkam.

»Wir fahren mit dem Fahrrad?« Es klang erleichtert, und sein rollendes *R* vibrierte angenehm in meinen Ohren.

»Mit dem Auto geht es leider nicht. Ich denke nicht, dass du darüber besonders traurig bist, oder?«

»Nicht im Mindesten.« Er lächelte zwar, aber sein Blick wirkte abwesend. Ich hätte ihn gerne gefragt, warum ihn der Tod des Vogels so sehr erschütterte, aber irgendetwas hielt mich davon ab.

»Ich bin schon eine Ewigkeit nicht mehr Fahrrad gefahren«, gestand er.

»Das verlernt man doch nicht«, wollte ich ihn aufmuntern.

»So sagt man.«

Wieder so ein seltsamer Satz von ihm. »Manchmal sprichst du wirklich sonderbar.«

»Tue ich das?«

»Ja, das tust du.«

»Ich bin vielleicht etwas konservativ erzogen worden«, versuchte er zu erklären. »Wir haben das altmodische Deutsch unserer Großeltern gelernt. Heute sprechen die meisten Tschechen lieber Englisch, wenn sie sich mit Ausländern unterhalten.«

»Wir?«

»Ich. Ich meine ich, natürlich.«

Ach so. Ich nickte ihm kurz zu und schwang mich ohne ein weiteres Wort auf das Rad.

Den Rucksack hatte ich auf den Gepäckträger geschnallt.

Wir fuhren eine knappe halbe Stunde, bis wir die Stelle erreichten, die uns Marek auf der Karte markiert hatte. Trotz seiner Sorge schien Alexej keine Schwierigkeiten beim Fahren zu haben. Wir stellten die Räder am Wegesrand ab und suchten uns einen Pfad durch das Unterholz. Ich versuchte den genauen Ort mit dem Kompass zu lokalisieren, während Alexej einfach durch den Wald streifte. Es war windig, und selbst unter dem Schutz der Bäume hatte ich Mühe, die Karte zu lesen, weil der Wind sie mir immer wieder zusammendrückte. Ich kämpfte mit dem knisternden Papier, als ich Alexej plötzlich rufen hörte.

»Wir suchen nach Tieren, die von Luchsen gerissen wurden? Habe ich das richtig verstanden?«

»Eigentlich suchen wir die alten Risse. Wir müssen kontrollieren, ob ein Luchs zurückgekommen ist.«

»Und wenn du dabei zufällig über ein totes Tier stolperst, was machst du dann?«

Jetzt wurde ich neugierig, faltete die Karte grob zusammen und ging in seine Richtung. »Dann markiere ich die Stelle und versehe sie anschließend mit Fallen. Wieso? Hast du was gefunden?«

»Einen Rothirsch. Sieht so aus, als hätte ihn eine Raubkatze erwischt.«

Klar!, dachte ich ironisch. Ich stapfte über den unebenen Waldboden zu ihm hinüber. Tatsächlich lag neben ihm ein gewaltiges braunes Bündel.

»Der ist ja riesig! Woher willst du wissen, dass das eine Raubkatze war?«, fragte ich.

»Schau mal hier!« Er bückte sich über den Kadaver und schob den schlaffen Kopf des Tieres zur Seite. »Ein gezielter Kehlbiss. Es sind nur die Löcher zu sehen, an denen die Eckzähne eingedrungen sind.« Er hatte keinerlei Hemmungen, den toten Hirsch zu berühren und zog ihn an einem Hinterbein nach oben.

»Hat am Muskelfleisch angefangen zu fressen. Luchse bevorzugen das eindeutig. Außerdem hätte ein Wolf oder Fuchs wohl eher die Bauchdecke aufgerissen.«

Ich schüttelte fassungslos den Kopf. Woher wusste er das alles? Das gehörte doch wohl nicht zur Allgemeinbildung eines Tschechen, oder? Marek hatte mich tagelang darin unterwiesen, worauf ich achten musste, und trotzdem hatte ich noch manche Risse falsch beurteilt. Außerdem konnten die meisten Menschen, obwohl allein schon der Größenunterschied augenscheinlich war, noch nicht einmal eine Hirschkuh von einem Rehbock unterscheiden. Ich beobachtete, wie er sich neben das Tier kniete und mit den Händen beinahe zärtlich an dessen Wirbelsäule entlangfuhr.

»Eigentlich ungewöhnlich, dass der Luchs hier, in der Nähe des anderen Risses, noch einmal zugeschlagen hat. Normalerweise wird das Jagdgebiet doch häufiger gewechselt, damit die Beute nicht zu vorsichtig wird«, überlegte er.

Er hatte Blut an den Händen.

Ich gab irgendwelche Worte der Zustimmung von mir und hörte seinen lauten Gedanken zu.

»Würde man die Haut abziehen, könnte man die Kratzspuren deutlich erkennen«, murmelte er.

Das stimmte. Aber wie konnte er das wissen?

Alexej besah sich seine blutbefleckten Hände. Etwas schien ihn zu irritieren, denn er hielt sie ganz nah an sein Gesicht. Dann roch er daran, roch an dem Blut. Unwillkürlich lief mir ein Schauer über den Rücken. Es war ein ungewöhnlicher Anblick: Er hielt die Hände ganz nah an seinen Mund. Es fehlte nicht viel und seine Lippen würden das Blut daran berühren. Mir wurde ganz komisch zumute.

Alexej sprach kein Wort mehr. Er war so versunken, als wäre er sich meiner Anwesenheit gar nicht mehr bewusst. Es sah beinahe so aus, als wolle er sich das Blut von den Fingern lecken. Gänsehaut breitete sich über meine Arme aus, und es war nicht die Kälte, die das verursachte.

»Alexej?«, fragte ich, aber er reagierte nicht.

»Alexej?« Jetzt war es mehr ein Wimmern.

Er erwachte er aus seiner Starre und streckte abrupt beide Hände von sich, als könne er es nicht länger ertragen, sie auch nur anzusehen.

»Ich glaube, da hinten ist ein Bachlauf.« Nicht nur seine Stimme zitterte. Nein, ich hatte das Gefühl, dass sein ganzer Körper bebte.

»Ich … ich muss mir die Hände waschen«, sagte er und stolperte davon.

Namensfluch

Ich strauchelte über eine der vielen Baumwurzeln und musste mich an einem Stamm abstützen. Mein Blick fiel auf meine blutbefleckten Hände, und ein schmerzhaftes Ziehen durchfuhr meine Eingeweide. Ich roch das Wasser. Es prickelte zartlila auf meiner Zunge und brachte meine Nasenflügel zum Beben. Endlich sah ich den Bachlauf. Der Stoff meiner Jeans sog sich voll, als ich mich auf die Knie warf. Hektisch tauchte ich meine Hände in die Strömung, um das Blut abzuwaschen. Nicht ein Tropfen durfte auf meiner Haut zurückbleiben.

Ich war fassungslos, weil mein Rabenwesen sich so eigenmächtig an die Oberfläche gekämpft hatte. Nicht auszudenken, was passiert wäre, hätte ich diesem Trieb nachgegeben. Tief grub ich meine Hände in den schlammigen Bachgrund, scheuerte über die Kiesel, bis meine Finger schmerzhaft pochten. Erst dann hatte ich das Gefühl, wieder normal atmen zu können. Was musste Isa von mir denken? Hatte sie bemerkt, wie sehr ich danach gierte, von diesem Blut zu kosten? Wie sehr es mich drängte, meine Zähne in das aufgerissene, rohe Fleisch zu schlagen? Ich hatte das Flackern unter meinen Lidern gespürt, das Zittern, das meine Glieder immer dann befiel, wenn ich mich verwandelte. Und dieser Drang hatte gedroht, mich zu zerreißen.

Ich formte meine Hände zu einem Kelch. In einem Schwall ließ ich das Wasser über mein Gesicht laufen. Es rann an meinem Hals hinab und sickerte in meinen Kragen. Aber die Kälte stumpfte meine Empfindungen nicht ab, sie hinterließ nur Spuren auf meiner Haut, die direkt zu verdampfen schienen.

Ich atmete tief ein und aus. Nur langsam beruhigte sich mein Rabenblut und das Pochen meiner Halsschlagader verlangsamte sich.

Mühsam stemmte ich mich hoch. Zu lange hatte ich in diesem feuchten Hang gekniet, und meine Beine zitterten. Es war nicht besonders angenehm, sogar als Mensch von seinen tierischen Trieben beherrscht zu werden. Weit entfernt entdeckte ich Isas khakifarbenen Parka. Sie hockte neben dem Rothirsch. Anscheinend untersuchte sie ihn schon eine geraume Weile, um zu entdecken, warum sein Anblick mich so außer Fassung gebracht hatte. Aber da gab es nichts zu entdecken.

Sie entfaltete die Karte und notierte etwas darauf. Als sie aufblickte, verlangsamte ich unwillkürlich meinen Schritt, als befürchtete ich, dass sie sich angeekelt von mir abwenden könnte. Aber sie lächelte, wenn auch nicht ganz so selbstsicher wie sonst.

»Was glaubst du, wie viel er wiegt?«, fragte sie, ohne mir dabei in die Augen zu sehen.

»Vermutlich an die hundert Kilo«, antwortete ich beinahe zu schnell.

»Ist das jetzt ein Zwölfender? Oder wie heißt das immer in diesen Heimatfilmen?«

Sie hatte einen naiven Ton angeschlagen, der mich wohl dazu bewegen sollte, näher darauf einzugehen.

»Ein ungerader«, erwiderte ich. Wusste sie das nicht ebenso gut wie ich? Schließlich war sie doch die Biologie-Studentin. Ich schlenderte an ihr vorbei, aber sie folgte mir.

»Ein ungerader?« Wieder so naiv, fast lieblich. Ich brauchte sie nicht anzusehen, um zu wissen, dass sie lächelte.

»Er hat nur an einer Seite sechs Geweihenden.«

Sie seufzte, als wäre sie enttäuscht, dass ich nicht mehr preisgab. Ich konnte schlecht zugeben, dass das letzte Jahrzehnt meines Lebens nur aus der Jagd bestanden hatte – der Jagd nach Tieren, nach Nahrung. Und aus der Jagd nach Freiheit, nach Seelenfrieden. Dies jemandem anzuvertrauen, hieße alles zu verraten.

»Wir müssen noch Mareks Falle finden«, erinnerte ich sie.

»Das habe ich schon.«

Ich hob überrascht eine Augenbraue an.

»Als du am Bach warst«, erklärte sie ausweichend. »Kein Luchs. Zumindest bis jetzt nicht. Die Chance besteht aber noch ein paar Tage.« Sie blieb auf einmal stehen.

»Sollen wir zurück? Du frierst sicher.«

Ich folgte ihrem Blick und spürte erst jetzt die Kälte meine Beine hochkriechen.

»Nein, es geht schon«, sagte ich, die Gänsehaut ignorierend. Ich wollte nicht zurück, ich fühlte mich wohl im Wald. Er war mein zu Hause, oder zumindest das, was einem zu Hause innerhalb meines Schwarms am nächsten kam.

»Dann können wir uns ja noch ein wenig umschauen«, sagte sie erleichtert. »Ist eigentlich seltsam, den Hirsch hier zu finden. Er bewegt sich doch viel lieber im offenen Gelände.« Sie hob den Kopf. »Du weißt ganz schön viel über Wild. Warst du schon einmal jagen?«

Netter Versuch. Ich überlegte, ob es nicht besser wäre, sie mit Humor abzufertigen, und ließ meine Zähne aufblitzen.

»Selbstverständlich. Ich bin immer auf der Jagd, wie alle Männer.«

Natürlich bekam sie einen roten Kopf. Diese Plumpheit war durchaus gewollt. Sie würde Isa von ihren Fragen ablenken. Trotzdem machte ich ihr ein Zugeständnis. »Du weißt doch, dass ich mich nicht daran erinnern kann.«

»Das hast du behauptet. Aber ehrlich gesagt, ich nehm dir das nicht ab.«

Ich hatte nicht damit gerechnet, dass sie das so offen aussprechen würde, und stockte kurz. »Und weshalb nicht? Denkst du, es gefällt mir, Mareks und Laras Gastfreundschaft in Anspruch zu nehmen?«

»Nein«, sagte sie schnell. »Aber du verheimlichst etwas.«

»Und was bitte sollte das sein?«

»Ich habe keinen blassen Schimmer.« Sie schaute mich prüfend von der Seite an. »Was hat es eigentlich mit diesem Raben auf sich?«

»Er war mein Freund.«

Wie konnte ich nur so unbedacht sein und das zugeben? Damit bestätigte ich genau ihre Vorstellung vom einsamen Eremiten, der im Wald hauste, nur in Gesellschaft eines Rabenvogels. Ein Einsiedler, der schmutzig war, verwahrlost, wild. Ein kleiner Teil von mir hätte sie gerne eines Besseren belehrt – aber nur ein kleiner Teil.

Was spielte es schon für eine Rolle, was sie von mir dachte? Wichtig war allein, dass ich gesund wurde und Pavel nach Hause bringen konnte. Wichtig war, diese Rolle zu spielen. Möglichst glaubwürdig. Und wenn es die Rolle des Eremiten sein sollte, dann war es eben so.

»Und du? Bist du eine Jägerin, schöne Diana?«, fragte ich.

»Bitte?«

»Ach, vergiss es einfach!«

Isas Blick war verunsichert, nein skeptisch. »Du interessierst dich für griechische Mythologie?«

Ich seufzte. Warum hatte ich meinen Mund nicht halten können? Natürlich musste sie da nachbohren.

»Sagen wir es so: Es gab eine Zeit, da habe ich mich dafür interessiert.«

Völlig unerwartet fing sie an zu lachen. »Sagte der bärtige Greis!«

Ich hatte sie nicht amüsieren wollen, musste ihr aber recht geben. Ich sprach wie ein alter Mann. Und doch – war es nicht so, dass mein Menschenleben schon verlebt war? Ich hatte nicht vorgehabt, dahin zurückzukehren, hatte bewusst mein Rabenleben gewählt und würde es sofort wieder tun – ohne Bedauern.

»Daran kannst du dich also erinnern?«, hakte sie nach.

»Manchmal fallen mir solche Kleinigkeiten ein, aber es sind nur Fragmente.«

Sie nickte, und ich hatte das Gefühl, sie könnte meine Gedanken auf meiner Stirn lesen. Langsam strich ich mir die Haare aus dem Gesicht und senkte die Lider. Sie folgte jeder meiner Bewegungen.

»Und d-du heißt wirklich Alexej?«, fragte sie.

»Es war der Name, der mir direkt in den Sinn kam, als ich aufwachte«, sagte ich.

Sie nickte. Dann bückte sie sich plötzlich und schob vor ihren Füßen ein paar Blätter beiseite. Ich sah deutliche Pfotenabdrücke. Isa nahm mit der Hand Maß. Der Abdruck war so groß, wie ihr ganzer Handballen.

»Treffer!«, freute sie sich. »Man kann die ovalen Zehenballen gut erkennen. Und darunter ist der Hauptballen, der aussieht, als wäre er dreigeteilt. Definitiv ein Luchs!«

»Sind dir eigentlich in letzter Zeit vermehrt Raben aufgefallen?«, wagte ich einen Vorstoß, während ich sie mit den Spuren beschäftigt glaubte. »Keine Krähen, sondern Kolkraben, mit einem klobigen Schnabel und einem keilförmigen Schwanz?«

Isa betastete weiter den Boden und überlegte. »Und mit struppigen Kehlfedern wie ein unrasierter Bart?« Sie schaute zu mir hoch und ich hatte das Gefühl, mein letzter Atemzug hätte sich in meiner Kehle quer gestellt. War das nur ein unbedachter Vergleich von ihr, oder ahnte sie etwas? Ich holte erneut Luft, konnte aber nicht verhindern, dass mein Körper ein Ächzen von sich gab.

»Ja«, krächzte ich, und befürchtete, mit diesem Laut meine ganze Seele zu offenbaren.

»Witzig, dass du danach fragst!« Sie fuhr sich durch das dunkle Haar und verteilte gedankenlos ein paar Blätter darin.

»Weil ich nämlich zufälligerweise einen ganzen Schwarm Kolkraben gesehen habe. Und zwar, als ich deinen Raben begraben habe. Wie hieß er noch gleich?«

»Pavel.«

Sie grinste triumphierend. Ich versuchte, nicht daran zu denken, wie ich ihr am schnellsten den Hals umdrehen könnte.

»Also: Als ich deinen …«, sie machte eine künstliche Pause, »… Pavel begraben habe, schwirrte ein ganzer Schwarm über mir. Vermutlich ein Kondolenzbesuch.«

Wie Recht sie doch damit hatte. Ich schloss gequält die Augen. Sie bemerkte es sofort.

»Es tut mir leid.« Sie stand auf und hielt mich am Arm fest. Ich musste meine ganze Willenskraft aufbringen, sie nicht grob von mir wegzustoßen. Meine Hände zitterten, und in meinem Mundwinkel zuckte es.

»Es tut mir leid«, sagte sie noch einmal. »Ich wollte dir damit nicht wehtun. Manchmal geht meine Zunge mit mir durch.«

Sie sah sehr reuevoll aus.

»Jemand sollte sich erbarmen und sie dir aus dem Hals schneiden«, erwiderte ich unerwartet feindselig. Sie blickte mich erschrocken an.

Das hatte ich nicht gewollt.

»Es war nur ein Scherz, Isa.«

Sie zuckte zusammen, als ich ihren Namen nannte.

»Isa«, hauchte ich beinahe zärtlich. »Es war nicht so gemeint.« Ich streckte meine Hand aus und zog einige Blätter aus ihrem Haar.

Sie schwankte, und diesmal war ich es, der sie stützte. Verlegen wehrte sie meine Hand ab.

»Was ist das eigentlich für ein Name? Isabel?«

Sie schüttelte den Kopf. »Sag ich nicht.«

»Wie bitte?«

Sie stieß sich von mir ab und stapfte den Weg zurück, der uns zu den Fahrrädern führen würde.

Ich folgte ihr.

»Und warum nicht?«, fragte ich, von Neugierde gefesselt.

»Weil es peinlich ist«, schimpfte sie und stiefelte weiter.

»Isabella?«

»Nein.«

»Isadora?«

»Hör auf!«

»Isamaria?«

»Oh Himmel!«

Bis zum Waldrand war es nicht mehr weit, und sie rannte beinahe.

Ich amüsierte mich köstlich.

»Also gut«, rief ich ihr hinterher. »behalte es besser für dich, wenn es so furchtbar ist!«

Sie blieb abrupt stehen, genau so, wie ich es erwartet hatte, und funkelte mich böse an. »Wenn du es unbedingt wissen musst: Isabeau!«, rief sie zurück und marschierte zu den Fahrrädern.

»Und wer aus deiner Familie hat eine Vorliebe für das Altfranzösische?«, fragte ich interessiert.

Sie grummelte vor sich hin. »Meine Mutter.«

»Ist sie Französin?«

»Natürlich nicht! Sie geht gerne ins Kino.«

»Aha.«

»Hör zu: Meine Mutter war hochschwanger und hat im Kino einen Film gesehen, in dem die Hauptdarstellerin zufällig Isabeau hieß. Das ist alles!«

»Was war das für ein Film? Ein Historienepos?«

»Sehr witzig!«

»Es interessiert mich wirklich«, versuchte ich, sie zu beschwichtigen. »War Isabeau die Heldin des Films?«

Isa rang sich zu einer Antwort durch. »Nun ja, eigentlich schon. Auch«, fügte sie schnell hinzu. »Es ist ein Liebesfilm. Isabeau ist die Geliebte eines Ritters namens Navarre. Und der Bösewicht der Geschichte ist ein Bischof, der Isabeau heimlich begehrt. Die beiden Liebenden werden von ihm verflucht.«

»Erzähl weiter!«

»Ist halt ein Fantasy-Film. Jedenfalls verwandelt sich der Ritter daraufhin jede Nacht in einen reißenden Wolf. Isabeau und er können nie wieder zusammen sein, weil sie sich tagsüber, wenn er menschlich ist, in einen Falken verwandelt.«

Vor Überraschung verschluckte ich mich und fing an zu husten. Hatte sie mir gerade erzählt, ihre Namensvetterin verwandelte sich jeden Tag in einen Falken? Verwandelte sich? In einen Vogel? Ich hatte das Gefühl, einen kräftigen Schlag in die Magengrube erhalten zu haben. Welche Ironie! Ich hätte also eine Figur aus einem Fantasy-Film sein können. Und sie schämte sich auch noch dafür, nach so einem Halbwesen benannt zu sein.

»Eigentlich ist es sehr traurig«, sinnierte sie. »Wären sie beide Tiere, wäre das etwas anderes. Ein Wolf und ein Falke könnten ein Leben zusammen verbringen, aber selbst das gönnte ihnen der Bischof nicht. Wie könnte ein Mensch schon einen Vogel lieben?« Sie schüttelte abwehrend den Kopf. »Ein grausames Schicksal, aber am Ende gab es doch ein Happy End.«

Wir hatten die Fahrräder erreicht.

»Was für ein Happy End?«, fragte ich.

»Der Fluch wird gebrochen, und sie können als Menschen weiterleben. Und wenn sie nicht gestorben sind …« Sie schwang sich auf das Fahrrad und radelte los. Ich hatte Mühe, ihr zu folgen, weil meine Gedanken wild umherstoben.

Ein gebrochener Fluch.

Wenn es nur so einfach wäre.

Herzflattern

Es hatte den ganzen Nachmittag geregnet, und ich war patschnass, als ich von meinem Rundgang zurückkam. Mein Parka hatte sich mit Wasser vollgesogen und wog gefühlte fünfundzwanzig Kilo, und meine Jeans klebten mir steif an den Beinen. Ich riss mir die Baseballkappe vom Kopf und hängte sie vor der Tür an einen Nagel.

Aus Mareks und Laras Büro ertönte Gelächter. Wie schön, dass sich hier alle amüsierten, während ich, auf der Suche nach dem Drop-off-Halsband eines Rothirschs, die letzten zwei Stunden durch den Wald marschiert war.

Irgendwie kam ich mit der Yagi-Antenne und dem Empfänger nicht wirklich gut zurecht. Marek fand die Halsbänder meist nach wenigen Minuten.

Allerdings hatte ich diese Zeit alleine im Wald sehr genossen. Mir gingen so viele Gedanken durch den Kopf, die ich für mich ordnen wollte.

Der Morgen mit Alexej war wirklich interessant gewesen. Interessant, aber nicht aufschlussreich, denn ich hatte nicht halb so viel erfahren, wie ich es mir erhofft hatte. Dennoch hatte sich mein Eindruck bestätigt, dass er etwas zu verbergen hatte. Er hatte also wirklich diesem Raben einen Namen gegeben.

Pavel.

Nun – das allein war vielleicht noch nicht ungewöhnlich, schließlich gab man seinen Haustieren auch Namen. Aber man bezeichnete sie nicht als Freund, wenn man nicht gerade im Grundschulalter war.

Die Vorstellung eines einsamen Mannes im Wald, der mit den Tieren sprach und mit ihnen in Freundschaft lebte, hatte etwas Mystisches, wenn nicht sogar Religiöses an sich. Und doch war es jenseits aller Romantik.

Ich horchte auf Alexejs Stimme, die durch die Tür drang. Ich konnte nicht verstehen, was er sagte, weil er Tschechisch sprach. Manche dieser Töne klangen in meinen Ohren fälschlicherweise aggressiv und laut. Lara lachte oft darüber. Sie meinte, Tschechisch wäre weich und wohlklingend und Deutsch würde sich dagegen anhören wie Keuchhusten. Jedenfalls schien sich Alexej gut mit den beiden zu verstehen.

Ich stieß die Tür auf. Alexej hatte sich neben Mareks Schreibtisch aufgebaut. Er trug eine glänzend schwarze Hose und ein ebenso schwarzes Hemd. Lara beseitigte gerade einige imaginäre Staubkörnchen von seinen Schultern.

Marek stöhnte. »Meine Frau war einkaufen«, begründete er diese Aufmachung und verdrehte die Augen. Das erklärte natürlich fast alles. Allerdings nicht, warum ich plötzlich ein seltsam stechendes Gefühl in mir spürte. Meine Laune verschlechterte sich schlagartig.

»Müssen wir auf eine Beerdigung?«, fragte ich.

Alexej hob entschuldigend die Schultern. »Ich bin hier nur das Opfer.«

Na sicher! Ich legte das Drop-off-Halsband ziemlich grob auf dem Schreibtisch ab. »Hier, du kannst den Chip entfernen, um die Daten abzulesen.«

»Du warst erstaunlich schnell!«, sagte Marek. »Ich glaube, diesmal hast du deinen Rekord gebrochen. Das waren weniger als …«, er schaute auf die Uhr an seinem Handgelenk, » … naja, nicht ganz zwei Stunden.« Er kicherte und wich meiner schlagenden Hand aus. Ich drehte mich zu Lara um, die mit gebührendem Stolz ihr Werk an Alexej begutachtete.

»Das«, betonte sie laut, »passt wesentlich besser zu ihm als diese ollen Jeans, nicht wahr, Isa?«

Ich musste ihr innerlich recht geben. »Auf jeden Fall sehr praktisch«, spottete ich. Die Sachen passten perfekt. Wie hatte Lara das mit der Größe hinbekommen? In meiner Brust flatterte es, wie bei der Aufregung vor dem Schwimmunterricht, wenn man wusste, es würde einem nicht erspart bleiben, vom Dreimeterbrett zu springen.

»Wie viele Halsbänder habt ihr eigentlich in Gebrauch?«, fragte Alexej.

»Einhundertneunzehn.« Marek musste nicht einmal darüber nachdenken, so schnell kam die Antwort. »Wir haben vier Luchse, sechsundsechzig Rehe und neunundvierzig Rothirsche, die ein Halsband mit integriertem GPS-Empfänger tragen. Alle mit Store-On-Board-Technik.«

»Und woher hat Isa jetzt dieses Halsband? Hat das eines der Tiere verloren?«

»Es wurde per Funksignal abgesprengt. So können wir die Daten aus dem Chip lesen, ohne das Tier erneut einfangen zu müssen. Außerdem braucht es nicht länger als nötig damit herumzulaufen. Bisher können wir das leider nur bei Rothirschen anwenden, weil der Drop-off-Verschluss echt schwer ist. Das ganze Band wiegt bis zu neunhundert Gramm, je nach Batteriegröße.«

»Und wofür ist der GPS-Empfänger?«

»Damit wir ab und zu eine SMS von unseren Schätzchen bekommen und wissen, wo sie sich gerade rumtreiben.« Lara lächelte süß und hakte sich bei Alexej ein.

Irgendwie wurde es mir hier zu eng. »Ich muss mich umziehen.«

»Warte, nimm mich mit. Ich hab auch etwas Schickes für dich.« Laras Ohrringe klimperten, und ich musste gestehen, dass mich dieses Geräusch in dem Moment aggressiv machte. Sie schob mich durch die Tür und griff im Hinausgehen nach einer pinkfarbenen Plastiktüte, deren Anblick allein schon genügte, mir die Stimmung zu verderben.

»Was hast du getan?«, fragte ich vorwurfsvoll, als sie sich kurze Zeit später auf mein Bett warf.

Sie zog einen Schmollmund. »Nichts.«

Ich hob eine Augenbraue an und versuchte, ziemlich streng auszusehen, aber Lara lachte perlend. »Ich habe gehofft, dass du dich jetzt mehr für dein Äußeres interessieren würdest, und deshalb habe ich dir etwas zum Anziehen gekauft.«

»Das hast du nicht!«, sagte ich drohend.

»Oh doch, habe ich!«

»Willst du unbedingt dein Geld zum Fenster rauswerfen?«

»Nicht unbedingt. Ich dachte nämlich, du würdest mir sehr dankbar sein.« Sie untermalte das *sehr* mit einer ausladenden Handbewegung.

»Und warum sollte ich?«

»Was ist das denn für eine dämliche Frage?« Sie schien ehrlich entgeistert. »Täusche ich mich, oder steht bei uns im Büro momentan ein umwerfend gutaussehender Mann herum, der sich an nichts erinnern kann, keine nervigen Verwandten zu haben scheint und uns quasi hilflos ausgeliefert ist?« Die letzten Worte hauchte sie geradezu und warf sich in theatralischer Pose zurück.

»Ist mir nicht aufgefallen«, brummte ich.

»Aha!«

»Was heißt denn hier *Aha*?«

»Das erklärt alles!«

»Du spinnst! Ich weiß genau, was du jetzt denkst, und ich sage dir gleich: Das ist ausgemachter Blödsinn!«

»Du bist verknallt!«

»Ja sicher.« Ich schnaubte und warf Lara die Plastiktüte in die Arme. »Du wirst mich nicht verkuppeln, schlag dir das aus dem Kopf!«

»Und wie!«

»Und wie was?«

»Und wie verknallt du bist!«

»Lara!« Ich dehnte ihren Namen, wie eine Bogensehne und hob meinen Zeigefinger. »Reiz mich jetzt nicht! Ich bin gerade zwei Stunden durch strömenden Regen getigert und habe echt keine Lust, mir so was anzuhören.«

Sie setzte sich auf und musterte mich neugierig. Ich spürte wieder dieses Kribbeln in der Magengegend, als hätte ich heute Mittag einen Berg Waldameisen verspeist, die jetzt in meinem Bauch ein Fußballturnier veranstalteten.

»Du hast keine Lust auf Männergeschichten?«

»Allerdings nicht!«

»Schlechte Erfahrungen gemacht?«

»Ich kann mich nicht mehr erinnern. Jedenfalls habe ich keine Lust, mich hier von ein paar schönen Augen ablenken zu lassen.«

»Das ist wirklich schade. Er hat dich nämlich sehr vielversprechend angesehen.« Sie seufzte so enttäuscht auf, dass ich ihr den Gefallen tat und nachhakte.

»Ach ja?«

»Er hat deine nassen Jeans geradezu mit Blicken verschlungen! Ich wette eins zu fünfhundert, dass er sich vorgestellt hat, wie er sie dir am schnellsten von der Haut pellen könnte.«

»Lara!« Ich war ehrlich schockiert. »So ist er nicht!«

»Nein, ist er nicht so?«

Ich musste lachen. »Du bist ein Luder! Glaub mir, Alexej interessiert sich nicht für … Er ist irgendwie nicht ganz normal.« So hatte ich das eigentlich nicht sagen wollen.

»Was meinst du damit?«

»Ich weiß auch nicht. Ich habe einfach das Gefühl, dass er etwas zu verbergen hat, dass er irgendetwas im Schilde führt. Ich glaube ihm nicht, dass er sich an den Unfall nicht erinnern kann. Ich glaube vielmehr, dass er sich hier versteckt oder so.«

»Na und?«

»Findest du das normal?«

»Was heißt denn schon *normal* bei einem Mann? Er sieht verboten gut aus, oder nicht?«

»Er isst rohes Fleisch!«, sprudelte es aus mir heraus.

»Na hoffentlich!« Sie giggelte und rollte sich über mein Bett.

Es war zum Verzweifeln.

»Er ist immer so heiß«, versuchte ich es weiter.

Lara grinste breit.

»So habe ich das nicht gemeint, verdammt!« Ich suchte nach Worten. »Er … er hat ständig Fieber. Lach nicht! Wenn ich vierzig Grad Fieber hätte, läge ich wie ein sterbender Schwan im Bett. Und er? Er spürt davon überhaupt nichts!«

»So sind wir Tschechen eben – heißblütig.«

»Ha ha!« Ich drehte mich frustriert von ihr weg. Es war völlig sinnlos mit ihr zu diskutieren.

Also konnte ich es auch gleich hinter mich bringen. »Was ist in der Tüte?«

»Schau doch mal nach, Herzchen!«

Mit spitzen Fingern griff ich nach der Plastiktüte und lugte vorsichtig hinein.

»Keine Klapperschlangen und auch keine Skorpione«, gab sie Entwarnung.

Das hieß noch gar nichts. Lara war in dieser Stimmung einfach alles zuzutrauen. Aber mein erster Blick auf ihren Einkauf ließ mich erleichtert aufatmen. Jede Menge Stoff – das war doch mal ein gutes Zeichen. Ich zupfte ein grünschimmerndes Oberteil aus der Tüte, eine Art Tunika, die am Ausschnitt geschnürt wurde. So weit so gut. Den darauf folgenden Rock allerdings warf ich Lara um die Ohren. Niemals könnte sie mich dazu bewegen, so ein Mädchenteil anzuziehen, ebenso wenig wie diese schwarzen Netzstrümpfe. Allenfalls wären die dazu geeignet, Lara zu erwürgen, was ich ihr auch sofort mitteilte.

»Ziehst du es heute Abend an?«, fragte sie völlig unbeeindruckt.

»Wieso ausgerechnet heute Abend?«

»Marek und ich haben uns überlegt, dass wir zur Feier des Tages ein oder zwei Fläschchen Wein köpfen könnten.«

»Habe ich was verpasst? Was wird denn gefeiert?«

»Es ist Freitag – also Wochenende«, erklärte sie.

»Na gut, aber ich weiß wirklich nicht, was du dir davon versprichst.« Kopfschüttelnd kramte ich in meinem Kleiderschrank nach einer ordentlichen, schwarzen Hose und hielt sie Lara vor die Nase.

Sie nickte gnädig. »Und du bist wirklich nicht verknallt?«

»Lara!«

»Das war keine Antwort auf meine Frage.«

»Sie verdient auch keine!«

Lara seufzte. »Weißt du, ich muss gerade an meinen kleinen Neffen denken. Hast du schon mal gesehen, dass ein kleiner Junge einem jungen Hund über den Weg läuft und es passiert gar nichts? Einfach nichts?«

»Nein, das gibt es nicht. Dafür sind beide viel zu verspielt.«

»Eben!«, bestätigte Lara triumphierend. »Und das ist es, was ich meine! Denn du bist der kleine Junge.«

»Und wer soll der junge Hund sein?«

»Also diese Frage verdient nun auch keine Antwort!«, sagte sie.

Rabenkind

Auf meiner Zunge blühten die Geschmacksknospen, und die leichte Säure des Weins brannte noch nach. Es war schwer gewesen, Marek in seiner alkoholseligen Laune zu bremsen. Das Letzte was ich wollte war ein Rausch. Ein Rausch, der tröstete, labte und mich später leiden lassen würde. Denn er hätte mich auch noch den Säufern mit dem guten Gedächtnis ausgeliefert. Aber ebenso wenig wollte ich mich absondern, denn wer nur Wasser trank, ließ vermuten, etwas verbergen zu wollen.

Marek hingegen hatte sich als echter Europäer erwiesen. Wenn die Tschechen Bier tranken, die Franzosen Wein und die Russen Wodka, dann hatte er deutlich gezeigt, dass er überall dazugehörte. Ich konnte mir ein Lachen kaum verbeißen. Was hatte er mit Janosch gesungen! Die beiden kannten so viele Trinklieder wie andere Leute Kirchenlieder und stimmten beinahe nach jedem Schluck ein neues an. Janosch, eigentlich Jan, war einer der beiden Schreiner aus dem Dorf, die die Fallen bauten und allerhand Reparaturen durchführten. Ein rotgesichtiger Mann mit hornhautüberwucherten Händen, die das Glas so kräftig umschlossen hielten, dass man fürchten musste, er würde es zerbrechen. Janosch verstand es, tschechische Witze zu reißen, die Lara unter den Tisch werfen konnten. Vielleicht war das der Grund gewesen, warum sich Isabeau so früh verabschiedet hatte: weil sie die Sprache nicht verstand. Jedenfalls hatte sie nach einem letzten *na zdraví* ihre Bierflasche geleert und war aufgestanden. »Junge Hunde sollten früh schlafen gehen«, hatte sie noch gesagt und Lara zugezwinkert.

Lara war darüber sichtlich enttäuscht gewesen – ich war es nicht. Ich fühlte mich durch Isabeaus Anwesenheit beobachtet. Ihren Augen schien keine Regung zu entgehen. Und immer, wenn ich ihre Blicke erwiderte, senkte sie die Lider, und ihre Wimpern warfen dabei Schatten wie Farnblätter.

Sie misstraute mir, und es war gefährlich für mich, in ihrer Gesellschaft zu sein. Schon einmal war ich nah daran gewesen, mich vor ihren Augen zu entblößen; meine Gestalt zu wandeln, weil meine Instinkte mich zu überwältigen drohten. Und obwohl sie es mit keinem Wort erwähnt hatte, war ich mir sicher, dass sie mein seltsames Benehmen sehr wohl registriert hatte.

Je mehr ich darüber nachdachte, umso mehr trieb mich die Aufgabe, endlich Pavels Körper zu befreien und nach Hause zu bringen. Lara hatte mir von den Raben erzählt, die sie und Isabeau regelrecht verfolgt zu haben schienen. Sie hatte mir erklärt, wo sie deren Schlafplatz vermutete, und weil ich heute keine Möglichkeit gefunden hatte, diesen Hinweis unauffällig zu verfolgen, wollte ich diese Nacht nutzen.

Ich war froh über die Kühle, die meine Gedanken klärte, und suchte in sicherer Entfernung Deckung, bevor ich mich auszog und meine Kleidung auf einem Ast ablegte. Die Wunde an meinem Arm machte mir keine Schwierigkeiten mehr. Die Nähte waren weder gerötet, noch nässten sie. Anscheinend hatte Isabeaus Quark geholfen.

In Gedanken nannte ich sie nur noch Isabeau, nie wieder Isa, seitdem sie mir diese Geschichte erzählt hatte. Ihr Name hatte einen zarten, melancholischen Klang, der in meinem Gehör vibrierte wie die sehnsuchtsvollen Töne der *Vocalise* von Rachmaninov.

Isabeau erinnerte mich daran, dass Gott einen bizarren Humor haben musste, oder zumindest einen tschechischen.

Ich bewegte meinen linken Arm, ballte die Hand zu einer Faust, spreizte die Finger wieder und drehte das Gelenk nach allen Seiten. Es war immer noch ein Risiko zu fliegen, und ich durfte meinen Arm nicht überstrapazieren.

Ich konzentrierte meine Gedanken um einen winzigen Punkt in mir: Den Teil, der mein Vogelblut durch meinen Kreislauf pulste. Nur langsam fing er an zu pochen, gewann an Kraft und dehnte schließlich mit starkem Druck die Gefäße aus; verdrängte alles andere, bis ich das vertraute Flattern unter meinen Lidern spürte. Ein Zittern durchfuhr meinen Körper. Diesmal rannte ich nicht, sondern verharrte auf der Stelle und gab mich ganz der Woge hin, die jede meiner Zellen überrollte. Meine Glieder zogen sich zusammen, die Muskeln verkrampften sich wellenartig und ordneten sich neu. Dieses quälende Gefühl raubte mir den Atem, verengte meine Brust und ließ mich einen brennenden Schrei ausstoßen.

Der Schmerz war in Sekunden vorbei. Ich flatterte überwältigt auf der Stelle und hielt inne, um mein Gefieder zu ordnen. Dann streckte ich meinen linken Flügel, spreizte die Schwungfedern und machte einige Probeschläge. Es fühlte sich gut an, geradezu herrlich. Ich öffnete meinen Schnabel und ließ ein keckerndes Geräusch ertönen – meine Art zu lachen.

»*Krri, krri*!«, rief ich euphorisch aus und schwang mich in die Luft. Ich genoss den Luftwiderstand an den Spitzen meiner Federn und ließ ich mich von den warmen, aufsteigenden Massen emporheben.

Leider spürte ich viel zu schnell, wie die Kraft in meinem linken Flügel nachließ. Ich landete auf einer Tanne, reckte meinen Hals und krächzte laut. Danach flog ich eine andere Krone an, nur wenige Meter weiter und wiederholte mein Rufen. Wieder erhielt ich keine Antwort. Der Zweig unter mir wippte. »*Kraa, kraa, kraa!*«

Ein sehr zartes *Kroak* antwortete mir. Mein Herz hüpfte vor Aufregung und erhöhte seine Schlagkraft. Ich lauschte, aber es war zu leise, um die Stimme zu erkennen. Ich stieß mich erneut ab, ruderte hilflos, stellte fest, dass mein Flügel lahmte, und setzte mich wieder ab.

»*Kroak*!«, kam es verzweifelt aus meiner Kehle.

Es surrte durch die Luft. Ein schwarzer Schatten stürzte sich auf mich und hätte mich fast vom Ast gerissen.

»Alexej!«

Ich war so erleichtert, ein Mitglied meines Schwarms zu finden, dass ich selig meinen Schnabel an ihm rieb.

»András! Endlich!«

»Gott, du lebst!« Er stupste mich freudig an. »Wir haben deine Spur verloren, nachdem sie dich ins Auto gebracht hatten.« Er musterte mich. »Aber wie ich sehe, geht es dir gut. Ich meine, im Vergleich zu Pavel.«

Es lag kein Vorwurf in seinen Worten.

»Wir müssen Pavel unbedingt nach Hause bringen!«, krächzte ich.

»Ich habe gesehen, wo diese Frau ihn vergraben hat. Darius und László sind unterwegs, um Nikolaus um Hilfe zu bitten.«

»Aber Nikolaus ist doch in Wien.«

»Nein, er ist in Prag, schon seit zwei Jahren.«

Ich wusste, dass es unsinnig war, aber ich konnte nicht verhindern, dass meine Stimme einen freudigen Klang annahm.

»In Prag«, wiederholte ich.

»Ja, er spielt in der *Česká filharmonie*, wusstest du das nicht?«

Wie lange schon hatte ich nichts mehr von Nikolaus gehört? Ich verdrängte diesen Gedanken und erkundigte mich nach den anderen Raben.

»Arwed ist fort. Seit dem Angriff des Staubgrauen ist er verschwunden. Wir vermuten, dass er diesen Bluthunden gefolgt ist, zumindest den zwei Versprengten, die noch übrig waren.« Er spie voller Abscheu aus.

»Raban und Klein-Milo sind natürlich hier, ebenso Sergius und Ferenc. Und außerdem haben wir einen Neuzugang.«

Mein Kopf fuhr ruckartig herum. »Wer – ?«

»Es ist Pavels kleiner Bruder. Jaroslaw.«

»Aber Jaro ist viel zu jung«, entfuhr es mir.

»Er ist erst fünfzehn«, bestätigte András, seine Stimme klang bitter. »Hätten wir ihn wegschicken sollen? Er ist den ganzen Weg von Příbram allein geflogen.«

»Aber er kann unmöglich hier bleiben!« Ich spürte eine hilflose Wut in mir aufkeimen. »Wir können seiner Mutter nicht auch noch den zweiten Sohn nehmen. Er muss so schnell wie möglich zurück! Ich werde ihm helfen. Er muss lernen, diesen Drang zu unterdrücken. Er kann es schaffen. Er muss seine Instinkte beherrschen. Er – «

»Er wird nicht auf dich hören!«

»Es wird ihm nichts anderes übrig bleiben!«, entgegnete ich. Die Vorstellung, dass Pavels kleiner Bruder sich den Gefahren dieses wilden, unsteten Lebens aussetzte, war mir unerträglich. Wenn ich doch nur bei Pavel nicht so nachgiebig gewesen wäre! Er war ebenfalls zu jung gewesen, um eine Entscheidung dieser Tragweite zu fällen; zu jung, um zu begreifen, was es hieß, ein Menschenleben hinter sich zu lassen. Und viel zu jung, um zu sterben.

Wer auch immer hinter dieser Meute von Bluthunden steckte, würde sich sicher nicht damit begnügen, nur einen einzigen Raben erwischt zu haben. Die Gefahr war nahezu greifbar. Ich zitterte unkontrolliert, plusterte mein Gefieder auf und steckte meinen Schnabel unter den rechten Flügel, um mich zu beruhigen. Hatten wir nicht alles hinter uns gelassen, damit unsere Familien in Frieden leben konnten? Reichte es nicht, dass wir als verschollen galten? Wie viele Opfer sollten wir denn noch bringen?

»Wo ist unser Schlafplatz?«

»Folge mir!« András stieß sich vom Zweig ab. Ich war nicht ganz so schnell und ruderte mühsam hinter ihm her. Die wenigen Minuten, die ich mich hatte ausruhen können, hatten nicht ausgereicht. Es kostete mich immense Kraft, meinen linken Flügel zu bewegen.

András trieb mich mit seinem Gekrächze an und landete elegant in einer Baumspitze. Ich folgte kurz darauf. Meine Landung war aber alles andere als elegant: Ich krallte mich hilflos am Geäst fest, während mein verletzter Flügel seltsam abgespreizt in der Luft hing. Als Erstes hörte ich Klein-Milo dröhnend lachen. Wir nannten ihn so, weil sich seine enorme menschliche Größe geradezu in den kleinen Rabenkörper gepresst hatte.

»*Alexander der Große* ist wieder da!«

Dann bestürmten mich die anderen. Nur Raban hielt sich zurück. Ich sah den Grund sofort: Hinter ihm hockte ein kleiner Rabe, die rundlichen Flügel fest angelegt, den kurzen Schwanz herabgesenkt. Das musste Jaro sein. Ein Jungtier!, dachte ich bestürzt. Seine Augen waren noch blau gefärbt.

»Nehmen wir jetzt schon Küken auf?«, fragte ich. Jaro zog verängstigt den Kopf ein.

»Nicht, wenn es sich vermeiden lässt«, gab Raban zu. Seine dunkle, volltönende Stimme klang entschuldigend.

»Was macht dann dieser Nesthocker hier?« Es schauderte mich selbst vor meinem brutalen Tonfall.

»Lass dir erklären – «, fing Raban an.

»Das bedarf keiner Erklärung!«, würgte ich seine Rede ab.

»Dieser Junge gehört nicht hierher. Er sollte sich lieber von seiner Mutter hudern lassen!«

Jaro hob den Kopf. »Ich bin fünfzehn und kein Küken mehr!« In seinem geöffneten Schnabel glänzte ein rosafarbener Rachen, und diese Entdeckung stürzte mich in einen Konflikt. Ein so junger Vogel bedurfte einer liebevollen Anleitung, einer schützenden Familie, die ihn umsorgte, nicht einer rauen Gemeinschaft von revierlosen Junggesellen. Er weckte den Beschützerinstinkt in mir, und das war etwas, das ich nicht zulassen durfte. Ich wandte den Kopf ab, um nicht in dieses kindliche Rabengesicht blicken zu müssen. Die anderen warteten auf eine Reaktion, beobachteten mich, während ich nachdenklich an meinem Zweig schabte. Das Beste wäre, ihn sofort zurück nach Příbram zu schicken. Allerdings konnte ich ihn unmöglich alleine zurückfliegen lassen. Das war viel zu gefährlich. Er wäre der reinste Leckerbissen für jeden Uhu, oder würde sofort einem radikalen Bauern zum Opfer fallen.

»Du wirst morgen früh nach Hause fliegen«, erklärte ich schroff. »Raban kann dich begleiten, ihr scheint euch ja bereits angefreundet zu haben.«

Raban warf Jaro einen bedeutungsvollen Blick zu. Der Junge krähte kläglich.

»Wolltest du noch etwas sagen?« Eine Frage, die keinen Zweifel darüber ließ, wie wenig mir an einer Antwort gelegen war.

Aber Jaro hob trotzig den Schnabel. »Ich kann unmöglich zurück nach Hause.« Er sträubte sein Gefieder und flatterte aufgeregt. »Soll ich etwa *so* zu meinen Eltern gehen?« Er sah an sich hinunter.

»So natürlich nicht!«, erwiderte ich gereizt.

»Aber wie soll ich das wieder rückgängig machen?« Der Blick aus seinen blauen Augen war so hilflos, dass mir ganz schwach ums Herz wurde.

Raban räusperte sich. »Er steht noch ganz am Anfang. Er wurde von seiner Wandlung völlig überrascht. Außerdem hat er gerade erst seinen Bruder verloren!«

»Und du bist sofort losgeflogen?«, wollte ich wissen.

Milo grölte los. »Hat sich wohl nicht ganz so dämlich angestellt beim Fliegen wie manch anderer, den ich kenne!« Auch Sergius keckerte.

Ferenc meldete sich erstmals zu Wort. »Lass ihn bei uns bleiben, bis er etwas mehr Übung darin hat, sich zu verwandeln«, schlug er vor.

»Aber bei Pavel hat es genauso angefangen!«, erinnerte András uns. »Nur ein paar Tage … warten wir erst einmal ab … er muss wieder zu sich finden, bis er nach Hause gehen kann – dieselbe Leier!« Er nickte in meine Richtung. «Ich finde, Alexej hat recht. Wir können diese Verantwortung nicht übernehmen, das hat Pavels Tod doch bewiesen!«

»Nein!«, krähte Jaro panisch auf und flatterte wild mit den Flügeln. »Ihr könnt mich nicht zurückschicken! Ihr könnt mich nicht dazu zwingen!«

»Lass es nicht darauf ankommen!«, drohte ich ihm. »Es gibt Regeln, an die wir uns halten müssen. Und die oberste Regel lautet, dass wir niemals, unter gar keinen Umständen, den Schwarm in Gefahr bringen, enttarnt zu werden. Und du, mein Vögelchen, bist eine Gefahr!«

»Nein!«, schrie er verzweifelt, und es dauerte einen Moment, bis ich dieses Wort aufnahm. Verblüfft hielt ich inne und lauschte auf den Nachhall seines Krächzens.

»Wie hast du das gemacht?« Milo war fassungslos.

»Was?« Jaro sah fragend von einem zum anderen. »Was hab ich gemacht?«

»Du hast *Nein* gesagt!«

»Natürlich hab ich *Nein* gesagt, ich will nicht zurück!«

»So hat András das nicht gemeint«, erklärte ich ruhig. »Du hast Nein gesagt, das stimmt, aber nicht mit deiner Vogelstimme.«

Fragend erwiderte er meinen Blick.

»Du hast ein *menschliches* Nein imitiert. Das war erstaunlich gut!«

»Das war der Hammer!« Milo stieß Jaro in die Seite, der sofort anfing zu husten. Das klang so unwirklich und gleichzeitig so menschlich, dass die Jungs in albernes Keckern ausbrachen.

Waldfieber

So stellte ich mir ein spätmittelalterliches Kanonenrohr vor: Marek schleppte zusammen mit Janosch ein riesiges, metallenes Ungetüm in meine Hütte. Die beiden mühten sich dabei sichtlich ab und kippten es vorsichtig zur Seite, um es Zentimeter für Zentimeter weiterzuschieben.

»Was um Himmels willen ist das?«, fragte ich.

Marek schnaufte, wischte sich mit dem Hemdsärmel den Schweiß von der Stirn und schaute den debil grinsenden Janosch hilfesuchend an.

»Ist Ofen«, erklärte der Schreiner.

»Ein Ofen soll das sein? Äh … *kamna*?«

»*Ano, ano.*«

»Marek?«, fragte ich panisch.

»Das«, Marek deutete auf das rostige Monstrum, »ist deine neue Heizung!«

Ich war perplex.

Er nannte die beiden Worte *neu* und *Heizung* in einem Satz und zeigte dabei auf dieses gigantische, gusseiserne Teil? Wie bitte sollte ich das verstehen?

Ich klappte den Deckel meines Laptops zu, auf dem ich gerade E-Mails beantwortet hatte, und verschränkte die Arme vor der Brust.

»*Das*, lieber Marek, ist keine Heizung!«, erklärte ich. »Was ist mit der Heizung, die hier eingebaut ist?« Ich hob beide Augenbrauen an und lächelte gefährlich.

»Na ja«, er druckste herum. »Ehrlich gesagt, im Moment können wir es uns nicht leisten, sie reparieren zu lassen. Aber ich garantiere dir, dieser Ofen wird dir mächtig einheizen! Janosch hat ihn in einem alten Schuppen gefunden. Damit haben sie früher die ganze Werkstatt beheizt.«

»Was bitte heißt hier früher? Vor dem Ersten oder vor dem Zweiten Weltkrieg? Oder vielleicht vor dem Dreißigjährigen?«

Marek kicherte. Janosch nickte mir aufmunternd zu und hielt mir drei Finger vor die Nase.

»Ist gut warm! Dreimal!«

Ich verstand kein Wort.

»Er meint, damit wird dir dreimal warm. Einmal beim Bäumefällen, dann beim Holzhacken und schließlich beim Heizen.«

Ich musste ein ziemlich dämliches Gesicht gemacht haben, denn Janosch lachte und klopfte mir mit einer seiner mächtigen Pranken freundschaftlich auf die Schulter. Dann kniff er mir in den Oberarm und rollte die Augen. Anscheinend bezweifelte er die Fähigkeit meiner Muskeln, eine solche Tätigkeit zu bewältigen. Er gestikulierte wild.

»Keine Sorge, Janosch wird dir das Holz zum Heizen vorbeibringen.«

»Zeigt er mir auch, wie man diesen Ofen anstellt?«, fragte ich.

»Hinten gibt es einen Schalter zum Anstellen und einen Drehknauf zum Regeln der Temperatur. Guck nicht so, das war ein Witz! Papier, kleine Holzspäne und ein Streichholz, alles klar? Wenn es dir zu kalt ist, leg ein Scheit nach, und wenn es dir zu warm wird, dann machst du halt ein Fenster auf.«

Okay, das sollte ich wohl hinkriegen.

Janosch befestigte das Ofenrohr in einer Wandöffnung und schmierte den Zwischenraum mit einer grauen Paste aus. Kurz darauf klopfte es an der Tür, und Lara lugte um die Ecke. Es war sonst überhaupt nicht ihre Art, sich schüchtern anzunähern, und ich befürchtete schon das Schlimmste.

»Was soll ich tun?«, fragte ich deshalb ein wenig schroff. »Du hast doch bestimmt irgendeine grässliche Aufgabe für mich, oder?«

Sie lächelte. »Ach, Isa, das liebe ich so an dir. Nie muss man lange Einleitungen vorbringen. Das vereinfacht das Leben ungemein.«

»Nun sag schon.«

»Für morgen früh hat sich kurzfristig Besuch angekündigt. Nichts Wildes! Nur eine Führung durch den Wald, ein kleines anschauliches Programm mit Spurensuche, Aufklärung über das Waldsterben, Borkenkäfer und so weiter. Und auch nur eine Übernachtung«, fügte sie noch hinzu. »Würdest du das übernehmen? Sie kommen nämlich aus Deutschland.«

»Wie viele Leute denn?«

»Achtundzwanzig.« Lara machte ein beinahe unbeteiligtes Gesicht.

»Achtundzwanzig? Du meine Güte!«

»Eine Schulklasse. Sie mussten das Programm ändern. Eigentlich machen sie eine Klassenfahrt nach Prag, und jetzt haben sie plötzlich zwei Tage Leerlauf. Du weißt ja, um diese Jahreszeit kommen sonst nicht viele Besucher, und wir können das Geld gut gebrauchen.«

»Ich versteh schon.«

Lara gab mir einen schmatzenden Kuss auf die Wange und verschwand trällernd nach draußen.

Das würde wohl nicht übermäßig schwierig werden. Wildtierökologie und Naturschutz waren meine Schwerpunkte im Studium. Allerdings fiel es mir nicht gerade leicht, vor größeren Gruppen zu reden. Ich bekam dann jedes Mal einen hochroten Kopf und fing an zu stottern. Nachdenklich schob ich meinen Stuhl unter den Tisch und ging nach draußen.

Ich hatte Alexej heute noch nicht gesehen und meine Gedanken kreisten um den gestrigen Abend, beziehungsweise die gestrige Nacht. Ich war früh zu Bett gegangen, um Laras Kuppeleiversuchen zu entgehen, hatte aber nicht sofort einschlafen können. Gegen Mitternacht hatte ich jemanden draußen herumlaufen sehen. Es war aber nicht Marek gewesen, da war ich mir sicher, denn sein Haus lag genau in der anderen Richtung. Und Janosch konnte es ebenfalls nicht gewesen sein, weil ich ihn nur wenig später hörte, als er grölend nach Hause torkelte. Erstaunlich, wie gut er sich bis heute Morgen erholt hatte. Training war anscheinend alles.

Die Gestalt war im Wald verschwunden. Es war nur ein Schatten gewesen, ein dunkler Umriss einer menschlichen Figur, und trotzdem war ich mir fast hundertprozentig sicher, dass es Alexej gewesen war. Ich fragte mich, was er zu dieser Zeit im Wald zu suchen hatte, und musste an die Nacht denken, als ich ihn in der Küche überrascht hatte. War er da nicht ebenfalls aus dem Wald gekommen? Zumindest hatte er es nicht abgestritten, als ich ihn mit dieser Vermutung konfrontiert hatte. Fühlte er sich im Wald einfach wohler als im Haus, weil es seine gewohnte Umgebung war? Reine Spekulation, denn ich wusste ja nicht, ob er wirklich im Wald gehaust hatte wie ein Eremit.

Aber er hatte es genossen, im Wald zu sein. Zumindest bis zu dem Moment, als er den Rothirsch gefunden und sich so seltsam benommen hatte. Er hatte so etwas Gieriges an sich gehabt – fast schon Raubtierhaftes. Und in der Nacht in der Küche, war es da nicht ebenfalls dieses blutige Fleisch gewesen, das ihn angelockt hatte? Das war ganz schön gruselig.

Vielleicht hatte ich aber auch schon Halluzinationen. Mein Vater hatte mich davor gewarnt, ich würde in dieser Einöde bestimmt verrückt werden. Eine Kleinstadtpflanze wie ich würde wunderlich, wenn nicht sogar richtig plemplem. Ich hatte das als netten Versuch angesehen, mich wohlwollend aufzumuntern, aber inzwischen kam mir diese Möglichkeit nicht mehr ganz so abwegig vor.

Was das Landleben mir noch zu bieten hatte, sah ich nämlich, als Janosch kurz darauf mit seinem uralten McCormick-Traktor angerattert kam. Er stellte die Zapfwelle an und ließ eine ganze Fuhre Holz so dicht an meiner Hütte herunterpurzeln, dass ich schon befürchtete, es würde mir die Hauswand einreißen.

Dann platzierte er mir einen riesigen Hauklotz neben den Stapel und spaltete mit einer Axt noch ein paar Späne ab, die er mir wortreich übergab.

»*Děkuji … pěkně*?«, bedankte ich mich unsicher, und Janosch fuhr unter lautstarkem Tuckern wieder davon. Ich stöhnte erst einmal über den Berg, den ich nun zu bezwingen hatte. Bis ich die Scheite einigermaßen ordentlich aufgeschichtet hatte, war eine knappe Stunde vergangen. Das machte nun wirklich keinen Spaß, vor allem, wenn man sich alle paar Minuten fiese Splitter in die Haut trieb. Aber ich sollte nicht jammern, schließlich würde ich es jetzt wenigstens warm haben. Im Haus kramte ich nach Zeitungspapier, fand aber nur eine alte Ausgabe von Laras Fachzeitschrift *Silva Gabreta*. Ich hoffte sehr, dass sie mir verzeihen würde, und stopfte einige Seiten davon in den Feuerraum. Sie qualmten mehr, als dass sie brannten. Gab es eigentlich jemanden, der sich noch dämlicher dabei anstellte, ein Feuer in Gang zu bringen?

»Mist, verdammter!«, schimpfte ich, weil das Holz viel zu groß für die Ofenöffnung war. Wütend stapfte ich nach draußen, knallte ein Stück auf den Hauklotz und wog die Axt in meinen Händen. Bei Janosch hatte es ja nicht besonders schwer ausgesehen.

Ich hob sie hoch, und das Gewicht warf mich beinahe um. Die Axt landete neben mir auf dem Boden.

Wenigstens war meinen Füßen nichts passiert. Ich hob das Teil erneut hoch, visierte mein Ziel an und ließ die Axt durch die Luft surren. Ich verfehlte das Holzstück nur knapp, und die breite Klinge krachte in den Stamm darunter, wo sie fest steckenblieb. Fluchend stemmte ich mich mit ganzer Kraft dagegen.

Nichts geschah.

Das durfte doch nicht wahr sein! Mir brach der Schweiß aus. Ich hängte mich an den Holzstiel und ruckelte verzweifelt daran.

»Kann ich dir behilflich sein?«

Ich kreischte auf, und mein Blick flog in die Richtung, aus der die Stimme gekommen war. Alexej lehnte, lässig wie immer, an Mareks Schuppen.

»Wie lange stehst du schon da rum?«, fauchte ich ihn an.

Er lächelte nachsichtig. »Eine Weile.«

Reichte es nicht, sich wie ein schwächliches Weibchen aufzuführen? Musste man dabei auch noch beobachtet werden?

»Du brauchst gar nicht erst rot zu werden«, versicherte er mir und schlenderte dabei in meine Richtung. Mein Körper hielt allerdings nicht viel von seinen Beschwichtigungsversuchen und glühte auf.

Alexej schob mich zur Seite und hebelte mit einer Hand die Axt aus dem Klotz heraus. Es schien ihn nicht einmal anzustrengen. Mit einem gezielten Hieb teilte er den Scheit in zwei Hälften und griff nach dem nächsten.

»Ich habe sowieso gerade nichts zu tun.«

Verwundert sah ich ihm zu, wie er ein Stück nach dem anderen vom Stapel nahm. Er hatte nicht einmal die Gelegenheit ergriffen, sich an meinem peinlichen Auftritt zu weiden.

Ich sammelte die zerkleinerten Stücke ein, die sich langsam anhäuften, und stapelte sie wieder ordentlich auf. Vielleicht sollte ich ihn fragen, ob er mir gleich noch das Feuer anmachen würde, schließlich konnte es ja nicht viel schlimmer kommen.

Doch – es konnte!

Nach einigen Minuten hielt Alexej inne, lehnte die Axt gegen den Hauklotz, zog seinen Pullover aus und warf ihn mir zu. Jetzt trug er nur noch ein schwarzes T-Shirt zu seinen dunkelblauen Jeans. Warum nur hatte Lara ihm so viele schwarze Sachen gekauft?, fragte ich mich, faltete den Pulli zusammen und steckte unbewusst die Nase in die dichte Wolle. Warum tat ich das? Abrupt schreckte ich aus meiner Träumerei hoch und hängte den Pullover schnell über das Geländer vor meiner Eingangstür. Trotzdem blieb der Geruch mir in der Nase haften.

»Was macht dein Arm?«, fragte ich. »Ist das nicht zu anstrengend für dich?«

»Körperliche Arbeit hat noch nie jemandem geschadet. Außerdem muss ich wieder Kraft in diesem Arm bekommen.« Er hielt den Griff der Axt mit beiden Händen fest umklammert. Die Adern an seinen Unterarmen traten dabei deutlich hervor. Mir war nie bewusst gewesen, wie faszinierend blauschimmernde Adern unter weißer Haut sein konnten, aber in diesem Moment starrte ich ihn wohl an, denn er seufzte leise.

»Es ist alles in Ordnung, Isabeau. Die Naht ist schon gut verheilt, und ich werde auch nicht zusammenbrechen«, versicherte er mir.

Das war es nicht, was mir durch den Kopf gegangen war, aber es beruhigte mich doch, dass er meinen Blick anders interpretiert hatte.

Hatte er mich Isabeau genannt? Wie seltsam, auf einmal so angeredet zu werden. Allerdings klang mein Name aus seinem Mund gar nicht mehr so furchtbar peinlich.

Er hatte inzwischen schon fast die Hälfte des Holzes zerkleinert.

»Du machst das nicht zum ersten Mal, oder?«

»Nein«, sagte er. »Mein Vater ist Waldarbeiter gewesen. Als Kind habe ich ihn oft begleitet, um etwas zum Familieneinkommen beizutragen. Später habe ich mir neben der

Schule auf diese Weise etwas dazuverdient. Wir haben die halbe Nachbarschaft mit Holz beliefert und die meisten kauften alles in handlichen kleinen Stücken«, erklärte er. Dann presste er unvermittelt die Lippen aufeinander.

Sein Vater, ein Waldarbeiter? Das konnte ich mir gar nicht vorstellen. Er sah überhaupt nicht aus wie der Sohn eines Waldarbeiters. Auch seine Art, sich zu bewegen und zu sprechen, die Wahl seiner Worte – das alles hatte keinerlei Färbung eines Mannes, der es gewohnt war, körperlich zu arbeiten.

Ungläubig runzelte ich die Stirn.

Hatte er nicht mit der alten Dame im Krankenhaus sogar Französisch geredet? Das klang doch eher nach einer bildungsfreundlichen Familie. Ich sprach jedenfalls kein Französisch.

Aber auf meine Frage hatte er viel zu schnell geantwortet, als dass es erfunden sein könnte. Außerdem erkannte ich an seiner Reaktion deutlich, dass er unbedacht gesprochen hatte. Nicht nur seine Lippen, nein, sein ganzer Körper schien nun verschlossen.

»Ich glaube, das reicht für heute«, sagte er.

»Vielen Dank! Ich weiß das sehr zu schätzen.«

»Das denke ich mir.«

Ich ließ mich von seinem abweisenden Tonfall nicht abschrecken. »Hast du schon einmal ein Feuer angemacht? Ich meine in einem Holzofen?«

Er schaute mich an, als wäre ich nicht ganz bei Sinnen. Dann häufte er sich ein paar Holzstücke auf den Arm und trat durch meine Haustür. Es war mir peinlich, dass mein Zimmer so unordentlich aussah, aber Alexej schaute sich gar nicht um. Er ging zielstrebig zu meiner neuen Errungenschaft und warf nur einen kurzen Blick darauf.

»Du musst dem Feuer ein bisschen mehr Luft lassen, dann qualmt es auch nicht so. Hier, einfach nur den Riegel nach links schieben, dann wird der Feuerraum besser belüftet.«

Er stopfte die Reste von Laras Zeitschrift in den Ofen und zündete ein Streichholz an.

»Wenn es richtig brennt, kannst du auch die Tür ein wenig offenstehen lassen, aber«, er warf einen Blick auf die geöffneten Fenster, »nur, wenn es richtig brennt.«

»Danke.« Ich legte ihm freundschaftlich die Hand auf den Arm und zog sie ruckartig zurück. Seine Haut glühte geradezu.

»Du hast ja schon wieder Fieber«, rief ich aus. »Hoffentlich hast du dich nicht überanstrengt.«

»Nein«, wehrte er ab und wollte sich an mir vorbei zur Tür drängen, aber ich hielt ihn am T-Shirt fest und befühlte seine Stirn.

»Natürlich hast du Fieber! Du kannst mir nichts vormachen: Ich habe einen kleinen Bruder, glaub mir, ich weiß, wann jemand Fieber hat!«

Seine dunklen Augen verdüsterten sich, und er schob meine Hand fort. »Es ist nichts! Ich fühle mich wohl, alles ist gut«, sagt er mit einem beinahe drohenden Unterton.

Einen Moment starrten wir uns wortlos an.

»Es ist, weil du gestern Nacht wieder im Wald warst, nicht wahr?«

Er beeilte sich, an mir vorbei zu kommen. »Glaube mir, ich habe genau die Temperatur, die mein Körper braucht. Und jetzt wäre ich dir sehr dankbar, wenn du mich entschuldigen würdest.«

Ich fühlte mich elend. Wieso hatte ich meinen Mund nicht halten können? Und wieso konnte er sich nachts nicht in seinem Bett aufhalten wie jeder andere vernunftbegabte Mensch?

Irgendwas passierte dort im Wald, was ihn krank zu machen schien, und doch zog es ihn immer wieder dort hinaus. Irgendwas zehrte an ihm, ließ ihn seltsame, vielleicht sogar triebhafte Dinge tun, die mir kleine Schauer über den Rücken jagten. Und ich hatte nicht die Spur einer Ahnung, was das sein könnte.

Blutdrang

»Der Buchdrucker befällt vor allem Fichten«, erklärte Isabeau. »Vorzugsweise die Gemeine Fichte, aber auch Lärchen, Douglasien, Schwarzkiefern, Weißtannen und andere Nadel- und Laubbäume. Normalerweise kann die Fichte durch die Absonderung von Harz, das sogar toxisch wirken kann, die Insekten abwehren. Allerdings schaffen das nur gesunde Bäume, die nicht durch Umweltbelastungen geschädigt sind.« Sie machte eine ausladende Geste.

»Weiß jemand von euch, welche das sein könnten? Ich meine, welche Umweltbelastungen?« Sie schaute sich fragend um. Gähnen machte sich breit.

Mit Mühe verbiss ich mir ein Grinsen. Gab es eine größere Strafe, als eine Schulklasse über das Waldsterben aufzuklären? Vermutlich nicht. Allerdings blieb die Frage bestehen, wer mehr bestraft wurde: Isabeau oder die Jugendlichen, die lustlos hinter ihr her trabten. Jedenfalls machte keiner Anstalten, auf ihre Frage eine Antwort zu geben.

Isabeau räusperte sich. »Nun, ähem, schon mal was vom Ozonloch gehört?«

Entnervtes Stöhnen.

»Erderwärmung? Treibhauseffekt?«

Das Stöhnen wurde noch lauter, und einige drehten sich demonstrativ von ihr weg.

Ich hatte den starken Verdacht, dass dieser Tag wenig Amüsantes bringen würde, sollte der weitere Verlauf unbeeinflusst bleiben.

Die Sonne schien und drang mit ihren Strahlen durch das dichte Blätterdach, zeichnete abstrakte Muster auf die Schwämme, die die Baumrinde überwucherten. In der Luft fand sich kein süßer Duft, wie ihn der Frühling zerstäubte, sondern das feuchte, erdige Aroma von verwesendem Laub, Pilzen und würzigen Nadeln. Fichtenzapfen lagen verstreut da, von Eichhörnchen ihrer Samen beraubt und verworfen wie ein ausgeweidetes Tier.

Isabeau kämpfte weiter mit ihren Erklärungen. Irgendetwas von Stickoxiden, Schwefel und ausgewaschenen Magnesium- und Aluminiumionen. Selbst mir jagte es einen Schauer über den Rücken.

Für mich war der Wald ganz Sinnlichkeit, ein pures Erleben der Gegensätze: Die Dunkelheit unter einem Wurzelteller im Kontrast zu den Farbenspielen auf einer Lichtung. Die Höhe der Baumkronen, deren Stämme mit metertiefen Wurzelverästelungen in der Erde verankert waren, gegen flach kriechende Ranken. Große Jäger wie der Luchs beanspruchten mehrere Hektar Wald, wohingegen sich in einer Handvoll Erde Abermillionen Kleinstlebewesen tummelten. All diese Gegensätze vernetzten sich, kämpften gegeneinander und harmonierten doch – wie eine Komposition des sinnlichsten, ältesten Lebens.

Der Wald bedeutete Freiheit und doch starre Naturgesetze. Wie ein Präludium und eine Fuge von Bach, dachte ich seufzend.

Vielleicht sollte ich Isabeau helfen, den Wald mit anderen Augen zu sehen. Ich setzte mich auf einen Baumstumpf, streifte mir Schuhe und Strümpfe von den Füßen und erfühlte mit meinen Zehen den Untergrund. So würde es für niemanden ein angenehmer Nachmittag werden, und das wäre doch sehr betrüblich. Lächelnd trat ich durch die Bäume auf die Gruppe zu.

»Schon mal über glühende Kohlen gelaufen?«, fragte ich laut. Isabeaus Kopf flog zu mir herum. Der Blick, den sie mir zuwarf, hatte etwas erkennbar Flehendes.

»Na, wer traut sich? Das hier«, ich deutete auf den Waldboden zu meinen Füßen, »ist kein Vergleich dazu! Denn bei glühenden Kohlen weiß man, dass sie heiß sein werden. Der Waldboden ist ein Risiko; man weiß nie, was einen erwartet.«

Skeptische Blicke trafen mich. Misstrauisch, aber interessiert. Ich trat auf eines der Mädchen zu. Eine rotgesichtige Blondine.

»Würdest du mir deinen Schal leihen?«, fragte ich und zog ihn ihr, ohne die Antwort abzuwarten, von den Schultern. Dann suchte ich mir einen Jungen aus, einen mit einem frechen Gesicht, und deutete ihm, seine Schuhe auszuziehen.

»Ich muss wohl, oder?«, fragte er mit gespielter Verzweiflung, schlüpfte aber ohne zu zögern aus seinen abgenutzten Tretern heraus. Ich band ihm den Schal über die Augen, drehte ihn ein paar Mal um sich selbst und schubste ihn an.

»Man weiß wirklich nie, was einen erwartet«, wiederholte ich und spazierte träge neben dem Jungen her. »Natürlich ist der Waldboden nicht heiß, aber jeder, der schon einmal in einen Ameisenhaufen getreten ist, wird wissen, dass Ameisensäure ebenso feurig brennen kann!«

Der Junge stöhnte und ein paar Mädchen kicherten verhalten.

»Nicht nur das: Dieses Feuer kann sogar eine gefräßige Spur an deinen Beinen hochlecken, wenn die roten Biester hochkrabbeln.« Ich machte eine Pause. »Und das tun sie meistens.«

»Na toll!«, knurrte mein Opfer zwischen den Zähnen hervor.

»Vielleicht hast du Glück, und trittst nur in den schleimigen Auswurf einer Nacktschnecke«, tröstete ich ihn. Die Mädchen kreischten angeekelt auf. Es begann, mir Spaß zu machen. Ich schob den Jungen weiter. Mit ausgestreckten Armen tastete er sich an einem Baum entlang und schrie plötzlich angewidert auf.

»Was war das denn?« Er schüttelte seine rechte Hand aus. »Das war total weich und matschig!«

»Nur ein Pilz.«

»Ist das ekelig!« Gelächter begleitete ihn.

»Ich will auch mal!« grölte jemand.

»Kannst gerne übernehmen!«

Ich klopfte dem Jungen auf die Schulter. »Vielleicht kommt dir auch die Jahreszeit zugute. Nacktschnecken oder Käfer sind jetzt kaum noch unterwegs.«

»Danke, das ist sehr nett, dass Sie das erwähnen.«

»Spinnen haben allerdings gerade Saison«, klärte ich ihn auf.

»Iiiiiiih!« Die Mädchen kreischten.

»Keine Sorge: Ihr Gift ist für ein Lebewesen unserer Größe völlig harmlos.«

»Ich wusste es immer, ich bin ein Glückspilz.«

»Das bist du«, stimmte ich ihm zu. »Die Spinnenweibchen tragen ihre Eier in einem weißen, klebrigen Kokon am Hintern. Ein wenig schmierig ist das schon, wenn du sie zerquetschst.«

Der Junge biss angestrengt die Zähne zusammen, setzte vorsichtig einen Fuß vor den anderen und spreizte seine nackten Zehen ab, um den Boden so wenig wie möglich zu berühren.

»Uah!« Er sprang zur Seite. Mit dem linken Fuß war er über ein paar angefaulte Blätter gerutscht und fing an zu schwitzen.

»Da wird einem sogar im November warm, nicht wahr?«

»War's das jetzt?«

»Nur noch ein paar Schritte. So, jetzt hast du es geschafft!«

Der Junge riss sich den Schal vom Gesicht und untersuchte hektisch den Boden in seiner Umgebung. Als er nichts Ekelerregendes entdecken konnte, blies er erleichtert einen Stoß heißer Luft aus. Ich reichte ihm seine Schuhe.

»Das war sehr mutig von dir.«

Er grinste schief. Seine Freunde lachten und zeigten ihm den Weg, den er zurückgelegt hatte. Die Stimmung hatte sich verändert, und einige begannen, sich genauer umzusehen.

»Räumt hier eigentlich nie einer auf?« fragte ein großer, schlanker Junge mit schwarzen Haaren.

»Ich meine, hier sieht es echt übelst aus, oder?« Er zeigte auf einen Windwurf etwa hundert Meter entfernt, der eine Schneise in den Wald geschlagen hatte: Dutzende Fichten moderten dort vor sich hin.

»Das ist ja gerade der Unterschied zu einem Wirtschaftswald«, erklärte Isabeau. »Im Nationalpark werden keine Bäume entfernt, sie dürfen aufrecht sterben oder werden von einem Sturm gefällt. Sie bilden die Grundlage für einen neuen Bewuchs und bereiten den Boden vor. Das ist ein ganz natürlicher Vorgang.«

»Aber Sie haben doch gerade erzählt, dass diese faulen Bäume die Käfer anlocken, oder nicht?«

»Da hast du recht. Man geht aber davon aus, dass sich das Problem naturgemäß klärt, das heißt, ohne unser Zutun.«

»Aber diese Käfer können doch auf die gesunden Bäume überspringen.«

»Richtig. Doch der Borkenkäfer ist nicht die eigentliche Ursache für das Waldsterben. Gesunde Bäume wissen sich gegen den Käfer zu wehren.«

»Ach, das war die Nummer mit dem Harz?«

Ich war beeindruckt. Der Junge hatte tatsächlich zugehört.

»Sie verschließen die Bohrlöcher mit ihrem Harz und – «

»Aber wenn man die toten Bäume liegen lässt, dauert es doch ewig, bis sie vermodert sind«, warf er ein.

»Wir dürfen nur nicht so kurzfristig denken. Wenn man dem Wald Zeit lässt, sich zu erneuern, dann pflanzen sich die richtigen Bäume selbst an den für sie optimalen Standort. In den Wirtschaftswäldern stehen größtenteils Fichten und Tannen, die ein schnelles Wachstum und damit einen schnellen Ertrag bringen, aber das ist unnatürlich. Ein Mischwald ist das Ziel. In zehn Jahren wird es hier schon ganz anders aussehen«, sagte Isabeau. »Und du darfst nicht vergessen: Den Wald gibt es schon seit Jahrtausenden, und die Forstwirtschaft gerade mal seit zweihundert Jahren. Bisher kam er ganz gut ohne uns Menschen aus.«

Der Junge nickte. Ich hatte Isabeau fasziniert gelauscht. Ihre Augen glänzten. Es war unverkennbar, dass sie den Wald liebte.

Ein paar Mädchen stießen spitze Schreie des Entzückens aus; sie hatten einen Igel unter einem Reisighaufen entdeckt. Isabeau entspannte sich sichtlich. Sie sammelte ein paar Bucheckern, brach die Schale mit ihren Fingernägeln auf und knabberte daran. Anscheinend hatte sie beschlossen, den Dingen ihren Lauf zu lassen, und nicht weiter einen oberlehrerhaften Vortrag zu halten.

Mir wurde erst bewusst, dass ich sie immer noch anstarrte, als sie meinen Blick mit einem fragenden Ausdruck erwiderte. Also gesellte ich mich zu ein paar Jungs, die eine wuselnde Schar Asseln unter einem Rindenstück gefunden hatten. Sie stupsen die Tiere an, die sich sofort zusammenkugelten. Völlig in Gedanken versunken sammelte ich ein paar davon auf und steckte sie mir in den Mund. Irgendwie hatte ich den Geschmack besser in Erinnerung. Ich hörte, wie Isabeau erschrocken die Luft einsog, und schaute hoch – auch die Jungs verzogen angeekelt das Gesicht.

Was hatte ich getan? Ich war mir keiner Schuld bewusst. Ich kaute und schluckte mühsam. Dann schoss es mir durch den Kopf: Ich war ein Mensch! Ich hatte völlig vergessen, in welcher Gestalt ich mich befand.

Innerlich fluchend stand ich auf. Ich musste diese Situation irgendwie überspielen. Sie dazu bringen, dass sie ihren eigenen Augen nicht trauten. Aber mein Geist war wie leergefegt.

»Sie hatten wohl noch kein Frühstück?«, fragte einer der Jungs.

Aus kurzer Entfernung ertönte plötzlich ein krächzender Schrei. Ein Rabenschrei – ausgerechnet.

Jemand rief nach mir.

Ich lauschte.

Als sich der Schrei wiederholte, war ich mir sicher, dass es Milo sein musste. Ich verharrte auf der Stelle wie ein Raubtier auf der Lauer – bereit zum Sprung. Meine Lider begannen zu flattern. *Bitte nicht jetzt!* Ein Zittern durchlief meinen Körper.

»Ist alles in Ordnung mit Ihnen?«

»Ist Ihnen jetzt schlecht?«

Ich musste mich zusammenreißen, mein Rabenblut zurückdrängen.

»Also mir wäre auch kotzschlecht, wenn ich eine Handvoll von diesen Ekelviechern gegessen hätte.«

Hör nicht hin! Denk nicht einmal daran! Warum hielt Milo nicht den Schnabel? Er krächzte immer noch. Was war so wichtig, dass er mich jetzt rufen musste?

Wellenartig schwappte mein Rabenblut über, quoll übervoll aus meinem Herzen. Und egal, wie sehr ich es auch zurückdrängte, es bahnte sich doch unaufhaltsam seinen Weg. Es verdrängte mein Menschenblut, bis es nur noch eine Spur war, ein Faden, ein Haarriss gar. Ich konnte es nicht mehr verhindern, also sprang ich auf; schaute weder links noch rechts und rannte los.

Ich berührte den Boden kaum, zumindest spürte ich ihn nicht. Als ich das Haus erreichte, hatte ich jegliche Kontrolle über meinen Körper verloren. Wie ein Blinder stolperte ich durch die Tür. Ich zitterte und bebte; jede Zelle meines Körpers vibrierte unter dem Drang, sich zu verwandeln.

Unmöglich, auch nur einen Finger zu rühren, geschweige denn die Tür abzuschließen. Der Schmerz traf mich heftig, weil ich mich ihm nicht hingeben konnte. Atmen war ebenfalls unmöglich. Ich fiel auf die Knie, bevor sich mein Körper vollends ergab, sich zu einem schwarzen Ballen bündelte und mit einem prasselnden Geräusch meinen Menschenkörper einverleibte.

Hilflos schlug ich mit den Flügeln, um mich aus meinem Kleiderberg zu befreien.

Das Fenster war nur gekippt. Wenn ich nicht nach draußen kam, musste ich ausharren, bis sich mein aufschäumendes Blut wieder beruhigt hatte. Das war kein Drama. *Also nur die Ruhe bewahren!*

Was war das? Ich erschrak so heftig, dass ein gurgelnder Laut aus meiner Kehle rollte. Jemand hatte an die Tür geklopft.

»Alexej?«

Es war Isabeau – welche Überraschung.

Dann fiel mir ein, dass ich es nicht mehr geschafft hatte, die Türe abzuschließen, und nun drohte mich doch echte Panik zu überwältigen. Ich stieß gegen die Fensterscheibe.

»Alexej? Bist du da?«

Nein!, rief ich tonlos.

»Ich kann dich hören. Ich will nur wissen, ob alles okay ist.«

Erneut flatterte ich hoch, versuchte verzweifelt, durch die Öffnung des Fensters zu entkommen, aber meine Flügel ließen sich nicht bändigen. Ich prallte erneut gegen die Scheibe und trudelte zu Boden.

»Bitte mach die Tür auf.«

Niemals!

»Ich will nur sehen, ob es dir gut geht.«

Lass sie nicht überprüfen, ob die Tür verschlossen ist!, betete ich inständig.

Mein Gebet wurde nicht erhört. Die Tür öffnete sich einen Spalt, und Isabeau blinzelte ins Zimmer.

»Oh«, sagte sie schlicht.

Ein wilder Vogel scheut die Menschen, und so konnte ich nicht verhindern, dass ich ängstlich von einer Zimmerecke in die andere flatterte. Dabei ließ ich etliche Federn.

»Wie kommst du denn hier rein?« Ihre Stimme war ganz sanft. Sie schloss die Tür hinter sich.

»Warte, ich mach dir das Fenster auf.«

Ich war so aufgebracht, dass ich mich nicht beherrschen konnte und durch den Raum stob. Isabeau hielt schützend die Hände über ihren Kopf. Nicht im Traum wäre es mir eingefallen, sie anzugreifen, aber ich war nicht wirklich Herr über meine Sinne.

Sie zog am Fenstergriff – nichts passierte.

»Verdammt noch mal!«, fluchte sie ungeniert. »Jetzt klemmt das blöde Ding!«

Hilflos gaukelte ich durch die Luft, stieß gegen den Türrahmen und fiel benebelt zu Boden.

»Oh, nein!«

Mir war schwarz vor Augen. Nach wenigen Sekunden griffen Isabeaus Hände nach meinem Körper. Mein Herz raste. Das war kein zaghafter Griff. Nein, das war ein Griff, der es gewohnt war, Tiere festzuhalten. Ich krähte verwirrt.

»Keine Angst, Kleiner. Ich bring dich schon raus. Lass nur mal sehen, ob du dir auch nichts gebrochen hast.« Sie presste meinen Körper an ihre Brust und betastete mit einer Hand abwechselnd meine beiden Flügel.

»Obwohl – klein bist du eigentlich nicht gerade.« Sie strich mit den Fingern sanft über mein Gefieder.

»Schhhh, ist ja alles gut«, flüsterte sie und stieß mit der Schulter die Tür auf.

Sie trug mich den Gang entlang bis nach draußen und setzte mich dann vorsichtig auf einem Ast ab. Ich krallte mich fest, während sie in ihrer Hosentasche nach etwas suchte. Sie hielt mir ein Buchecker hin, und ich legte den Kopf schief. Kein Vogel der Welt würde ihn jetzt annehmen. Ein normaler Vogel würde nicht hier sitzen bleiben und ihr in die Augen schauen, würde nicht in diesen Augen ertrinken.

»Komm, Süßer, nimm schon«, munterte sie mich auf.

Ich konnte sie nur anstarren, weil mir ihr Mund noch nie so sinnlich erschienen war.

Dann tat ich, was sie von mir erwartete: Ich pickte mit meinem großen Schnabel die Frucht aus ihrer Hand.

Wie weich ihre Handfläche war!

Sie streckte die Finger aus und fuhr mir damit zärtlich über die Brust. Mein Herz, das eben noch wie gejagt pulsiert hatte, setzte einen Schlag aus.

Sie berührte mich, und ich empfand es nicht als Bedrohung – ich genoss es. Ein wohliges Gefühl durchströmte mich. Wäre ich ein Kater, hätte ich geschnurrt. Aber selbst so klangen die Töne, die mir aus der Kehle rollten, nicht viel anders.

Isabeau lächelte, und ich erschrak über die Heftigkeit, mit der sich ein sehnsuchtsvolles Ziehen in mir ausbreitete.

Abrupt stieß ich mich vom Ast ab in die Luft.

Augenpoker

»Ich werde niemals ein Eis bestellen. So einfach ist das!« Ich warf Lara einen trotzigen Blick zu.

»Versuch's doch wenigstens einmal! *Zmrzlina*«, sagte sie und wiederholte das Wort dann noch einmal langsamer.

»Wir haben Winter, schon vergessen? Das letzte Wort, das ich auf Tschechisch können muss, ist Eiscreme, oder? Damit willst du mich doch nur quälen! Aber warte, Marek hat mir etwas anderes beigebracht: *Sakra*!«, schimpfte ich laut und grinste dabei.

»Ihr seid hoffnungslos. Alle beide!« Dann hob sie fragend die Augenbrauen an. »Guten Appetit?«

Ich überlegte kurz. »*Dobrou … Dobrou chut'*?«

»Gut. Und, wenn Michala dich fragen sollte, wie es dir schmeckt – «

» – breche ich mir die Zunge ab, nur um sie zu erfreuen. Versprochen!«

»Du sagst, es schmeckt hervorragend: *Je vynikající*!«

»Genau das werde ich sagen!« Ich nickte bestätigend.

»Dann sag es mal.«

»Nicht jetzt. Ich spüre gerade, wie meine Zunge anschwillt, weil ich wirklich furchtbaren Durst habe, und dann kann ich so ein Wort einfach nicht bewältigen.«

»Feigling! Ihr Deutschen habt immer Angst, etwas falsch zu machen.«

»Das ist es!«, gab ich freimütig zu. »Was gibt es denn überhaupt? Nicht dass ich wahnsinnig hungrig wäre, aber dann kann ich mich schon mal seelisch darauf einstellen.«

»Spaghetti sind neuerdings abgeschrieben! *Svíčková* und böhmische Knödel. Ich glaube Michala kocht nur noch für Alexej. Wahrscheinlich sieht sie ihren neuen Lebenssinn darin, ihn zu mästen.«

Die beiden standen wirklich auf vertrautem Fuß. Nicht, dass ich etwas dagegen gehabt hätte – sie hätte schließlich seine Großmutter sein können. Und doch zwickte es mich ein wenig, als ich sah, wie Michala Alexej zum Essen begrüßte.

Sie goss einen Wortschwall über ihn aus und lachte mädchenhaft. Und er fand nichts dabei, die Topfdeckel in ihrem Heiligtum anzuheben, um zu gucken, was sie gekocht hatte.

Lara zwinkerte. »Das würde ich mich niemals trauen«, flüsterte sie mir zu.

Alexej hatte einen verklärten Gesichtsausdruck, als er die Knödel entdeckte, und gab der Köchin einen dicken Kuss auf die Wange, der sie doch tatsächlich zum Erröten brachte. Der Berg Knödel, den er dann in riesige Scheiben geschnitten auf seinem Teller zum Tisch trug, gab ein unmissverständliches Zeugnis darüber ab, wer in der Gunst der Köchin ganz oben stand.

Es war überhaupt komisch, mit Alexej zu essen, schließlich war meine letzte kulinarische Begegnung mit ihm nicht besonders appetitanregend gewesen. Er hatte immerhin ekelige Kellerasseln gegessen und war danach einfach weggelaufen. Fast schien es mir, als hätte es ihn ebenso schockiert wie mich; als hätte er es unbewusst getan, ohne darüber nachzudenken. Das war schwer vorstellbar, denn ich war noch nie der Versuchung ausgesetzt gewesen, irgendwelche Käfer oder Würmer zu essen, da könnte ich noch so hungrig sein. Erst recht nicht aus Versehen!

An Alexejs Verhalten konnte man jetzt aber keine Verlegenheit erkennen, denn er saß ganz entspannt zwischen Marek und Filip, einem vielleicht zwanzigjährigen Schlosser mit krausem, dunkelblondem Haar und hängenden Schultern, der seine Portion grob in sich reinschaufelte.

Alexej warf einen Seitenblick auf ihn und hatte eine Augenbraue angehoben. »*Dobrou chut'!*«

Täuschte ich mich, oder war sein Ton eine Spur missbilligend? Jedenfalls hielt Filip kurz inne, legte die Gabel ab und kratzte sich verlegen das Kinn. Konnte es sein, das Alexej besonderen Wert auf Tischmanieren legte? Das hieß, wenn er nicht gerade ein rohes Steak direkt aus dem Kühlschrank vertilgen wollte? Ich grinste innerlich, tunkte ein Stück Knödel in die dunkle Soße und schob mir das Ganze in den Mund.

Sakra!, schimpfte ich lautlos, denn die Soße tropfte herunter und hinterließ eine unübersehbare Spur auf meinem T-Shirt. Lara kicherte. Hätte ich nicht befürchten müssen, dass sie laut aufkreischte, hätte ich versucht, sie zu treten. So aber musste ich mich damit begnügen, ihr einen finsteren Blick zuzuwerfen, und sank tiefer in meinen Stuhl.

Alexej aß langsam und unterhielt sich dabei angeregt mit Janosch. Worüber, konnte ich nicht verstehen. Hatte ihm niemand beigebracht, wie unhöflich es war, ausschließlich Tschechisch zu sprechen, wenn Ausländer anwesend waren?

Ich sollte mich lieber mit Lara unterhalten und ihn nicht ständig so anstarren. Fieberhaft suchte ich nach einem Thema. Lara hätte ja auch was dazu beitragen können, aber sie schien es zu genießen, einfach nur dazusitzen und uns zu beobachten.

Alexej lachte gerade über etwas, das Janosch erzählt hatte, und regte Marek an, sich an dem Gespräch zu beteiligen. Er besaß die erstaunliche Gabe, andere gekonnt mit einzubeziehen. Er schien sich nicht nur zu unterhalten, nein, er betrieb *Konversation*. Er langweilte nicht, war entspannt und hörte höflich zu. Auch wenn ich ihn nicht verstand, war mir klar, dass nicht er das Thema vorgab, sondern darauf horchte, was sein Gegenüber interessierte.

Nur mich schien er davon auszuschließen, ärgerte ich mich. Vielleicht war das seine Art, mich dafür zu bestrafen, dass ich ihn zum zweiten Mal in einer kompromittierenden Situation überrascht hatte. Nein, eigentlich war es sogar schon das dritte Mal, wenn ich sein seltsames Verhalten mitrechnete, als er den Rothirsch gefunden hatte.

»Warst du in meinem Zimmer?«, fragte er mich unerwartet.

Soviel zum Thema Konversation. Seine Höflichkeitsregeln galten anscheinend nicht für jeden.

»Meinst du mich?« *Erst einmal Zeit schinden.*

»Wen sollte ich wohl sonst meinen?«

»Lara vielleicht?«

Alexej runzelte die Stirn.

»Ich wollte nur sehen, ob mit dir alles in Ordnung ist«, gab ich zu. »Schließlich bist du einfach so weggelaufen.«

»Ich war unpässlich.«

»Ich dachte, du könntest vielleicht Hilfe gebrauchen.«

»Offensichtlich war das nicht der Fall.«

Meine Güte, war der heute schlechter Laune! Ich zuckte mit den Schultern. Dann überlegte ich, dass es ihm wohl ziemlich komisch vorgekommen sein musste, dass sein Zimmer so ramponiert ausgesehen hatte. Und ich vermutete, dass das hier irgendein Test war, dem er mich unterzog.

»Du hattest einen Vogel in deinem Zimmer. Ich habe das Fenster nicht aufbekommen und musste ihn deshalb rausholen. Das war alles. Ich hätte das arme Tier ja schlecht da drinnen lassen können, oder?«

Er schien gar nicht überrascht. »Was für ein Vogel?«

»Ein Rabe.«

»Aha.« Irgendwie wirkte er zufrieden. Ob mit meiner Antwort oder mit sich selbst, konnte ich nicht beurteilen, aber mich machte dieser Ausdruck auf seinem Gesicht überhaupt nicht zufrieden. Er ärgerte mich.

»Sehr ordentlich bist du ja nicht. Lässt du immer deine Klamotten auf dem Boden liegen?«

»Nicht, wenn ich Besuch erwarte.«

»Ich habe nicht bei dir rumgeschnüffelt, wenn du das meinst.«

»Nein, das würdest du nie tun.«

»Natürlich würde ich das nie tun!«

»Das sagte ich ja gerade.«

Wieso grinste er jetzt so? Ich rutschte unruhig hin und her. Neben mir schob Lara ihren Stuhl zurück.

»Ich muss an den PC.« Sie drückte mich in den Sitz zurück, als ich Anstalten machte, ebenfalls aufzustehen.

»Lass dir Zeit! Marek, kommst du?« Marek sprang auf, als hätte er nur auf ein Zeichen von ihr gewartet.

»Janosch? Filip?«

Die beiden beeilten sich, hinterher zu kommen, und ich hörte nur noch Michala, die vor sich hinmurmelte, während sie in der Spüle hantierte. Wie es aussah, wollte Lara uns allein lassen.

Na super! Als wäre es das, was ich jetzt gebrauchen könnte: allein in der Küche mit einem teuflisch gut aussehenden und geheimnisvollen Tschechen und dazu einer dunkelbraunen Soßenspur auf meinem weißen T-Shirt.

Wie sollte ich bloß aufstehen, ohne dass er bemerkte, dass ich mich bekleckert hatte wie ein Kleinkind? Ich war also gefesselt, konnte nur hoffen, dass Alexej sich bald langweilte, und schob die Reste meines Bratens auf dem Teller hin und her.

»Weißt du, das im Wald – «, begann er langsam.

»Ist schon gut, jeder hat doch so seine Eigenarten«, würgte ich seine Erklärungsversuche ab. Überrascht musterte er mich. Es war ein Blick, der mich zu röntgen schien.

»Ist ganz schön warm hier, n-n-nicht?« War ich das, die hier so stammelte?

»Eigentlich nicht.«

»Puh. Äh … ich muss dann jetzt auch mal …«

»Warte!« Er beugte sich über den Tisch zu mir herüber. Ich konnte seinen warmen Atem in meinem Gesicht spüren und Gänsehaut überzog meine nackten Unterarme.

»Für gewöhnlich lässt du dir doch keine Gelegenheit entgehen, Fragen zu stellen. Warum jetzt?« Er ließ mich nicht aus den Augen.

Fragen stellen? Jetzt? Was sollte ich ihn fragen? Mein Hirn schien plötzlich nur noch eine verkümmerte, feuchte Masse zu sein.

Was für dichte Wimpern er hatte! Meine Handflächen schwitzten und ich wischte sie mir unter dem Tisch an meinen Jeans ab. Er wirkte irgendwie unsicher. Unsicher? Halluzinierte ich? Sonst strotzte er doch geradezu vor Selbstbewusstsein.

»Es muss dir doch ziemlich merkwürdig erschienen sein.«

Merkwürdig? Seine Augen hatten die gleiche Farbe wie ein Gewitterhimmel. Sehr blau mit dunkelgrauen Rändern.

»Ja, merkwürdig. Normalerweise isst man ja keine Insekten. Zumindest nicht in Europa. Obwohl Asseln ja eigentlich Krustentiere sind.«

Europa? Was redete er da eigentlich? Ich sah, wie sein Mund mir unverständliche Worte formte, und mir wurde bewusst, dass ich mich besser konzentrieren sollte. Aber seine Lippen waren so voll. So schön. Irgendwie kräftig. Sicher küssten sie nicht besonders sanft, überlegte ich und bekam eine trockene Kehle.

»Hörst du mir eigentlich zu?«

Ich räusperte mich. Er hatte recht, ich sollte wirklich zuhören. Wie sich sein Haar wohl anfühlte? Gerade jetzt fiel ihm eine schwarze Strähne in die Stirn und ließ ihn blinzeln. Vielleicht sollte ich sie wegstreichen? Sicher störte sie ihn. Langsam kam meine Hand unter der Tischplatte hervor.

»Das ist die Gelegenheit. Jetzt darfst du.«

Ich schob meine Hand in Zeitlupentempo über den Tisch. Leider war mein Teller im Weg, und ich fasste in den Rest Soße, der sich wie ein dunkler Tümpel an den Knödel anschmiegte. *Sakra!* Aber die Nässe an meiner Hand brachte mein Bewusstsein wieder an die Oberfläche.

»Was darf ich?« Meine Stimme klang heiser.

»Mich ausfragen. Das habe ich doch gerade gesagt.« Er wirkte ungehalten. Ich trocknete meine Hand mit einer Serviette ab und seufzte.

»Es tut mir leid. Ich weiß gar nicht was ich dich fragen soll.«

»Du erstaunst mich.«

Ich lächelte verlegen. »Okay. Kannst du dich erinnern? An den Unfall?«

»Ja.«

Mal sehen, wie viele Fragen er mir durchgehen lässt.

»Wie alt bist du?«

»Wie alt ich bin?« Er lachte. »Das ist es, was du wissen möchtest?« Seine Zähne waren ebenso kräftig wie seine Lippen. Jetzt war ich mir sicher, dass sie rohes Fleisch kauen konnten. Er senkte die Lider und überlegte.

»Willst du mir jetzt sagen, dass du das nicht weißt?« Ich war ehrlich schockiert.

»Doch, natürlich weiß ich das!« Aber er schien immer noch nachzudenken. »Achtundzwanzig«, kam es etwas verspätet.

»Wann bist du geboren?« Ich hoffte, dass er mir diesen kleinen Test nicht übel nahm.

»Am 15. Oktober. Was soll das?«

Jetzt lächelte ich. »Du bist kein Zeitreisender, der nackt im Wald eines fremden Planeten ausgesetzt wurde?«

»Nein.«

»Und auch kein Psychopath, der unschuldigen Pilzsammlern auflauert?«

»Das ist richtig.«

»Gut. Das ist alles, was ich wissen möchte.«

»Was?« Er war ehrlich entgeistert.

Ich grinste genüsslich in mich hinein. »Du brauchst gar nicht so schockiert zu gucken. Das war es. Du bist erlöst!«

Eindringlich suchte er in meinem Gesicht nach einer Regung, die er deuten könnte. »Du versuchst, mich zu manipulieren.«

»Wie bitte?«

»Dass ich nicht gleich darauf gekommen bin! Dein mangelndes Interesse lockt mir Geständnisse heraus. Du musst mich wirklich entschuldigen, normalerweise bin ich nicht so schwer von Begriff.«

»Aber das stimmt doch gar nicht!«

»Ach nein?«

»Moment! Du hast mir doch selber angeboten, dass ich dir Fragen stellen kann, oder nicht?«

Er sah richtig böse aus und plötzlich, als hätte er einen Schalter umgelegt, lachte er leise.

Er griff nach meiner linken Hand und hielt sie fest. Seine Finger fühlten sich so heiß an, dass ich besorgt seine Augen kontrollierte. Waren sie glasig? Sahen seine Lippen nicht fiebrig aus? Er beugte sich noch weiter vor, und ich hielt den Atem an. Am liebsten wäre ich aufgesprungen, aber mir war, als hätte er mich hypnotisiert, als müsste ich auf ein Zeichen warten, das mich wieder freigäbe.

»Als du mir gestern gefolgt bist, hast du mich da gesehen? Ich meine draußen, als ich wiederkam?«

»Ich habe dir doch gesagt, dass ich nur den Raben aus deinem Zimmer befreit habe. Ehrlich. Und danach habe ich mit Marek eine neue Route für heute Morgen besprochen. Ich habe dich nicht gesehen. Und weshalb fragst du überhaupt danach?«

»Gut.« Er wirkte erleichtert. »Es ist eigentlich gar nicht wichtig. Bitte vergiss, dass ich gefragt habe.«

Jetzt hatte er mich wirklich neugierig gemacht. »Was habe ich verpasst?«

»Gar nichts.« Er zog meine Hand zu sich und warf mir ein beinahe verschmitztes Lächeln zu. Und dann küsste er meine Fingerspitzen.

Wenn das ein Ablenkungsmanöver sein sollte, dann war es ausgesprochen wirkungsvoll! Ich zog meine Hand zurück. Mein Herz raste.

Alles an Alexej kam mir berechnend vor. Gerade jetzt sah er sehr verwegen aus, wie er sich die Haarsträhne aus dem Gesicht strich und dabei seine Lider nur halb geöffnet hatte – beinahe träge. Aber mich erinnerte es eher an den Ausdruck einer Katze, die Langeweile vortäuscht, bevor sie mit einem Tatzenschlag ihr Opfer niederstreckt. Oder wie die Raben, von denen mir Marek erzählt hatte. Jetzt fiel mir wieder ein, dass er gesagt hatte, Raben seien geübt darin, eine unbeteiligte Miene aufzusetzen. Geübt, sich demonstrativ abzuwenden, damit sich die Futterkonkurrenten in Sicherheit wiegten. Alexej hatte seine Arme vor der Brust gekreuzt und lehnte sich entspannt zurück. Es konnte nicht schaden, seine selbstsichere Haltung ins Schwanken zu bringen.

»Weißt du, ein bisschen kommst du mir vor wie ein Spion.«

»Wie bitte?«

»Marek hat mir davon erzählt, wie intelligent deine Raben sind. Also ich meine Raben wie dein Pavel.«

»Ach ja?« Er war plötzlich ganz aufmerksam. Seine Kiefer spannten sich an, als hätte er einen harten Brocken zu kauen.

»Er sagte, Raben hätten eine lange Tradition von Spionage und Gegenspionage, und dass sie …«, ich überlegte kurz und lachte dann auf: »Er sagte, dass sie hervorragende Pokerspieler wären, wenn man ihnen nur beibrächte, die Karten zu halten.« Ich nickte ihm zu. »Und ich glaube, du wärst ebenfalls ein ziemlich guter Pokerspieler.«

Alexej krallte sich an der Tischplatte fest. Seine Hände zitterten. Was hatte ich gesagt, das ihn so alarmierte? Eigentlich sollte es ein Kompliment sein. Oder wenigstens ein Scherz.

»Ich – «, begann ich, aber Alexej unterbrach mich.

»Nicht«, sagte er und legte mir seinen Zeigefinger auf die Lippen. Seine Fingerkuppe fühlte sich ganz sanft an, empfindsam. Plötzlich hatte Michala aufgehört, mit dem Geschirr zu klappern, und trat an unseren Tisch.

»*Isi v pořádku?*«, fragte sie besorgt.

Ich sprang auf, und Alexej ließ seine Hand sinken. Hatte ich vergessen, mich höflich für das Essen zu bedanken?

»*To mám ráda!*«, stieß ich hervor.

Michala kicherte und nahm unsere Teller vom Tisch.

»Was hat sie gefragt?«, wollte ich von Alexej wissen.

»Sie hat gefragt, ob du in Ordnung bist.« Die Anspannung, die ich eben noch zu sehen glaubte, schien abrupt von ihm abzufallen. Er grinste.

»Und was hab ich gesagt?«

Alexej musterte mich und entdeckte wahrscheinlich gerade die Soßenspur auf meinem T-Shirt, denn sein Grinsen wurde noch breiter.

»Du hast gesagt: Das mag ich!«

Bruderseele

Es war nur noch eine Frage von Stunden. Heute würde Nikolaus kommen. Ich sehnte den Moment herbei, denn es drängte mich, diesen Ort hier zu verlassen. *Sie* zu verlassen.

Wieso war sie mir nur so nah gekommen? Nicht nur mir als Mensch, auch mir als Rabe? Mit ihren unbedachten Worten hatte sie meine Welt gestreift, und das war mehr, als ich zuzulassen bereit war.

Isabeau war immer gerade heraus, verstellte sich nicht, und doch konnte ich sie nicht durchschauen. Ob es ein Fehler gewesen war, zuzugeben, dass ich mich an alles erinnern konnte?

Die Gefahr, entdeckt zu werden, war groß. Sie beobachtete mich; und ich wäre verlogen, wenn ich behauptete, es nicht zu genießen, wie sie mich ansah. Aber es war ein Risiko. Nicht nur für mich, auch für meinen Schwarm.

Doch etwas in mir flimmerte.

Wenn ich an sie dachte, pausierte das Schlagen meines Rabenherzens wie das Sospiro eines Musikstückes.

Isabeau.

Ich rieb mir mit den flachen Händen über das Gesicht.

Es war erst kurz nach sechs. Bis zum Abendessen war noch Zeit, deshalb setzte ich mich an das ramponierte Klavier, dessen vergilbte Tasten Zeugen der Nikotinsucht anderer waren. Zärtlich fuhr ich über die Klaviatur und machte ein paar Fingerübungen. Meine Gelenke waren längst nicht mehr so steif wie noch vor ein paar Wochen.

Die letzten Abende hatte ich damit verbracht, meine Technik zu verbessern, und spielte ein paar Tonleitern rauf und runter. Nur ungern erinnerte ich mich an Czernys *Schule der Geläufigkeit*, durch die ich mich damals hatte quälen müssen. Oder die Übungen von Hanon, die so grauenvoll stupide und einschläfernd waren, dass ich nicht selten dabei Zeitung gelesen hatte.

Lieber spielte ich die Etüden von Liszt. Ich begann mit der dritten, die auf einem Thema Paganinis beruhte: *La Campanella*. Ich hatte dieses Stück schon oft gespielt. Trotzdem brach mir bei den anspruchsvollen Tremoli der Schweiß aus. Rasche Tonrepetitionen wechselten sich mit Oktaven ab, was eine spezielle Technik erforderte. Doch mein Ringfinger war zu kraftlos, um die Triller angemessen zu spielen.

Ich wiederholte erneut dieselbe Passage. Wieder und wieder. Arm und Hand hielt ich fast ohne Gewicht, gab nur leichte Unterarmimpulse und steigerte mein Tempo. Ich war so konzentriert, dass ich gar nicht merkte, wie die Minuten verflogen.

Dabei würde ich nach dem heutigen Tag nie wieder spielen. Noch in dieser Nacht würde ich zu meinem Schwarm zurückkehren und die Musik in den hintersten Winkel meiner Erinnerung sperren. Auch Isabeau würde ich verdrängen, würde ihr Gesicht verblassen lassen wie eine alte Fotografie, bis ich mich nicht einmal mehr an die Farbe ihrer Augen würde erinnern können. Und auch ihr Name würde dann endlich aus meinem Kopf verschwinden.

Ich nahm meine Finger von den Tasten und klappte den Klavierdeckel herunter. Erst dann hörte ich die Schritte auf dem Flur.

Es klopfte, und Lara streckte ihren Lockenkopf durch die Tür. »Entschuldige, wenn ich dich störe«, sagte sie.

»Das ist völlig unnötig. Ich habe mich verspätet – verzeih!«

Ich rappelte mich kraftlos auf, zu erschöpft, um mit einem fröhlichen Geplauder zu beginnen.

»Du hast Besuch. Ich habe ihn gleich mitgebracht.« Die Neugierde in ihrer Stimme war nicht zu überhören. Ich hatte keine Zeit, den Schreck zu verdauen, denn sie ließ den Besucher sofort eintreten.

»Wurde auch mal wieder Zeit nach mehr als acht Jahren!« In Nikolaus' gebräuntem Gesicht zeigten sich feine Lachfalten. Mit wenigen Schritten war ich bei ihm, umarmte ihn und hielt ihn einen Moment fest. Es war mir gleichgültig, dass Lara mich bei dieser Geste der Zuneigung sah. Nach so vielen Jahren spielten falsche Peinlichkeiten keine Rolle mehr. Ich musterte ihn. Seine dunkelblonden Haare trug er zusammengebunden, und er kleidete sich noch genauso rebellisch wie früher – mit Lederjacke und derben Stiefeln.

»Tut das gut, dich zu sehen!«, entfuhr es mir. Auch Nikolaus' Augen glänzten verräterisch.

»Ich lass euch dann mal allein, sicher habt ihr euch viel zu erzählen«, sagte Lara.

Sie huschte durch die Tür und ich konnte meine wesentlichste Frage loswerden:

»Warum hast du nicht gewartet? Ich hätte nie damit gerechnet, dass du einfach hier hereinmarschieren würdest. Mir ist fast das Herz stehen geblieben!«

Nikolaus unkte: »Welches von beiden denn?«

»Wirklich sehr komisch! Jetzt mal im Ernst, ich dachte, das Ganze würde eine Nacht-und-Nebel-Aktion? Jedenfalls hat Milo mir das gesagt.«

»Ich hab's mir anders überlegt. Wollte mal sehen, wie du hier so haust. Scheint ja ziemlich spartanisch zu sein.«

»Hat dich Lara nicht gefragt, woher du wusstest, dass ich hier bin?«

»War das die Kleine, die mich hierher geführt hat?«

»Ja, aber vergiss es, sie ist verheiratet.«

Er lachte. »Schon klar. Ich übrigens auch.«

»Du bist verheiratet?«

»Seit sechs Jahren. Hat Milo dir das nicht verraten?«

»Ich hatte keine Ahnung. Aber … das ist ja … großartig. Ich gratuliere!« Für mehr fehlten mir die Worte.

»Das Leben ist weitergegangen seit damals, weißt du?«

Einen Moment starrten wir uns wortlos an.

»Ich habe nicht erwartet, dass es für mich stehen bliebe«, erwiderte ich leise.

Nikolaus nickte. »Komm, ich zeige dir Fotos von meinen Mädchen!« Er kramte in seinem Portemonnaie. »Das ist Katharina, meine Frau. Und auf ihrem Arm, das ist Karola. Sie ist jetzt zwei. Das Bild ist schon etwas älter, damals war sie erst ein paar Wochen alt. Und daneben steht Marina: Fast fünf und ein echter Quälgeist.«

»Du musst sehr glücklich sein«, sagte ich.

»Klar. Aber was ist mit dir? Ich meine, abgesehen davon, dass du hier bist. Wie lebst du?«

»*Wie* ist eine gute Frage. Seit damals, als wir uns das letzte Mal gesehen haben, lebe ich ununterbrochen im Schwarm. Ich habe mich nicht wieder … verwandelt.«

»Und jetzt nur wegen dieses Angriffs?«

»Es war unkontrolliert.«

»Wen vermutest du dahinter? Oder glaubst du, dass es ein Unfall war?«

»Ausgeschlossen. Weißt du Bescheid über die Blutuntersuchung der Kampfhunde?«

»Ja – Milo.« Er nickte. »Spricht nicht gerade für einen Zufall.«

»Nicht wirklich, nein.« Ich hielt einen Moment inne. »Ich habe gehofft, es wäre vorbei; dass es nach all den Jahren irgendwann einmal ein Ende hätte.«

»Also ich habe das nicht erwartet.«

»Was willst du damit sagen?«

Nikolaus rutschte auf seinem Stuhl hin und her. »Dachtest du, dass sie vergessen würden, dass ihr mit diesen Flugblättern auf die Menschenrechtsverletzungen aufmerksam gemacht habt? Ihr habt mit politischen Aktionen den Staat untergraben!«

»Das waren nicht wir, das waren unsere Väter! Niki, ich war erst sechs!«

»Das spielt doch keine Rolle. Solche Männer lassen sich niemals etwas wegnehmen, erst recht keine politische Macht.«

»Das sind politische Analphabeten!«, brach es aus mir heraus. »Männer, die sich über den Kapitalismus echauffieren und deren eigene Macht nur auf ihrem finanziellen Status gründet. Es gibt kaum etwas, das mich mehr anwidert!«

»Da gebe dir ja recht. Mich brauchst du nicht zu überzeugen.«

»Und vor dem Machtwechsel hat man meinen Vater doch tatsächlich verdächtigt, ein Kollaborateur zu sein! Ausgerechnet ihn! Nur weil er sich mit seiner Meinung zurückhielt, um seine Familie zu schützen.« Ich holte tief Luft. »Aber das ist jetzt über zwanzig Jahre her. Glaubst du wirklich, dass sich nach all den Jahren noch jemand daran erinnert?«

Nikolaus dachte nach. Dann sagte er: »Sie haben Arweds Vater gefunden.«

»Was meinst du damit?«

»Es war beinahe eine Hinrichtung. Er wurde von einem Schwertransporter überrollt. Laut Zeitung war die Stelle so ungünstig, dass selbst die Polizei Zweifel daran hat, dass es sich um einen Unfall handelt.«

Mir wurde übel. Arweds Vater war erst achtundvierzig Jahre alt gewesen, und die beiden jüngsten Kinder noch keine zehn. »Aber bisher haben sie nie so offen agiert. Es gab immer nur versteckte Drohungen, Einschüchterungsversuche, oder schlimmstenfalls provozierte Unfälle, die niemals als solche zu erkennen waren.«

»Ich glaube, bei diesem Hundeangriff sollte überhaupt niemand getötet werden. Er sollte euch nur aus eurem Nest locken.«

»Damit könntest du recht haben. Aber wo ist Arwed jetzt?«

»Ich habe keine Ahnung. Er ist wohl zu Hause gewesen, als sein Vater gefunden wurde. Danach ...«, er breitete hilflos die Arme aus.

»Hältst du mich für einen Feigling, wenn ich dir gestehe, dass ich mich aus diesem Feldzug heraushalten möchte?«

Nikolaus war mehr als überrascht. »Natürlich nicht! Wie du sagst – das waren eure Väter. Sie können ihre Kämpfe selbst ausfechten.«

»Die, die noch übrig sind, meinst du wohl«, gab ich zurück. »Aber sie tragen Verantwortung für ihre Familien. Wir dagegen haben es uns selbst ausgesucht, allein zu sein. Wäre es nicht unsere Pflicht – «

»Euch zu opfern? Das ist doch lächerlich! Was willst du tun? Glaubst du, du kannst dorthin spazieren – und wohin überhaupt? – und sagen: *Hier, nehmt mich, aber lasst meine Familie in Frieden! Es macht mir nichts aus, dem Tod ins Angesicht zu sehen!* So etwas in der Art?«

»Das wäre nicht so ganz mein Stil.« Ich seufzte. »Wahrscheinlich war alles umsonst. Wir dachten, es würde keine weiteren Repressalien geben, wenn wir verschwinden, wenn keine Missgeburten mehr da sind.«

»Ich hasse das, wenn du so redest!«

»Ich weiß. Das ändert aber nichts an diesem Umstand.«

»Hat Nathalie dich damals so genannt? Eine Missgeburt?«, hakte Nikolaus nach.

»So und noch drastischer. Es ist erstaunlich, wie schnell manche Frauen ihre gute Erziehung vergessen können.«

»Sie ist eine blöde – «

»Sie ist deine Schwester! Glaube nicht, dass mich das heute noch bedrücken würde. Es ist so lange her, dass ich mich eigentlich kaum daran erinnern kann.«

»Trotzdem hast du ihre Worte nicht vergessen.«

»Weil ich jung war. Es ist leichter, in zartes Fleisch zu schneiden. Heute bin ich zäher.«

»Wie Leder!«

Wir lachten. Plötzlich ging die Tür auf und Isabeau schob sich in den Raum, in den Händen ein riesiges Tablett. Sie guckte nicht hoch, sondern beobachtete besorgt ihre Ladung, die herunterzufallen drohte.

»Lara sagt, ich soll dir was zu Essen bringen, weil du noch beschäftigt bist.« Es klang nicht sehr begeistert – eher verärgert. Sie durchquerte den Raum und steuerte auf den Tisch zu, erst dann schaute sie sich nach mir um.

»Oh. Besuch?«

»Offensichtlich«, knurrte ich.

»Tut mir leid, das wusste ich nicht. Ich hoffe, ich störe nicht.« Sie stellte das Tablett unsanft ab.

»Doch.«

»Alexander!« Nikolaus war ehrlich entsetzt.

Isabeaus Lippen formten stumm diesen Namen nach. Sie hatte große Augen bekommen, dann lächelte sie plötzlich.

»Darf ich mich vorstellen? Ich bin Isa... Isabeau.« Sie kam fröhlich auf uns zu und streckte Nikolaus die Hand hin.

»Freut mich – Nikolaus. Alexej und ich sind alte Freunde.«

»Schön, dass Sie ihn besuchen kommen, Sie sind der Erste bisher. Hat er Sie benachrichtigt, oder besitzen Sie telepathische Fähigkeiten?«

Nikolaus stutzte einen Moment, dann grinste er. »Letzteres, aber wir können ruhig *Du* sagen.«

»Und woher kennt ihr euch?«

»Wir waren zusammen in Wien auf dem Konservatorium, ist schon eine halbe Ewigkeit her.«

Ich stöhnte innerlich. Nikolaus hatte noch nie zu den Menschen gehört, die ihre Zunge im Zaum halten konnten.

»Konservatorium?«, fragte Isabeau überrascht.

»Wir haben dort zusammen studiert. Ich Violine – Alexej leider nur das schnöde Klavier.«

»Oje.« Sie zwinkerte Nikolaus verschwörerisch zu. Anscheinend hatte sie es darauf abgesehen, mich zu reizen. Mit dem Ergebnis würde ich leben können, die Frage war nur: Konnte sie es?

»Ich danke dir vielmals für das Essen!«, würgte ich sie ab. »Wir danken dir. Lass dich nicht aufhalten!« Ich blickte demonstrativ zu Tür.

»So unfreundlich habe ich dich ja noch nie erlebt!«, stellte Nikolaus fest.

»Das hast du nur vergessen.«

»Sicher nicht.«

Isabeau meldete sich zu Wort. »War er früher auch schon so?«

»Im Gegenteil, er war immer der Charme in Person.«

»Wie schade, dass ich das nicht erleben durfte«, entgegnete sie unverblümt. Dann erhellten sich ihre Züge.

»Hast du deine Geige mitgebracht?«

»Was für eine Frage, natürlich! Sie ist mein verlängerter Arm!«

»Würdest du – «

Hastig unterbrach ich sie. »Würde er nicht!«

»Wie schade.«

Nikolaus warf mir einen erbosten Blick zu. »Alexander Joseph Karl Maria Ferdinand Oswald Johannes Evangelist! Das ist unglaublich!«

Ich schüttelte fassungslos den Kopf. Wie konnte er mir das nur antun?

Isabeau verschluckte sich fast. »Oswald?«

»Wenn du jetzt nicht still bist, dann gnade dir Gott!«, drohte ich.

»Wieso – hab ich einen Namen vergessen?«

»Höchstens zwei oder drei.«

Isabeau ließ mich nicht aus den Augen. Ich war mir nicht sicher, ob aus Überraschung oder einfach Neugierde. Nikolaus schien das auch zu bemerken, denn er zwinkerte mir zu.

»Zufälligerweise habe ich große Lust, euch etwas vorzuspielen. Vielleicht würdest du mich begleiten? Du kannst mir doch nicht diese Gelegenheit verderben, bei einer hübschen Frau Eindruck zu schinden!«

»Na gut«, gab ich nach.

»An was kannst du dich erinnern? Ich meine, so dass es vortragsreif ist?«

Ich hob den Klavierdeckel an. »Vocalise?« Meine Stimme klang unsicher, und das störte mich.

»Gabriel Fauré?«

»Rachmaninov.«

Nikolaus nickte und öffnete seinen Geigenkasten. Dieser Anblick weckte heftige Erinnerungen in mir. Er zog sich den dicken Pullover über den Kopf und entblößte großflächige Tätowierungen an seinen Unterarmen.

Isabeau grinste – anscheinend gefiel ihr das.

»Das hast du früher oft gespielt«, sagte Nikolaus.

»Ich weiß.«

»Damals hast du gesagt, das Stück würde dir so unter die Haut gehen, du könntest einen Orgasmus dabei kriegen.« Er entblößte seine Zähne.

»Das habe ich unter Garantie nicht gesagt!«

»Hast du doch.«

Isabeau kicherte und Nikolaus lenkte ein. »Okay, vielleicht hast du dich etwas vornehmer ausgedrückt, aber im Grunde lief es auf dasselbe hinaus.«

Ich fluchte innerlich. Nikolaus würde eines Tages eines grausamen Todes sterben, dafür würde ich sorgen.

Fürstenrausch

»Lentamente!«, erinnerte Nikolaus seinen Freund.

»Ich bin etwas aus der Übung. Ich hoffe, ich enttäusche dich nicht«, sagte Alexej.

»Kann ich mir nicht vorstellen.« Nikolaus fuhr den Bogen seiner Geige über die Saiten, um sie nachzustimmen. Dann warfen sich beide nur einen kurzen Blick zu, bevor Alexej die ersten Akkorde anschlug.

Ich weiß nicht, was ich erwartet hatte, jedenfalls nicht, dass ein klassisches Stück mich so sehr berühren könnte.

Alexej spielte den Anfang weich und gefühlvoll, während Nikolaus den Bogen sanft über die Saiten zog. Dann wurde die Melodie drängender. Alexejs Finger entlockten den tiefen Tönen eine unüberhörbare Erregung. Ich konnte meinen Blick kaum von ihm abwenden. Er bewegte sich mit der Musik. Die Melodie wiederholte sich, sanfter, beherrschter. Nikolaus hob die Augenbrauen an und zwinkerte mir zu. Man spürte, wie viel Spaß es ihm machte. Alexejs Gesichtsausdruck war dagegen ernst. Ob es ihn Mühe kostete, oder ob er einfach so tief in sich versunken war?

Seine Lippen bewegten sich lautlos. Obwohl er die Augen fast geschlossen hielt, konnte ich deutlich sehen, wie tief er empfand. Es war eine starke, beherrschende Leidenschaft, die meinen Körper unter Spannung setzte.

Ich hatte mich auf dem Sessel nach vorne gebeugt. Eine dramatische Energie hatte sich zwischen den beiden aufgebaut und der zarte Ausklang ließ mein Herz heftig pochen.

Alexej schaute mich an und irgendetwas in meinem Blick ließ ihn aufspringen. Er kam zu mir und hielt mein Gesicht mit den Händen fest. Seine Augen glänzten wie ein dunkler See.

»Du hast es auch gespürt, nicht wahr?«

Ich nickte nur.

»Ich wusste es! Ich wusste, dass du es auch spüren würdest!« Und dann flüsterte er. »Es ist für jeden anders. Tausende können es hören und empfinden doch nichts dabei, aber nicht du. Nein – du nicht!«

Ich dachte, mir müsste das Herz bersten, so glücklich sah er aus. Noch nie hatte ich ihn so euphorisch erlebt, so lebendig. Immer beherrschte er sich, war er voller Sorge, dass er etwas offenbaren könnte, das ihn angreifbar machte. Und jetzt war er geradezu jungenhaft ungestüm.

Das war der Moment, in dem mir bewusst wurde, dass ich ihn liebte.

Auf seinem Gesicht lag noch dieses Lächeln. Ein Lächeln, das ich einfach erwidern musste. Ich legte meine Hand auf seine, spürte seine warme Haut, die von der Arbeit rau geworden war. Plötzlich veränderte sich seine Mimik: Das Lächeln verschwand und er ließ seine Hände sinken.

»Los Alexej!«, rief Nikolaus. »Jetzt fängt der Spaß erst richtig an! Was spielen wir als Nächstes?«

Alexej winkte ab. »Spiel du uns etwas vor!«

»He, was ein Čech, das' ein Musikus, oder nicht?«

»Heute nicht mehr.«

»Gut, du hast es so gewollt. Aber dann bestimme ich auch das Programm.«

»Kannst du nicht etwas von Dvořák spielen? Oder wenigstens Smetana?«

»Du bist ein Patriot!« Nikolaus schlug in gespieltem Entsetzen die Hände über dem Kopf zusammen. »Und dabei dachte ich immer, ein Patriot sei dasselbe wie ein Idiot!«

»Was soll ich dazu sagen? Du bist Russe!« Alexej grinste. »Wäre ich ein Russe, würde ich das vielleicht auch denken – «

Ohne Vorwarnung stürzte sich Nikolaus auf ihn. Alexej versuchte noch, sich vor seinem Freund in Sicherheit zu bringen, hatte aber keine Chance. Mit lautem Kampfgeheul wurde er von ihm zu Boden geworfen.

»Das nimmst du zurück!«

»N-nie – niemals!«, würgte Alexej hervor.

»Oh doch, das wirst du!«

Die beiden rangelten wie junge Wölfe.

»He, die Party ist ja schon im vollen Gang«, ertönte es von der Tür. Lara und Marek hatten Janoschs Frau Martina im Schlepptau. Sie wuchteten einen Kasten Bier auf den Tisch.

»Was wollt ihr denn feiern?«, fragte ich interessiert und übersah geflissentlich die beiden Männer, die sich auf dem Boden wälzten.

»Na ja, heute ist doch Montag, oder nicht?« Lara grinste und beobachtete fasziniert, wie Nikolaus sich rittlings auf Alexejs Bauch setzte und versuchte ihn zu quälen.

»Außerdem ist heute Staatsfeiertag.«

»Das ist natürlich ein Grund. Wie heißt das noch gleich? Tag der Freiheit?«

»*Tag des Kampfes für die Freiheit und Demokratie*.«

»Wie passend«, sagte ich.

Nikolaus ließ von seinem Freund ab.

»Du solltest uns zur Feier des Tages noch etwas aus der russischen Schule vorspielen«, sagte Alexej atemlos, aber weiterhin angriffslustig.

»Du hast wirklich eine rabenschwarze Seele, Alexander! Wie wäre es mit Brahms' Ungarischem Tanz Nr. 5?« Er wartete die Antwort gar nicht erst ab, sondern hob schnell seine Geige an und zog den Bogen geradezu schmerzhaft süß über die Saiten, bevor er mit Schwung darüberfegte. Neben mir stampfte Lara im Takt mit dem Fuß auf und klatschte begeistert. Vielleicht hatten Tschechen tatsächlich mehr Musik im Blut als Deutsche, zumindest mehr als ich, denn ich wäre nie auf die Idee gekommen zu tanzen. Doch genau das taten Janosch und Martina, wenn auch nicht besonders grazil. Als das Lied zu Ende war, spielte Nikolaus fast nahtlos weiter, diesmal einen Walzer.

»Na komm, Isa!«, Marek stupste mich an. Panik machte sich in mir breit.

»Oh nein.« Ich warf ihm einen flehenden Blick zu. »Tu mir das nicht an. Nein, tu *dir* das nicht an!«

»Stahlkappen«, sagte Marek knapp und bleckte die Zähne. Ich warf einen Blick nach unten und bemerkte, dass er noch immer seine derben Stiefel trug, die er zum Arbeiten anzog.

»Und ich habe schon deinen Mut bewundert.«

»Mutig ja, aber nicht lebensmüde!«, erwiderte er und zerrte mich in die Mitte des Raumes. Niemals zuvor war mir aufgefallen, wie elend lang so ein Walzer sein konnte. Noch bevor das Lied richtig verklungen war, hastete ich zum Tisch, klemmte mich dahinter und hielt mich an meiner Bierflasche fest. Marek lachte ebenso laut wie Janosch, der mich beobachtete.

Natürlich konnte Alexej wunderbar tanzen! Hätte mich auch gewundert, wenn es anders gewesen wäre. Jetzt hatte er sich wieder ans Klavier gesetzt und spielte ein paar Takte.

»Ich glaube, das kenne ich. Ist das nicht von *Quarks & Co.*?« Im selben Moment, in dem ich die Frage ausgesprochen hatte, bereute ich sie zutiefst. Alexej legte fragend die Stirn in Falten und Nikolaus lachte herzhaft.

»Quark was?«, fragte er.

»*Quarks & Co.*, das ist eine Sendung bei uns im deutschen Fernsehen.«

»Willst du damit sagen, sie haben aus den *Sinfonischen Tänzen* von Rachmaninov ein Werbejingle gemacht?«

»Nein, das ist so eine Wissenschaftssendung. Die ist wirklich gut …«, druckste ich herum.

Alexej stand auf. Ob er jetzt beleidigt war? Ach, und wenn schon! Ich hatte nie vorgegeben, eine Musikkennerin zu sein.

Lara übersetzte mir, dass Janosch seine Frau gerade anbettelte, ihr Akkordeon zu holen, damit sie auch etwas vorspielen konnte, und ich schloss mich dieser Bitte an.

Sie spielte wohl so eine Art Volkslied. Jedenfalls sangen alle lauthals mit, mit Ausnahme von Nikolaus und mir.

»Ich habe Alexej noch nie so fröhlich gesehen.«, sagte ich zu ihm.

»Was daran liegen muss, dass er schon immer mehr Moll als Dur gewesen ist. Wenn du verstehst, was ich meine.«

»Ehrlich gesagt, nein.«

»Wir unterscheiden in der Musik grob zwei Tongeschlechter. Wenn das Fröhliche, Harte in Dur gespielt wird, so steht das Traurige, Weiche meist in Moll. Und genauso ist Alexej.«

»Das hört sich an, als wäre er ziemlich melancholisch.«

»Das schon. Aber es ist nicht allein die Tonart, die ein Musikstück traurig oder fröhlich erscheinen lässt. Denn genauso verändern die Erfahrungen, die man macht, einen Menschen. Ich würde sagen, dass derjenige glücklich ist, dem das Glück widerfährt, egal auf welche Weise.«

»Das hast du schön gesagt.«

»Ja, aber meine Mutter hat auch immer gesagt: *Erst der Ernst macht den Mann, erst der Fleiß das Genie*. Demnach bin ich sowohl vom Mann als auch vom Genius noch himmelweit entfernt.« Er prostete mir zu. »Aber mir fällt noch ein anderes Sprichwort ein. Das ist von irgendeinem Chinesen: *Je rauschender die Musik, desto melancholischer werden die Menschen, desto gefährlicher wird das Land, desto tiefer sinkt der Fürst* – oder so ähnlich.«

Sollte das ein Zitat sein, das zu Alexej passte? Ich fand es merkwürdig, hatte aber keine Zeit, weiter darüber nachzudenken, denn Nikolaus stand auf und leerte seine Bierflasche in einem Zug.

»Dann wollen wir mal den Fürsten noch etwas tiefer sinken lassen!«

Grabfrevel

Heute Nacht war es so weit: Wir würden Pavel aus seinem Grab befreien und nach Hause bringen. Und ich würde mich endlich wieder in der Gestalt bewegen können, die mir zugedacht war. Es schien eine Ewigkeit her zu sein, dass ich mich frei fühlen konnte. Frei von Besorgnis, ob ich etwas Falsche sagte oder sonst eine Geste vollzog, die für einen Menschen unpassend war.

So viele Verhaltensweisen wurden einem diktiert. Ein Menschenleben war geradezu beschränkt in seiner Vielfältigkeit.

Sicher war auch mein Schwarmleben von Regeln geprägt, sie dienten aber nur dem Zweck, unser Überleben zu sichern. Als Raben waren wir wirklich frei. Wir mussten keine Entscheidungen treffen, konnten allein unseren Instinkten folgen. Menschen waren dagegen bloß Sklaven, die sich als Herren aufspielten. Sklaven ihres Besitzes, ihrer Macht und ihrer Eitelkeit. Und solange uns niemand dazu zwang, unser selbstgewähltes Exil zu verlassen, solange würden wir als Schwarm weiterleben.

Ich betete, dass all diese Vorkommnisse, der Angriff der Hunde, der Tod von Arweds Vater, nicht Teil eines Ganzen waren. Und gleichzeitig spürte ich die undefinierbare Gewissheit, dass es genau so war.

Dabei hatte ich das alles schon einmal erlebt.

Als ich meinen Vater das letzte Mal gesehen hatte, hatte er von meinem Erbe gesprochen, aber ich war zu jung gewesen, um den Sinn zu verstehen. Heute war mir klar, welches Erbe er gemeint hatte.

Es war kein materielles Erbe, auch kein ideelles. Ich lachte verbittert auf: Es war ein Erbe des Blutes.

Ob er damals schon gewusst hatte, dass ich auch so werden würde wie er? Ein Mischwesen, eine Missgeburt, wie Nikolaus' Schwester Nathalie mich damals genannt hatte? Oder eine Fantasy-Gestalt, wie Isabeau es vielleicht nennen würde? Dieser Begriff beinhaltete wenigstens eine Spur von Romantik, dachte ich spöttisch. Aber ganz sicher würde es Isabeau nicht so verklärt sehen, wenn sie die Wahrheit kannte.

Besser war es, nicht darüber nachzudenken. Es würde mir trotz allem leicht fallen, von hier fortzugehen. Es *musste* mir leicht fallen.

Ich wollte nicht schon wieder auf die Uhr in der Küche sehen. Es gefiel mir nicht, dass ich mich daran orientierte, anstatt meinem Gefühl zu folgen. Trotzdem flog mein Blick an die Wand. Es war zwanzig Minuten nach drei. Wann würde Isabeau endlich das Licht löschen und einschlafen? Sie hatte sich früh von uns verabschiedet. Aber ich war gezwungen gewesen, weiter den amüsanten Unterhalter zu geben, obwohl ich mich vor Müdigkeit kaum noch auf den Beinen halten konnte. Plötzlich war mir dieser Abend irreal erschienen, hatte mich gelangweilt und reizbar gemacht. Sicher war es nur diese ewige Verstellung, die mich ermüdete, mich regelrecht zermürbte.

Ich sah aus dem Fenster. Endlich war der Lichtschein in Isabeaus Zimmer erloschen. Da sie Pavel ausgerechnet hinter ihrem Haus begraben hatte, würden wir sehr leise sein müssen, um sie nicht zu wecken.

Nikolaus trat hinter mir ein, und ich löste meinen Blick vom Fenster.

»Es ist alles vorbereitet«, sagte er.

»Sie schläft jetzt. Lass uns noch fünf Minuten abwarten, nur um sicherzugehen.«

»Meinst du nicht, es wäre besser, ihr reinen Wein einzuschenken?«

»Nein.«

»Aber es wäre wesentlich einfacher für uns. Sie mag dich, vielleicht würde sie – «

»Gar nichts würde sie! Außerdem haben auch andere mich schon gemocht.« Ich hasste es, wie bitter meine Stimme klang. »Hast du eine Decke mitgebracht, einen Mantel, irgendetwas, worin wir ihn einwickeln können?«

»Habe ich. Aber ich wollte dich noch fragen, ob …« Er schluckte schwer. »In welcher Gestalt werden wir ihn ausgraben? Worauf muss ich mich gefasst machen?«

»Er ist als Rabe gestorben.« Ich flüsterte beinahe. »Aber ehrlich gesagt, ich weiß es nicht. Es ist nicht so, als hätte ich das schon einmal getan. Niki«, meine Stimme klang jetzt eindringlich: »Du musst das nicht tun! Ich bin unheimlich dankbar, dass du mir hilfst, aber gerade das hier«, ich deutete aus dem Fenster, »würde ich niemals von dir verlangen.«

»Ich weiß.« Er lächelte. »Wir haben schon einiges zusammen erlebt, oder?«

Ich schüttelte den Kopf. »Das hier ist etwas anderes. Es ist vielleicht illegal, aber vor allem ist es auf jede nur erdenkliche Art frevelhaft.«

»Ich bin nicht katholisch, wie du weißt.«

»Das erleichtert mich ungemein«, spottete ich. »Aber hör zu, Niki! Pavel wurde vor Wochen begraben. Verstehst du? Vor Wochen! Sein Anblick ist mit Sicherheit nichts, worauf man sich gefasst machen kann.«

»Oh Gott!«, stöhnte Nikolaus gequält.

»Ich dachte, du bist nicht katholisch«, frotzelte ich.

»Und ich dachte, du bist nicht so ein Rabenaas, dich in dieser Situation über mich lustig zu machen!«

»Du solltest mich besser kennen. Außerdem weißt du doch, dass Galgenhumor die einzige Stärke eines Zynikers ist. Das solltest du mir nicht verübeln.«

»Seit wann bist du ein Zyniker?«, fragte er.

Ich ließ mir Zeit mit meiner Antwort. »Heute Abend habe ich beschlossen, einer zu sein.«

Wir griffen nach den Schaufeln, die Nikolaus mitgebracht hatte. Der einzig glückliche Umstand war die sternenklare Nacht, die es uns ersparte, mit Taschenlampen hantieren zu müssen.

Ich lehnte mich an die Hauswand und horchte auf jedes noch so feine Geräusch. Ich versuchte, nicht daran zu denken, dass Isabeau jetzt in ihrem Bett lag. Womöglich auf einer Seite zusammengerollt, die Hand unter dem Kopfkissen vergraben, ein Bein vielleicht über der Bettdecke angewinkelt. Nein. Tatsächlich musste ich zugeben, dass ich kein bisschen versuchte, *nicht* daran zu denken. Ich schüttelte den Kopf und stieß mich von der Wand ab.

Die Stelle, an der sie Pavel begraben hatte, war nur von spärlichen Büscheln Löwenzahn bedeckt.

»Würde die Erde nicht verdrängt, w-wenn der Körper jetzt größer als ein Vogel wäre?« Nikolaus' Stimme zitterte.

Ich nickte, das war auch mein Gedanke gewesen. Die Frage war nur: Wohin? Würde sich der Boden stärker komprimieren, oder ginge die Erde nicht viel eher den Weg des geringsten Widerstands? Und war es letztendlich nicht völlig idiotisch, solche Überlegungen anzustellen?

»Scheiße«, sagte Nikolaus schlicht.

»Ich schließe mich dir uneingeschränkt an!«

»Verdammte Scheiße!«, fluchte er.

Es kostete mich unheimlich viel Überwindung, den Spaten in die Erde zu treiben. Allein der Gedanke, dass ich beim ersten Spatenstich mit an absolute Sicherheit grenzender Wahrscheinlichkeit niemals etwas treffen würde, brachte mich dazu, es zu tun. Und beinahe direkt brach mir kalter Schweiß aus.

Wie tief sie ihn wohl begraben hatte?

»Was glaubst du, wie tief sie ihn begraben hat?«, fragte Nikolaus nur wenige Sekunden später. »Ich meine, sie ist eine Frau. Der Boden war zwar nicht gefroren, aber bestimmt ziemlich hart, oder? Ob sie an die wilden Tiere gedacht hat, die ihn eventuell ausgraben würden?«

»Halt den Mund!«, presste ich hervor und grub weiter.

Nikolaus' Atem ging stoßweise – oder war es mein eigener? Jedenfalls fing auch er an zu graben und häufte die Erde zu einem Hügel an.

»Stimmt es, dass du Holz hacken musstest?«, fragte er mich unvermittelt. »Wie konntest du das nur tun? Ich meine, du bist Musiker. Die Gefahr, dich zu verletzten, ist viel zu groß. Denk doch mal daran, wie unempfindlich deine Hände werden, wenn du so was machst. Du kriegst überall Hornhaut. Dann hast du gar kein Gefühl mehr in den Fingern, du – «

»Niki!«

»Ja?« Er hielt inne.

»Weißt du eigentlich, was du da gerade tust?«, fragte ich.

Er schaute an sich hinunter.

»Ja. Das ist es ja gerade. Ich schaufle ein verdammtes Grab aus! Ich schaufle verflucht noch mal eine Leiche aus! Das ist es, was ich tue!«

»Das meinte ich nicht«, zischte ich zurück. »Du raubst mir den letzten Nerv. Sei endlich still! Was hältst du davon, wenn du schon mal nach der Decke suchst?«

»Die habe ich doch längst hier.«

Ich stöhnte. »Dann geh noch einmal ums Haus. Ich glaube, ich habe irgendein Geräusch gehört. Es wäre gut, wenn du mal nachsehen könntest.«

Das ließ er sich nicht zweimal sagen, und ich hoffte, dass ihn dieser Auftrag lang genug beschäftigen würde.

Ich hatte nicht mehr als dreißig Zentimeter in die Tiefe gegraben, als ich plötzlich auf etwas Hartes stieß. Erschrocken zog ich den Spaten zurück. Ich musste mit den Händen erfühlen, was ich dort getroffen hatte, schließlich wollte ich ihn nicht unnötig verletzen. Ihn. Pavel.

Ich unterdrückte das würgende Gefühl in meinem Hals. Dann kniete ich mich auf den Boden und tastete das Gras ab, berührte die feuchte, krümelige Erde. Ich schloss die Augen. Würde er kalt sein? So kalt wie Stein? Nein. Das, was ich dort fühlte, war ein Stein, stellte ich erleichtert fest.

Wie unsinnig war es eigentlich, nach einer Leiche zu graben und gleichzeitig zu hoffen, dass man sie nicht fand? Ich holte tief Luft und merkte beim nächsten Stich, dass die Erde an dieser Stelle härter war. Wahrscheinlich hatte ich den ganzen Mutterboden abgetragen und nun die gewachsene Erdschicht erreicht. Ich musste mit dem Fuß nachhelfen, um überhaupt tief genug einzudringen.

Bitte lass mich nicht auf sein Gesicht treffen!

Nach zwei weiteren Stößen war ich mir sicher. Da war ein Widerstand – ein weicher zwar, aber eindeutig ein Widerstand. Ich ging erneut auf die Knie, zwang mich, nur durch den Mund zu atmen und grub mit den Händen weiter.

Ich hatte Pavel gefunden.

Es überraschte mich nicht mehr, dass ich nicht sein Federkleid vorfand. Innerlich war ich auf das Schlimmste vorbereitet gewesen. Trotzdem erstarrte ich, als ich seine nackte Haut berührte. Wenn Gott mich hiermit prüfen wollte, dann auf die denkbar grausamste Art. Ich kratzte etwas Erde weg, bis ich sicher sein konnte, dass es sein Bein war, das ich berührte.

Das war der Augenblick, in dem ich am liebsten geflohen wäre. Alles wäre leichter zu ertragen als das hier.

Einzig der Gedanke an Pavels Familie brachte mich dazu, standhaft zu bleiben.

Ich weinte keine Träne, obwohl sie mir heiß durch den Körper liefen. Ich grub weiter, versuchte meine Empfindungen abstumpfen zu lassen wie ein Baum, der seine Wunde verharzte, sie abdichtete, bis nichts mehr hindurchdringen konnte. Irgendwann kam Nikolaus mir zu Hilfe. Wir zogen die Leiche an den Armen heraus auf das feuchte Gras.

Pavels Genick war gebrochen und sein Kopf rollte hin und her, als wir ihn hochhoben. Seine Haut leuchtete fahl im Mondlicht, und er dünstete einen süßlichen Fäulnisgeruch aus. Sein junges Gesicht war von den zersetzenden Gasen aufgedunsen und die Augen eingefallen. Und plötzlich quoll ein Wust von Maden aus seinem geöffneten Mund hervor. Nicht nur aus seinem Mund – auch aus Nase und Ohren krabbelten sie mit ihren prallen Körpern. Grünliche Flüssigkeit lief aus den Nasenlöchern hinterher, als wollte sein Körper sich reinwaschen, die Tiere aus sich hinausspülen. Dieser gärend faulige Gestank trieb mir die Tränen in die Augen. Mein Geist baumelte über einem Abgrund, nur noch durch fein gesponnenes Garn gehalten.

»Ich brauche – oh Gott – ich brauche etwas zum Waschen! Irgendein Handtuch, einen Lappen. Niki!« Meine Stimme klang schrill. Nikolaus lief zum Auto. Wenige Augenblicke später wusch ich Pavels Gesicht und seinen aufgeblähten Leib; beseitigte die feuchte Erde und dieses abscheuliche Gewürm. Nikolaus erbrach sich. Ich hörte sein Würgen und versuchte meinen Geist abzukapseln, als gehörte er nicht mehr zu meinem Körper.

Als ich es nicht länger ertrug, Pavels blasenüberzogene Haut zu sehen, zog ich mir den Pullover über den Kopf und bedeckte behutsam sein Gesicht damit.

Wir wickelten ihn in die Decke und trugen ihn gemeinsam zum Auto. Ich betete. Anschließend wuschen wir uns Hände und Arme in der Regentonne. Der Geruch ließ sich nicht vertreiben, ebenso wenig wie der Abscheu vor uns selbst.

Wir sprachen kein einziges Wort. Und nachdem Nikolaus losgefahren war, kehrte ich zurück und kratzte die lose Erde zusammen. Ich durfte keine Spuren hinterlassen.

Meine Finger waren fast gefühllos durch die Arbeit in der Kälte, aber mein Geist war es leider nicht. Unerwartet heftig strömten die Bilder von Pavel auf mich ein.

Er war doch nur ein Junge.

Übelkeit stieg in mir auf. Ich hustete und würgte.

Dann gab ich den Kampf auf.

Rabenkuss

Ich hatte einen Alptraum. Es war nicht das erste Mal, dass ich ihn träumte, aber diesmal war er realistisch wie nie zuvor: Ich war allein im Wald, konnte nicht einmal sagen, ob es morgens oder abends war. Leichter Nebel bedeckte den Boden und ließ nur die Baumkronen hinaus ins Licht blinzeln. Ich war einsam. So einsam, dass mein Brustkorb geradezu körperlich schmerzte. Ich hörte Schreie, die mir zwar vertraut waren, aber die Art, wie sie ausgestoßen wurden, erschreckte mich.

Rabenschreie.

Wie an einer unsichtbaren Schnur gezogen bewegte ich mich in die Richtung, aus der sie kamen. Dann sah ich die Vögel. Es waren so viele, dass ich keine Konturen erkennen konnte. Sie bewegten sich wie ein riesiges, schwarzgefiedertes Tuch durch den Nebel.

Als ich die Stelle erreicht hatte, die sie umkreisten, sanken sie als dichter Teppich zur Erde und bedeckten den Waldboden fast vollständig. Ich rannte auf den Schwarm zu und wedelte mit den Armen, um sie zu vertreiben, aber sie flatterten höchstens einen halben Meter empor. Immer mehr Raben stürzten sich aus dem Himmel herab, das Kreischen schwoll an. Ich hielt mir die Ohren zu, weil ich diese aggressiven Stimmen nicht mehr hören wollte.

Dann bildete sich eine Lücke in dem schwarzen Teppich, und was ich sah, ließ mich aufschreien: Die Haut eines menschlichen Körpers hob sich hell vom Erdboden ab. Ich wusste sofort, dass es ein Mann war, obwohl ich nicht viel mehr erkennen konnte als eine weiße, blutverschmierte Masse.

Dort, wo eigentlich ein Gesicht sein sollte, hatten die Tiere mit ihren harten Schnäbeln die Haut zerfetzt und ganze Stücke herausgerissen. Überall war Blut. Ich schrie. Ich schrie laut auf und weinte dann heiße Tränen auf mein Kissen.

Bis zu dieser schrecklichen Erkenntnis hatte ich den Traum noch nie geträumt. Bisher war ich immer vorher aufgewacht.

Das T-Shirt klebte mir am Körper, und ich tapste ins Bad, um mir den Schlaf aus den Augen zu waschen. Dann kramte ich im Kleiderschrank nach einem frischen Nachthemd, fand aber nur ein ausgeleiertes Exemplar mit einem kitschigen Fantasymotiv: ein weißes Einhorn vor einem Wasserfall mit rosafarbenem Himmel. Ich knipste die Lampe über meinem Nachttisch an. Es war kurz nach halb fünf. Eigentlich zu früh zum Aufstehen, aber ich würde mich jetzt doch nur hin und her wälzen. Die Hitze des Ofens trieb mich dazu, vor die Tür zu gehen, um wieder einen klaren Kopf zu bekommen.

Ich musste mich vergewissern, dass in Wirklichkeit kein schwarzer Schatten am Himmel zu sehen war. Aber die Wolken hatten sich vor dem vollen Mond zugezogen. Enttäuscht wollte ich schon zurückgehen, da sah ich eine Gestalt hinter meinem Haus verschwinden.

Erschrocken presste ich mich an die Hauswand. In Gedanken war ich so in meinem Traum gefangen gewesen, dass ich nichts gehört hatte. Das war das Blöde daran, wenn man allein in einer kleinen Hütte wohnte. Ich sollte mir ein Haustier zulegen. Einen Schäferhund vielleicht oder einen Pitbull.

Oder ich könnte diese finstere Nachtgestalt mit meinem Nachthemd erschrecken. Ich sah mich bereits hinter das Haus rennen, meinen Parka aufreißen und wie ein Exhibitionist laut *Ha!* schreien. Die Vorstellung brachte mich dazu, hysterisch zu kichern. *Jetzt bloß nicht die Nerven verlieren!*

Ich presste mich noch enger an die Wand. Die Kälte kroch mir die Beine hoch. Ich hörte ein Kratzen, dann ein leichtes Klopfen.

Sakra!, fluchte ich stumm und lauschte. Dann nahm ich ein anderes Geräusch war, das ich zuerst gar nicht einordnen konnte. Es klang fast wie ein Schluchzen – wie unterdrücktes Weinen. Wie ein Mensch, der zutiefst gequält war, der Schmerzen litt, die ich mir gar nicht vorstellen konnte.

Ohne weiter nachzudenken, sprang ich die wenigen Stufen hinunter. Ich rannte über das nasse Gras und sah dort in der Dunkelheit eine gekrümmte Silhouette auf dem Boden hocken.

Alexej.

Er hatte sein Gesicht mit den Händen bedeckt. Sein Körper bebte. Weinte er? Ich berührte ihn sanft an der Schulter, aber er schien mich nicht einmal wahrzunehmen.

»Oh Gott!«, kam es aus seiner Kehle. »Oh Gott!« Er fuhr sich mit den Händen durch das Haar, krallte sich darin fest, als würde der Schmerz, den er sich selbst zufügte, einen anderen vertreiben können.

»Bist du verletzt?«, fragte ich. Er starrte mich an, als wäre ich ihm völlig fremd. Seine Augen blickten so verzweifelt, dass sich mein Herz vor Mitleid zusammenzog.

»Bitte komm ins Haus, du bist ja völlig durchgefroren«, sagte ich und versuchte, ihn auf die Beine zu bringen. Er war so kraftlos, so schwer – ich konnte ihn unmöglich bewegen. Ich zog seine Hände von seinem Gesicht, damit er gezwungen war, mich anzusehen. Die Ärmel seines Hemdes starrten vor Schmutz, als hätte er mit bloßen Händen den Garten umgegraben.

»Bitte komm«, bat ich erneut.

»Ich kann nicht.«

»Ich helfe dir«, sagte ich und zog ihn mit aller Kraft auf die Füße. Er wehrte sich nicht, aber er schwankte, als könnten seine Beine das plötzliche Gewicht nicht tragen. Dann vergrub er sein Gesicht an meiner Schulter.

Sein Körper war so angespannt, dass ich fürchtete, bei der kleinsten Bewegung würde er in tausend Stücke zerbersten wie gebrannter Ton. Ich streichelte ihm vorsichtig über das Haar. So oft hatte ich mir vorgestellt, wie es sich wohl anfühlen würde.

Es roch erdig, holzig. Wie der Wald, nachdem es geregnet hatte.

Seine Haarsträhnen kitzelten meine Oberlippe. Das war eigentlich kein Kuss, dachte ich, als ich das Pochen seiner Schläfe spürte – eine warme Vibration, die sich auf mich zu übertragen schien.

Aber wem wollte ich hier eigentlich etwas vormachen?

Langsam glitten meine Lippen über seine Stirn. Und es kam mir in diesem Moment nur logisch vor.

»Alexej«, flüsterte ich, und wie in Zeitlupe stolperte ich rückwärts gegen die Hauswand. Unvermittelt hob er den Kopf. Seine Augen glänzten pechschwarz in der Dunkelheit, und sein Griff in meinen Nacken verstärkte sich.

»Isabeau.« Er hielt mich fest, küsste meinen Mund, meinen Hals, mein Ohr, einfach jede Stelle, die er erreichen konnte.

Ich nahm die Kälte nicht mehr wahr. Mit den Fingerkuppen streifte ich die zarte Haut an seiner Kehle. Die Spur seiner Tränen schmeckte salzig und süß zugleich.

Rabenflucht

»Dir ist kalt«, flüsterte ich. Ich konnte keinen klaren Gedanken fassen. Alles, was ich eben erlebt hatte, war plötzlich in weite Ferne gerückt. Mir war, als umgäbe mich ein anschmiegsames Kleid aus Haut und Blut. So viel Blut, dass ich mich zum ersten Mal als ganzer Mensch fühlte. Der Rabe in mir war weit weg, nur mehr eine dünne, schwarze Spur am Horizont. Gleich wäre auch der letzte Schrei verklungen.

Ich küsste sie. Ihre Lippen waren nachgiebig, und ihr Atem ließ die feinen Härchen in meinem Innenohr flimmern.

Guter Gott! Noch mehr als die Tortur, die ich eben erlebt hatte, quälte mich das heftige Verlangen, Isabeau zu lieben.

Aber was tat ich hier eigentlich? Ich hielt inne und horchte in mich hinein. Die Erkenntnis traf mich wie ein Schlag, drohte mich umzuwerfen wie einen gefällten Baum:

Ich war ein Rabe!

Wie hatte ich das nur eine Minute, eine Sekunde lang vergessen können?

Ich war ein Rabe, ein Mischwesen, eine Laune Gottes oder auch nur der Natur. Bittere Galle stieg mir in der Kehle auf. Was ich hier tat, widersprach jeder Vernunft, jedem Instinkt.

Ich versteifte mich und ließ meine Hände fallen. »Ich bin so ein Idiot!«, entfuhr es mir.

»Was?« Sie blinzelte. Ein Blick in mein Gesicht genügte, um sie vollends zu ernüchtern. »Was ist mit dir?«

Idiot! Idiot! Idiot! Etwas anderes fiel mir nicht ein. Krampfhaft überlegte ich, was ich ihr sagen könnte. Die Wahrheit war das Einzige, was ich ihr nicht sagen durfte!

»Ich muss fort«, sagte ich. »Ich werde zurückgehen. Heute Nacht noch.«

»Aber – « Sie schluckte mühsam und sagte dann etwas, das mich mehr als überraschte:

»Das hab ich mir gedacht. Dann ist Nikolaus also gekommen, um dich abzuholen?«

»Ja«, log ich.

»Ich verstehe.«

Gar nichts verstehst du! Ich war wütend, aber dieser Zorn richtete sich allein gegen mich selbst, gegen das, was ich war und wieder sein würde, wenn ich sie jetzt verließ.

»Es tut mir leid«, entschuldigte ich mich lahm. »Ich wollte das nicht.«

»Sag das nicht! Es ist nämlich so … *Ich* wollte es.« Ihre Stimme verlor an Kraft. »Musst du sofort gehen?«

Ich nickte. Wieso konnte ich in diesem Moment nicht die richtigen Worte finden? Ich sprach viele Sprachen, aber in keiner einzigen wollte mir etwas Sinnvolles einfallen.

»Aber warum?«

»Ich kann dir darauf keine Antwort geben, zumindest keine befriedigende«, sagte ich ehrlich.

»Dann gib mir eine unbefriedigende!«

»Es gibt keinen Grund für mich, länger hier zu bleiben.«

Ihre Augen glänzten. Sie versuchte, sich zu beherrschen, doch ich konnte das schnelle Schlagen ihres Herzens deutlich spüren.

»Dann – « Isabeau kam einen Schritt auf mich zu. »Dann leb wohl.«

Sie küsste mich, und mein Körper reagierte sofort. Warum konnte ich nicht vergessen, was ich war? Für eine Nacht nur?

»Tu das nicht!«, sagte ich.

»Was soll ich nicht tun? Dir einen Abschiedskuss geben?«

»Du weißt, dass es nicht dabei bleiben würde, und das wäre nicht anständig.«

»Ich habe nie von dir verlangt, anständig zu sein.«

Ich bin ein Rabe. Ich bin ein Rabe. Ich wiederholte es wie ein Mantra, das ich zu verinnerlichen suchte. Die letzten acht Jahre meines Lebens schienen ausgelöscht, verdampft in einem einzigen Kuss.

»Verschwende deine Gefühle nicht!«, sagte ich.

Isabeau hielt den Atem an. Aber dann schluckte sie ihre Tränen hinunter.

»Spiel mir doch nichts vor! Ich weiß genau, dass du irgendetwas zu verbergen hast. Du glaubst, dass du es niemandem anvertrauen kannst, niemandem ohne Ausnahme. Aber da irrst du dich. Und sag mir nicht, dass es dir leicht fällt zu gehen! Sag das nicht, denn ich glaube dir kein Wort!«

Ich hatte mich von ihr abgewandt, um besser atmen zu können. Sie war so furchtbar ehrlich. Kein bisschen Verstellung, nicht die kleinste Andeutung von Taktik oder Kalkül.

»Muss es denn endgültig sein? Ich meine, dort wo du hingehst, gibt es da denn kein Telefon? Hast du keine Adresse?«

»Eine Adresse?«, fragte ich perplex.

»Ja, um Gottes willen, eine Adresse! Jeder normale Mensch hat doch ein zu Hause, oder nicht?«

»Jeder normale Mensch vielleicht! Du weißt gar nicht, was du da sagst.« Ich fühlte mich hilflos, als wäre ich gefangen in einer kafkaesken Geschichte. Gefangen in der *Verwandlung,* in der ein Mann im Selbstmitleid suhlend verendet.

»Ich bin aber nicht normal!« Meine Stimme war lauter geworden, als versuchte sie, meine Gedanken zu übertönen.

»Was soll das heißen? Wo gehst du denn hin? Bist du verheiratet? Oder hast du etwas verbrochen? Hast du jemanden umgebracht? Musst du vielleicht ins Gefängnis?«

Ich hätte gelacht, wenn ihre Stimme nicht so verzweifelt geklungen hätte.

»Verschwende deine Gefühle nicht, hörst du?« Ich brüllte es fast. »Es ist sinnlos, und ich erwidere sie auch nicht.«

Und dann zog ich unsanft an den Knöpfen meines Hemdes, riss daran, als sie nicht schnell genug aufsprangen, und warf es ihr vor die Füße. Danach folgte mein Gürtel.

»Was tust du da?«, rief sie entgeistert.

»Wonach sieht es denn aus?« Ich schleuderte meine Schuhe fort und zerrte mir die Hose von den Beinen.

Sie war sprachlos.

»Da wo ich hingehe, brauche ich nichts von alledem, verstehst du? Gar nichts.«

Meine Stimme war leiser geworden.

»Und auch dich brauche ich nicht. Leb wohl.«

Ich drehte mich um und lief den kurzen Weg in den Wald. So nackt, wie Gott mich geschaffen hatte.

Wenn er dabei vielleicht auch einen Fehler gemacht hatte.

Fiebersuche

»Du sichst ehrlich gesagt ziemlich beschissen aus, Süße. Hier, ich hab dir einen Kakao gemacht.« Lara stellte die Tasse ab.

»Danke«, krächzte ich heiser und ließ dabei offen, ob der Dank dem Getränk oder dem charmanten Kompliment galt. Dass ich ziemlich beschissen aussah, wunderte mich nicht. Das musste daran liegen, dass ich mich auch ziemlich beschissen fühlte.

»Halsschmerzen?«

Ich nickte.

»Kopfschmerzen?«

Erneutes Nicken.

»Herzschmerzen auch?«

Ich stöhnte schamvoll.

»War das ein Ja?«

»I-ich h-habe ihn a-angefleht z-zu bleiben«, stotterte ich zähneklappernd.

»Ist dir kalt? Ich glaube du hast Schüttelfrost. Warte, ich hol dir noch eine Decke.« Lara verschwand aus meinem Sichtfeld. Ich schloss gequält die Augen. Meine Mandeln fühlten sich an wie Walnüsse und meine Nase war heiß und geschwollen. Wenn man schon mal die Gelegenheit bekam, sich richtig mies zu fühlen, dann aber auch gründlich! Es war mir nicht einmal vergönnt, mich in die Arbeit zu stürzen und mich dabei abzulenken, nein, ich musste auch noch ans Bett gefesselt sein.

Lara breitete eine dicke Vliesdecke über mir aus. »Schämst du dich jetzt, weil du ihn angefleht hast?«

Ich knirschte mit den Zähnen.

»Das musst du nicht. Ich hätte es auch gemacht. Er ist echt toll.«

Sollte mich das jetzt trösten? Ich schniefte laut, und meine Hand krabbelte unter der Bettdecke hervor, um die Tränen wegzuwischen.

»Er h-hat g-gesagt, er empf-empfindet n-nichts«, schluchzte ich.

Lara sah mich entgeistert an. »Das hat er gesagt?«

»A-aber g-gelogen.«

»Bist du sicher?«

»S-sicher bin ich sicher.«

Sie streichelte mir über das Haar. »Na das klingt doch gar nicht so schlimm. Und ich dachte schon, ihr wärt im Streit auseinandergegangen.«

Gar nicht so schlimm? Was konnte denn noch schlimmer sein? Außerdem waren wir im Streit auseinandergegangen! Ich zog mir die Decke übers Gesicht. Das war allerdings keine gute Idee, weil ich kaum noch Luft bekam. Ich tauchte wieder auf und sah Lara lächeln.

»W-was gibt es da zu grinsen?«, fragte ich misstrauisch.

»Och, ich habe mich nur gerade gefragt, was du da unter der Decke versteckt hältst.«

»Ga-ga-gar nichts! Pfoten weg!«, schimpfte ich und schlug nach Laras Hand, die unter meine Decke gegriffen hatte. Aber ich war viel zu schwach, um mich gegen sie zu wehren, und so musste ich hilflos mit ansehen, wie sie Alexejs Hemd unter meiner Decke hervorzog und inspizierte.

»Woher hast du *das* denn?«, fragte sie verblüfft.

Ich schloss die Augen in Vorahnung des herannahenden Übels.

»Ist das etwa sein Hemd? Ja klar ist das seins! Ich habe es doch selbst gekauft. Schwarz. Er sieht einfach irre aus in Schwarz. Aber woher hast du es?«

»Er hat es mir vor die Füße geworfen.« Mir war plötzlich furchtbar heiß.

»Wow!«

»Es gibt überhaupt keinen Grund für ein *Wow*, wirklich nicht!«

»Willst du damit sagen, er hat es nicht in Ekstase getan?«

»Leider nicht.«

Lara runzelte die Stirn. Es war nicht schwer zu erraten, was sie als Nächstes fragen würde.

»Und der Rest?«

Mein Kopf hämmerte zu sehr, um mit ihm in die richtige Richtung zu deuten, also raunte ich nur. »Tür.«

Sie entdeckte das Bündel, das ich heute Nacht aufgesammelt hatte, und hob mit spitzen Fingern seine Hose auf.

»Kein Grund für ein *Wow*, ja? Was habt ihr getrieben? Schlamm-Catchen?«

»Ich habe keinen Schimmer. Er sah schon so aus, als ich ihn getroffen habe.«

»Aber was hat er denn jetzt an?«

»Nichts.«

»Nichts?«

»Überhaupt nichts!«

»Aber – «

»Er hat gesagt, dass er da, wo er jetzt hingeht, nichts braucht. Keine Klamotten und sonst auch nichts, mich eingeschlossen.« Meine Augen brannten.

»Das ist wirklich sehr seltsam.«

Mehr als seltsam sogar. Aber eigentlich wollte ich gar nicht darüber reden, und schon gar nicht darüber nachdenken müssen, zumindest jetzt im Moment nicht.

»Kann ich nicht noch ein bisschen schlafen? Ein zwei Stündchen, ja? Danach bin ich bestimmt wieder auf dem Damm.«

»Ist gut. Ich nehme die Klamotten mit und gebe sie Michala zum Waschen.«

»Nein!«, stieß ich hervor und richtete mich im Bett auf.

»Die sind total verdreckt, Isa!«

»Ist mir egal!«

»Du weißt schon, dass das jetzt mehr als albern ist, oder?«

Ich nickte. »Dann lass mir wenigstens das Hemd.«

Lara hielt mir seufzend das Teil vor die Nase. Ich griff danach und stopfte es hektisch unter mein Kopfkissen.

»Tut mir echt leid, dass ich recht hatte.«

»Was meinst du?«

»Na ja, das mit euch beiden. Ihr wärt wirklich ein schönes Paar gewesen. Aber ich konnte doch nicht ahnen, dass der junge Hund den kleinen Jungen beißen würde, oder?«

Ich schüttelte den Kopf. Nein, das konnte sie wirklich nicht.

»Es hat dich ziemlich erwischt, oder?«

Ich brachte es nicht fertig zu nicken und drehte meinen Kopf zum Fenster, damit sie nicht sah, dass ich schon wieder heulte.

Lara ging zur Tür. »Vergiss nicht den Kakao zu trinken«, sagte sie. Ihr mütterlicher Ton streckte mich endgültig nieder. Ich brach sinnlos in Tränen aus, sobald sich die Tür hinter ihr geschlossen hatte, und zerknüllte mein Kopfkissen bis zur Unkenntlichkeit.

Wieso hatte ich ihn nur geküsst? Warum hatte er nicht vorher schon verschwinden können?

Mir war hundeelend. Ich hatte das Gefühl, mindestens gerädert oder gevierteilt worden zu sein. Oder als hätten die Raben aus meinem Traum ihre Schnäbel in meine Brust gebohrt und kleine Brocken herausgerissen.

Wenn ich doch nur wüsste, wohin er gegangen war. Wohin konnte man schon gehen, wenn man splitterfasernackt war? Ich würde so garantiert nirgendwo hingehen! Aber das hieß ja nichts. Alexej war schließlich auch nackt gewesen, als wir ihn im Wald gefunden hatten.

Also doch kein Eremit aus dem Wald, sondern aus irgendeiner verrückten Hippie-Kommune? Gab es so was überhaupt noch? Ein Nudisten-Club vielleicht? Ich musste lachen und beinahe zeitgleich heulte ich wieder. Was hatte er nur zu verbergen? Was war so schlimm, dass man es niemanden anvertrauen konnte? Eigentlich kam dafür doch nur ein Verbrechen infrage.

Er hatte behauptet, Nikolaus wäre nur gekommen, um ihn abzuholen, aber dass dessen Auto schon fort war, ist mir erst viel später aufgefallen. War das nur eine Ausrede gewesen? Hatte er mir vielleicht einfach nur zugestimmt, damit er nicht gezwungen war, weitere Erklärungen abzugeben? Und wenn sein Freund ihn nicht mitgenommen hatte, war Alexej noch immer irgendwo im Wald?

Obwohl mein Kopf pochte, als würde er gerade von einem Specht bearbeitet, rollte ich mich auf die Seite und über die Bettkante. Mit schwachen Beinen schleppte ich mich zum Kleiderschrank und zog frische Unterwäsche, Jeans und einen Pullover heraus.

Ich war krank und gehörte ins Bett, das war mir klar, aber diese Ungewissheit machte mich wahnsinnig. Er konnte sich doch nicht einfach in Luft aufgelöst haben.

Ich schlich mich in den Garten, die Angst im Nacken, Lara oder Marek könnte mich entdecken und sofort wieder ins Bett stecken. Als ich den Boden nach Fußspuren absuchte, fiel mir auf, dass ein riesiger Fleck Gras umgegraben worden war. Genau an der Stelle, an der ich Alexejs Vogel beerdigt hatte. In der Luft hing ein seltsam süßlicher Geruch nach angefaultem Obst. Ich versuchte dem Geruch nachzugehen, aber meine Nase war nicht gerade in bester Verfassung, etwas zu wittern.

Das Bild von meinem Alptraum tauchte wieder vor meinem inneren Auge auf und ließ mich unwillkürlich den grauen Himmel absuchen. Wo waren eigentlich die Raben geblieben, die mich in den letzten Wochen beinahe ständig begleitet hatten? Sie hatten mich ja geradezu verfolgt, und jetzt konnte ich sie nirgendwo mehr entdecken.

Ich hielt Ausschau nach zertretenen Schösslingen, platt gedrückten Bodendeckern und abgebrochenen Zweigen.

Mittlerweile war ich einigermaßen geübt darin, Spuren zu lesen, seien es Pfotenabdrücke auf dem Boden, Kotspuren, Fraßspuren oder Haarreste, die sich an der Baumrinde fanden, von Tieren, die sich dort genüsslich gescheuert hatten. Aber menschliche Spuren waren etwas ganz anderes, schließlich war Alexej nicht mit derben Stiefeln grob durch den Wald gepflügt, sondern barfuß mit leichtem Schritt gelaufen. Er hätte allenfalls zarte Abdrücke hinterlassen, die ich aufgrund des vielen Laubs vielleicht nie entdecken würde.

Ich ging immer tiefer in den Wald. Das Hämmern in meinem Schädel nahm an Intensität zu, und ich presste meine Fingerspitzen gegen die Schläfen. Nur mal kurz anlehnen, dachte ich erschöpft. Meine Beine zitterten und drohten unter mir einzuknicken, also ließ ich mich langsam auf den Waldboden sinken. Es war kalt und ungemütlich, aber dafür glühte mein Kopf. Ich schloss kurz die Augen. Nur einen kleinen Moment ausruhen. Mein kleiner Bruder hatte früher immer behauptet, er suche nur die Augenlider nach Verletzungen ab. Weil er nicht zugeben wollte, dass er hundemüde war. Ich lächelte lahm. Ich sollte wirklich aufstehen.

Viel später schreckte mich ein lautes Krächzen auf. Ich saß immer noch am Baum, den Oberkörper in unnatürlicher Haltung zur Seite gebeugt. Meine Glieder waren völlig steifgefroren.

Kein Rabe weit und breit. Ich rief mir in Erinnerung, dass es diesen Schwarm hier nicht gegeben hatte, bevor Alexej aufgetaucht war. Und jetzt, wo er wieder fort war, waren auch die Raben verschwunden. Die Raben, die mich auf jedem Gang durch den Wald begleitet hatten. Da musste es einfach irgendeine Verbindung geben! Und als ich endlich ein lautes Krähen hörte, klang es seltsamerweise wie Musik in meinen Ohren.

Wenn ich die Raben finden würde, so war ich plötzlich überzeugt, dann würde ich auch Alexej wiedersehen. Ich suchte die Baumkronen in der näheren Umgebung ab.

Und dann sah ich sie.

Splitterwut

Ich hatte meinen Schwarm für kurze Zeit verlassen. Der Weg, den ich jetzt vor mir hatte, war einer, den ich alleine bewältigen musste. Seit über einer Stunde war ich unterwegs. Lange schon hatte ich die Wälder hinter mir gelassen, die dunklen, moosgrünen Tannen, die spitz in den Himmel ragten. Die Laubbäume, die ihre üppige Pracht längst in weichen Massen abgeworfen hatten – manche in einem satten Purpur, wie ausgeblutet. Eine triefende Wunde, die sich im Glühen der Morgensonne widerspiegelte.

Die Seen, die sich dazwischen, einem funkelnden Teppich gleich, ausbreiteten, lagen still. So still, als hätte nie eine Hand diese Oberflächen berührt, nie ein Stein diese glatten Spiegel durchbrochen.

Meine Flügel ruderten leicht, schwangen mich in die Höhe und ließen mich auf den Winden gleiten, ohne die Hülle der Strömung zu verletzen. So leicht, wie mein Körper sich anfühlte, so schwer war das Gewicht in meiner Brust. Es zog an mir, lockte mich, zurückzukehren.

Aber ich durfte dieser Verlockung nicht nachgeben. Und ich weigerte mich, diesem Gefühl einen Namen zu geben. Wie hätte ich es Sehnsucht nennen und gleichzeitig wissen können, dass ich diese Sehnsucht als Rabe niemals verspüren durfte?

Je länger ich mich dem Rabenleben hingegeben hatte, umso mehr waren Erinnerungen und menschliche Gefühle in mir verblasst. Sie verschwanden nie vollkommen, aber sie wurden zu einem blutleeren Abbild dessen, was ein Mensch empfand.

Das war der Grund, warum wir uns als Raben so frei fühlten. Aber in diesem Moment fühlte ich mich überhaupt nicht frei.

Ich musste Isabeau vergessen. Ihre Augen, ihr Lachen, den warmen, pulsierenden Klang dieses Herzens, das so viel langsamer schlug als ein Vogelherz.

Ich ruderte schneller, und die Kraft in meinen Flügeln erregte und befriedigte mich. Den größten Teil der Strecke hatte ich bereits hinter mich gebracht, als ich mich dazu zwang zu landen. Ich wollte nicht völlig erschöpft in Příbram ankommen und flog in einen Park, um am Teich zu trinken und ein paar Walnüsse aufzusammeln. Die Schale war hart, deshalb ließ ich die Nuss auf die Steinplatten fallen, die den Weg für die Spaziergänger pflasterten. Ein kleiner Riss genügte: Ich hackte die Schale auseinander und pickte die weiche, ölige Frucht heraus.

Wenig später schwebte ich über der Stadt. Fahrzeuge bahnten sich langsam und stockend ihren Weg durch die Straßen. Ich war nicht allein in der Luft. In den Grünflächen zwischen den Häusern flirrten Dutzende Sperlinge. Tauben balgten sich mit Elstern und Rabenkrähen um Essensreste aus einem Abfalleimer. An manchen Häusern hatten die Bewohner Fensterbänke und Balkongeländer mit Drahtspitzen gespickt, um Vögel am Absetzen zu hindern.

Meine Flügelschläge wurde schwerfälliger. Ich hielt nach dem sandfarbenen Gebäude Ausschau, das ich in Erinnerung hatte, und flog in einem großen Bogen durch den Stadtteil. Dann war ich mir sicher, das richtige Haus entdeckt zu haben. Ich flatterte an der Fassade entlang. Hier waren keine Spikes angebracht, aber ich entdeckte eine Kunststoffkrähe, die zur Taubenabwehr installiert worden war.

Als ob das gerade in diesem Haushalt nötig wäre!

Ich landete auf einem der Fenstersimse im ersten Stock und hatte Mühe, mich an der glatten Oberfläche festzuhalten.

Ob Jaro da war? Ich hatte ihn nicht mehr gesehen, seitdem Raban mit ihm nach Hause geflogen war, und ich hoffte, dass er inzwischen den Drang, sich zu verwandeln, unter Kontrolle gebracht hatte. Hier war er besser aufgehoben als in unserem Junggesellenschwarm.

Ich trippelte von Fenster zu Fenster. In einem kräftigen Staccato hackte ich dagegen. Und endlich nahm ich eine Bewegung war. Der Vorhang wurde zur Seite gezogen und ein junges Mädchen von vielleicht zwölf Jahren öffnete das Fenster. Sie hielt es eine Handspanne weit offen, damit ich hineinhüpfen konnte.

Ich war gefangen.

Das Mädchen hatte sich von mir abgewandt, ging auf einen glänzend lackierten Schrank zu und öffnete die rechte Tür.

»Hier sind einige Anziehsachen von Pavel«, sprach sie in den Raum, ohne mich anzusehen. Dann ging sie hinaus. Mir blieben sicher nur wenige Minuten. Also versuchte ich meinen Herzschlag zu verlangsamen, indem ich ruhiger atmete, konzentrierte mich ganz auf mich selbst. Es fiel mir wesentlich leichter, mich in einen Raben zu verwandeln als umgekehrt: Es geschah instinktiver, kostete mich keine Überlegung, sondern einfach nur Hingabe. Ich ließ das Rabenblut in immer kleiner werdenden Bahnen fließen und versuchte es aufzusammeln wie in einem Kelch.

Das war das Bild, das ich mir malte. So stellte ich mir mein zweites Herz vor: Wie ein kostbares Gefäß, das die ganze Kraft meines Rabenlebens beinhaltete. Und gleichzeitig musste ich dieses andere, menschliche Herz öffnen. Wie das Spalten eines Kerns, der sich selbst zum Keimen brachte.

Es tröpfelte nur leicht. Welche Anstrengung! Ich krallte mich an den Schlingen des Teppichbodens fest. Verbissen wollte ich das Blut fließen lassen, aber es war kaum mehr als ein Rinnsal.

Oh Teufel – alle Inbrunst half nichts, wenn sich meine Sinne so sträubten.

Konzentriere dich!, befahl ich mir. Denk an irgendetwas Menschliches! An etwas, dass den Mann herauslockt.

Aber Isabeau war auf gar keinen Fall der Gedanke, den ich zulassen wollte.

Musik.

Ich musste an Musik denken! Ich ließ Namen durch meine Hirnnerven tanzen. Bach, dachte ich. Bach, Bach, Bach. Ich versuchte krampfhaft, mich an irgendein Stück zu erinnern, das mein Herz stark berührte.

Ich tastete mich an die Melodie heran. Klavierkonzert in g-Moll. *Allegro assai*. Gab es etwas Lebendigeres als diese springende, warme Leichtigkeit? Ich jubilierte innerlich und mein Herz blutete aus, verzweigte sich und nahm doch nicht überhand.

Verflucht noch mal – mir blieb nicht mehr viel Zeit.

Hätte ich aufstöhnen können, wäre dieser Laut aus dem tiefsten Inneren meines Leibes gekommen, aber so krächzte ich nur heiser und gab endlich nach.

Ich ließ meine Gedanken fliegen, sah Isabeaus Augen aufleuchten: dunkle Erde – umkränzt von sattgrünem Moos. Sofort sprudelte mein Blut wie eine aufgebrochene Quelle. Ich dachte an ihre Haut, die sich verlegen rötete, und die Quelle in mir schäumte über, überspülte den letzten Rest Rabenblut, das den Mann in mir zurückgehalten hatte.

»Alexander!« Es war eine Frauenstimme, die zu mir sprach. Der Ton war nicht streng, eher überrascht, als hätte sie nicht so bald mit mir gerechnet. Ich schloss die letzten Knöpfe meines Hemdes und drehte mich um. Verlegen blieb ich stehen, denn meine Beine steckten in viel zu kurzen Hosen.

Margarete war gealtert. Sie musterte mich von oben bis unten, registrierte, dass ich die Sachen ihres Erstgeborenen trug, und verzog schmerzhaft das Gesicht. »Wo ist Pavel?«, fragte sie.

Ich räusperte mich. »Bei jemandem, von dem ich wusste, dass Sie ihm vertrauen würden: Pater Luděk.«

»Kann ich ihn sehen?«

Ich nickte langsam, aus Verständnis über ihren Wunsch, schüttelte dann aber den Kopf.

»Es wäre besser, wenn Sie …«, ich hielt inne. »Vielleicht behalten Sie ihn besser so in Erinnerung, wie er auf dieser Fotografie aussieht.« Ich deutete an die mit Bildern behängte Wand. Ein Foto zeigte Pavel im Sportdress, daneben sein Bruder in kurzen Hosen und die kleine Schwester. Das einzige Foto in Farbe zwischen lauter sepiablassen Ahnen.

»Wie ist es passiert?«

Ich überlegte, wie ich es ihr sagen könnte. Sollte ich ihr von dem Angriff der Bluthunde berichten? Von dem Staubgrauen? Davon, dass Pavel dachte, er könne mit ihm gegen ein Rudel Hunde kämpfen? Dass er nicht auf mich hören wollte, alles nur als Spiel angesehen hat? Ich wusste nicht, wie ich beginnen sollte, geschweige denn wie enden.

»Ich habe gehört, dass du verletzt wurdest«, sagte sie dann.

»Wie Sie sehen, habe ich es überlebt.« Mein Ton war spöttisch, und ihr Gesichtsausdruck blieb starr.

Also begann ich einfach: Ich erzählte von unserem Abkommen mit dem Wolf – dem Ablenkungsmanöver. Und von dem plötzlichen Auftauchen dieser Kampfhunde, die den Wolf attackierten. Und dann erzählte ich ihr, wie der Hund Pavel zu fassen bekam:

»Es war nicht seine Schuld. Wir hatten uns abgesprochen. Pavel übernahm die rechte Flanke und ich die linke. Es sollte ein Überraschungsschlag werden. Wir dachten, dass sie irritiert von dem Staubgrauen ablassen würden«, erklärte ich, und diese Lüge kam mir geschmeidig von den Lippen.

Pavels Mutter wartete angespannt, obwohl sie den Ausgang der Geschichte kannte.

»Der Hund erwischte ihn an seiner empfindlichsten Stelle. Es hat ihm sofort das Genick gebrochen. Hätte ich Pavel nicht auf diese Seite geschickt … es war ein Unglück. Wäre ich dort gewesen, dann … um mich würde keine Mutter trauern«, schloss ich.

»Deine Großmutter – «, begann sie.

»Das spielt keine Rolle«, unterbrach ich sie. »Jedenfalls muss ich die Verantwortung dafür übernehmen. Es war ein Fehler, ihn bei uns aufzunehmen, ohne mich wäre Pavel vermutlich noch am Leben.«

Ich ergriff ihre rechte Hand, sie war schlaff und kalt.

»Es tut mir leid. Es tut mir unendlich leid.«

Ihr Körper versteifte sich, Tränen glitzerten in ihren Augen – der letzte Rest von denen, die sie bereits vergossen haben musste. Sie entzog sich mir, holte aus und schlug mir mit der flachen Hand ins Gesicht.

Ich hatte nicht einmal versucht, mich zu schützen. Ihr Schlag war kraftlos gewesen – und ich wünschte mir das Gegenteil. Ich lechzte geradezu nach Bestrafung. Aber das bedeutet nur, dass ich mich danach sehnte zu sühnen. Doch es gab keine Sühne für mich. Ich konnte Abbitte leisten, mich entschuldigen, aber das war nichts, gar nichts.

Margaretes Schultern hörten auf zu beben, mit einem Taschentuch wischte sie sich über die Augen.

»Verzeih mir, Aki.« Mit eiskalten Fingern tätschelte sie mir die Wange. Wieso erinnerte sie mich jetzt an diesen Namen? Wir alle hatten einen Spitznamen, der nicht von unserem Rufnamen abzuleiten war, das war in unseren Familien üblich. Wollte sie mich jetzt darauf hinweisen, dass wir zusammengehörten – ein gemeinsames Schicksal hatten?

Vor Jahren hatte Nikolaus mich Alexej genannt, um damit zu brechen, und das hatte mir gefallen.

»Da gibt es nichts zu verzeihen«, antwortete ich.

»Es ist furchtbar für mich, zu sehen, wie Jaro jetzt versucht, Pavels Platz einzunehmen.«

»Ich bezweifle, dass er eine Wahl hatte.«

»Du verstehst nicht«, sagte sie anklagend. »Er ... er ist geradezu begeistert. Er freut sich sogar darüber, dass er jetzt diesen Fl... dieses Schicksal erfüllen muss.«

»Sie können es ruhig Fluch nennen. Ich habe es selbst oft genug getan«, erwiderte ich. »Warum schicken Sie ihn nicht in ein Internat?«

»Jaro? Aber das wäre eine Katastrophe! Er kann sich nicht kontrollieren. Er ist eine ständige Bedrohung für uns. Ich lebe in der fortwährenden Angst, dass er sich vor aller Augen verwandelt. Es ist viel schlimmer als bei Pavel.«

»Dann schicken Sie ihn doch zu Verwandten ins Ausland. Dort wäre er nur der verschrobene Tscheche, dem man ein seltsames Benehmen verzeiht. Vielleicht lenkt ihn eine neue Umgebung ab?«

»Er würde nicht gehen. Alles, wofür er sich interessiert, ist der Schwarm. Er redet von nichts anderem mehr.«

»Es ist etwas spät dafür, ihn übers Knie zu legen, aber vielleicht nicht zu spät«, sagte ich scherzhaft, aber Margarete nickte beflissen.

»Wir haben schon alles versucht!«

Ihr Gesichtsausdruck dabei ließ mich erschauern. »Was haben Sie getan?«

»Wir haben ihn eingesperrt, aber es hat nicht geholfen. Irgendwie hat er sich immer befreien können, und hinterher war er dann noch störrischer.«

»Sie haben ihn eingesperrt?«, wiederholte ich, und der Magen drehte sich mir um.

»Lulu hat den Käfig von ihren Sittichen verwahrt, nur für alle Fälle. Aber selbst das hat seinen Willen nicht brechen können.«

Eine unbändige Wut stieg in mir hoch. Wie konnte sie das nur wagen? Ihren eigenen Sohn einsperren, als hätte er als Rabe kein Anrecht auf den freien Willen, der ihm als Mensch zustand? Hatten unsere Väter nicht genau dafür gekämpft? Dafür, dass wir in einem freien Land leben konnten?

»Wo ist Jaro jetzt?«

»Wieso? Er ist in seinem Kinderzimmer. Ich habe Sicherheitsschlösser an den Fenstern anbringen lassen, damit er nicht einfach davonfliegt.«

Ich wandte mich angewidert von ihr ab und öffnete die Tür.

»Und wo ist sein Zimmer?«

Sie deutete in den Gang. »Das vorletzte auf der linken Seite«, antwortete sie irritiert.

Ich ließ ihr keine Zeit, mein Tun in Frage zu stellen, und schritt rasch durch den Flur. Der Schlüssel steckte noch im Schloss. Ich stieß die Tür auf, ohne anzuklopfen.

Das Herz wollte mir stehen bleiben, als ich Jaros erbärmlichen Zustand erkannte. Er lag auf seinem Bett. Zusammengekauert, die Wangen bleich und eingefallen, als hätten sie viele Tage kein Sonnenlicht gesehen. Die Vorhänge waren zugezogen und es stank beschämend.

Wenn es für Angst und Verzweiflung einen Geruch gab, dann war es der, den ich in diesem Moment hier in diesem Zimmer roch.

Der Schreibtisch an der Wand war beladen mit Schulbüchern, Computerspielen, CDs und allerlei anderen Kleinigkeiten, die Jungs in diesem Alter ansammelten. Der Vogelkäfig thronte darauf wie eine unterschwellige Drohung.

Dieses Zimmer war ein Gefängnis.

»Jaro?« Ich beugte mich über seinen schlaffen Körper. Sein Blick war müde – schwermütig.

»Du erkennst mich sicher nicht«, sagte ich sanft und drückte vorsichtig seinen Arm. Er war schockierend dünn.

»Wann hat er das letzte Mal etwas gegessen?«, fragte ich Margarethe, die hinter mir eingetreten war.

»Er wollte nicht. Wir haben ihm alle vier Stunden etwas gebracht, aber er hat es nicht angerührt.«

»Sie haben ihn krankgemacht«, würgte ich hervor. Ich schüttelte den Jungen. »Hör zu, Jaro. Auch wenn du mich jetzt nicht erkennst, ich bin es, Alexej. Hörst du? Ich gehöre zu Pavels Schwarm, verstehst du mich?"

Er schaute mich nicht einmal an. Vielleicht war sein Geist schon zu müde zum Kämpfen.

»Steh auf, Jaro!«, befahl ich. »Du kannst hier nicht so liegen bleiben.« Und an seine Mutter gewandt fuhr ich fort: »Wie konnten Sie nur? Er ist nur ein Junge. Er versucht verzweifelt, seine Identität zu finden. Wie können Sie ihn nur so grausam behandeln?«

»Identität finden? Was soll das heißen? Er muss seine Identität nicht finden. Er gehört hierher, und zwar als Mensch! Er ist der einzige Sohn, der mir noch geblieben ist!«

»Ich kann es nicht glauben! Verdient Ihr Sohn als Rabe etwa Ihr Mitgefühl nicht, Tita?« Ich wählte bewusst diesen Namen. Jetzt wollte ich sie an die Bande erinnern, die unsere Familien verknüpften. Aber sie schaute mich nur verständnislos an.

»Alexej?«, fragte Jaro schwach.

»Ja, ich bin es. Lass uns zusehen, dass wir dieses Haus so schnell es geht verlassen!«

»Niemals!«, stieß seine Mutter aufgebracht hervor. »Das lass ich nicht zu! Du hast schon meinen Pavel auf dem Gewissen! Hast du überhaupt eine Vorstellung davon, was es heißt, Mutter eines solchen Wesens zu sein?«

»Das ist mir völlig gleichgültig.« Ich baute mich drohend vor ihr auf. »Aber ich weiß, was es bedeutet, gefangen zu sein. Ich weiß, was es heißt, eingesperrt zu sein und gedemütigt! Und heute weiß ich, was es bedeutet, frei zu sein!«

»Du kannst ihn nicht mitnehmen«, heulte sie auf.

Ich beachte sie nicht weiter.

Jaro hatte einen unerwartet wachen Ausdruck in den Augen. »Du nimmst mich mit?«

»Ja. Unter keinen Umständen bleibst du hier in diesem Haus!« Aber dann überkamen mich Zweifel. »Wie schnell kannst du dich bereitmachen? Musst du dich irgendwie vorbereiten?«

»Vorbereiten?«, fragte er entgeistert. »So ein Quatsch! Ich bin vorbereitet!« Seine Stimme überschlug sich vor Aufregung. Er überlegte nicht eine Sekunde, warf das Kissen, das er umklammert hatte, aufs Bett und verwandelte sich mit einem klatschenden Geräusch. Seine Kleidung sackte in sich zusammen. Ich zog daran, um ihn zu befreien, und sofort stob er aufgeregt durch das Zimmer.

»Lulu, schnell! Den Käfig!«, kreischte Margarete und sprang an mir vorbei zum Schreibtisch. Hinter mir knallte die Tür zu. Wir saßen in der Falle.

»Bleib ruhig!«, rief ich dem umherflatternden Vogel zu. Das Mädchen bewachte die Tür mit angsterfüllten Augen.

Ich wollte diesen Konflikt nicht. Ich wollte keine Gewalt, schon gar nicht vor den Augen eines Kindes.

»Das könnte auch anders gehen. Tita, hören Sie? Das muss nicht so sein.«

»Niemals!«, schrie sie.

Das genügte mir.

Ich riss die Vorhänge zur Seite und rüttelte am Fenstergriff – kein Schlüssel weit und breit. Fieberhaft suchte ich nach einem Ausweg, der nicht in Handgreiflichkeiten enden würde, aber der Weg durch die Tür war uns versperrt. Da ergriff ich Jaros Schreibtischstuhl.

»Nein!«, rief seine Mutter, aber es war zu spät. Mit ganzer Kraft schleuderte ich den Stuhl gegen das Fenster. Das Klirren des zerberstenden Glases war noch nicht verklungen, als ich in meinen Rabenkörper einbrach. Gemeinsam schossen Jaro und ich durch das zerstörte Fenster nach draußen.

Luftgespinst

Direkt vor mir sah ich die Rabenvögel in der Krone einer Lärche sitzen. Die Vögel flatterten umher, ordneten sich neu und ließen sich an anderer Stelle wieder nieder. Die Enttäuschung zog mir den Boden unter den Füßen weg.

Ganz gewöhnliche Nebelkrähen!

Es war also völlig sinnlos gewesen, hinter diesem Krächzen herzulaufen. Und dumm außerdem, denn ihre Stimmen hörten sich so ganz anders an als die der Kolkraben. Wie hatte ich das nur überhören können?

Ich wusste nicht einmal genau, welche Richtung ich eingeschlagen hatte, und war einfach blindlings losgelaufen.

Himmel, war mir schlecht! In meinem Kopf drehte gerade ein Karussell seine Runden und der Kakao schwappte mir sauer bis in die Kehle. Taumelnd hangelte ich mich von einem Baumstamm zum nächsten. Dann musste ich feststellen, dass ich den Trampelpfad aus den Augen verloren hatte. Ich schaute mich hilflos um. Wie spät war es wohl? Sicher hatte Lara längst nach mir gesehen und festgestellt, dass ich mich nicht in meinem Bett befand. Hoffentlich machte sie sich keine Sorgen.

Blödsinn!

Hoffentlich *machte* sie sich Sorgen! Ich musste mir eingestehen, dass ich überhaupt keine Ahnung hatte, wo ich mich gerade befand. Ich suchte an den Bäumen nach einem Anhaltspunkt. Irgendeine markante Stelle musste es doch geben. Eine massive Baumruine oder ein besonders imposantes Gewächs – irgendetwas, das mir bekannt vorkam.

Aber entweder war ich im Moment überhaupt nicht aufnahmefähig, oder ich war tatsächlich noch viel tiefer in den Wald gelaufen als vermutet. Ich lauschte, ob nicht irgendwo ein Bachlauf zu hören war, aber in meinen Ohren dröhnte es nur dumpf.

In was für einem Wald war ich überhaupt? Was für Bäume standen hier? Ich kniff die Augen zusammen und fokussierte die Rinde direkt vor mir, aber es war nur eine graubraune Masse. Ich tastete mich mit den Händen voran und fühlte tiefe Furchen. Meine Nase lief und meine Augen tränten. Erschöpft klappte ich schließlich auf dem Waldboden zusammen.

Was für ein schönes Geräusch! Ich lächelte vor mich hin. Ganz egal, was es war, es klang jedenfalls hübsch – wie eine kleine Dampflok. Selig hielt ich die Augen geschlossen. Als Kind hatte ich solche Geräusche ausgestoßen, wenn ich mit meinem jüngeren Bruder Eisenbahn gespielt hatte. *Timo, wie macht die Lokomotive? Schnauf, schnauf, schnauf.* Genau dieses Geräusch hörte ich gerade. Ein niedliches Schnüffeln, begleitet von einem kurzen Grunzen. Feucht kitzelte es an meinem Ohr.

Dann plötzlich ein Knacksen. Das Kitzeln hörte auf, und ich war enttäuscht, weil das Geräusch, das so schöne Erinnerungen in mir geweckt hatte, ebenso verschwand.

»Du meine Güte!«, stieß eine mir bekannte Stimme aus, wenn ich auch gerade nicht sagen konnte, zu wem sie gehörte.

»Isa! Oh Gott, alles in Ordnung mit dir?«

Klar, mir geht's prima! Ich wollte die Augen öffnen, um zu sehen, wer diese dämliche Frage gestellt hatte, aber meine Wimpern hafteten zusammen wie ein Klettverschluss. Ich hatte einen schönen Traum gehabt und fühlte mich wunderbar. Allerdings stellte ich gerade fest, dass ich meine Arme und Beine überhaupt nicht bewegen konnte. Das war weniger wunderbar.

»Bist du verletzt? Hallo! Hörst du mich überhaupt?«

Jetzt war ich mir sicher, dass es eine Männerstimme war, eine *nervende* Männerstimme. Warum konnte diese Stimme mich nicht einfach weiter träumen lassen? Ich schluckte und verzog dann schmerzhaft das Gesicht, weil es sich anfühlte, als bestünde meine Spucke aus irgendeiner beißenden Flüssigkeit, die meine Speiseröhre verätzte.

»Du bist ja völlig weggetreten! So eine Scheiße!«

Etwas Kaltes klatschte in mein Gesicht. Ich versuchte den Arm zu heben, um es abzuwehren. »Nicht – weg!«, stöhnte ich.

»Na endlich! Sag mal, spinnst du jetzt völlig? Du kannst doch hier kein Nickerchen machen! Weißt du eigentlich, wie spät es ist? Lara springt schon im Dreieck, weil du seit drei Stunden wie vom Erdboden verschluckt bist!«

Hände zerrten an mir und ich stöhnte und jammerte nur noch lauter.

»Was machst du überhaupt hier? Lara hat dir doch gesagt, du sollst im Bett bleiben!«

Marek! Es war Marek! Aber warum schimpfte er nur so und zerrte an mir herum? Konnte er mich nicht einfach mal in Ruhe lassen?

»Verdammt, du glühst ja wie verrückt!«

Alexej glüht auch immer!, fuhr es mir durch den Kopf.

»Komm, jetzt lass dich nicht so hängen wie ein nasser Sack! Uff – so schwer siehst du überhaupt nicht aus!«

Kraftlos baumelte ich an Marek herunter und lehnte meinen Kopf an seine Brust. Hier war es entschieden wärmer, wenn ich auch ein kuscheliges Kopfkissen momentan bevorzugt hätte.

Marek stolperte mit mir über den unebenen Boden, und mein Kopf schlug bei jedem Schritt gegen seine Schulter.

»Hab mich verlaufen«, schnaufte ich in Mareks Jacke.

»Du bist echt unglaublich! Habe ich tatsächlich gesagt, du wärst so schlimm wie meine kleine Schwester? Vergiss es, du bist schlimmer! Um Längen!« Sein Keuchen wurde lauter und er hielt vor Anstrengung inne.

»Hast du eigentlich gar nichts dazugelernt? Hast du denn dein GPS-Handy nicht dabei? Oder wenigstens einen Kompass?«

Ich nuschelte etwas Unverständliches in seinen Kragen.

»Was hast du gesagt?«

»Nächstes Mal streue ich Brotkrumen aus.«

»Witzbold!«

Gemeinsam bahnten wir uns einen Weg durch das Unterholz. Bestimmt sahen wir aus wie ein abgehalftertes Alkoholikerpärchen. Ich kicherte.

»Ich weiß gar nicht, was du jetzt so komisch findest!«, grollte er.

»Du weißt auch nicht, wie froh ich bin, dass du mich gefunden hast«, sagte ich leutselig. »Dass du mich überhaupt gesucht hast.«

»Was dachtest du denn? Meinst du, ich verzichte so einfach auf eine billige Arbeitskraft und lass dich von einem Wildschwein anknabbern?«

»Von was für einem Wildschwein denn?«

»Ach nichts.« Marek zerrte mich weiter.

Es kam mir so vor, als bräuchten wir Stunden, um den Weg zurückzulegen. Und die ganze Zeit hatte Marek überhaupt kein Problem damit, sich zu orientieren – er trabte einfach immer weiter.

Als wir endlich den Schotterweg erreichten, der zum Haupthaus führte, war ich vollkommen erledigt. Lara kam aufgeregt aus dem Haus gelaufen und boxte ihren Mann als Erstes in die Rippen.

»Warum hast du nicht angerufen und Bescheid gesagt, dass du sie gefunden hast? Ich war kurz davor, die Tapete von den Wänden zu kratzen! Meine Güte, Süße, was machst du nur für Sachen?«

Sie brachten mich gemeinsam ins Bett. Lara zog mir noch die Jacke aus und zerrte mir die klamme Jeans von den Beinen, bevor sie die warme Decke über mich warf. Gott tat das gut!, dachte ich noch und schloss die Augen, sobald mein Hinterkopf das Kissen berührte.

Als ich sie das nächste Mal öffnete, war es stockdunkel draußen, und etwas raschelte neben meinem Bett. Ich blinzelte in das gedämpfte Licht und sah Marek auf meinem Nachttisch sitzen. Meinen Wecker und alles andere hatte er kurzerhand beiseite gefegt. Es sah mir nicht danach aus, als würde er bei mir Nachtwache halten, sondern eher nach einem kurzen Schläfchen.

Mein Kopf war mit Watte ausgestopft. Das war allemal besser als das schmerzhafte Pochen von heute Morgen. Allerdings quälte mich im Moment etwas anderes – ein ziemlich natürliches Bedürfnis. Deshalb krabbelte ich aus meinem Bett und schlurfte mit wackeligen Knien zum Badezimmer. Hinter mir polterte es.

»Verflucht noch mal!«, rief Marek aus und kletterte über meine Utensilien, die ihn zum Straucheln gebracht hatten.

»Du willst doch nicht schon wieder abhauen, oder?«

»Ich wollte nur mal aufs Klo.«

»Ach so«, sagte er erleichtert. »Ist sonst alles in Ordnung mit dir?«

»Du meinst abgesehen davon, dass ich das Gefühl habe, ich wäre schon einmal verdaut worden?«

»Ja.« Er rieb sich nervös über das unrasierte Kinn.

»Warum bist du eigentlich weggelaufen?«

»Aber ich bin doch gar nicht weggelaufen!« Ich war erstaunt darüber, dass er das dachte.

»Jetzt sag nicht, du hast nur einen kleinen Morgenspaziergang gemacht! Was war das denn, wenn nicht weglaufen?«

»Ich … äh … habe etwas gesucht.«

»Etwas oder jemanden?«

Ich stellte fest, dass ich Marek unterschätzt hatte.

»Dachtest du, Alexej hätte sich im Wald versteckt?«

Okay, wenn er es so sagte, klang es ziemlich blöde. »Dachte ich nicht. Es ist nur – ich dachte, ich hätte die Kolkraben gehört. Aber ich habe mich wohl geirrt.«

»Wieso bist du denn überhaupt aufgestanden? Lara sagte, es ging dir heute Morgen schon schlecht.«

Was sollte ich ihm darauf antworten? Dass ich plötzlich Zusammenhänge sah, die nicht existierten? Dass ich Alexej hinterherlief wie ein liebeskrankes Kalb? Bei dem Gedanken wand ich mich ungemütlich.

»Ich habe Spuren gesucht.« Das war ein Argument, das er bestimmt verstehen würde. »Und Spuren sollte man verfolgen, solange sie frisch sind.«

»Was für Spuren denn bitte?«

»Tierspuren. Ich glaube, etwas oder jemand hat den Raben ausgegraben, den ich hinterm Haus verscharrt hatte. Du weißt schon: Alexejs Raben.«

»Und?«

»Hör zu, ich habe keine Ahnung, wonach ich gesucht habe, okay? Ich habe nur so ein komisches Gefühl, dass ich irgendetwas übersehen habe. Irgendwas, das jetzt noch bedeutungslos erscheint. Aber es bedeutet etwas, verstehst du? Ich will wissen, warum die Hunde Alexej angegriffen haben. Und ich will wissen, warum dieser Rabe in seinen Armen gestorben ist. Und wieso hat sein Freund Nikolaus ihn seit acht Jahren nicht gesehen? Warum hatte Alexej ständig Fieber, ohne sich schlecht dabei zu fühlen, und wieso isst er Getier und rohes Fleisch, wenn er sich unbeobachtet glaubt?«

»Aber was spielt das jetzt noch für eine Rolle? Ich meine, er ist fort. Es wird wieder so sein, als wäre er nie hier gewesen.«

»Als wäre er nie hier gewesen? Wieso sagst du das?«

Er räusperte sich geräuschvoll. »Das hat er zu mir gesagt, als er sich verabschiedete.«

»Er hat sich von dir verabschiedet?« Ich war wie vor den Kopf geschlagen. »Aber – «

»Er hielt es wohl nur für anständig, er wollte nicht so undankbar sein und einfach abhauen.«

Und wenn ich ihn letzte Nacht nicht zufällig gehört hätte, was wäre dann gewesen? Hätte er sich von mir auch verabschiedet? Nein, ich war mir sicher, dass er das nicht getan hätte.

Vielleicht waren seine Abschiedsworte doch ehrlich. *Verschwende deine Gefühle nicht! Ich erwidere sie nicht.*

Heute Morgen war ich mir noch so sicher gewesen, dass seine Körpersprache etwas ganz anderes gesagt hatte. Aber jetzt, in der Erinnerung, kamen mir Zweifel. Hatte ich mir das alles nur eingebildet?

Ich erwidere sie nicht. Ich erwidere sie nicht.

Wie Flammen fraßen sich diese Worte in mein Herz.

»Jetzt fang bloß nicht an zu heulen, das kann ich gar nicht vertragen! Ach Mensch, Isa!« Marek beugte sich zu mir herunter und strubbelte mir unbeholfen über den Kopf.

»Tut mir leid, wenn ich dich traurig gemacht habe. Ehrlich. Vielleicht kommt er ja doch noch mal zurück. Man sagt doch schnell mal was so dahin. Sicher hat er das nicht ernst gemeint.«

Etwas in seinen Worten ließ mich aufhorchen.

»Was genau hat er denn zu dir gesagt? Bitte, Marek, ich muss es wissen! Versuch dich zu erinnern!«

Marek runzelte die Stirn.

»So ganz nüchtern war ich auch nicht mehr, und außerdem war es verdammt spät.«

Ich wischte seine Rede mit einer Handbewegung beiseite.

»Jetzt sag schon! Was genau hat er gesagt?«, drängte ich.

»Er hat sich dafür bedankt, dass wir ihm hier eine Unterkunft geboten haben. Was natürlich Quatsch ist, schließlich hat er ja dafür gearbeitet.«

Ich nickte ungeduldig.

»Jedenfalls sagte er, dass er sich bei uns wirklich wohl gefühlt hätte, und wir sollen es ihm nicht übel nehmen, wenn er geht. Er wolle uns nicht unnötig auf der Tasche liegen und so weiter. Keine Sorge, ich habe ihm schon gesagt, dass er hier bleiben kann. Lara würde mich sonst erwürgen, irgendwie hat sie einen Narren an ihm gefressen. Er hat ziemlich geschwollen dahergeredet, so wie er halt redet.« Marek zuckte mit den Schultern.

»Und weiter?«

»Und dann habe ich ihm gesagt, dass Michala wohl ziemlich traurig sein würde, wenn er geht. Darüber hat er gelacht.«

Ich schürzte enttäuscht die Lippen. »Und sonst hat er nichts gesagt?«

»Nur noch, dass er keine Abdrücke in unserem Leben hinterlassen wolle. Seltsamer Satz, nicht wahr?« Er kratzte sich am Kopf. »Ich glaube, er hat ein bisschen zu tief ins Glas geguckt. Er sagte, Michala würde ihn wohl nicht zu lange vermissen, weil er nie Spuren hinterlasse. Was soll das denn bedeuten?«

»Ich habe keine Ahnung«, gestand ich hilflos.

Und ich grübelte lange darüber nach und dann, ganz plötzlich, wusste ich genau, was er damit hatte sagen wollen:

Wie sollte man sich an jemanden erinnern, wenn er nichts hinterließ?

Wonach sollte man suchen, wenn jemand unsichtbar im Wald verschwunden war?

Und wie durfte ich hoffen, Alexej zu finden, wenn es überhaupt keine Spuren gab, die bezeugen konnten, dass er jemals existiert hatte?

Freiflug

Jaro war zu schwach, um sich länger im Ruderflug fortzubewegen. Er sah beängstigend schlecht aus: Sein dunkles Gefieder war zerrupft und hatte jeglichen Glanz verloren. Und auf seinem fast kahlen Kopf zeigte sich ein Stachelkleid aus ungeöffneten Federschäften – Anzeichen einer Stockmauser. Vor Mitleid krampfte sich mein Herz zusammen. Wie lange hatte man ihn in diesem Zimmer eingesperrt? Es mussten etliche Tage gewesen sein, in denen er kaum Licht gesehen oder Nahrung zu sich genommen hatte.

Diese Grausamkeit raubte mir schier den Atem.

Jetzt hockte er kraftlos auf einer Kastanie, seine Zehen umkrampften den dünnen Zweig. Er musste dringend aufgepäppelt werden. Ich deutete ihm, sich auszuruhen und segelte hinab, um geeignetes Futter zu finden.

Wir waren in einem weitläufigen Park gelandet. Die Bäume waren sorgfältig gestutzt, die schmalen Wege gekiest und von Blättern befreit. Das war günstig. Denn wo sich Menschen aufhielten, fand sich auch etwas Essbares. Ich flog einen Mülleimer an und pickte mit dem Schnabel einige alte Zeitungen heraus. Zwischen Zigarettenkippen und schmierigen Plastikverpackungen entdeckte ich Reste einer Bratwurst, ranzigen, angetrockneten Käse und in Ketchup eingeweichte Pommes frites. Das alles schaffte ich nacheinander zu Jaro, der es in gieriger Hast hinunterschluckte. Ich sammelte Wasser aus einer Pfütze und flößte es ihm mit meinem Schnabel ein, wie eine Mutter, die ihre Jungtiere fütterte.

Er war immer noch furchtbar erschöpft, aber ich war erleichtert, als ein leichter Glanz in seine Augen zurückkehrte.

»Es tut mir leid, dass ich dich zurückgeschickt habe«, krächzte ich und rieb meinen Schnabel entschuldigend an seinem struppigen Gefieder.

»Ich war wirklich davon überzeugt, dass es das Richtige sei.«

Jaro nickte. »Ist ja nicht deine Schuld, was passiert ist. Du bist nicht für mich verantwortlich.«

»Im Gegenteil«, widersprach ich ihm. »Wir tragen für uns alle die Verantwortung – für den Schwarm.«

»Die Musketier-Nummer?«, scherzte er.

Gerade in diesem Moment erinnerte er mich sehr an seinen Bruder. Pavel war auch in den schrecklichsten Augenblicken noch zu Scherzen aufgelegt gewesen.

»Ich habe gedacht, es wäre für dich noch nicht zu spät. Dass du deine Verwandlung mit ein bisschen Übung in den Griff bekommen würdest. Aber das war dumm von mir. Ich hätte wissen müssen, dass es nicht funktioniert, dass man die Natur nicht einfach aufhalten kann. Aber ich hatte gehofft, dass du eine Chance hast.«

»Was für eine Chance denn? Findest du es denn so schlimm, ein Rabe zu sein? Ich dachte, dass gerade das eine echte Chance ist. Ich kann mir doch das Beste aus meinen beiden Leben herauspicken, oder nicht?«

»Ein schöner Gedanke. So habe ich das nie gesehen. Für mich war es immer ein Hemmschuh – eine Behinderung. Wie willst du leben, wenn du in kein Leben wirklich hineinpasst?«

Er schaute mich verständnislos an und ich hatte das Gefühl, mich weiter erklären zu müssen.

»In Wirklichkeit sind wir weder das Eine noch das Andere – niemals ganz. Ich wollte nur ein normales Leben führen, ohne politische Verfolgung oder Diktatur, wie unsere Eltern und Großeltern sie erleben mussten. Ich wollte Pianist werden, heiraten und eine Handvoll Kinder bekommen. Weiter nichts.«

»Und das kannst du nicht?«

»Nein.«

»Aber das verstehe ich nicht. Ich dachte, wenn man älter wird, kann man das alles besser kontrollieren. Ich meine, es muss ja niemand wissen, dass ich ein Rabe bin. Warum sollte ich nicht beides haben können?«

»Weil es nicht harmoniert. Als Vogel willst du frei sein, deine Gefühle und Instinkte laufen denen eines Menschen zuwider. Und außerdem ist es eine Illusion, zu glauben, du könntest so etwas Elementares verheimlichen. Und irgendwann«, ich seufzte, »irgendwann willst du es auch nicht mehr verheimlichen.«

»Dann suche ich mir eben Leute, denen ich es nicht verheimlichen muss; die mich so nehmen, wie ich bin.«

Aus ihm sprach so sehr der Teenager, dass ich schmunzeln musste.

»Wann hast du dich denn verwandelt? Das erste Mal, meine ich.« Jaro hob neugierig den Kopf.

»Vor einer Ewigkeit.« Ich zupfte an meinem Flügel. »Ich war neunzehn und seit zwei Jahren auf dem Konservatorium. Ich wusste nicht, was mich erwartete.«

»Und du hast dich direkt dafür entschieden, als Rabe zu leben?«

»Ganz im Gegenteil.«

»Aber – «

»Ich hatte nie die Möglichkeit, mich darauf einzustellen«, unterbrach ich ihn. »Ich war gut in meinem Studium, hatte die ersten erfolgversprechenden Auftritte und war frisch verliebt.«

»Und dann?«

»Dann habe ich versucht, diesen verfluchten Teil von mir auszumerzen.«

Jaro erschrak über meine drastische Wortwahl. »Was hast du gemacht?«

»Ich habe genau das getan, was deine Mutter bei dir versucht hat. Ich habe mich einsperren lassen.«

»Aber wer – ?«

»Meine Großmutter.«

»Der General?«

Ich hatte schon fast vergessen, wie sie überall genannt wurde. »Der General, ja. Ich musste ihr nichts erklären, schließlich hatte sie meinen Vater geboren. Aber ich war sehr wütend, als ich erfuhr, dass sie es so viele Jahre vor mir verheimlicht hatte. Ich habe mir vorgestellt, das Ganze wäre wie eine Sucht. Und wenn man mich daran hindern würde, dieser Sucht nachzugeben, wenn man mich einsperrte und daran hinderte, mich zu verwandeln, wäre ich irgendwann davon kuriert.«

Jaro nickte stumm.

»Aber wie du siehst, hat es nicht geholfen.«

Ich plusterte mein Gefieder auf und machte es mir gemütlich. Das alles war schon so lange her, dass mich der Gedanke an diese furchtbare Zeit nicht mehr schreckte. Ich betrachtete es abstrakt wie die Geschichte eines Fremden.

»War es so wie bei mir? Wie bei meiner Mutter?«

»Ungefähr. Nur dass ich meine Großmutter dazu gezwungen habe, es zu tun. Sie musste mir versprechen, durchzuhalten, egal, wie sehr ich sie anflehen würde, mich freizulassen. Und weiß Gott – ich habe sie angefleht! Ich dachte, ich würde wahnsinnig werden.«

»Und was passierte dann?«

»Der General hat sein Versprechen gebrochen. Sie konnte es einfach nicht mehr ertragen.«

»Du warst bestimmt stinksauer.«

Ich schüttelte den Kopf. »Es ging mir sehr schlecht, ich wollte nur noch sterben. Und es war mir egal, in welcher Gestalt ich sterben würde, wenn es nur endlich vorbei wäre.«

»Mann, ich bin echt froh, dass du mich da rausgeholt hast!«

»Es tut mir leid, dass es überhaupt so weit kommen musste. Ich verstehe deine Mutter, sie liebt dich und möchte dir dieses Schicksal ersparen, aber das war nicht der richtige Weg. Ich hätte vernünftig mit ihr darüber sprechen sollen.«

»So ein Quatsch. Was gibt es da noch zu reden?«

»Wahrscheinlich wäre mir mit fünfzehn auch nicht besonders viel eingefallen, worüber man noch reden sollte.«

»So alt bist du nun auch wieder nicht!« Er klang beleidigt.

»Nur schlappe dreizehn Jahre älter!«

»Willst du damit sagen, du könntest mein Vater sein?«

»Ganz gewiss nicht!«

»Na, dann bin ich beruhigt!«

»Gott – du bist ja noch schlimmer als dein Bruder!« Ich stieß ihn in die Seite.

»Hast du was anderes erwartet?«

»Nein.«

»Was meinst du? Tobt sie jetzt vor Wut?«

»Deine Mutter? Ich denke eher, dass sie sich Sorgen macht. Wahrscheinlich ist sie wütend auf mich. Aber sie kann auch nicht wissen, welche Qual es bedeutet, in diesem menschlichen Körper gefangen zu sein. Sie weiß nicht, wie sinnlos es ist, zu kämpfen, wenn man es gar nicht selber möchte.«

»Aber du wolltest dagegen ankämpfen.«

»Damals habe ich es getan. Aber manchmal entwickeln sich die Dinge eben anders, als man sich das vorstellt.«

»Allerdings!« Jaro schnarrte wütend. »Mir wäre es auch lieber, ich könnte mit Pavel zusammen beim Schwarm leben.«

»Wahrscheinlich hättest du dich gar nicht verwandelt, wenn dein Bruder nicht gestorben wäre.«

»Aber wie soll das denn gehen? Pavel hat mir gesagt, es läge einfach in seinem Blut. Aber wir haben doch dasselbe Blut, wir sind schließlich Brüder.«

»Aber wir sind alle eine Ausnahme unserer Generation. Sergius zum Beispiel hat sechs Brüder, und keiner von ihnen hat sich verwandelt. András hat in Ungarn noch acht Geschwister, nur Raban ist ein Einzelkind.«

»Und du? Hast du noch Brüder?«

»Nur drei jüngere Schwestern.«

»Oh Gott, du Armer! Ich würde mich erschießen!«

»Wir sind nicht zusammen aufgewachsen, also gab es keinen Grund für einen Selbstmord.« Ich konnte nicht verhindern, dass Jaro die Wehmut in meinen Augen sah.

»Sind deine Eltern geschieden?«

»Mein Vater ist gestorben, als ich sechs war. Und meine Mutter ist nach seinem Tod ins Ausland gegangen – nach Österreich. Sie hat meine Schwestern mitgenommen.«

»Und dich nicht?«

»Mich hat sie beim General gelassen.«

»Aber – «

»Nichts aber«, unterbrach ich ihn. »Du wirst selbst Gelegenheit bekommen, festzustellen, dass nicht alle Menschen ertragen können, was wir sind.«

Jaro beäugte mich misstrauisch. »Sie hat dich einfach so sitzen lassen?«

»Ob es so einfach war, kann ich nicht beurteilen. Jetzt lass uns nicht mehr davon reden. Wir sollten uns lieber überlegen, wie wir schnellstmöglich zurück zum Schwarm kommen. Du siehst nicht aus, als wärst du kräftig genug, um die hundert Kilometer zu fliegen.«

»Na dann pass mal auf!« Jaro erhob sich von seinem Zweig und trieb sich mit kräftigen Schlägen in die Höhe. Ich beobachtete seinen Flug argwöhnisch. Er drehte eine schnelle Runde und machte unsinnige Kapriolen: Erst flog er ein kurzes Stück auf dem Rücken, schlug ein paar Saltos, krähte übermütig und landete dann äußerst gekonnt wieder neben mir.

»Und?« Er war außer Atem, aber seine Augen glänzten.

»Jetzt fühle ich mich steinalt. Danke.«

Er kicherte. »Das ist der Vorteil, wenn man erst fünfzehn ist. Man erholt sich ziemlich schnell.«

Ich brummte etwas Unverständliches in mein Kehlgefieder.

»Also gut«, erklärte ich dann. »Versuchen wir es. Lassen wir erst einmal die Stadt hinter uns.«

Ich stieß mich ab. Meine Flügel drückten die Luftmassen nach unten und mein sehniger Körper schoss in den Himmel.

Jaro krähte begeistert und stürmte mit jugendlichem Elan hinter mir her. Er machte eine gute Figur in der Luft. Sein ganzer Körper war angespannt und sauste blitzschnell über Baumwipfel und Häuser dahin. Niemals segelten wir so elegant wie die Milane, die mit ihren weiten Schwingen kunstvolle Figuren an den Himmel zeichnen konnten. Aber es gab keinen Vogel unserer Größe, der flinker oder wendiger in der Luft agieren konnte als wir.

Ich ließ mich von Jaro zu heftigen Manövern hinreißen: Wie steuerten aufeinander zu, verkeilten uns, trudelten wie ein formvollendeter Kreisel bis kurz über den Erdboden, bevor wir uns losließen und wieder nach oben schossen. Unter uns blieben die Menschen stehen und beobachten gebannt dieses Schauspiel.

Wir ruderten ein Stück auf dem Rücken, rollten uns verspielt durch die Luft, stießen spitze Schreie des Vergnügens aus, um dann wie ein abgeschossener Pfeil hinabzustürzen.

Die Menschen wurden kleiner, spärlicher, waren nur mehr winzige Farbtupfer im grünbraunen Gemisch der Feldwege. Jaro steckte mich mit seiner ausgelassenen Freude an, und mir wurde leicht ums Herz. Es tanzte ungestüm in meiner Brust. Das Rabenblut toste durch meine Adern. Es schien diesen Rausch der Geschwindigkeit zu genießen wie ein eigenständiger Sinn.

Springend und leicht spielte mein Blut mit mir. Es sang. Und das war ein unbeschreibliches Gefühl – ein Gefühl der vollkommenen Freiheit.

Es kam dem Glück so nah.

Wundspur

Die nächsten zwei Wochen vergingen schleppend. Das Fieber hatte mich regelrecht niedergestreckt, also nutzte ich die Zeit, um ungehemmt zu trauern. Mir war, als hätte ich einen kurzen Blick auf den schönsten aller Sonnenaufgänge erleben dürfen, um beinahe sofort danach zu erblinden.

Ich hungerte nach Alexej und konnte deshalb kaum noch essen – jedenfalls nicht mehr als das Allernötigste, damit ich mir Michala nicht zur Feindin machte. Und ich konnte nicht mehr schlafen. Stundenlang lag ich wach in meinem Bett und grübelte über seine Worte nach.

Weil ich niemals Spuren hinterlasse.

Als das Fieber zurückging und ich mich allmählich erholte, schmiedete ich Pläne. Ich überlegte, wie ich meine Routen durch den Wald optimal strukturieren könnte, um die Spuren zu finden, von denen Alexej behauptet hatte, dass es sie nicht geben würde. Ich musste sie finden! Kein Mensch konnte einfach wie ein Vogel davonfliegen! Vielleicht sollte ich noch einmal zum Unfallort fahren, um mir die Stelle genau anzusehen. Es war doch möglich, dass ich irgendetwas entdeckte, das Marek übersehen hatte. Es war zwar nur eine geringe Chance, aber es war die einzige. Was hatte ich denn sonst für Anhaltspunkte?

Nikolaus vielleicht? Als mir dieser Gedanke kam, durchstöberte ich im Internet sämtliche Seiten über die Tschechische Philharmonie. Glücklicherweise konnte man die Homepage auch auf Englisch lesen, denn es wäre mir peinlich gewesen, Lara oder Marek dabei um Hilfe zu bitten.

Wahrscheinlich würden sie denken, dass ich jetzt völlig durchdrehte. Sie beobachteten mich sowieso schon mit Argwohn.

Der Bildschirm vor mir flimmerte. Nachdem ich einige Pop-up Fenster geschlossen hatte, konnte ich mir unter der Überschrift *Members of the CPO* die Namen aller Musiker ansehen, die der Philharmonie angehörten. Ich fand sogar einen Künstler, der Nikolaus hieß. Nikolaus Bartoš, aber der spielte Oboe, und deshalb konnte ich ihn getrost abhaken. Allein unter *first violin* waren schon zwanzig Leute aufgeführt. Du meine Güte – war das ein riesiges Orchester! Ich las mir auch alle Namen der zweiten Geige und der Viola durch, aber kein Nikolaus. Erst beim dritten Durchscrollen fiel mir ein Nikolaj ins Auge.

Nikolaus – Nikolaj. War doch fast dasselbe.

Nikolaj Wassilijewitsch Sajenko.

Ich überflog erneut die ganze Liste und konnte überhaupt keinen weiteren Namen entdecken, der russisch klang. Überall waren jede Menge Häkchen und Striche, die für das Tschechische typisch waren und mich regelmäßig zum Wahnsinn trieben. Das musste er einfach sein!

Aber diese Information konnte mir auch nicht wirklich weiterhelfen. Ich konnte ja schlecht dort anrufen, nach Nikolaus verlangen und ihn, wenn ich ihn tatsächlich an die Strippe bekommen sollte, fragen:

Hey, Nikolaus, alter Freund, hast du noch mal was von Alexej gehört? Weißt du, wo er wohnt? Wenn ja, dann sag es mir bitte, denn er hat mir einfach so mein Herz geklaut, und ich möchte es mir gern zurückholen, okay?

Das war ja lächerlich und brachte mich auch überhaupt nicht weiter. In der Hoffnung, dass mir später noch etwas Besseres einfallen würde, klappte ich den Deckel meines Laptops zu. Marek konnte bestimmt noch Hilfe beim Auswerten der Telemetrie-Daten gebrauchen, und mich würde es ablenken, wenn ich etwas zu tun bekam.

Ich fand ihn wie vermutet in seinem Büro. Das Fax knatterte und summte, als ich eintrat. Er saß über die PC-Tastatur gebeugt und tippte mit Zwei-Finger-Such-System in sein Schreibprogramm. Seine Stirn war angestrengt gerunzelt, und es hätte mich nicht gewundert, über seinem Kopf kleine Rauchwölkchen aufsteigen zu sehen. Ich räusperte mich, und er fuhr sich durch das schüttere Haar.

»Was gibt's? Kaffee? Ein Pils?«, fragte er angesäuert, und das war Marek sonst selten. Ich verkniff mir einen Kommentar. Marek hasste Bürokram.

»Ich kann dir gern ein Bier holen, wenn du willst«, erwiderte ich. »Ist es so schlimm?«

Er schnaubte. »Schlimmer. Ich sterbe gerade einen grausamen Tod durch den Kehlbiss eines Papiertigers!«

»Ist schon gut – kommt sofort.« Ich trabte in die Küche und zog eine Bierflasche aus dem untersten Fach. So bewaffnet wagte ich mich wieder zu Marek in die Höhle des Papiertigers. Er nahm einen tiefen Zug.

»Kann ich dir vielleicht irgendwie helfen? Ich hab gerade nichts zu tun«, bot ich an.

»Schön wär's. Ich Trottel habe mich freiwillig angeboten, einen Artikel für die *Silva Gabreta* zu schreiben.«

»Was für ein Thema denn?«

»Über die Grenzen des globalen Positionierungssystems.«

»Igitt.«

»Du sagst es.«

»Du weißt, ich stehe mit diesem GPS-Teil eh auf Kriegsfuß, also …« Ich ließ den Satz unbeendet.

»Vielen Dank auch.«

»Wie viel hast du denn schon?«

»Die Einleitung?« Es klang mehr wie eine Frage. Ich beugte mich über seine Schulter und las seine letzten Zeilen.

»*Wenn sich Hindernisse zwischen den Satelliten und dem Sender befinden, wie z. B. Blätter, Holz oder der Körper des Tieres selbst, können die Signale unterdrückt werden und der GPS-Empfänger nicht exakt funktionieren. Die Genauigkeit der GPS-Einheit schwankt also, da sich ein Tier am Tag durch verschiedene Habitattypen bewegt.* Das hört sich doch schon ziemlich gut an!«, versuchte ich Marek aufzumuntern.

Er sah böse aus.

»Ehrlich! Bis wann musst du den Artikel denn fertig haben?«

»Bis gestern.«

»Oh.« Ich schob mich unauffällig Richtung Tür.

»Halt, warte!«

Anscheinend nicht unauffällig genug. »Kann ich dir sonst noch etwas bringen?«, fragte ich.

»Nein. Aber du könntest dich um die Post kümmern. Ich hab keine Ahnung, wohin Lara verschwunden ist, und der Stapel wird vom Angucken auch nicht kleiner. Keine Panik, einfach nur sortieren. Leg alles, was beantwortet oder bezahlt werden muss, auf Laras Schreibtisch und verteil den Rest an die Mitarbeiter. In Ordnung?«

Er hatte sich mit den letzten Worten schon wieder abgewandt und hypnotisierte seinen Bildschirm. Wie konnte ich dazu schon nein sagen?

»Wenn es weiter nichts ist.« Mein Blick blieb an einem überquellenden gelben Plastikkorb hängen, der unweit von Mareks Schreibtisch auf dem Fußboden stand.

»Ist *das* die Post?«, meine Stimme klang panisch.

»Ja, warum?«

Also gut: auf in den Kampf! Ich verzog mich mit dem Korb in die Küche und überlegte, ob ich mir zur Bewältigung des Berges vielleicht auch ein Bier gönnen sollte, kam aber zu dem Schluss, dass ein Schnaps da eher angebracht wäre. Schließlich entschied ich mich doch dagegen und schenkte mir nur ein Glas Milch ein.

Braves Mädchen. Das Letzte, was ich jetzt nämlich gebrauchen konnte, war ein Alkoholrausch, der mich in eine wimmernde, liebeskranke Masse verwandeln würde.

Ich griff in den Korb und zog den ersten Brief heraus. Eine Rechnung vom Wasserwerk. Damit war also der Stapel *Rechnungen und Mahnungen* eröffnet. Die nächsten Briefe waren privat an Marek und Lara gerichtet. Die öffnete ich natürlich nicht. Es waren auch zwei Briefe an mich darunter. Einer von meinen Eltern und einer von meinem Bruder Timo. Wie süß: Er hatte mir ein Foto von seinem ersten Auto geschickt.

Anscheinend hatte er seine Fahrprüfung ohne Probleme geschafft und sich einen neun Jahre alten Golf gekauft. Ich beschloss, ihm eine Mail zu schreiben, sobald ich hiermit fertig wäre.

Wenn ich jemals damit fertig werden würde! Inzwischen hatte ich sieben Stapel vor mir liegen und trotzdem wurde der Korb nicht leerer. Rechnung, Rechnung, ein Brief für Lara, noch eine Rechnung. Ich legte alles säuberlich ab, doch plötzlich blieb mein Blick an einem Namen hängen, und mein Herz setzte einen Schlag aus:

Nepovím, Alexej.

Das Papier brannte mir in den Händen. Tatsächlich, dort stand in Druckbuchstaben *Herrn Marek Javorček* und darunter *z.H. Herrn Nepovím, Alexej.*

Ich strich mit dem Zeigefinger über den Namen und sog dabei jeden Buchstaben auf.

Weil ich niemals Spuren hinterlasse.

Na, wenn das nicht eine Spur war! Okay, das konnte alles Mögliche sein, aber allein Alexejs Name, schwarz auf weiß gedruckt, entzündete einen hoffnungsvollen Funken in mir. Ich suchte nach einem Absender, aber der Aufdruck neben der Briefmarke war verblasst. Sah aus wie ein Firmenstempel, überlegte ich. Nein, das war ein Stempel vom Krankenhaus!

Jetzt schickten sie nach Wochen also doch eine Privatrechnung. Marek würde sich bedanken.

Ob ich ihn wohl öffnen durfte? Ich wog ihn in den Händen und seufzte. Alexej war nun mal nicht hier, und da er keine Adresse hinterlassen hatte, konnte ich ihm den Brief auch unmöglich nachsenden. Vielleicht sollte ich ihn Marek geben, schließlich stand sein Name über dem Empfänger.

Der Wunsch, den Umschlag einfach aufzureißen, wurde beinahe übermächtig. Da suchte ich seit zwei Wochen nach irgendeinem Lebenszeichen, und jetzt, wo ich einen winzigen Schnipsel davon in den Händen hielt, sollte es am Briefgeheimnis scheitern? Ich haderte mit mir selbst.

Nein, ich würde den Brief nicht öffnen!

Ich legte den Umschlag also auf den Tisch und versuchte seinen Anblick zu ignorieren. Aber er schien geradezu zu lodern, und immer wieder rutschte mein Blick zurück. Wenn er doch nur offen gewesen wäre! In einen geöffneten Brief einen kleinen Blick zu werfen, war sicher nur halb so verwerflich.

Ich brauchte noch eine weitere halbe Stunde, bis ich den Korb endlich geleert hatte.

»Fertig?«, brummte Marek ohne aufzusehen, als ich sein Büro wieder betrat.

»Ja.« Alexejs Brief hielt ich unschlüssig in der Hand.

»Sonst noch was?«

»Hier ist noch ein Brief, der ist an Alexej adressiert. Vermutlich die Rechnung vom Krankenhaus oder so. Ich weiß nicht, was ich damit machen soll.«

Marek hob seine Augenbrauen.

»Scheiße, lass das keine Rechnung sein! Ein Tag auf der Intensivstation ist sündhaft teuer.« Er griff nach dem Brief, überflog die Adresse nur eine Sekunde und riss ohne viel Federlesens den Umschlag auf. Ich bekam runde Augen und schnappte nach Luft.

»Sch-schon mal was vom Briefgeheimnis gehört?«

»Isa!«, sagte er streng. »Hast du sonst keine Sorgen?«

»Nein, das war momentan meine Einzige«, gestand ich und beobachtete gespannt, wie er zwei Blätter aus dem Umschlag zog, den Inhalt überflog und die Stirn runzelte.

»Was ist es?«

»Sein Arztbrief. Was für ein Kauderwelsch, das kann ja kein Schwein lesen!«, schimpfte er. »Hier, das sollte eigentlich an seinen Hausarzt weitergeleitet werden. Keine Ahnung, warum der jetzt erst kommt, ist doch ziemlich witzlos, wo er doch schon längst gesund ist.« Er reichte mir die Blätter und beugte sich wieder über die Tastatur.

»Marek, ich könnte dir die Füße küssen!«, rief ich überschwänglich und drückte die Seiten an mich.

»Ich werde bei Gelegenheit darauf zurückkommen.«

»Kannst du mir sagen, was drin steht?«, fragte ich hoffnungsvoll.

Er seufzte und streckte eine Hand nach den Blättern aus. »Lass noch mal sehen! *Sehr geehrter Herr Kollege,* bla bla – *berichten wir über oben genannten Patienten, der sich vom Soundsovielten bis* – bla bla – *in unserer stationären Behandlung befand. Hauptdiagnose: Bisswunde, linker Oberarm. Nebendiagnose: suspekter Herzbefund.* Das nächste Wort kenne ich nicht, irgendetwas mit Schock oder so.« Er las weiter:

»*Schlanker, männlicher Patient in reduziertem Allgemeinzustand. Klaffende, ca. 10x14 cm große Bisswunde am linken Oberarm. Ruptur des* – oh Gott, wer kann das denn aussprechen? *Ruptur des Musculus deltoideus und triceps brachii und der Vena cephalica sinistra. Motorik aufgrund der Verletzung stark eingeschränkt. Keine weiteren äußerlichen Verletzungen.* Dann steht hier noch was von unklaren Nebengeräuschen des Herzens. Hört sich ja nicht so toll an.«

Da musste ich ihm zustimmen. Nebengeräusche klangen nicht besonders gut, und *unklare* Nebengeräusche schon gar nicht.

»Hier steht hier noch was zum Verlauf. Musst du das wirklich alles wissen?« Er zog die Nase kraus.

»Und ob.«

»Okay. *Die Wunde wurde noch am gleichen Tag operativ versorgt.* Bla bla – *Blutverlust unter der OP ca. 800 ml und Verdacht auf Maligne Hyperthermie. Patient konnte ohne weitere Komplikationen postoperativ auf Normalstation verlegt werden. Hier erhielt er zwei Erythrozyten-Konzentrate der Blutgruppe AB negativ.* Da steht wieder etwas mit Schock und oh – Herz-Kreislauf-Stillstand. *Es erfolgte eine sofortige Herzdruckmassage mit Intubation und Beatmung.* Was zum Teufel ist Intubation? Jetzt stehen hier noch alle möglichen Medikamente: Adrenalin, Clemastin, Pred-Prednisolon oder so ähnlich, und dass Alexej auf die Intensivstation verlegt wurde.«

»Das war's?«

»*Bei einer routinemäßigen Röntgen-Thorax-Untersuchung des beatmeten Patienten fiel ein vergrößerter Herzschatten auf. Da außerdem unklare Herzgeräusche* – das Wort hier kann ich nicht übersetzen!«, er tippte mit dem Finger auf eine Stelle des Textes, »*wurde ein Echocardiogramm durchgeführt. Dieses ergab einen suspekten, unklaren Befund, jedoch ohne pathologischen Wert für den Patienten. Es konnten keine weiteren Untersuchungen zur Abklärung des Herzbefundes durchgeführt werden, da diese durch den Patienten abgelehnt wurden.* Bla bla – reizlose Wundverhältnisse – und so weiter. *Somit konnten wir den Patienten am 12. Post-Op-Tag in Ihre geschätzte Weiterbehandlung entlassen.* Unterschrift vom Stationsarzt Dr. Pražák und vom Chefarzt, Prof. Dr. Syrový.«

Er hielt mir die Zettel hin. »Bist du jetzt zufrieden?«

»Ich weiß nicht. Ich denke schon.«

Ich stopfte mir den Arztbrief in die Tasche. Dieser suspekte Herzbefund gab mir zu denken, ob das eine Erklärung für sein seltsames Verhalten sein könnte. Vielleicht war Alexej ernsthaft krank?

»Kannst du mir den Jimny leihen?«

»Wo willst du denn hin?«

»Och … ich wollte bloß mal in die Stadt fahren, vielleicht ein wenig einkaufen.«

»Hä? Was willst du denn einkaufen?«

»Vielleicht Klamotten? Ja, genau, ich brauche dringend ein paar neue Jeans.«

»Jeans?«

»Was bitte ist daran so ungewöhnlich?«

»Du gehst doch nie einkaufen.«

»Natürlich gehe ich einkaufen. Jeder Mensch geht einkaufen. Ich liebe Shopping!« Unwillkürlich schauderte es mich bei dieser Lüge.

Marek musterte mich, und ich hatte das Gefühl, er könne mir durch die Schädelplatte gucken.

»Du hast aber nicht vor, irgendetwas Dummes zu tun, oder?«

»Wie genau würdest du *dumm* definieren?«

»Okay, das reicht! Ich möchte nur, dass du heil wieder nach Hause kommst und nicht unterwegs zufällig von irgendeiner Brücke fällst.«

»Was für eine Brücke denn? Hier gibt's doch gar keine.«

»Du weißt schon, was ich meine. Du warst in letzter Zeit ziemlich deprimiert wegen Alexej. Ich will nur sichergehen, dass du nicht *zu* deprimiert bist.«

»Oh, Himmel, Marek! Ich möchte nur einer winzig kleinen Sache auf den Grund gehen. Ich habe nicht vor, mir etwas anzutun. Ehrlich! Und ich werde mich ganz bestimmt benehmen, werde nicht von einer Brücke springen und auch pünktlich zum Abendessen zurück sein. Versprochen!«

»Okay.« Marek lächelte zwar nicht, aber er reichte mir ohne weiteren Kommentar den Autoschlüssel.

Vatermord

Endlich war unser Schwarm wieder vollzählig. Jaro füllte die Lücke aus, die der Tod seines Bruders gerissen hatte. Mit seiner witzigen, jungenhaften Art machte er sich bei den anderen Gefährten beliebt, wurde unser aller kleiner Bruder. Er scherzte, reizte uns mit haarsträubenden Flugmanövern und spielte mit Vorliebe die Laus im Pelz, die einen juckte.

Wir waren jetzt wieder ein ansehnlicher Schwarm und würden für andere angreifende Vögel eine unüberwindliche Abwehr bilden.

Gestern Morgen hatte auch Arwed den Weg zurückgefunden. Allerdings war es kein freudiges Wiedersehen, seine Ankunft wurde von dem überschattet, was er von zu Hause berichten musste.

Arwed hatte sich verändert.

War er schon vor dem Tod seines Vaters ein starker, kämpferischer Charakter gewesen, zeigten nun sogar seine Vogelzüge einen drohenden Ausdruck. Seine Augen hatten den typischen Blick von denen, die zu viel gesehen hatten. Wenn er krächzte, tat er es einige Nuancen tiefer als zuvor und seine Kehlfedern spreizten sich beunruhigend ab.

Ohne Hast, aber auch ohne Genuss verspeiste er seinen Anteil eines Eichhörnchens, als ginge es nur darum, für irgendein entferntes Ziel bei Kräften zu bleiben.

Ich kannte dieses Ziel.

Auch wenn er bisher kaum gesprochen hatte, las ich doch in ihm.

Er war nicht der Einzige von uns, der seinen Vater verloren hatte. Aber als Einziger war er alt genug, um sich in Rachegedanken suhlen zu können.

Raban war sieben Jahre alt gewesen, als sein Vater durch einen herabstürzenden Dachziegel erschlagen worden war, Milo sogar erst vier. Sein Vater war auf dem Fußweg zur Arbeit von einem Auto erfasst worden.

Als man meinen Vater im Wald fand, den Schädel von einen Baumstamm zertrümmert wie die harte Schale einer Kokosnuss, war ich sechs gewesen. Meine hilflose Wut hatte sich gegen keine bestimmte Person richten können, also hatte ich lernen müssen, damit zu leben. Lernen müssen, diesem Gefühl zu misstrauen und keine trügerischen Hoffnungen hineinzulegen. Das Löschen des Rachedurstes konnte eine verletzte Seele nicht heilen.

Arwed putzte sein Gefieder und András hüpfte flink zu uns herüber, um nach dem verbliebenen Rest Fleisch zu schnappen. Mein Gefieder sträubte sich, und András ließ den Fleischbrocken fallen.

»Du hast bestimmt noch Hunger«, sagte ich und bot Arwed mit einem kurzen Nicken dieses Stück an. Er nahm es ohne ein Wort und würgte es sofort hinunter.

»Ich muss dich etwas fragen«, warnte ich ihn vor. »Deine Familie ist erst vor einem Jahr wieder nach Tschechien gekommen. Stimmt das?«

Er nickte.

»Ich schätze euren Familienbesitz auf zwanzigtausend Hektar – vor der Bodenreform. Könnte das hinkommen?«

»Plus minus ein paar tausend vielleicht.« Arweds Gesicht zeigte eine leichte Verwirrung.

»Deine Großeltern hatten ein Landgut und ein Schloss in Melník, nicht wahr?«

»Worauf willst du hinaus?«

»Das erfährst du sofort«, beruhigte ich ihn. »Sicher haben deine Eltern Anspruch auf Restitution geltend gemacht, Anfang der Neunziger.«

»Das stimmt. Aber er wurde abgelehnt, weil die nötigen Forstkarten und Grundbuchauszüge nicht auffindbar waren. Sie konnten keinen Nachweis darüber erbringen, welchen Umfang die Ländereien genau hatten. Und außerdem zweifelte man das Datum der Enteignung an.«

Ich nickte, denn das hatte ich schon von anderen Familien gehört. »Man behauptete also auch bei euch, dass die Enteignung vor dem 25. Februar 1948 stattgefunden habe, damit ihr keinen Anspruch auf Entschädigung geltend machen könnt. Und damit hat sich dein Vater zufriedengegeben?«

»Zuerst schon. Seinem Vater zuliebe. Mein Großvater fand dieses Ringen um den ehemaligen Besitz würdelos. Aber vor zwei Jahren ist er gestorben.«

»Vermutlich hat dein Vater die Mühlen wieder in Gang gebracht.«

»Was willst du damit sagen?«

Ich glättete mein Gefieder, um kein Anzeichen von Dominanz zu zeigen.

»Es ist nur eine Vermutung«, sagte ich. »Es wäre immerhin möglich, dass sich die Einstellung deines Vaters nicht mit der deines Großvaters gedeckt hat. Vielleicht sind die fehlenden Grundbuchauszüge durch irgendeinen Zufall wieder aufgetaucht. Vielleicht konnte er beweisen, dass die physische Durchführung der Enteignung tatsächlich erst nach 1948 stattgefunden hat.« Ich veränderte meinen Ton. »Vielleicht aber auch nicht. Könnte auch ein dummer Zufall sein, und dein Vater ist in einen wild umherirrenden Lkw gelaufen.«

»Du weißt genau, dass das Schwachsinn ist!«, rief Arwed erregt.

»Weiß ich das?« Meine Stimme klang gelangweilt.

»Willst du mich provozieren?«, fragte er statt einer Antwort.

»Ich will wissen, was du in Erfahrung gebracht hast. Du warst in Prag und hast mit deiner Familie gesprochen. Und ich dachte, dass wir uns alle einig darüber waren, die Vergangenheit ruhen zu lassen.«

»Mein Vater wurde erst vor vier Wochen getötet! Nennst du das etwa Vergangenheit?« Er spic dic Wortc aus wic cin verdorbenes Stück Fleisch.

Ich nahm eine bedrohliche Haltung ein, plusterte mein Kopfgefieder auf und trat einen Schritt auf ihn zu.

»Als du uns verlassen hast, lebte dein Vater noch, Arwed! Wenn du meinst, etwas verbergen zu müssen, etwas, das unseren ganzen Schwarm betrifft, dann werde ich das nicht akzeptieren. Warum bist du zu deiner Familie zurückgekehrt? Hast du schon vorher mit ihnen in Kontakt gestanden?«

Er zog seinen Kopf ein. »Seit dem letzten Sommer. Ich habe meine Mutter in Prag getroffen und sie hat mir von den Drohungen erzählt.«

»Was für Drohungen?«

»Was weiß ich!«, krächzte er unbeherrscht. »Drohungen halt. Briefe, Anrufe. Jede Menge anonyme Anrufe! Es wurde nicht viel gesprochen. Ein Mann stöhnte in den Hörer und meine Mutter bekam Panik deswegen.«

»Warum hast du uns das nicht gesagt?«

»Ich dachte, das wäre nur irgendein Spinner. Ein Perverser, der gerne Frauen am Telefon erschreckt. Ich konnte doch nicht wissen, dass es ernst war.«

»Vielleicht hätten wir deiner Familie helfen können?«

»Wie denn?«, fragte er. »Gar nichts tun wir! Wir sitzen hier am Arsch der Welt und schauen zu, wie die Männer unserer Familie ausgerottet werden! Ist es nicht so?«

Ich schüttelte den Kopf. »Wir sind hier, weil wir unsere Angehörigen mit unserer Existenz nicht in Gefahr bringen wollten. Hast du das vergessen?«

»Du scheinst vergessen zu haben, dass dieser Mob nicht vergisst! Alle Tschechen unter uns sind davon betroffen. Unsere Väter waren doch damals dabei. Alle stehen auf der Unterschriftenliste der Charta 77. Alle haben in ihren Anklageschriften drei Worte stehen: Subversion, Aufwiegelung und unerlaubtes Unternehmertum!«

»Lächerlich, Arwed! Das ist Jahrzehnte her. *Wem nützt es?*, müssen wir uns fragen. Wer profitiert davon, dass unsere Familien ihre Güter eben nicht zurück erhalten? Wer hat sie sich angeeignet, oder ist im Begriff es zu tun? Es kann nicht sein, dass wir verfolgt werden, weil unsere Väter Aufwiegler waren, gegen ein Regime, das heute nicht mehr existent ist. Es muss um einen finanziellen Vorteil gehen. Es geht immer ums Geld.«

Arwed schien nicht überzeugt. »Ich habe keine Ahnung von Politik, sie interessiert mich auch nicht. Ich will nur in Frieden leben. Und ich will wissen, wer meinen Vater getötet hat. Ich muss es wissen.«

Ich stupste ihn tröstend mit dem Schnabel an.

»Wir werden es herausfinden. Aber wir müssen Nerven bewahren. Wir müssen überlegt handeln, nicht von Emotionen geleitet.«

»Das sagst du so einfach! Manchmal glaube ich, du hast gar keine menschlichen Gefühle mehr! Hast du vergessen, wie viel einem der eigene Vater bedeutet?«

Das war ein Vorwurf, der mich nicht unerheblich traf. Ich senkte meine Stimme, bevor ich antwortete, um meine Gefühle nicht zu offenbaren.

»Das habe ich nicht vergessen. Aber es hilft uns nicht, wenn wir kopflos und wutgesteuert handeln. Man kann nicht gegen einen Feind anrennen, den man nicht kennt! Und man spielt auch nicht den Helden, nur weil man Angst vor der Schande hat.«

Arwed senkte den Kopf. »Du hast recht. Das war dumm von mir. Bisher dachte ich, dass ich mich super unter Kontrolle habe.«

»Das hast du auch. Und es ist ungerecht von mir, so viel Selbstbeherrschung von dir zu verlangen. Aber wir müssen an den Schwarm denken und daran, dass wir unsere Familien nicht damit in Verbindung bringen wollen. Das wäre eine Katastrophe für sie.«

»Manchmal bin ich dieses Versteckspiel so leid.« Er schüttelte sich, als liefe ihm ein Schauer über den schwarzen Rücken. »Ich möchte bei ihnen sein. Aber gleichzeitig halte ich es nicht aus, zu lange in meinem menschlichen Körper gefangen zu sein.«

Ich rückte näher an ihn heran, als plötzlich Sergius dazustieß und sich zwischen uns drängte.

»Hey, was soll der ganze Frust?« Er schubste uns beide an und keckerte gutgelaunt.

»Ich weiß gar nicht, warum ihr so unzufrieden seid. Gibt es was Besseres als dieses Leben?« Er plusterte sein Gefieder auf und machte es sich bequem. Arwed und ich wechselten einen schnellen Blick.

»Kann es sein, dass ihr beide lange keinen Sex mehr hattet?«

»Bitte?« Arwed und ich sprachen wie aus einem Munde, und wir mussten wohl einen ziemlich dämlichen Gesichtsausdruck gemacht haben, denn Sergius keckerte noch lauter. Arwed fand als Erster seine Sprache wieder.

»Sex, was ist das?«, fragte er stöhnend. »Muss ich das kennen?«

Sergius' Keckern stolperte und ging in ein blechernes Husten über. »Sucht euch mal ein Weib!«

»Ist doch gar keine Paarungszeit«, hörte ich plötzlich Laszlos Stimme hinter mir und fuhr herum. »Außerdem machen wir so was nicht, schon vergessen?« Er fläzte sich in die Runde.

»Selber schuld.« Sergius bedachte ihn mit einem mitleidigen Blick. »Ich werde jedenfalls den Februar nutzen, um ein wenig zu wildern.«

Mich durchfuhr es eiskalt. Sergius war voller Vorfreude auf etwas, das uns verboten sein sollte.

»Und wenn das Folgen hat? Bist du verrückt? Wir haben keine Ahnung, was passiert, wenn wir Nachwuchs bekommen.«

»Glaubst du, ich bin so blöd und halse mir eine Familie auf? Schon mal was von Fremdpaarung gehört? Ich werde einfach eine günstige Gelegenheit abwarten, wenn das Männchen sein Revier verlässt, und dann zuschlagen.«

Dieser Gedanke war mir absolut widerwärtig, auch Arwed krächzte empört. »Du bist echt pervers, Sergius!«

Sergius' Flügel zuckten, das beeindruckte ihn überhaupt nicht.

»Soll ich es mir etwa den Rest meines Lebens selbst besorgen, nur weil ich ein Rabe bin?«

»Du bist aber nicht nur ein Rabe«, erinnerte ich ihn. »Du bist auch noch ein Mann.

»Danke, dass du mich daran erinnerst. Sollte ich das nächste Mal ein Mann sein, werde ich unter den Menschen nach einem guten Fick Ausschau halten, wenn es dich beruhigt.«

»Deine Ausdrucksweise ist wie immer unheimlich charmant. Ich habe wenig Sorge, dass du auf diese Art besonders reizvoll auf Damen wirken könntest.«

»Auf Damen!« Er lachte verächtlich auf. »Dann musst du dir wirklich keine Sorgen machen. In meiner Welt gibt es die nicht. Aber Schlampen, die für mich die Beine breitmachen, gibt es genug.«

»Ich finde diese Unterhaltung ja sehr interessant, aber könntest du deine Erlebnisberichte für dich behalten?«

»Schockiert, oder was? Ist nicht jeder so hochwohlgeboren wie du, Alexej!«

Ich fluchte innerlich. In hundert Jahren würde mir dieses Vorurteil noch anhängen, es war also sinnlos, sich dagegen abzustrampeln.

»Du weißt, dass wir uns Regeln auferlegt haben, Sergius. Die gelten auch für dich. Wir haben beschlossen, uns zurückzuhalten – als Menschen und als Raben. Und da wir nicht wissen, wie unsere Gene reagieren, wenn sie sich mit denen der anderen Raben vermischen, können wir uns keine Experimente leisten. Das ist tabu!«

»Aber wie unsere Gene mit menschlichen reagieren, wissen wir nur zu gut, oder? Da kannst du mir keine Vorschriften machen.«

»Ich warne dich nur davor, die Natur herauszufordern. Wenn du den Schwarm in Gefahr bringst, wirst du durch ihn auch nicht mehr geschützt. Ist das verständlich für dich?«

Die letzten Worte kamen giftiger als beabsichtigt. Ich wollte mir nicht anmerken lassen, wie sehr mich sein Gerede in Alarmbereitschaft versetzt hatte, aber unter meinem Gefieder prickelte es.

»Du willst mich aus dem Schwarm ausschließen, wenn ich mich nicht an deine Regeln halte?«, fragte er.

»Du schließt dich selbst aus, wenn du dich nicht an *unsere* Regeln hältst!«

Die anderen hielten die Luft an. Sergius stockte, dann nickte er langsam.

»Gut.« Scheinbar gelangweilt wandte er sich ab. Ein weniger erfahrener Rabe hätte sich von dieser Gleichgültigkeit beschwichtigen lassen. Aber nicht umsonst hatte ich die letzten acht Jahre meines Lebens mit Raben verbracht, die ihre Mimik und Gestik auf das Perfekteste beherrschten. Ich bohrte meinen Blick in seinen Nacken, und da ich keine Augenbrauen hatte, die ich anheben konnte, stellte ich mein Gefieder drohend auf.

»Vergiss nicht die Verantwortung, die du trägst! Wir sind darauf angewiesen, dass unser Geheimnis gewahrt bleibt.«

Als er nicht weiter auf meine Worte reagierte, fuhr ich energischer fort: »Mein Vater sagte mir einmal, dass ich bestraft würde, sollte ich meine Pflicht nicht erfüllen. Du tätest gut daran, darüber nachzudenken, Sergius! Denn wenn du *deiner* Strafe hier auf Erden entgehst, dann erwartet sie dich nach dem Tod.«

Ich ließ ein Krächzen hören, um diese Worte zu unterstreichen. Und die anderen Raben antworteten mir bestätigend.

Alle bis auf Sergius.

Herzpuls

Der Jimny gab nicht besonders viel her. Selbst mit mächtigem Rückenwind war das Tempo nicht beeindruckend. Ich tuckerte hinter einem Lkw her, der gerade einen Überholvorgang gestartet hatte.

»Soll ich dir helfen das Gaspedal zu finden, du Vollidiot?«, brüllte ich die Windschutzscheibe an, die nun gar nichts dafür konnte. Aber die Möglichkeit, im Krankenhaus etwas zu erfahren, das ein Licht auf Alexejs Geheimnis werfen konnte, erhitzte mich.

Und wenn Alexej wirklich krank war? Vielleicht hatte er irgendeinen Herzfehler? Und warum sollte jemand eine Untersuchung ablehnen, die einen Verdacht auf eine Erkrankung klären würde?

Es gab nur zwei Möglichkeiten, die mir dazu einfielen. Nein, eigentlich drei: Entweder man hatte furchtbare Angst vor medizinischen Geräten und Ärzten im Allgemeinen oder man hatte Angst davor, welches Ergebnis bei dieser Untersuchung herauskommen würde. Da Alexej alles andere als ängstlich war, schieden diese beiden Möglichkeiten sofort aus. Blieb nur noch Variante drei: dass er die Untersuchung abgelehnt hatte, weil er das Ergebnis schon kannte.

Er wusste, was mit seinem Herzen nicht in Ordnung war, und deshalb ergab diese Untersuchung für ihn keinen Sinn. Und dass er die Ärzte nicht darüber aufgeklärt hatte, passte genau in das Bild, das ich mir von ihm malte. Er gab nichts von sich preis, wenn er keinen Nutzen davon hatte.

Er gab überhaupt nichts von sich preis.

Ich lenkte zu hektisch in die Ausfahrt und der Wagen schwankte bedrohlich. Das fehlte mir gerade noch. Jetzt noch einen Unfall bauen und dann in der Zeitung lesen: *Liebeskranke Irre verursachte Massenkarambolage.* Der Motor röhrte empört, und ich flog durch die enge Kurve.

Hoffentlich war die nette Schwester von letztem Mal wieder da. Sicher kochte das Personal am Wochenende nur auf Sparflamme und ich forderte mein Glück ganz schön heraus, wenn ich hier und heute etwas in Erfahrung bringen wollte. Der Besucherparkplatz war brechend voll. Ich kurvte eine Weile durch die Reihen und quetschte mich dann in eine Lücke.

Drinnen ließ ich den Aufzug rechts liegen und rannte die Treppe nach oben.

Auf mein Klopfen am Schwesternzimmer erhielt ich keine Reaktion. Aber dann kam eine junge Frau mit blondem Pferdeschwanz aus einem Patientenzimmer heraus. *Schwester Eva* stand auf ihrer Brust. Ich räusperte mich unsicher. »*Dobrý den.*« Na toll – das klappte ja schon fließend!

Schwester Eva lächelte mit großen Zähnen und rieb sich die feuchten Hände, die stark nach Desinfektionsmittel rochen. Ich trat unruhig von einem Fuß auf den anderen. Wie sollte ich anfangen?

»Ich suche Schwester Tereza«, probierte ich es auf Englisch.

»Die ist nicht da, sorry. Sie hatte heute Frühdienst. Kann ich Ihnen vielleicht weiterhelfen?«

Unentschlossen kaute ich auf meiner Unterlippe.

»Das wäre schön.« Ich kramte den Brief aus der Tasche meiner Jeans und faltete ihn auseinander.

»Ich habe da eine Frage zu einem Arztbrief«, fing ich an.

»Waren sie Patientin bei uns?« Sie lächelte freundlich.

»Eigentlich ist es nicht mein Arztbrief. Es ist so …«, ich holte tief Luft. »Es ist der Befund eines Freundes, und der ist momentan im Urlaub. Ehrlich gesagt mache ich mir Sorgen, weil hier drin steht, dass mit seinem Herzen etwas nicht stimmt. Und ich wollte mich erkundigen, wie schlimm das Ganze ist, weil ich sonst versuchen müsste, ihn zu erreichen.«

»Hat er Ihnen den Brief gegeben?«, fragte sie.

»Nicht direkt. Ich muss mich um seine Post kümmern, solange er fort ist.«

»Ich darf eigentlich keine Informationen an Fremde weitergeben. Sind sie eine Angehörige?«

»Nur eine Freundin.«

Sie streckte die Hand nach dem Brief aus und überflog die beiden Seiten.

»Vielleicht haben Sie nur etwas missverstanden? Ich kann Ihnen erklären, was hier steht, aber ich darf Ihnen unmöglich Informationen über einen unserer Patienten geben.«

»Das verstehe ich natürlich. Sagen Sie mir nur, ob es etwas Schlimmes ist – dieser Befund vom Herzen, meine ich.«

»Sieht so aus, als hätte der Herzbefund keine Bedeutung für den Krankheitsverlauf, der hier behandelt wurde.«

»Ja, aber was könnte das denn bedeuten?«

»Hier steht, dass man im Röntgenbild einen vergrößerten Herzschatten gesehen hat und beim Abhören unklare Nebengeräusche zu hören waren. Manche Menschen haben vielleicht unerkannt einen kleinen Herzfehler, zum Beispiel ein Loch in der Scheidewand oder so, das würde auch Geräusche verursachen, muss aber nicht zwingend behandlungsbedürftig sein.«

»Aber bei dieser weiteren Untersuchung, diesem Echo – «

»Echokardiogramm.«

»Würde man dort dieses Loch nicht sehen können?«

»Vermutlich. Aber ich arbeite hier chirurgisch, wenn Sie genaue Informationen brauchen, sollten sie vielleicht mit einem Arzt der *Inneren* sprechen, die haben schließlich auch die Untersuchung durchgeführt.«

»Die würden mir wahrscheinlich nichts erzählen. Trotzdem vielen Dank, dass Sie sich die Zeit genommen haben!«

»Keine Ursache.«

Ich machte wohl ein ziemlich unbefriedigtes Gesicht, denn sie sprach mich noch einmal an.

«Ich muss jetzt noch eine Runde durch die Zimmer drehen und nach den letzten OPs sehen. Danach wollte ich die alten Akten aus dem Arztzimmer holen und sie ins Archiv bringen. Vielleicht ist die Akte ihres Freundes noch hier oben, dann werfe ich mal einen Blick hinein.«

Ich war sprachlos. Das war wirklich mal ein nettes Angebot.

»Wir haben hinten einen Aufenthaltsraum, da können sie warten.«

»Danke.«

Um mir die Zeit zu vertreiben, betrachtete ich die Bilder an den langen Flurwänden. Der Künstler hieß Max Švabinský. Ich hatte den Namen noch nie gehört, aber das bedeutete gar nichts – vermutlich war er allen tschechischen Schulklassen ein Begriff. Auf einem Bild saß eine ärmlich gekleidete Frau auf einem Hügel vor einer dünnen, windschiefen Birke.

Eine kleine Familie steuerte auf den Aufenthaltsraum zu, in ihrer Mitte einen jungen Mann mit Gipsbein. Ich nickte freundlich und suchte dann die Besuchertoilette auf. Als ich nach wenigen Minuten wieder herauskam, schob Schwester Eva einen Wagen mit Patientenakten über den Flur. Sie hielt zwischendurch an, klappte die eine oder andere Kurve auf und notierte etwas, dann schob sie den Wagen weiter zur nächsten Tür. Sie winkte mir zu.

»Ich habe etwas gefunden«, sagte sie fröhlich. »Sie interessieren sich doch für außergewöhnliche Fälle, nicht wahr?«

»Äh ja, genau so ist es.«

Sie warf mir einen kritischen Blick zu, ließ sich aber doch durch ihre Entdeckung hinreißen.

»Dann stellen sie sich vor, wir hatten einmal einen Patienten, der hatte seltsame Nebengeräusche am Herzen. Und bei einer Echountersuchung konnte man ganz deutlich eine Deformierung sehen. Ich kann Ihnen das einmal aufmalen.«

Sie zog einen Block aus ihrer Kitteltasche und zeichnete mit ihrem Kugelschreiber ein großes eiförmiges Gebilde auf, das sie durch ein Kreuz in vier Teile teilte.

»Hier kann man genau alle Kammern sehen, und dann ist auf der linken Seite eine größere Ausbuchtung. Irgendwie ulkig. Ich habe mir die Bilder vom Farbdoppler angeguckt. Da war nur ein kleines Fleckchen Blut in diesem Anhängsel, nur ein Rinnsal. Genaueres würde man natürlich sehen, wenn man einen Ultraschall durch die Speiseröhre macht. Aber gerade dieser Patient hat das abgelehnt.«

»Kann das krankhafte Ursachen haben, oder ist das vielleicht nur eine Fehlbildung?«

»Man könnte natürlich so was wie ein Aneurysma vermuten, dabei weitet sich ein Gefäß sackartig aus und droht zu reißen, das wäre aber sehr schmerzhaft und würde Symptome ähnlich denen eines Herzinfarkts verursachen. Das war hier aber nicht der Fall. Ich bin kein Spezialist, wie gesagt, aber wenn ich den Befund richtig verstehe, hat diese Aussackung pulsiert und zwar in einem völlig anderen Rhythmus als das Herz, viel schneller. Und so was habe ich noch nie gehört. Als hätte der Patient quasi ein zweites Herz auf Reserve, und das auch noch – und das ist wirklich absolut außergewöhnlich – mit einem eigenen Reizleitungssystem.«

»Ist das nicht gefährlich? Könnte diese Aussackung nicht auch reißen?«

»Wenn es ein echtes Aneurysma wäre schon, aber der Befund ist sehr widersprüchlich, und da der Patient in keiner Weise über irgendwelche Beschwerden geklagt hat, würde ich mir nicht so viele Sorgen machen. Bei der Größe dieses Anhängsels müsste er wirklich starke Schmerzen haben, wenn es pathologische Gründe hätte.«

Sie zwinkerte mir zu. »Es gibt Dinge, die gibt es eigentlich gar nicht«, versuchte sie mich zu beruhigen. »Schließlich gibt es auch Menschen, die haben drei Nieren. Wer weiß, was sich die Natur dabei gedacht hat.«

Es gibt Dinge, die gibt es gar nicht, wiederholte ich in Gedanken. »Und wenn Sie persönlich jemanden kennen würden, der so einen seltsamen Befund hätte, würden Sie ihm dann raten, das genauer untersuchen zu lassen?«, fragte ich vorsichtig.

»Als Krankenschwester muss ich da natürlich mit *Ja* antworten, alles andere wäre fahrlässig. Aber wenn Sie mich ganz privat fragen, kann ich nur sagen: Wer suchet, der findet. Wenn man einmal seinen Körper auf den Kopf stellen lässt, dann wird man irgendwann etwas finden, das behandlungswürdig ist.«

Schwester Eva streichelte mir freundlich über den Arm. »Machen Sie sich nicht zu viele Sorgen. Es ist sicher alles in Ordnung mit Ihrem Freund.«

Dann machte sie ein erschrockenes Gesicht. »Aber Sie wissen, dass das rein hypothetisch war, ja? Ich käme in Teufelsküche, wenn Sie das herumerzählen würden.«

»Oh nein, ich habe ja auch ein rein hypothetisches Interesse an diesen … äh … seltenen Fällen. Das war wirklich sehr faszinierend. *Děkuji pěkně*. Vielen Dank für Ihre Mühe!«

»Ich muss jetzt auch mal weiter«, erklärte sie hastig und steckte den Block zurück in ihren Kittel.

»Hier, Ihr Arztbrief.«

Ich schaute ihr nach, wie sie über den Flur eilte und nahm dann den Weg durch das Treppenhaus. Im Auto sah ich mir ihre Zeichnung noch einmal an.

Zwei Herzen.

Waren es wirklich zwei Herzen, die in Alexejs Brust schlugen? Und das auch noch in einem unterschiedlichen Rhythmus?

Und wenn es schon ein funktionstüchtiges Herz gab, welchen Zweck erfüllte dann dieses zweite, zusätzliche Herz? Es musste doch irgendetwas mit Blut versorgen. Einen Körper oder wenigstens einen Teil des Körpers?

Aber welcher Teil sollte das sein?

Schattenvogel

»Und du willst wirklich fliegen?« Jaro sah enttäuscht aus. Er knisterte nervös mit den Blättern, die zwischen seinen Krallen hervorlugten.

»Nur so kann ich etwas in Erfahrung bringen.«

»Wie willst du das anstellen? Ich meine, wo willst du denn suchen? Wonach überhaupt?«

»Ich habe es Arwed versprochen. Er möchte noch einmal mit seiner Mutter sprechen. Wenn wir Glück haben, können wir herausfinden, in welche Richtung die polizeilichen Ermittlungen gehen. Wenn wir Pech haben, erfahren wir gar nichts. Aber wenn der Angriff auf den Staubgrauen uns wirklich nur aus der Reserve locken sollte, bleibt mir nichts anderes übrig, als mich zu zeigen – öffentlich.«

»Das ist ganz schön gefährlich.«

»Weniger gefährlich als Mensch denn als Rabe. Es ist leicht, einen Singvogel zu vergiften oder abzuschießen. Das würde, wenn überhaupt, nur eine Geldstrafe nach sich ziehen.«

»Kann ich nicht mitkommen?«

»Und dein neues Leben gleich wieder verlassen?« Ich winkte ab. »Arwed wird mich begleiten – oder viel mehr begleite ich ihn. Aber ich würde dich gerne um einen Gefallen bitten.«

Jaros enttäuschter Gesichtsausdruck wich freudiger Erwartung. »Klar, was soll ich tun?«

»Erstens: Sei nicht so furchtbar begeistert! Du weißt doch noch nicht, was ich von dir will. Vielleicht passt es dir gar nicht.«

Er stieß einen Pfeifton aus und trat unruhig von einem Bein auf das andere. »Zweitens?«

»Ich dachte, du könntest während meiner Abwesenheit ein Auge auf Sergius werfen. Nicht, dass ich ihm misstraue«, ich schlug abwehrend mit den Flügeln, »aber ich habe irgendwie ein ungutes Gefühl. Wenn es grundlos sein sollte, umso besser. Ich wüsste gerne, womit er seine Zeit verbringt, wenn er nicht mit der Nahrungssuche beschäftigt ist.«

»Ich werde die Augen aufhalten. Kannst dich auf mich verlassen, habe ja sonst nichts zu tun.«

»Langweilst du dich schon?« Ich keckerte leise. Dann wurde ich ernst, denn jetzt kam der schwierige Teil. »Da ist noch etwas.«

»Drittens?«

»Du weißt doch, dass wir abwechselnd unsere Erkundungsflüge machen? Du bist noch nicht dafür eingeteilt, ich weiß, aber ich dachte, dass du vielleicht ab und zu«, ich holte tief Luft, »natürlich nur, wenn du nichts Besseres zu tun hast – also vielleicht könntest du etwa fünf Kilometer von hier in westlicher Richtung nach dem Rechten sehen. Nur, wenn nichts anderes anliegt«, wiederholte ich achselzuckend.

»In westlicher Richtung?« Jaro gluckste.

»Dort wo die Häuser der Nationalpark-Verwaltung liegen. Wie gesagt: Nur, wenn du nichts Besseres vorhast.«

»Selbstverständlich nur, wenn ich nichts Besseres vorhabe.« Jetzt keckerte er albern. »Ich habe noch nie erlebt, dass du dich so oft wiederholst und um das Aas herumkreist.«

»Das muss am Alter liegen. Ich meine förmlich zu spüren, wie mein Denkvermögen nachlässt«, grollte ich.

Jaros kleiner Körper zuckte rhythmisch, und er wich meinem Blick aus.

»Lachst du?«

»Nein«, er zuckte noch heftiger und seine Augen glänzten. »Wirklich nicht. Ich frage mich nur, ob das der Platz ist, wo du jeden Morgen hinfliegst, seitdem wir aus Příbram zurück sind.«

»Nein.«

»Vielleicht leidet dein Kurzzeitgedächtnis ja ebenfalls an Altersschwäche.«

»Vielleicht sollte dir mal jemand die Schwanzfedern langziehen?«

»Schon möglich. Also wer ist es, den ich beobachten soll? Diese Frau?«

»Welche Frau?«

Jaros stacheliges Federkleid wippte vor Empörung. »Ich bin jung, aber nicht blöde. Soll ich sie beschatten?«

»Nein!«, entfuhr es mir. »Auf keinen Fall. Ich möchte nur …« Meine Güte war das schwer. »Ich möchte wissen, ob sie da ist.«

»Das verstehe ich nicht. Meinst du, ob es ihr gut geht, ob sie arbeitet, oder was?«

»Nein, ich will nur wissen, ob sie da ist. Hier.«

»Kapier ich echt nicht. Soll ich auf sie aufpassen? Meinst du, es könnte ihr was passieren?«

»Das ist nicht zu erwarten, da niemand weiß, wo wir uns aufhalten. Niemand außer Nikolaus, und ihm vertraue ich blind.«

»Und warum – «

»Ich will nur wissen, ob sie da ist, verstanden?«, unterbrach ich ihn. Warum nur war ich so gereizt?

»Aye, aye, Sir!« Jaro nickte steif.

»Entschuldige, ich bin wohl ein wenig angespannt.«

»Kein Problem. Aber eine Frage habe ich noch, was die Prioritäten angeht: Was mache ich, wenn Sergius verschwindet und ich ihm nicht folgen kann, ohne meine anderen Pflichten zu vernachlässigen? Wer steht an erster Stelle, wenn – «

»Die Frau«, sagte ich knapp.

Arwed flog zügig voran, sein Heimweh trieb ihn. Ich konnte nachvollziehen, warum es ihn zu seiner Familie zog, aber mich selbst zog es nicht nach Prag. Auch wenn es mir schwerfiel, das einzugestehen, das Gefühl der Freiheit, der Unabhängigkeit hatte sich nicht wieder eingestellt. Die Sehnsucht packte mich weiterhin mit Habichtskrallen. Und das missfiel mir.

Hätte ich sie nicht längst vergessen sollen? Ein Kuss bedeutete doch gar nichts. Und trotzdem konnte ich ein leises Pochen in meiner Brust spüren. Ein warmes, sehr, sehr langsames Pochen dieses zähen, geronnenen Menschenbluts.

Ich schlug ebenso kräftig mit den Flügeln wie Arwed, sammelte meine Gedanken wie Nüsse ein. Ich dachte an den Kadaver des Huhns, den wir heute Morgen genüsslich ausgeweidet hatten. War dieses Verhalten etwa menschlich?

In einem sanften Bogen glitt ich hinab, stieß ein *Kroak* aus, um Arwed zu signalisieren, dass ich landen würde. Unter uns floss die *Vltava,* die Moldau. Ich steuerte einen Bach an, der sie speiste, und hüpfte an die steile Uferböschung. Das Wasser rann mir kalt und frisch durch die Kehle. Belebt zupfte ich mir das Gefieder zurecht.

Arwed flog dicht über dem Bachlauf und ließ sich unerschrocken ins Wasser fallen. Mit einem lauten *Kraah* tauchte er wieder auf, flatterte ans Ufer, schüttelte sich und plusterte sich auf.

»Du bist wohl absolut schmerzfrei, was?« Ich lachte, als sein Schnabel klapperte und er ihn tief in seine Federn steckte, um sich zu wärmen.

»H-hab nicht gedacht, dass es *so* kalt ist«, kam es dumpf aus seinem Gefieder.

»Du bist feucht«, klärte ich ihn auf.

Er griente. »Ich könnte jetzt ein paar richtig fettige Pommes vertragen. Mann, hab ich einen Kohldampf!«

»Ich hätte auch nichts gegen die Hinterlende einer Hirschkuh einzuwenden«, bestätigte ich.

»Mit Preiselbeeren«, stimmte Arwed zu.

Ich warf Arwed einen skeptischen Blick zu. »Immer noch menschliche Gelüste?«

»Du etwa nicht?«

Ich überlegte einen Moment. »Nein, eigentlich nicht. Zumindest nicht diese.«

»Hä?« Irritiert reckte er den Hals vor.

»Vergiss es. In letzter Zeit habe ich das Gefühl, die Vernetzung von meinem Gehirn zu meiner Zunge habe Störausfälle.«

»Das hast du bisher immer gut verborgen. Jedenfalls habe ich von dir noch nie ein Wort gehört, das, sagen wir mal, nicht durchdacht gewesen wäre.«

»Das erleichtert mich.«

Arweds Augen zuckten. »Also mir macht das eher Angst.«

»Es sollte dich beruhigen.«

»Im Gegenteil. Wenn ich meine, ich wäre richtig clever und souverän, dann kommt garantiert eine Reaktion von dir, die«, er suchte nach dem passenden Wort, »die mich dazu bringt, mich wie ein Volltrottel zu fühlen. Du verlierst doch niemals die Beherrschung.«

»Ich versuche es zu vermeiden, da muss ich dir recht geben. Aber ich bin weit davon entfernt, so beherrscht zu sein, wie du denkst. Im Gegenteil. Neuerdings bin ich kaum Herr über meine Sinne.«

»Und warum habe ich davon noch nichts gemerkt?«

»Schauspielerei«, schnarrte ich und zupfte an einer Schwungfeder, die sich störrischerweise nicht anlegen wollte.

»Das ist es also?« Ein rollendes Lachen drang aus seiner Brust. »Das ist das ganze Geheimnis? Du tust nur so als ob? Ich fass es nicht! Aber wie kommt es, dass man vor dir nichts verbergen kann? Wieso weißt du immer, ob jemand ehrlich zu dir ist? Das ist echt gruselig, weißt du?«

»Ist es nicht.« Ich schüttelte den Kopf.

Eigentlich gab es keinen Grund, warum ich es ihm nicht sagen sollte – es war nicht wirklich ein Geheimnis.

»Ich kann es riechen.«

»Du kannst was riechen?«

»Wenn jemand nicht aufrichtig ist.«

»So wie ein Lügendetektor?«

Ich keckerte belustigt. »Nicht direkt. Vielleicht beschreibt es riechen nicht allein. Ich spüre es auch, und ich höre es. Es ist vielmehr eine gebündelte Wahrnehmung, wenn du so willst. Als wären meine Sinne überreizt und nähmen jede noch so winzige Kleinigkeit in sich auf. Ich sehe, wie sich dein Lidschlag beschleunigt, und ich höre, wie dein Blut lauter und schneller pulsiert. Außerdem kann ich den Duft riechen, den dein Körper ausströmt, wenn er gestresst ist. Ich rieche das Adrenalin.«

»Im Ernst?«

Ich nickte.

»Jetzt habe ich echt Angst vor dir.«

»Blödsinn!«, rief ich aus. Vielleicht hätte ich das besser für mich behalten sollen. Aber das Ganze war eine Fähigkeit, die mir völlig normal erschien. Ich konnte mir kaum vorstellen, dass jemand das anders sehen sollte.

»Ich bin einfach nur besonders empfänglich.«

»Und was bin ich? Ein unsensibler Klotz, oder was?«

Ich zuckte mit den Schultern. »Würdest du mir etwas über deinen Vater erzählen?« Ich ließ meine Stimme in ein sanftes Timbre fallen. »Wenn es dich nicht zu sehr schmerzt. Manchmal tut es gut, mit einem Außenstehenden darüber zu sprechen. Man reagiert weniger emotional und kann sich an schöne Dinge erinnern, ohne mit dem Warum zu hadern.«

Er nickte und entspannte sich sichtlich. »Eigentlich brauchst du mich gar nicht nach etwas Schönem zu fragen, mir fällt gar nichts anderes ein. Vielleicht verdrängt man auch die Dinge, die schlecht waren, aber mein Vater«, seine Flügel zuckten kurz, »er war ein cooler Typ. Irgendwie witzig. Meine Mutter musste immer die Strenge sein, während er mit uns jeden Quatsch anstellte. Er ist Schlosser – ich meine, er war es. Er ging früh aus dem Haus und kam spät zurück. An den Wochenenden schnappte er sich einen Rucksack und ging mit uns in den Wald. Tja, heute weiß ich warum. Wahrscheinlich sehnte er sich furchtbar nach der Natur. Jedenfalls war es ihm völlig egal, ob wir uns einsauten oder mal eine Hose zerrissen. Er baute Häuschen aus Stöcken und ließ uns das Moos aus dem Waldboden kratzen, damit sie ein Dach bekamen. Aus Eicheln und Kastanien bastelte er Männchen für uns. Meine Schwestern zerstampften Gras und anderes Zeug, das mein Vater dann als stinkenden Verband ums Bein tragen musste. Er war ihr Versuchskaninchen.« Arwed grinste. »Er hat alles klaglos über sich ergehen lassen. Und er hat uns auch nie spüren lassen, dass er anders war.«

»Wusstest du, dass er dir sein Rabenblut vererben würde? Hat er mit dir darüber gesprochen?«

»Immer. Ich wusste es schon immer. Er muss mir davon erzählt haben, als ich noch sehr klein war. Es war ein Geheimnis unter uns Männern. Er hat gesagt, wenn ich groß wäre, könnte ich fliegen. Und dass ich etwas Besonderes wäre.«

Meine Kehle verengte sich bei diesen Worten und ich schluckte mühsam.

»Das klingt, als wäre er ein großartiger Vater gewesen.«

»Ja, das war er.«

Ich warf Arwed einen ernsten Blick zu. »Wir werden herausfinden, wer für seinen Tod verantwortlich ist«, sagte ich leise. »Das verspreche ich dir.«

Rabenhitze

Es gibt Dinge, die gibt es gar nicht.

Es war dieser Satz von Schwester Eva, der mir nicht mehr aus dem Kopf gehen wollte. Mein Schlafverhalten hatte sich also nicht wirklich gebessert, seit ich diese Spur verfolgte. Im Gegenteil – es gab mir noch mehr Möglichkeiten zu den wildesten Spekulationen.

Zwei Herzen.

Ob Alexej das wusste?

Ich stellte mir diese Frage und gleichzeitig war ich mir absolut sicher, die Antwort zu kennen. Er musste es wissen. Unmöglich, das nicht zu wissen! Vielleicht konnte man sein Schlagen hören, sein leichtes Pulsieren sogar unter der Haut fühlen.

Ich schüttelte den Kopf. Es war besser, nicht darüber nachzudenken, wie er sich anfühlte, wie warm seine Haut war – wie heiß sogar.

Aber Moment: Konnte das ein Grund für sein ständiges Fieber sein? War es möglich, dass da ein Zusammenhang bestand? Aus meinem Studium wusste ich, dass Hunde und Pferde eine Körpertemperatur hatten, die dem Menschen ähnlich bei bis zu 38,5 Grad liegen konnte. Katzen manchmal sogar bis zu 39 Grad, aber darüber hinaus musste man davon ausgehen, dass eine Infektion vorlag – beim Menschen sowieso. Wie also konnte es sein, dass Alexej sehr hohes Fieber hatte und dabei völlig leistungsfähig war? Er war ja schließlich kein Reptil. Und selbst Reptilien litten unter zu hohen Temperaturen, wenn sie sie auch überstehen konnten.

Gab es überhaupt Tiere, die höhere Temperaturen hatten als Säugetiere und denen das nichts ausmachte? Dann durchzuckte es mich plötzlich siedendheiß:

Vögel!

Vögel waren unter den gleichwarmen Tieren diejenigen, die die höchste Körpertemperatur hatten. Normalerweise um die 40 Grad, wenn nicht sogar bis zu 42. Genauso wie sein Rabe, wie Pavel, dachte ich verwirrt.

Aber ich hatte noch nie davon gehört, dass es möglich war, sich einem Tier, mit dem man zusammenlebte, körperlich anzupassen.

Ich sah auf die Küchenuhr. *Sakra!* Es war schon nach neun! Schnell goss ich heißes Wasser in die Thermoskanne und wickelte mir ein Käsebrot ein. Marek hatte alle Schlingenfallen mit einer Beobachtungskamera versehen, deshalb musste ich heute keine Fallen überprüfen. Trotzdem hatte ich einiges vor und packte Gefrierbeutel, Kompass und Karte ein. Außerdem hatte ich Marek versprechen müssen, nie wieder ohne Handy loszugehen.

Der Tag versprach schön zu werden, und weiße Schafherden bevölkerten den blauen Himmel. Noch gestern Abend hatte ich mir auf der Karte vier Routen zusammengestellt, die meine Arbeit mit meiner Suche nach Alexejs Spuren optimal verbinden würden. Ich trat kräftig in die Pedale und fuhr etwa eine Viertelstunde auf befestigten Wegen, bis ich die Stelle erreicht hatte, die ich als Ausgangspunkt markiert hatte. Ab da ging ich zu Fuß weiter. Als Erstes suchte ich nach dem mir bekannten Wechsel – ein ausgetretener Pfad, der von den Waldtieren häufig benutzt wurde. Meine Arbeit verlangte, dass ich nach Tritt- und Kotspuren Ausschau hielt. Meine Suche nach Alexej und den Kolkraben verlangte leider etwas anderes.

Der Kot der Vögel, die überwiegend Fleisch fressen, ist relativ dünnflüssig und findet sich in großen Klecksen meist unter Brut- und Schlafbäumen. Die Gewölle, die sie auswürgen, bestehen hauptsächlich aus unverdaulichen Nahrungsresten, wie Knochen, Haaren, Federn oder Chitinteilen.

Meinem Gewissen zuliebe konzentrierte ich mich aber zuerst auf die Suche nach Losungen von Säugetieren. Der Kot der Fleischfresser, wie unserer Luchse, ist meist walzenförmig und an einem Ende spitz ausgezogen. Wenn viele Schalenreste oder Kerne enthalten sind, zerfällt er leicht und lässt sich dann schwer zuordnen. Außerdem decken Katzen ihre Losung gerne mit Pflanzenmaterial zu, wenn sie nicht gerade ihre Reviergrenzen markieren möchten.

Anscheinend war ich aber gerade an einer solchen Reviergrenze angelangt: Vor mir auf einem abgestorbenen Baumrest prangte in gut sechzig Zentimeter Höhe eine lange Wurst. Welch ein Glück, dass wir Menschen andere Arten der Markierungen bevorzugten. Ein Grenzstein war doch allemal sympathischer.

Ich zerteilte den Kot mit dem Klappmesser und füllte eine Probe davon in einen Frischhaltebeutel.

Mit einem lauten *djuck djuck* flatterte eine Amsel dicht an meiner Nase vorbei. Sie landete vor meinen Füßen auf dem Waldboden, hackte und wühlte einen kurzen Moment, drehte sich im Halbkreis und schleuderte ein paar störende Blätter beiseite, bevor sie blitzartig mit dem Schnabel zustieß. Breitbeinig stemmte sie sich gegen den Boden, um einen dicken Regenwurm aus der Erde zu zerren. Ich schüttelte lachend den Kopf und der kleine Vogel brachte seine Beute schnell in Sicherheit.

Woher hatte er nur gewusst, dass gerade dort ein solches Prachtstück von Regenwurm steckte? So ein aufgewecktes, kleines Kerlchen. Sicher hätte es mir sofort sagen können, wo ich die Vögel fand, die ich suchte.

Wenn ich aber ehrlich zu mir war, musste ich mir eingestehen, dass ich es längst aufgegeben hatte, Spuren zu finden, die mich zu Alexej führen würden. Nachdem ich in näherer Umgebung meiner Hütte schon nichts hatte finden können, wie vielversprechend war dann eine Suche in den tieferen Regionen des Waldes? Anscheinend traf es tatsächlich zu, dass er niemals Spuren hinterließ. Deshalb konzentrierte ich mich allein auf die Kolkraben. Denn wie die Raben schien auch Alexej sich einfach in Luft aufgelöst zu haben.

Genau in diesem Augenblick hörte ich einen krähenden Schrei. Es raschelte und flatterte direkt hinter mir. Doch als ich mich umdrehte, konnte ich den Vogel, der das Geräusch verursacht haben musste, nicht ausmachen. Über mir lichteten sich die Kronen und ich musste mein Gesicht gegen die Sonne abschirmen. Ich schrie auf, als ein schwarzer Schatten an mir vorbeischoss. Ein Schatten, der krächzte, als hätte er sich genauso erschrocken wie ich. Der Vogel schwang sich hoch und landete auf einem Ast, um mich aus sicherer Höhe zu beobachten.

Ein Kolkrabe – endlich.

»Du weißt ja gar nicht, wie lange ich dich schon gesucht habe!«, sagte ich laut.

Das Tier schlug unruhig mit den Flügeln, und ich hielt den Atem an, weil ich ihn auf keinen Fall vertreiben wollte. Sein mächtiger Schnabel könnte es durchaus mit dem eines Steinadlers aufnehmen, dachte ich beeindruckt. Einen Moment schauten wir uns stumm an, dann hüpfte er den Zweig entlang. Er krächzte, und es klang wie ein freundschaftlicher Gruß.

»Hallo Freund«, grüßte ich zurück. »Du bist ja ganz alleine hier«, wunderte ich mich.

Dass ich laut sprach, schrieb ich meiner Nervosität zu. Lara würde sich kringeln vor Lachen, wenn sie mich so sähe.

»Du siehst ganz schön zerrupft aus. Hast wohl eine kleine Dürre hinter dir?«

Mit der Hand tastete ich nach meinem Frühstück. Das Papier knisterte, als ich das Brot herauszog, und der Rabe flatterte aufgeregt. In aller Ruhe setzte ich mich im Schneidersitz auf das Laub und wickelte ganz langsam das Brot aus. Ich brach es in zwei Hälften und legte die eine Hälfte vor mir auf den Boden. Der Rabe hatte sich abgewandt. Das war bestimmt das Pokerface, von dem Marek gesprochen hatte. Eigentlich sehr schmeichelhaft für mich, weil es schließlich bedeutete, dass der Rabe mich nicht für völlig dämlich hielt. Er flog vom Baum herunter und landete mehrere Meter entfernt. Ich biss ein Stück von meinem Brot ab und kaute zufrieden.

»Mmh … lecker«, sagte ich, als ob der Rabe mich verstehen könnte.

»Du hast sicher auch nichts gegen ein Käsebrot einzuwenden, oder?«

Der Rabe hüpfte unbeholfen über den Boden. Er sah ulkig aus, mit seinem zerrupften Gefieder.

»Warum hast du dich so lange nicht blicken lassen? Sonst habt ihr mich doch ständig beobachtet – du und deine Freunde.« Ich biss noch ein Stück von meinem Brot ab.

Er wurde unruhig. Seine Augen flogen von mir zum Käsebrot und wieder zurück.

»Ob du dich traust, wenn ich mich jetzt wegdrehe?«, fragte ich. Er legte den Kopf schief, und ich hatte das Gefühl, dass er tatsächlich über das nachdachte, was ich sagte.

Ich tat, als würde ich hinter meinem Rücken etwas suchen. Ein kurzes Rascheln, ein Laut, der wie ein freudiger Rabenschrei klang, und das Brot war fort. Nur ein Ast wippte noch nach. Zu gern hätte ich gesehen, in welche Richtung er geflogen war. Trotzdem fühlte ich mich beschwingt und hochmotiviert, denn ich hatte einen Teilerfolg erzielt: Rabe gefunden! Ich nahm mir vor, am nächsten Tag erneut hierher zu kommen und ihm etwas anderes zu Essen mitzubringen. Fleisch oder Pommes frites. Von Marek wusste ich, dass Rabenvögel nach fettigen Pommes geradezu verrückt waren, was sie mir sehr sympathisch machte.

Auf der Karte markierte ich die Stelle, an der ich den Raben getroffen hatte, und klopfte mir den Dreck von den Hosenbeinen. Auf meinem Rückweg warf ich hin und wieder einen Blick nach oben, aber der Rabe war verschwunden.

Zu Hause stellte ich mein Fahrrad vor dem Schuppen ab und brachte die Kotprobe des Luchses in das kleine Labor neben Mareks Arbeitszimmer.

Aus dem Regal über dem Untersuchungstisch holte ich Mörser und Glasstäbchen heraus. Mit einer Pipette tröpfelte ich Natriumchloridlösung auf die Kotprobe. Ich fertigte ein zweites Präparat mit Lugol-Lösung an und notierte meine Ergebnisse in einem Untersuchungsheft.

Den Rest des Tages verbrachte ich am Schreibtisch. Mein E-Mail-Postfach quoll über, und ich betätigte zigmal den Löschbutton, bis nur noch drei Mails übrigblieben. Zwei davon waren von meinem Bruder Timo. Er fragte, ob er mich in den Weihnachtsferien besuchen könne.

Warum eigentlich nicht? Ich hatte nicht vor, nach Hause zu fahren, und Timo würde es hier bestimmt gefallen. Ich schrieb ihm eine kurze Mail zurück, dass ich noch mit Marek und Lara sprechen müsse, aber dass beide sicher einverstanden wären. Seine zweite Nachricht war nur ein Ungeduldsbeweis, weil ich mich so lange nicht gemeldet hatte. Die letzte Mail war von der Uni, ich verschob sie direkt in den Papierkorb.

Aus einer Laune heraus tippte ich das Wort *Rabe* in das Google-Fenster und erhielt fast dreihunderttausend Suchergebnisse. Der größte Teil davon waren Gaststätten mit klingenden Namen wie *Die drei Raben* oder *Zum Rabenhorst*. Auch Spieleverlage und Hotels schmückten sich mit diesem Federvieh. Irgendeine Volleyball-Mannschaft nannte sich *Die Roten Raben* – Himmel! Genervt änderte ich den Suchbegriff in

Kolkrabe und die Ergebnisliste verkleinerte sich auf Neuntausend. Ein Rabenforum beschäftigte sich mit der artgerechten Haltung von Rabenvögeln, aber die Themen, die mich interessierten, konnte ich nicht einlesen. *Link nur für registrierte und freigeschaltete Mitglieder sichtbar.* Ich durchforstete die Standardergebnisse von Wikipedia und las einige verlinkte Seiten, die sich hauptsächlich mit Verhaltensforschung befassten. Auf der Seite des WDR fand ich einen Artikel mit der Überschrift *Schlaue Raben.*

Okay, darüber wusste ich inzwischen Bescheid.

Da ich eigentlich gar nichts Bestimmtes suchte, ließ ich mich von Link zu Link treiben und landete schließlich auf *Das schwarze Netz.* Rabenmythologie. Tiere der Unterwelt und des Todes. Gefolgschaft des Teufels. Ich scrollte nach unten und entdeckte auf derselben Seite Werbung eines Versandhandels für Jagdbedarf. Deren Kunden verkündeten voller Stolz, wie viele Krähen sie mit Hilfe von Lockkrähen erschossen hatten. Und das, obwohl es gesetzlich verboten war, Singvögel abzuschießen. Ekelhaft.

Ich dachte daran, wie Alexej mir von der griechischen Mythologie erzählt hatte. Auch in den Geschichten, die ich hier lesen konnte, war der Rabe immer der Böse, der bestraft wurde und deshalb ein schwarzes Gefieder trug und dessen wohlklingende Stimme von Apoll in ein grässliches Krächzen verwandelt worden war. Nur in der germanischen Mythologie galten die Raben Odins als treue Gefährten, die ihrem Gott die Nachrichten der Welt ins Ohr flüsterten. Ich las davon, dass Odin selbst sich in einen Raben verwandeln konnte, und die Geschichte gefiel mir. Angeblich lebte sogar König Artus in der Gestalt eines Raben weiter.

Ob mein neuer gefiederter Freund wusste, welch berühmte Brüder er hatte? Ich versuchte mir vorzustellen, wie es wohl wäre, sich in einen Vogel zu verwandeln. Wie es sich wohl anfühlen würde, wenn man einfach alles unter sich lassen könnte? Ich träumte vor mich hin, bis ich ein paar Worte in Kursivschrift auf meinem Bildschirm las, die erst keinen Sinn ergaben. Nur langsam tröpfelte die Bedeutung in mein Hirn. Ich las die Zeilen noch einmal. Es war das Zitat eines US-amerikanischen Predigers aus dem neunzehnten Jahrhundert:

Wenn Männer Flügel hätten und schwarze Federn trügen, wären wenige von ihnen schlau genug, um Raben zu sein.

Wenn Männer Federn trügen.

Ich seufzte wehmütig. Alexej war schlau. Wenn er Flügel hätte und Federn trüge, dann wäre er ganz sicher ein Rabe.

Nimmermehr

Wir erreichten Prag am späten Nachmittag und trennten uns auf Höhe der Jiráskův-Brücke. Arwed würde zu seiner Familie fliegen, während ich Nikolaus aufsuchte. Ich hoffte, dass er nicht gerade auf einer Probe wäre. Aber die Chancen standen gut, es lag weder ein Feiertag noch ein Wochenende vor uns. Ich überflog die Střelecky-Insel und genoss den Anblick der sich im Wasser spiegelnden Brückenbeleuchtung. Die Scheinwerfer der Schiffe strahlten in rotgelben Balken auf der Oberfläche. Eine kühle Brise trug mich vorwärts, hinein in die tausend glitzernden Punkte, die vor meinen Augen verschwammen und die Altstadt erhellten.

In der Ferne sah ich den *Hradschin*, die gotischen Türme der Veitskathedrale ragten dahinter in den grauen Himmel. Dank Milo wusste ich, wo ich Nikolaus finden würde, und ich war beeindruckt: Wie hatte Nikolaus es nur geschafft, hier eine Wohnung zu ergattern? Ich flog dicht an den Fenstern des Altbaus vorbei, keine Rollläden verhinderten die Sicht nach innen.

Ich hörte Stimmen im Haus. Kinderstimmen. Als ich den Rahmen eines Fensters im ersten Stock streifte, kreischte drinnen ein Mädchen auf. Im ersten Moment schrak ich zusammen und musste mich beherrschen, meinem Fluchtinstinkt nicht nachzugeben.

Schließlich hörte ich Nikolaus' Stimme. Sein Kopf erschien am Fenster und ich versuchte, mich auf derselben Höhe in der Luft zu halten. Er brauchte nur den Bruchteil einer Sekunde, um die Lage zu erfassen, und riss das Fenster auf.

Ich segelte hinein und fand mich vermutlich im Esszimmer wieder, denn ein großer runder Tisch nahm den Raum fast vollständig ein. Darauf lag allerhand Spielzeug.

Nikolaus streckte den Kopf aus der Zimmertür.

»Marina!«, rief er in den Flur. »Sag deiner Mama, dass wir heute Abend noch Besuch bekommen. Ich hab vergessen, ihr zu sagen, dass ein Freund angerufen hat.«

Eine fiepende Stimme antwortete etwas Unverständliches.

»Ist mir egal!«, brüllte er und hielt kurz inne. »Ist gut, von mir aus kannst du die braune Stute nehmen, aber im Galopp!«

Die braune Stute? Ich krähte und Nikolaus drehte sich zu mir um.

»Pferdephase«, sagte er knapp, als erklärte das alles. Dann stahl er sich aus dem Zimmer und schloss die Tür hinter sich. Ich hüpfte unbeholfen hinter einen Stuhl, weil ich ungern von einem der Kinder oder gar Nikolaus' Frau überrascht werden wollte. Ich musste nicht lange warten. Nikolaus kam zurück und legte ein paar Kleidungsstücke auf den Tisch.

»Worauf wartest du?«, fragte er. »Bist du auf einmal genant geworden?«

Ich würgte etwas hervor, das ich selber nicht verstand, und flatterte auf der Stelle. Ich und genant? Ich war noch nie besonders verlegen gewesen, wenn es um die körperlichen Aspekte meines Rabendaseins ging. Das brachte mein Leben nun mal mit sich.

Ich versuchte, die Kontrolle über meinen Körper zu erlangen und zog den Kreislauf meines Rabenblutes enger zusammen.

Nikolaus trat ungeduldig auf der Stelle.

»Mach schon! Katharina kommt gleich. Du weißt gar nicht, wie neugierig Frauen sein können!«

Diese Drohung machte es mir nicht gerade leichter. Wenn es mir möglich gewesen wäre, hätte ich ihn angeknurrt.

»Es gibt Schweinebraten zum Abendessen. Mit Klößen.« Er grinste breit.

Ich kniff verärgert die Augen zusammen.

»Und als Nachtisch Vanillepudding. Mit Krokantstreusel – hat Marina sich gewünscht.« Sein Grinsen wurde noch breiter.

Hatte ich Arwed gegenüber nicht behauptet, ich hätte solche menschlichen Gelüste nicht mehr?

Aber Krokantstreusel?

Ein klatschendes Geräusch, und ich brach aus meinem Rabenkörper aus. Nikolaus stand wie erstarrt vor mir, die Stirn gerunzelt.

»Irgendwie ist das echt ekelig, Alexej.«

Ich warf den Blick suchend nach geeignetem Wurfmaterial umher, aber Nikolaus las meine Gedanken und hob abwehrend die Hände.

»Nicht das Playmobil. Marina erwürgt mich mit ihren kleinen Fingern, wenn wir irgendetwas verändern! Glaub mir, das sieht sie sofort!«

»Arsch«, entfuhr es mir spontan.

»Ich hab dich auch echt vermisst!« Er beugte sich vor, um mich zu umarmen, besann sich dann aber eines Besseren.

»Vielleicht solltest du dir lieber erst was anziehen. Könnte blöd aussehen, wenn meine Frau uns so sieht.«

Ich schnaubte und griff nach dem Kleiderbündel, schlüpfte in die Unterhose und zog mir die dunkelblaue Jeans über die Beine.

»Du bist echt dünn geworden.« Er klang besorgt. »Und wir haben erst Ende November!« Jetzt klang es vorwurfsvoll.

»Ich hatte in letzter Zeit wenig Geduld mit der Nahrungssuche«, gestand ich ihm.

»Was hat das denn mit Geduld zu tun? Entweder man hat Hunger oder nicht.«

»Dann hatte ich eben keinen Hunger.«

Er musterte mich eingehend, während ich mir das T-Shirt über den Kopf zog und mit den Fingern durch das Haar fuhr. Die Strähnen reichten mir wieder bis über die Ohren und meine Wangen fühlten sich rau an.

»Meinst du, ich könnte mich noch – «

»Rasieren? Vergiss es! Ich gebe Katha maximal zehn Sekunden.«

Im selben Moment flog die Tür auf und ließ ein wieherndes Kind ein, gefolgt von ihrer Mutter. Ich kannte Nikolaus' Frau nur von dem Foto, das er mir gezeigt hatte, und war verlegen, weil ich in diesem ungepflegten Zustand hier vor ihr stand: unrasiert, ohne Schuhe und in den Kleidern ihres Mannes, die mir auch noch viel zu weit waren.

Ihre Musterung brach aber sofort ab, als sie Nikolaus' glückliche Stimme hörte.

»Mein lange verschollener Freund Alexej. Wird auch Zeit, dass du ihn mal kennenlernst.« Er drückte mich jovial und strahlte seine Frau an.

»Wann gibt's was zu essen? Ich glaube, Alexej hat mächtig Hunger von seiner Reise.«

Katharina warf einen verärgerten Blick auf ihren Mann.

Großartig, so vorgestellt zu werden! Meine Blicke erdolchten Nikolaus von der anderen Seite. Irritiert schaute er zwischen uns beiden hin und her.

»Was ist los? Was habt ihr denn? Also ich könnte ein halbes Schwein auf Toast verdrücken.«

Anscheinend hatte er überhaupt keine Ahnung von Frauen.

»Verzeihen Sie diesen späten Überfall«, sagte ich entschuldigend, während ich ihre Hand schüttelte. »Ich möchte Ihnen keinesfalls zur Last fallen und Sie beim Essen stören.« Ich konnte förmlich sehen, wie es in ihrem Kopf arbeitete, also tat ich einen Ausfallschritt nach vorne.

»Was hältst du davon, Niki, wenn ich morgen Vormittag wiederkomme? Dann kann sich deine Frau in Ruhe darauf vorbereiten.«

Ich gebe zu, es war unfair, ihr einen solchen Tiefschlag zu versetzen. Keine tschechische Ehefrau würde sich nachsagen lassen, sie wäre nicht auf Gäste vorbereitet.

Sie lächelte.

»Nein, bitte bleiben Sie. Ich würde mich sehr freuen, wenn Sie mit uns essen. Es ist mehr als genug da.« Die letzten Worte kamen gepresst in die Richtung ihres Mannes.

»Sag ich doch.« Nikolaus grinste zufrieden und streichelte seiner ältesten Tochter übers Haar.

»Du hast ja die gleichen Anziehsachen wie mein Papa«, sagte das Mädchen plötzlich.

»So'n Quatsch«, würgte Nikolaus hervor.

»Du hast gut aufgepasst«, erwiderte ich. »Das liegt daran, dass dein Vater und ich denselben Geschmack haben.« Ich schenkte Katharina ein Lächeln und sie errötete.

Nikolaus schnaufte.

»Genau wie früher. Du weißt immer, wie du es anstellen musst!«

»Pardon?«

»Ach, vergiss es! Du kannst übrigens Katharina sagen. Und dieses *Sie* finde ich auch ziemlich überflüssig.«

»Mit Ihrer Erlaubnis?« Ich deutete eine leichte Verbeugung in Katharinas Richtung an.

»Und wo ist deine kleine Schwester?«, fragte ich Marina. »Ist sie noch im Stall bei den anderen Pferden?«

»Die sitzt auf dem Töpfchen. Die ist ja noch so ein Baby!«, empörte sie sich. Im selben Moment stieß Katharina einen entsetzten Schrei aus.

»Oh Gott, das habe ich total vergessen!«, rief sie und stürzte aus dem Zimmer.

»Da kann man nur hoffen, dass deine Mutter noch rechtzeitig kommt, nicht wahr?« Ich schmunzelte. Marina stemmte ihre kleinen Fäuste in die Hüften und nickte ernst.

»Das gibt bestimmt wieder eine Riesenschweinerei!«

Ich wandte mich dem Tisch zu, auf dem sie eine ganze Pferdezucht aufgebaut hatte.

»Und welche Pferde gehören dir? Du musst mir alles erklären, weil ich von Pferden überhaupt keine Ahnung habe«, sagte ich. Marina runzelte die Stirn, als überlegte sie, wie ein Erwachsener über so wenig Verstand verfügen konnte. Dann erbarmte sie sich und erklärte mir haarklein, wie jedes Tier zu seinem Namen gekommen und wer mit wem verwandt war.

Etwa eine Stunde später bereute ich bereits, mich so unwissend gestellt zu haben. Marina ging ganz in ihrer Rolle als Lehrerin auf, fragte mich zum fünften Mal die Gangarten der Pferde ab und die Kommandos, die man geben musste.

»Es ist jetzt genug, Liebling. Lass unseren Gast einmal Luft holen, ja? Sonst kommt er nie wieder«, sagte Katharina. Marina brummte verärgert und nahm ihrer kleinen Schwester eines der Plastikpferde ab, auf dem sie genüsslich gekaut hatte.

»Wenn ich acht bin, kauft mir Opa ein eigenes Pferd«, erklärte sie. Karola jaulte auf und versuchte ihr das Tier wieder abzunehmen.

»Pferde sind sehr teuer«, sagte ihre Mutter. »Warum muss dein Opa dir nur so einen Floh ins Ohr setzen? Kannst du mir sagen, wo wir ein Pferd unterbringen sollen?«

»Opa hat genug Geld. Mein Opa ist reich!«, klärte sie mich auf.

Jetzt heulte Karola laut und zerrte an dem Pferd, doch Marina ließ nicht locker.

Ihre Mutter warf ihr einen drohenden Blick zu.

»Ich glaube, es reicht jetzt. Zeit fürs Bett!« Sie stand auf und scheuchte die Mädchen aus dem Zimmer. Ich wagte kaum aufzuatmen.

»Wenn sie im Bett liegen, mach ich drei Kreuze«, sagte Nikolaus. »Aber ich bin verrückt nach ihnen«, fügte er hinzu. Das klang in meinen Ohren völlig logisch. Ich fand sie hinreißend.

»Sie gefallen mir sehr, du hast wirklich Glück.«

»Ja, ich weiß. Und wenn die kleinen Kröten heute Nacht durchschlafen, bin ich der glücklichste Mann auf Erden.«

»Ich würde freiwillig jede Nacht opfern, wenn ich so eine tolle Familie haben könnte.« Ich hatte das nicht sagen wollen; noch viel weniger wollte ich, dass es verbittert klang.

»Du weißt nicht, was du da sagst. Wenn du ständig mit Schlafentzug gefoltert wirst, verschieben sich die Prioritäten schneller als du denkst.«

Ich war erleichtert, dass ihm meine melancholische Stimmung nicht weiter aufgefallen war. »Niemals.«

Jetzt kicherte er. »*Quoth the raven: Nevermore!*«

Ich schloss die Augen, lehnte mich zurück, die Beine leger übereinandergeschlagen.

»Keine Angst. Ich habe nicht vor, dich heimzusuchen wie der Rabe aus Poes Gedicht. Ich werde heute Nacht zu Arweds Familie gehen und morgen sehen wir weiter.«

»Wie, du bleibst nicht hier?«

»Um deine Frau noch mehr gegen mich aufzubringen? Nevermore!«, scherzte ich.

»So ein Blödsinn! Du weißt doch genau, dass du sie schon um den kleinen Finger gewickelt hast. Sie ist völlig hin und weg und fragt sich wahrscheinlich, wie es kommt, dass mein bester Freund dermaßen kultiviert ist.«

»Das bezweifle ich nicht«, gab ich zu, um Nikolaus zu necken. »Noch wahrscheinlicher ist, dass sie sich fragt, wieso du auf einmal mit Messer und Gabel isst, und ob das heute Abend von mir abgefärbt hat.«

»Ich kann ja schlecht vor den Kindern den Höhlenmenschen rauskehren, oder? Aber mal ernsthaft: Du willst nicht zum General?«

Ich atmete tief durch. »Das halte ich für keine gute Idee. Sie würde sich ziemlich aufregen, wenn ich plötzlich vor der Tür stünde.«

»Weiß sie überhaupt, dass du noch lebst?«

»Sicherlich. Ich habe ihr versprochen, dass sie es sofort erführe, sollte ich mich ohne Abschied davonmachen.«

»Wie großzügig von dir!«

»Du wirst sarkastisch? Meine Großmutter ist eine starke Frau – sie gibt sich keinen Illusionen hin.«

»Und doch hast du Sorge, sie könnte sich aufregen?«

»Jetzt hast du mich erwischt.« Ich seufzte. »Der Grundgedanke ist doch eher egoistischer Natur. Ich gebe zu, es würde mich sehr schmerzen, sie zu sehen, um sie dann gleich wieder zu verlassen.«

»Wer sagt denn, dass du sie verlassen musst?«

»Nicht!«, wehrte ich ab. »Das haben wir alles schon hundertmal durchexerziert! Du weißt, ich kann nicht ständig so leben, ohne auszubrechen. Das ist für niemanden leicht zu ertragen – auch nicht für den General. Ganz zu schweigen von der Gefahr, die es mit sich brächte, entdeckt zu werden.«

»Ja«, sagte Nikolaus gedehnt. »Hier in Prag würdest du irgendwann auffallen, aber an einem anderen Ort? Außerhalb? Weißt du gar nicht, dass deine Großmutter wieder in Orlík wohnt?«

»Bitte?« Ich verschluckte mich fast an diesem Brocken. »In Orlík? Aber – ?«

»Seit über einem Jahr schon. Es wurde restauriert. Soweit ich weiß, hat deine Großmutter es sogar für die Öffentlichkeit zugänglich gemacht.«

»Ich hatte keine Ahnung. Wie hat sie das nur angestellt? Diese Frau ist einfach unglaublich!«

»Klingt, als hättest du eine Schwäche für sie.«

Das war leicht untertrieben. »Ich liebe sie abgöttisch!«

Er beugte sich weiter vor. »Also, wie ist der Plan?«

»Sprich nicht von Plan! Verzweiflungstat beschreibt es eher. Es gibt keinen Plan. Du hattest vermutet, dass der Angriff auf den Staubgrauen nur ein Lockruf gewesen sei. Ich dachte, wir geben diesem Lockruf nach. Zeigen, dass es uns noch gibt und halten Ausschau, aus welcher Richtung die Schüsse kommen werden.«

»Schüsse?«

»Bildlich natürlich. Ich erwarte eigentlich nicht, dass sie überstürzt handeln werden. Wer auch immer dahinter steckt.«

»Das heißt, du willst den ganz großen Auftritt?«

»Ich kann ja schlecht in der Zeitung annoncieren, oder?«

Er kicherte, und mir floss ein heißes Gefühl durch den Körper. War es Scham? Ich wusste es nicht, aber ich hatte plötzlich das starke Bedürfnis, mich bei Nikolaus zu entschuldigen. Ich räusperte mich verlegen.

»Ich will dich nicht in die ganze Sache mit hineinziehen, Niki. Es betrifft dich nicht und darf auf keinen Fall deine Familie in Gefahr bringen.«

»Was heißt hier, es betrifft mich nicht? Hallo? Ich dachte, du wüsstest, dass ich zu dir stehe. Auf mich kannst du dich verlassen, auch wenn meine Schwester dich damals sitzen gelassen hat. Das hat mit uns beiden überhaupt nichts zu tun.«

»Versteh mich nicht falsch. Ich … ich möchte mich bei dir entschuldigen. Dafür, dass ich mich so lange nicht gemeldet habe. Und das Erste, dass du nach Jahren von mir hörst, ist ein Hilferuf. Das hast du nicht verdient.«

Er rieb sich verlegen über das Kinn.

»Im Ernst. Ich möchte dich heraushalten. Dich und Katharina und die Mädchen. Aus diesem Grund gehe ich zu Arwed. Er ist genauso involviert wie ich.«

»Vergiss es. Du glaubst doch nicht, dass ich dich heute noch vor die Tür lasse? Es ist fast Zehn!«

»Ich versichere dir, ich darf schon seit geraumer Zeit nachts alleine draußen bleiben.«

»Haha, wirklich witzig. Du hast aber was vergessen: Du hast keine Schuhe!«

Ich warf einen Kontrollblick auf meine nackten Füße.

»Pass auf«, sagte Nikolaus. »Ich habe mir was überlegt. Du schläfst heute Nacht hier auf der Couch und morgen gehen wir einkaufen. Guck nicht so – du brauchst unbedingt anständige Klamotten und Kriegsbemalung.«

»Kriegsbemalung? Was meinst du denn damit?«

»Das verrate ich dir morgen, wenn du dich nicht mehr so sträubst.«

Unschlüssig studierte ich sein Gesicht, in dem sich wieder die Lachfalten eingegraben hatten.

»Übrigens haben wir nebenan ein Klavier«, erhöhte er den Einsatz.

»Was für eins?«, hakte ich nach. »Wenn du mich jetzt mit einem Keyboard für Kinder locken willst, dann kann ich dir den Zahn gleich ziehen!«

»Ein Grotrian Steinweg«, sagte er.

Sofort war ich auf den Füßen und zur Tür hinaus. »Das will ich sehen.«

Nikolaus blieb seelenruhig sitzen. Nach einer Minute kehrte ich zurück. Nikolaus lehnte sich lässig im Stuhl nach hinten.

»Und?«

»Du meinst wirklich, deine Frau wird nicht verärgert sein, wenn ich hier bleibe?«

»*Nevermore*«, sagte er zufrieden.

Rabenfreund

»Erwische ich dich doch noch heute Morgen!« Lara kniff mir mütterlich in die Wange, und ich gab einen leisen Schmerzenslaut von mir.

»Jetzt bin ich wach, danke.« Ich rieb mir mit der einen Hand die Wange, mit der anderen verstaute ich mein Proviant.

»Die letzten Tage warst du schon so früh unterwegs, dass ich dich gar nicht zu Gesicht bekommen habe. Was soll mir das sagen? Hat Marek dir zu viel Arbeit aufgebrummt?«

»Im Gegenteil«, erwiderte ich. »Er behandelt mich wie ein rohes Ei. Langsam geht er mir wirklich auf die Nerven. Ich will was tun. Ich muss raus hier, verstehst du?«

Lara nickte und zeigte ein schelmisches Grübchen im Mundwinkel. »Er hat ein so gutes Herz.«

»Ja«, knurrte ich. »Aber wenn er weiterhin so tut, als wäre ich ein hilfloses, armes Püppchen, dann reiße ich es ihm raus, mit bloßen Händen!«

»Warum so aggressiv heute? Hast du schlecht geschlafen?«

Ich warf den Rucksack auf die Erde und ließ mich auf einen Küchenstuhl fallen.

»Ich schlafe überhaupt nicht«, sagte ich und rieb mir zum Beweis mit den Handballen über die Augen.

»Immer noch so schlimm?«

»Nur, wenn ich zu viel Zeit zum Nachdenken habe. Ich hab schon versucht, mit Kopfhörern einzuschlafen, aber irgendwie ist Musik auch nicht das Richtige, denn ich muss sofort daran denken, dass Alexej sie wahrscheinlich grässlich finden würde, und schwupps ist er wieder in meinem Kopf.«

»Ach, Isa.« Lara seufzte.

»Dann versuche ich zu lesen und merke erst nach mehreren Seiten, dass ich kein Wort in mich aufgenommen habe. Das macht also auch keinen Sinn.«

»Wenn ich ihn treffen würde, würde ich ihm den Hals umdrehen.«

»Würdest du nicht.«

»Okay, ich würde ihn umarmen, ihm einen dicken Kuss geben und ihm dann den Hals umdrehen!«

»Ja, das würde ich auch gerne.« Jetzt war es an mir, zu seufzen.

»Du willst ihn ja gar nicht vergessen«, sagte Lara vorwurfsvoll. »Warum fährst du über die Feiertage nicht nach Hause? Ich weiß, dass dein Bruder dich besuchen möchte, aber vielleicht wäre es besser, *du* würdest für ein paar Tage die Tapeten wechseln? Nicht, dass ich nicht froh wäre, wenn du hier bleibst, aber es wäre doch auch schön, ein paar Tage mit deinen Eltern zu verbringen.«

»Bist du verrückt? Auf keinen Fall!«

»Es war ja nur so eine Idee.«

»Schick mich bloß nicht weg, Lara. Tu mir das nicht an. Ich kann hier nicht fort. Nicht einmal für ein paar Tage.«

»Du würdest schon nichts verpassen.«

»Es geht nicht. Auf gar keinen Fall!«, wiederholte ich panisch. Nicht gerade jetzt, wo ich endlich die Raben gefunden hatte, wo wenigstens ein kleines bisschen Bewegung in die Sache gekommen war! Ich wusste genau, dass es ein abgedrehter Gedanke war, aber ich fühlte mich Alexej viel näher, seitdem ich diesem zerzausten Raben begegnet war. Begegnet. Jetzt dachte ich schon an ihn wie an einen Menschen!

Wie hatte sich Alexej nur so eng mit Pavel anfreunden können? Er musste ihn schon auf sich geprägt haben, als er noch ganz klein gewesen war. Eine andere Möglichkeit gab es nicht, um einen Vogel an einen Menschen zu binden. Er musste ihn quasi als seine Mutter ansehen.

Ob Alexej sich nun einen neuen Rabenfreund suchen würde? Wusste er denn, wo sie ihre Brutplätze hatten?

Mir fiel ein, dass er mich einmal gefragt hatte, ob ich hier irgendwo Raben gesehen hätte. Und je länger ich darüber nachdachte, umso mehr Fragen tauchten in meinem Kopf auf. Die wahrscheinlich elementarste war:

Suchte ich die Raben, weil ich vielleicht eine Meise hatte? Ich musste lachen und merkte gleichzeitig, wie hysterisch sich das anhörte.

»Du hast keine Meise.«

Hatte ich wieder laut gedacht?

»Keine Angst, mit dir ist alles in Ordnung!«, sagte Lara.

»Danke. Das ist sehr nett von dir. Tut mir leid, dass ich dir schon wieder die Ohren vollgeheult habe.«

»Hast du nicht. Aber jetzt raus mit der Sprache! Was hast du vor?«

»Jetzt? Ich mache mich auf die Suche nach Tierrissen und Losungen von Luchsen wie jeden Tag.«

»Das habe ich eigentlich nicht gemeint, aber gut. Bist du mittags wieder da?«

»Wahrscheinlich nicht. Ich habe meine Route erweitert, das dauert ein bisschen. Aber ich habe mir etwas zu essen eingepackt.« Ich klopfte demonstrativ auf meinen Rucksack.

»Ist es das, was hier so nach altem Fett stinkt?« Sie rümpfte die Nase.

»Äh … kann schon sein«, antwortete ich ausweichend.

»Und was genau hast du da eingepackt?« Sie machte Anstalten, nach meinem Rucksack zu greifen.

»Sei doch nicht so furchtbar neugierig, Lara! Das ist wirklich sehr aufdringlich.«

»Ich und aufdringlich? Jetzt hör aber auf!« Empört griff sie nach der Zeitung, die Marek auf dem Tisch hatte liegen lassen, und faltete sie hastig auseinander.

»Ich wusste gar nicht, dass du dich so sehr für den Sportteil interessierst?«

»Hau endlich ab!«

Am Himmel waren heute nur schwarze Schafe zu sehen, aber das Wetter war mir völlig egal. Trotz meines Schlafmangels war ich motiviert, und ich merkte, wie sich meine Stimmung schlagartig hob, weil ich eine Aufgabe hatte und nicht nur sinnlos grübeln musste.

Aus einer Laune heraus ließ ich mein Fahrrad stehen. Ich hatte es nicht eilig und ein gleichmäßiger Tritt wirkte sich immer positiv auf meine Seele aus. Das hatte im wahrsten Sinne des Wortes etwas Bodenständiges.

Alles um mich herum regte sich und wuselte. Eichhörnchen flitzten die Baumstämme hoch, und in unmittelbarer Nähe des Hauses grunzten freudig zwei Igel. Ich dachte daran, wie Alexej den Jungen aus der Schulklasse mit nackten Füßen durch das Laub geschickt hatte und wie er beschrieben hatte, welche Kleinstlebewesen darin ihre Arbeit verrichteten. Jetzt herrschte unter den Laubhaufen kein so reges Treiben mehr. Würmer, Asseln, allerhand Bakterien und Pilze arbeiteten zwar hart daran, die Blättermassen klein zu kriegen, aber die betriebsamste Phase würde erst wieder im Frühjahr losgehen.

Als mir einfiel, wie Alexej geflüchtet war, nachdem er die Asseln gegessen hatte, schüttelte ich mich innerlich. Direkt danach hatte ich den Raben aus seinem Zimmer befreit. Ein Kolkrabe, und zwar nicht gerade ein kleiner. Wie war der eigentlich ins Zimmer gekommen, wenn das Fenster doch nur gekippt war? Komisch, dass mir dieser Widerspruch nicht früher aufgefallen war. Und hatte Alexej nicht sogar ziemlich hartnäckig nachgefragt, was für einen Vogel ich aus seinem Zimmer gelassen hatte?

Aber ich wollte nicht länger darüber nachdenken und merkte bei jedem Schritt, wie ich Ballast verlor. Das sollte man als Therapie einführen: *Laufen Sie Ihren Problemen davon!*

Ich zog den Kompass aus der Jackentasche und wartete, bis die Nadel sich eingependelt hatte, um mich zu orientieren. Nachdem ich eine halbe Stunde weitergelaufen war, konnte ich vor mir ein Bergmassiv ausmachen. Meterhohe Baumkronen behinderten meine Sicht nach oben, aber ich hörte lockende Rabenschreie und hoffte sehr, dass es die meines neuen Rabenfreunds waren.

Die Bäume wurden lichter und ich erreichte schnaufend das erste Plateau. Jetzt riss auch die Wolkendecke auf. Ein großer Teil der Fläche schien über den Rand des Berges hinauszuragen. Unter mir fiel der Hang in eine dunkelgrüne Masse Tannenwald ab. Zwischen den Bäumen schimmerte wie hingegossen ein dunkelblauer Bergsee. Ich trat näher an den Rand des Plateaus. Ganz schön steil. Wenn jetzt hinter mir einer *Buh!* schrie, würde ich ziemlich tief runterstürzen.

Schade, dass Alexej nicht hier war. Diese Aussicht würde ihm bestimmt gefallen. Ich blinzelte in das helle Licht und stellte verärgert fest, dass meine Wimpern feucht wurden.

Das Blau unter mir glitzerte verführerisch, und unbewusst trat ich einen Schritt nach vorne. Eine Vogelstimme kreischte auf. *Da bist du ja endlich!*, dachte ich freudig und verlor im selben Moment den Halt. Ich rutschte und ruderte hilflos mit den Armen. Mir wurde schwarz vor Augen, als etwas hart durch mein Gesicht wischte. Es krächzte ganz nah an meinem Ohr. Dann prallte der Rabenkörper mit voller Wucht gegen meine Brust. Ich fiel nach hinten und schlug hart mit dem Kopf auf.

Stöhnend betastete ich meinen Hinterkopf.

Das gab bestimmt eine dicke Beule.

Neben mir auf dem Boden saß der Rabe und hatte den Kopf schief gelegt.

»Danke«, sagte ich atemlos. »Das war echt knapp.«

Der Rabe wippte mit dem Kopf hin und her.

»Du musst mich ja für ganz schön blöde halten, oder?«

Nickte er etwa? Ich riss die Augen auf. Das hatte ich mir doch sicher nur eingebildet! Schwankend kam ich auf die Beine und hielt mir die Hände an den pochenden Schädel. Was für ein Glück, dass der Rabe sich genau diesen Augenblick für seine Attacke ausgewählt hatte.

»Heute hast du dir echt was verdient«, lobte ich ihn und zupfte an den Schnüren meiner Tasche. Der Vogel hüpfte näher und hackte ungeniert auf meinen Rucksack ein.

»He, Moment, warte doch! Lass mich erst mal die Schleife aufmachen!« Ich kramte im Inneren nach der Tupperdose, zog den Deckel ab und stellte sie ihm hin. Sofort pickte er sich die kalten Fritten heraus.

»Du siehst schon viel besser aus. Langsam wachsen deine Federn nach.«

Der Rabe reagierte nicht, sondern fraß weiter.

»Ich hoffe, du bist damit zufrieden. Nächstes Mal bring ich dir etwas Fleisch mit, wenn du willst.«

Das Tier hob den Kopf und gab einen undefinierbaren Laut von sich. Es klang wie das Quietschen einer Bremse.

»Ich bin übrigens Isa… Isabeau.« Ich hatte keine Ahnung, warum ich meinte, mich ihm vorstellen zu müssen, aber immerhin hatte mich dieses Tier gerade vor einem üblen Sturz in die Tiefe bewahrt, und ich verspürte ein starkes Gefühl der Dankbarkeit.

»Du bist ziemlich schlau«, lobte ich ihn. »Für einen Vogel.«

Er drehte sich um und zeigte mir die kalte Schulter.

»Oh, habe ich dich beleidigt? Das tut mir leid. Natürlich nicht nur für einen Vogel.« Ich musterte ihn eingehend. Er war wirklich groß, schien mir dabei aber noch sehr jung zu sein.

Sein Gefieder war stumpf, was auch auf eine Erkrankung hindeuten konnte, und hatte noch nicht diesen schwarzen, metallischen, fast stahlblauen Glanz. Die Flügel waren krähenartig, seine Augen noch blau.

»Ich würde dich gerne etwas fragen. Da du ja so clever bist«, fügte ich schnell hinzu. Ich nahm meinen ganzen Mut zusammen.

»Hast du Alexej gesehen?«

War ich eigentlich vollkommen plemplem?

Ich saß hier auf einem Berg in der Wildnis, fütterte einen Raben mit Fritten und stellte ihm Fragen, als erwartete ich tatsächlich eine Antwort! Ich musste mir den Kopf wohl doch heftiger angeschlagen haben.

Der Rabe hielt im Fressen inne. Er blinzelte.

»Hast du ihn gesehen?«, wiederholte ich und schämte mich gleichzeitig dafür.

Er sperrte den Schnabel auf und krächzte einmal kurz.

Was hatte ich denn erwartet?

Er krähte wieder, es hörte sich an wie *Krii – Aaakrii*. Dann kürzer, als übe er noch:

»*Aki, Aki, Aki.*«

Enttäuscht ließ ich mich auf den Boden fallen. »Tut mir leid, ich glaube ich bin doch ein wenig angeschlagen. Du kannst nichts dafür«, sagte ich und kippte die Reste seines Essens auf den Boden. Der Rabe beobachtete mich neugierig und hüpfte auf mich zu.

»*Aki, Aki*«, krähte er eindringlich.

»Du bist wirklich lieb. Ich danke dir für deine Hilfe. Ich werde mich jetzt besser wieder auf den Heimweg machen und unterwegs noch meiner Arbeit nachgehen, damit es nicht auffällt, dass ich mir mit dir eine schöne Zeit gemacht habe.«

Da sprang er auf einmal nach vorne und zwickte mich ins Hosenbein.

»He, du Frechdachs, lass das!« Ich kicherte. »Wir sehen uns ja morgen wieder, wenn du möchtest.« Ohne nachzudenken, strich ich dem Tier leicht über die Brust. Er stand ganz still, gab nur einen schnarrenden Laut von sich.

»*Jaruuu*«, krähte er. »*Jaruu, jaruu.*«

»Jaru sagst du? Ist das dein Name? Soll ich dich so nennen?«

Er wackelte auf seine ulkige Art mit dem Kopf. »*Jaru.*«

»Also gut, Jaru. Dann bis morgen!« Ich ließ ihn zurück und sah noch im Augenwinkel, wie er sich über die Reste hermachte.

Brandmal

Katharina war nicht verärgert, als sie erfuhr, dass ich mich als Gast bei ihnen eingenistet hatte. Eingenistet – das war durchaus die passende Beschreibung für einen Raben.

Ich schlief die Nacht auf der Couch. Sowie ich am nächsten Morgen erwacht war, schlich ich mich ins Nebenzimmer. Außer dem Grotrian-Steinweg stand noch ein runder Tisch mit zwei eleganten Sesseln in einer Zimmerecke. Die Bücher in den Regalen interessierten mich nicht. Ich wurde allein vom Klavier angezogen. Die schwarze Oberfläche schimmerte seidig.

Ich setzte mich auf den Hocker. Behutsam stellte ich das Moderatorpedal fest und öffnete den Deckel. Wie brachte man es überhaupt fertig, ihn jemals zu schließen? Zärtlich ließ ich meine Finger über die Klaviatur gleiten.

Auf einem der Sessel lagen ein paar zusammengeworfene Notenblätter. Ich griff nach den obersten: Debussy, las ich und verwarf es angewidert. Darunter Chopin – Etüden und Nocturnen. Ich lächelte, legte sie aber vorerst beiseite. Liszt. Ungarische Rhapsodien. Das war genau nach meinem Geschmack.

Ich schlug die ersten Takte der zweiten Rhapsodie an und hielt inne. Trotz Moderator würde ich Nikolaus' Familie damit sicher aufwecken.

Da legte sich eine Hand auf meine Schulter und ich ließ ganz von den Tasten ab. »Du bist schon auf?« Meine Stimme klang atemlos.

Nikolaus schob sein Bein unter das Klavier und löste das mittlere Pedal. »Wir sind alle schon auf. Wir wollten dich nur nicht stören. Tu dir keinen Zwang an.«

»Und die Nachbarn?«

Er zuckte mit den Schultern. »Scheiß auf die Nachbarn! Die sind abgehärtet.« Er ließ seine Zähne aufblitzen, setzte sich auf den Sessel hinter mich und lehnte sich entspannt zurück.

Ich gab mich ganz der Musik hin, meine Finger sprangen wie Wassertropfen über die Tasten. Perlend und leicht und dann wieder galoppierend, wie ein temperamentvolles Rennpferd.

Die ruhigen Passagen liebte ich besonders. Die dumpfen und dunklen Töne, die auf die folgende springende Lebendigkeit vorbereiteten. Auf einmal verschwammen die Noten vor mir. Ich schloss die Augen und vergaß, die Seiten umzublättern. Es waren meine Finger, die sich erinnerten, die genau wussten, wie sie sich bewegen mussten – eigenständig und von meinen Gedanken gelöst. Sie sprangen vorwärts, hielten inne, als atmeten sie ein, trieben die Töne weiter, wechselten die Tempi, streichelten in einem Moment die Tasten, um sie im nächsten Moment kraftvoll anzuschlagen. Sie polterten hinüber und kitzelten dann einzelne Töne neckend heraus. Gänsehaut breitete sich über meine Arme aus und die Töne trillerten in meinem Innenohr wie ein Kolibri.

Als ich die letzten Noten angeschlagen hatte, riss ich meine Hände zurück, als hätte mich meine eigene Inbrunst erschreckt.

Katharina stand im Türrahmen. Nikolaus gab keinen Ton von sich. Er saß immer noch dort, wo er sich vor zehn Minuten hingesetzt hatte, und warf mir einen undefinierbaren Blick zu. Dann räusperte er sich geräuschvoll.

»Weißt du, Alexej, genau dafür habe ich dich schon immer gehasst.«

Ich war irritiert. »Wofür?«

»Dafür, dass du so spielen kannst. Und das nach all den Jahren. Auch damals erstarrte alles vor Ehrfurcht in deiner Umgebung. Aber heute«, er schüttelte fassungslos den Kopf. »Ich kann's einfach nicht glauben. Du bist doch völlig außer Übung, außerdem hast du die letzten Wochen nur körperlich gearbeitet. Er hat Holz gehackt!«, rief er seiner Frau empört zu. »Ich fass es nicht! Ich fass es einfach nicht. Und weißt du, was das Schlimmste ist?« Er sprang auf und kam auf mich zu.

»Das Schlimmste ist: Du hast dich auch noch weiterentwickelt. Du spielst mit viel mehr Rubato als früher, du veränderst das Tempo, und ich habe das Gefühl, mein Herzschlag setzt aus!«

»Sei nicht albern.«

»Ist wirklich wahr. Ich könnte schwören, dass mein EKG bei deinen Pausen eine Nulllinie fährt.«

Ich fing herzhaft an zu lachen.

»Ich meine das ernst! Du bist viel gereifter, noch ausdrucksvoller als damals. Ich glaube wirklich, du bist bereit für *Rach drei.*«

Ich schüttelte den Kopf. »Auch wenn ich dich damit schockiere, aber das dritte Klavierkonzert von Rachmaninov habe ich schon gespielt.«

Nikolaus stand vor mir, den Mund aufgeklappt, und machte schnappartige Geräusche.

Katharina zwickte ihren Mann in die Seite. »Bekommen wir jetzt jeden Tag Gratiskonzerte zu hören?«

»Versuch mal, mich davon abzuhalten«, schlug ich ihr fairerweise vor.

»Niemals«, sagte sie.

Nikolaus bleckte albern die Zähne. Seine Lippen formten stumm das Wort *Nevermore*. Er beugte sich vor und umarmte mich.

»Dafür werde ich mich bitter rächen«, flüsterte er mir ins Ohr.

»Wofür?«

»Gott im Himmel, du hast mein Weltbild zerstört! Aber warte nur, ich werde mich bald revanchieren.«

»Was hast du vor?«

»Ich habe dir noch eine Kriegsbemalung versprochen, oder?«

Bereits zum dritten Mal presste er mir die Flasche an die Lippen.

»Na los, nimm einen kräftigen Schluck.«

»Niki, hör auf. Du weißt doch, dass ich dieses Zeug nicht ausstehen kann. Außerdem vertrage ich nicht besonders viel.«

»Das ist ja gerade Sinn und Zweck der Übung.«

Seit Stunden waren wir schon in der Stadt unterwegs. Er hatte es genossen, mich durch diverse Geschäfte zu schleifen und mit, wie er es nannte, standesgemäßer Kleidung einzudecken. Allein dieses Wort löste bereits Abneigung in mir aus. Aber ich kannte ihn gut genug, um meine Energien nicht sinnlos zu vergeuden, also schluckte ich den Wodka tapfer hinunter. Er brannte wie Spiritus in meiner Kehle und schmeckte auch nach mehreren Schlücken nicht wirklich besser. Todesmutig trank ich weiter.

»Hast du Aspirin dabei?«, fragte ich zwischendurch, aber Nikolaus lachte nur zur Antwort.

»Wenn das deine Rache sein soll, dann verspreche ich dir, dass sie sich zur Vendetta ausweiten wird!« Ich fluchte, schluckte und stieß auf.

»Verzeihung.«

Nikolaus verschloss endlich die Flasche.

»Das genügt. Jetzt bist du reif.«

»W-w-woff. W-ofür?«, stammelte ich.

Er gab keine Antwort, legte bloß meinen Arm um seine Schultern, um mich zu stützen. Schnell breitete sich der Alkohol in meiner Blutbahn aus, und ich meinte förmlich zu spüren, wie die einzelnen Gehirnzellen platzten.

»Du bist richtig gut drauf, ja?« Nikolaus grinste so breit, dass ich seine Plomben sehen konnte.

»Ja, aber ich trau dir nicht mehr über den Weg! Wohin gehen wir überhaupt?«

»Nur zu einem alten Kumpel von mir.«

»Was für ein Kumpel?«, wollte ich wissen. »Ein Kollege aus der Philharmonie?«

»Nicht ganz.«

»Also kein Musiker?«

»Naja. Er summt manchmal.« Nikolaus lachte herzhaft.

»Ich würde ja gerne mitla-la-lachen.« Der Wodka stieß mir bitter brennend in der Kehle auf. Angestrengt versuchte ich, die Augen offenzuhalten.

»Komm, gib dir ein bisschen Mühe und lass dich nicht so hängen. Wir sind gleich da.« Er führte mich eine enge Gasse entlang. Es war schon dunkel. Jedes Mal, wenn wir eine Straßenlaterne passierten, dampfte mein Atem weiße Wattewölkchen in die Luft.

»Huuh«, pustete ich geräuschvoll aus. Die Wölkchen verwandelten sich in Rauchsäulen. »Huuuuh.«

»Hör auf mit dem Quatsch! Vielleicht hätte ich besser auch was von dem Zeug genommen. Dich kann man ja gar nicht ertragen!«

Ein Lachen bahnte sich den Weg aus meiner Kehle.

»Gott, benimm dich wie ein Mann! Sei nicht so albern!«, sagte Nikolaus streng. Ich richtete mich steif auf, salutierte gehorsam und stieß erneut auf.

»Pardon.«

»Hör auf damit! Seit wann entschuldigt sich ein Kerl, wenn er mal rülpsen muss?«

»Kann ich dir nicht sagen. Raben rülpsen so selten.«

»Du bist jetzt aber kein Rabe, mein Freund! Wir werden dich jetzt in Kampfstimmung bringen, damit eure Feinde mal gehörig eins aufs Maul kriegen.«

»Ich bin nicht so der k-körperliche Typ«, wandte ich ein.

»Weil dir die richtige Stimmung fehlt. Deshalb ja die Kriegsbemalung.«

Er schnaufte, zog mich ein paar Stufen hinunter und stieß mit der Schulter gegen eine vergilbte Glastür, an der einige Poster hingen. Der Raum war so dunkel, dass ich mit der Hand vor meinen Augen wedelte, weil ich meinte, den Nebel vertreiben zu müssen. Nikolaus sprach mit jemandem, und ich wurde auf einen Hocker gesetzt.

Ich wollte mich gemütlich nach hinten lehnen, aber da war keine Lehne.

»He, Kumpel! Pass auf, wo du hinfällst«, sagte eine Männerstimme. »Der ist ja völlig blau!«

Nikolaus hielt mich fest. »Was denkst du denn? Sowas kann man doch nur im Suff machen.«

»Also, ich weiß nicht. Der sieht mir aus wie so ein College-Typ. Ich habe keinen Bock auf 'ne Anzeige.«

»Ich übernehme die Verantwortung.«

Es raschelte, als wenn ein paar Scheine die Hände wechselten, dann zerrte jemand an meinem Hemd.

»Pass nur auf, dass nichts zu sehen ist, wenn er sein Hemd anhat. Es muss völlig darunter verschwinden, okay?«

»Schon klar.«

Ich hörte ein Summen und plötzlich strahlte weißes Licht so schmerzhaft hell in mein Gesicht, dass ich die Augen zusammenkniff. Nikolaus hockte sich vor mich und zog mich zu sich heran.

»Hast du das Motiv mitgebracht?«, fragte der Mann ihn.

»Hier. *Only this, and nothing more*«, zitierte Nikolaus.

»Okay«, sagte der Mann, und ich konnte das Grinsen in seiner Stimme hören. »Nicht schlecht das Teil.«

Etwas Kaltes, Nasses streifte meinen Nacken. Erst kitzelte es, doch auf einmal spürte ich einen stechenden, ritzenden Schmerz zwischen meinen Schulterblättern. Nikolaus hielt mich eisern fest.

»Gleich spürst du nichts mehr. Es wird alles taub«, versuchte er mich zu beruhigen, und ich merkte jetzt schon, wie nicht nur mein Nacken, sondern auch meine Kehle taub wurde. Und dieses taube Gefühl zog sich bis in meine Stirn hoch, ließ alle meine Sinne abstumpfen.

Als es in meinem Gehirn dämmerte, lag ich flach ausgestreckt auf einer unbequemen Pritsche. Mein Kopf schmerzte, als wäre ich ein paar Mal kräftig gegen eine Fensterscheibe geflogen. In meinem Nacken pochte es grässlich. Unwillkürlich tastete ich nach hinten und berührte etwas Weiches – einen Verband?

Nikolaus hatte mich mit Wodka abgefüllt, fiel es mir ein. Und mich dann zu einem Freund geschleppt. Gott, was für ein Freund war das? Hatte der mir etwa freundschaftlich seine Initialen in den Rücken geritzt? Ich versuchte aufzustehen.

»Alles klar?«

Vor mir stand ein langhaariger Kerl, aus dessen T-Shirt muskelbepackte Oberarme herausquollen.

»Ich denke schon«, antwortete ich heiser.

»Lass den Verband noch ein paar Tage drauf, es muss noch abheilen.«

Ich schluckte mühsam.

»Ist dir etwa schlecht? Hey, Nik, komm mal her!« Er wandte sich Richtung Hintertür.

Meine Gedanken rasten. Was zum Teufel hatten sie mit mir angestellt? In dem großen Spiegel an der Wand sah ich ziemlich mitgenommen aus. Meine Haare wirr und die Haut bleich und verschwitzt. Ich griff nach hinten und zog mit einem Ruck den Klebeverband von meinem Nacken. Ein Schmerzenslaut entfuhr mir. Ich drehte mich, damit ich meine Rückseite im Spiegel sehen konnte. Mir schwindelte.

Auf meinem Rücken prangte ein Rabe.

Ein großer schwarzer Kolkrabe, der seine Flügel zu beiden Seiten fast bis zu meinen Schulterblättern ausstreckte, den klobigen Schnabel angriffslustig vorgestreckt. Er sah stark aus, kraftvoll, als beherrsche er eine eigene Welt.

Mein Magen revoltierte gegen den Wodka, den ich ihm zugemutet hatte und in meiner Brust begann mein Rabenherz zu pulsieren. Sprudelnd schoss das Blut durch meine Arterien, als hätte der Anblick des Rabenbildes eine Wunde aufgerissen.

Mein Herz blutete aus. Ich keuchte, und unter meinen Lidern flatterte es. Gleich würde ich die Beherrschung verlieren.

Ich warf einen Blick auf die Hintertür. Dort stand Nikolaus mit dem Tätowierer. Für den Bruchteil einer Sekunde überlegte ich, wie sich meine Faust in seinem Gesicht ausmachen würde. Unsere Blicke trafen sich. Der Moment löste sich in Luft auf.

Genau wie mein Körper.

Flaumfedern

Drei Tage waren vergangen, seitdem ich den Kolkraben das letzte Mal gesehen hatte. *Jaru* nannte ich ihn in Gedanken, weil er diese Laute so oft gekräht hatte. Langsam wurde es mal wieder Zeit für ein Wiedersehen, dachte ich ungeduldig.

Denn je mehr Zeit ich mit ihm verbrachte, desto weniger verzweifelte ich bei dem Gedanken an Alexej. Es war nicht so, dass der Schmerz, ihn verloren zu haben, weniger wog, aber es war mir, als gäbe es durch den Raben eine Verbindung zwischen uns. Wenn ich nüchtern darüber nachdenken würde, müsste ich mir diese Verbindung als Hirngespinst widerlegen, aber ich hatte beschlossen, die nüchternen Gedanken bis auf weiteres einzustellen.

Heute wollte ich meinen Bruder anrufen. Außerdem hatte ich Marek versprochen, ihm bei der Projektarbeit zu helfen. Er musste Daten auswerten, die den Einfluss des Raubtieres auf seine Beute darstellen sollten, und ich würde für ihn die Sekretärin spielen.

Und ich wollte Jaru wiedersehen – am liebsten sofort.

Jaru war sehr geschickt darin, mich aufzustöbern. Dass ich ihn die letzten Tage nicht gesehen hatte, konnte nur bedeuten, dass er satt war. Wenn er hungrig war und nichts Vernünftiges auftreiben konnte, würde er mich finden – ich war schließlich die Fritten-Frau.

Vielleicht sollte ich den Anreiz erhöhen und Michala aus ihrer Küche etwas Fleischiges stibitzen? Einen Versuch wäre es jedenfalls wert.

Marek trank seinen Kaffee im Stehen und hielt sich dabei die Zeitung vor die Nase. Als ich hereinkam, ließ er sie langsam sinken.

»Morgen Isa! Oje, stimmt etwas nicht mit der Stromleitung?«, fragte er mich bestürzt.

»Wieso?«

»Du hast doch einen Schlag abbekommen, oder nicht? Deine Haare sind irgendwie …«, er machte eine ausladende Handbewegung, die sowohl eine Art Springbrunnen als auch eine Explosion hätte darstellen können.

»Hnh«, sagte ich nur. Ich hatte gute Laune und wollte diesen Witz nicht weiter kommentieren. Ein wenig enttäuscht sah er aber schon aus.

»Das ist wirklich nicht witzig, weißt du?« Ich nahm einen jammervollen Ton an. »Meine Oma ist durch einen Stromschlag gestorben.«

»Oh.« Er sah sehr zerknirscht aus. »Das tut mir echt leid, sollte nur ein Scherz sein.«

Ich grinste und streckte ihm die Zunge heraus. Dass er auf diesen alten Gag hereingefallen war!

Er rollte seine Zeitung zusammen und klopfte mir damit auf die Nase. »Okay, du hast gewonnen. Aber du hilfst mir heute, oder? Du hast es versprochen.«

»Tu ich.« Ich stellte eine Tasse Milch in die Mikrowelle. »Ich wollte heute meinen Bruder anrufen. Wann darf er denn kommen?«

»Mir ist das gleich, ich muss doch nicht mein Bett mit ihm teilen.«

»Ich glaube nicht, dass er darauf Wert legen würde. An Heiligabend lassen ihn meine Eltern nie im Leben fahren. Der Fünfundzwanzigste würde passen: wenig Verkehr und keine Lkws.«

»Ist mir recht.« Marek hatte die Zeitung wieder auseinandergerollt, durchblätterte die Klatschspalten und vertiefte sich in die Ergüsse über Pseudopromis. Somit schien das Thema erschöpft. Ich trank meine Tasse leer, pirschte mich unauffällig an den Kühlschrank heran und spähte hinein: Alles war penibel in kleinen Dosen verstaut. In einer sah ich etwas Rosafarbenes schimmern und öffnete sie.

Igitt! Der Geruch nach Innereien schlug mir entgegen. Hoffentlich war das für einen Hund gedacht, überlegte ich angeekelt. Da kam die Rheinländerin in mir durch: Niemals, aber auch wirklich niemals, aß ich etwas, das irgendwelche Ausscheidungen produzierte. Ganz zu schweigen davon, dass man meiner Meinung nach nichts zubereiten konnte, das so viele Windungen und schleimige Abgänge hatte.

Ob Raben so was toll fanden? Ich überlegte nicht lange: Dann hatte Jaru eben Pech. Lieber war ich die Fritten-Frau als die Frau mit dem Gekröse.

Aus einer Schüssel nahm ich kalte Kartoffeln, und damit es nicht gar so armselig aussah, packte ich noch ein Siedewürstchen dazu. Ich rollte den Beutel zusammen, wollte ihn gerade unauffällig in meinen Rucksack stecken, als ich bemerkte, dass Marek mich beobachtete.

»Machst du das neuerdings öfter?«

Ich hielt in der Bewegung inne. »Eigentlich nicht. Ich – «

»Ist ja auch egal. Das geht mich nichts an.« Er hob die Zeitung hoch, um sie im gleichen Moment wieder ruckartig herunterzureißen.

»Bist du schwanger?«

Ich schnappte nach Luft und bekam kugelrunde Augen.

Mareks Gesicht färbte sich dunkelrot. »Vergiss es, war blöd von mir! Das war es doch, oder?«

»Ja, saublöd!« Ich knirschte mit den Zähnen und machte, dass ich rauskam. Den Anruf bei Timo würde ich später erledigen.

»Es reicht, wenn du um elf ins Büro kommst«, rief Marek mir hinterher.

Jetzt hatte er es doch geschafft, mir die Laune zu verderben. Ich sprang die Eingangsstufen hinunter und zog mir im Gehen die Jacke zu. Bereits auf dem Weg zu meinem Fahrrad vernahm ich das bekannte Krächzen. Jaru hatte sich an einer Stromleitung festgekrallt und krähte übermütig. Er ließ sich fallen, um wie ein Akrobat eine Rolle vorwärts zu machen.

Unglaublich, dieses Tier!

Ich rief ihm zu, dass er mich begleiten könne, wenn er nichts Besseres vorhätte, und er keckerte zur Antwort.

Ich schwang mich auf mein Fahrrad. Von Zeit zu Zeit vernahm ich seine Stimme, und ich wunderte mich selbst darüber, wie glücklich mich das machte. Nur zu gerne hätte ich gewusst, wo sich sein Schwarm aufhielt. Um allein zu leben, war er noch zu jung. Also konnte es nicht schaden, mich noch einmal genauer umzusehen, wo wir uns das erste Mal getroffen hatten.

Jaru flog so schnell, dass ich Mühe hatte, ihn nicht aus den Augen zu verlieren. Er musste keine Rücksicht nehmen auf Wege und andere Hindernisse – ich schon. Als ich mein Rad abstellte, kreiste er mehrmals über mir, als wollte er sogar, dass ich ihm folgte.

Marek hatte mir erzählt, dass Raben gerne in steilen oder zumindest leicht geneigten Hangwäldern schliefen, und dass sie Fichten eindeutig bevorzugten. Fichten zu finden war ein leichtes Spiel, da die Laubbäume inzwischen zum größten Teil kahl waren. Zwischendurch orientierte ich mich an Jaru, der weiterhin sichtbar über mir schwebte.

Etwa zweihundert Meter vor mir wuchs eine ganze Gruppe dieser pyramidenförmigen Bäume. Die Borke war rotbraun bis grau und blätterte in dünnen Schuppen ab. Jetzt um diese Jahreszeit hatten sie große, lange Zapfen und ihre spitzen Nadeln standen deutlich ab. Ich würde keine Nester finden, das war mir klar, aber Kot- und Federspuren müssten doch zu sehen sein. Aus diesem Grund suchte ich den Boden ab.

Über mir krächzte Jaru. Es hörte sich an, als riefe er meinen Namen. Es klang wie *Isa* mit einem *Blubb* am Ende.

»*Isabb, Isabb*«, krähte er. Vielleicht sollte ich doch langsam wieder anfangen, nüchtern zu denken.

Ich folgte ihm tiefer in den Wald hinein. Der Weg wurde immer steiler. Jaru flatterte zwischen den Baumkronen hindurch und landete auf einem Ast. Sollte das ein Hinweis sein? Ich warf einen kritischen Blick auf den Baum und lief einmal um ihn herum.

Mein Herz pochte laut.

An der Baumrinde und unterhalb der ausladenden Zweige sah ich eine Vielzahl von weißen Kotspritzern. Kleine flaumige Federn bedeckten den Boden. Ich sammelte einige Speiballen auf, die würde ich mir zu Hause genauer ansehen, und zog mein Handy aus der Tasche. Hatte dieses superteure Teil nicht ein mobiles GPS? Marek hatte mir nach meinem letzten Fiasko einen stundenlangen Vortrag darüber gehalten. Umständlich tippte ich im Menü herum und fand das richtige Programm.

Ich klickte auf *Standort bestimmen* und nach wenigen Augenblicken wurden mir meine Koordinaten angezeigt. Jetzt noch speichern. So einfach war das also.

Jaru beäugte mich misstrauisch.

»Damit ich wieder nach Hause finde!«, erklärte ich ihm unnötigerweise. *Und damit ich diesen Ort auch wiederfinde,* fügte ich im Geiste hinzu. Ich suchte mir ein gemütliches Plätzchen und holte die Futtertüte für Jaru heraus. Er kam sofort neugierig angeflattert. Jegliche Kontaktscheu hatte er verloren, seitdem er mich letztes Mal vor dem Sturz in den Abgrund bewahrt hatte. Diesmal wollte ich noch einen Schritt weiter gehen: Anstatt ihm das Essen in Reichweite zu stellen, wollte ich sehen, ob er mir aus der Hand fressen würde. Ich brach ein Stück Würstchen ab und hielt es ihm hin. Er war wirklich ein helles Köpfchen, denn er kam sofort fröhlich auf mich zugetrippelt und pickte ganz vorsichtig das Stück aus meiner Hand. So ein niedlicher kleiner Kerl.

Gierig schlang er es hinunter. Das Ganze wiederholte ich. Dabei kam er immer näher und hüpfte mir im Eifer auf den Schoß. Ich lachte, und Jaru krähte vergnügt. Jetzt hatte ich nur noch die kalten Kartoffeln für ihn, aber das schien ihm nichts auszumachen. Wir waren so vertieft in unser Spiel, dass uns beiden nicht auffiel, dass ein anderer schwarzer Schatten über uns kreiste.

Mit einem drohenden Krächzen fiel er vom Himmel und stieß Jaru im Sturz von mir herunter. Es war ein Angriff aus heiterem Himmel. Jaru quietschte aufgeregt und flatterte wie wild umher. Der andere Rabe hob wieder ab, zog einen Kreis und stürzte erneut auf ihn hinab.

Hoffentlich verletzte er ihn nicht!

Doch er stieß nicht mit dem Schnabel nach Jaru, sondern packte ihn mit den Krallen und warf ihn um. Das war gar kein Kampf um das Futter, fiel mir auf. Viel eher erteilte der große dem kleinen Raben eine Lektion. Jaru krächzte und nickte heftig mit dem Kopf. Als würde er sich der Dominanz des anderen unterwerfen.

»*Akii!*«, krähte er laut. »*Aki, Aki!*«

Der große Rabe hatte die Flügel angelegt und stakste auf Jaru zu.

Es handelte sich definitiv um einen adulten Kolkraben. Sein Gefieder war pechschwarz mit einem stahlblauen Glanz. Das struppige Kehlgefieder spreizte sich ab und auch die Federn über den Augen hatten sich drohend angehoben. Mit seinem kräftigen Schnabel stieß er immer noch drohende Krählaute aus.

Himmel, war der wütend! Gebannt beobachtete ich, was als Nächstes passieren würde. Jaru hüpfte erst auf der Stelle und zog sich auf einmal zurück. Er überließ dem Stärkeren das Feld. Das aggressive Verhalten des ausgewachsenen Raben machte mir Angst. Am liebsten hätte ich mich auch einfach davon gemacht, aber dann siegte doch meine Neugierde.

Der Rabe hatte sich umgedreht und stolzierte auf mich zu. Ein Schauder überlief mich.

Er sah in dieser Haltung sehr imponierend aus, und ich war wie hypnotisiert von seinem Blick. Seine Augen schimmerten samtig und warm, wie dunkelbraune Kastanien. Sein Gefieder glänzte. Er war so … so wunderschön! Gänsehaut breitet sich über meine Arme aus.

Der Vogel kam näher – so nah, dass ich nur die Hand hätte ausstrecken brauchen, um seine Federn zu berühren. Nur sein dominanter Gesichtsausdruck hielt mich davon ab.

Höchstwahrscheinlich war er ein Rabe aus Jarus Schwarm – ein Junggeselle. Na, lange würde er das nicht bleiben, denn mit diesem Auftreten konnte er alle anderen paarungswilligen Männchen im nächsten Frühjahr locker vertreiben.

Er legte den Kopf zur Seite, als überlegte er. Bei Jaru sah das immer sehr ulkig aus, bei diesem Raben aber nicht. Dieser wirkte ernst und beherrscht.

Dann schien seine ganze Dominanz plötzlich von ihm abzufallen. Die dunklen Augen blinzelten nicht einmal. Es lag ein beinahe zärtlicher Ausdruck in ihnen. Waren sie eben noch warm und dunkel gewesen, so vermeinte ich nun, einen blauen Schimmer in ihnen wahrzunehmen.

Ob es eine Verbindung zwischen diesem Raben und Alexej gab? Irgendetwas war da. Etwas, das nicht greifbar war, aber doch vorhanden. Ich hätte schreien mögen, so frustrierend war der Gedanke, dass ich es vielleicht nie herausfinden würde.

Wo ist Alexej? Wo ist er nur? Mir schossen die Tränen in die Augen. Dann wurde mir mit Schrecken bewusst, dass ich meine Fragen laut gestellt hatte. Warum passierte mir das immer wieder?

Der Rabe spreizte die Flügel und flatterte unentschlossen auf der Stelle. Hatte ich ihn mit meiner Stimme erschreckt?

Jetzt war es sowieso schon egal:

»Wo ist er?«, fragte ich und hörte selbst, dass meine Stimme dabei völlig verzweifelt klang.

Menschenherz

Ich flatterte hilflos auf der Stelle. Hilflos, weil es mir beinahe körperliche Schmerzen verursachte, zu sehen, wie traurig Isabeau war. Und weil es unerträglich war, ihr nicht antworten zu können.

Ich war seit Stunden unterwegs: Seitdem ich mich vor den Augen von Nikolaus und dem Tätowierer unfreiwillig verwandelt hatte, war ich an keinem Ort länger als eine halbe Stunde geblieben. Etwas in mir trieb mich zur Flucht. Etwas in mir war verzweifelt, so gebrandmarkt worden zu sein, und versuchte dem zu entkommen.

Aber es gab kein Entkommen vor mir selbst.

Ziellos war ich umhergeflogen. Hinaus aus der Stadt – fort von den Menschen, fort von dem Lärm der Straßen. Erst nach langer Zeit merkte ich, dass ich unbewusst den Weg nach Hause gewählt hatte. Doch zurück zum Schwarm wollte ich nicht. Ich wollte allein sein, um in Ruhe nachzudenken.

Und ich wollte Isabeau sehen.

Sie war es, die mich hierher gelockt hatte, und nicht die Verbindung zu meinem Schwarm. Ich musste zugeben, dass das Gefühl der Sehnsucht stärker war als die Bande zwischen uns Tieren. Und diese Erkenntnis stürzte mich in tiefe Selbstzweifel: Welchen Sinn hatte es schon, dieser Sehnsucht nachzugeben?

Ich war ein Rabe. Ein Rabe!

Ich beobachtete sie, als sie ihr Haus verließ. Nicht zum ersten Mal verfolgte ich ihren Weg durch den Wald. Doch diesmal war Jaro bei ihr.

Ich war erleichtert, dass er seine Aufgabe, nach Isabeau zu sehen, so ernst nahm. Die beiden schienen vertraut. Doch wieso hatte Jaro nicht den nötigen Abstand gewahrt? Wusste er nicht, wie nah er daran war, entdeckt zu werden?

Die beiden spielten miteinander: Jaro fraß ihr das Essen in kleinen Happen aus der Hand. Er hüpfte auf ihren Schoß und neckte sie. Und in mir wuchs auf einmal ein unbändiges Gefühl der Eifersucht. Wie Gift floss es durch meinen Körper und infizierte jede Zelle. Isabeau lachte über Jaros Neckerei, sie sah glücklich aus.

Und doch war alles nur ein Spiel. Sie war nicht glücklich.

»Wo ist er?«, fragte sie mich.

Ihre Augen füllten sich mit Tränen und ich wandte den Blick ab. Mein Menschenherz pochte in meiner Brust. Quälend versuchte es sich auszudehnen. Es drängte mich, ihr zu antworten. Und nicht nur das: Alles in mir drängte danach, sie zu berühren, alles in mir kämpfte.

Aber es war ein aussichtsloser Kampf. Denn wenn ich mich ihr offenbarte, wie konnte sie anders reagieren als voller Abscheu?

Was sollte ich ihr sagen? Dass ich niemals fort gewesen war? Dass ich die ganze Zeit über hier war, in ihrer Nähe? Dass ich ein Rabe war? Ein Aasfresser? Eine Missgeburt? Dass nur eine Hälfte von mir menschlich war und ich zeitweise nicht einmal kontrollieren konnte, welche Hälfte die Oberhand behielt?

Sie würde mich dafür hassen. Alles andere wäre Wahnsinn. Welche Frau würde solch ein Opfer bringen? Meine Mutter hätte es nicht erbracht, wenn sie die Wahl gehabt hätte. Doch mein Vater hatte vorgezogen, es ihr zu verheimlichen.

Wo ist er?

Auf diese Frage konnte ich ihr keine Antwort geben. Denn wenn sie das Geheimnis kannte, würde ihr Schmerz kein geringerer sein.

Isabeau streckte die Hand nach mir aus. Wie sehr ich mich danach sehnte, von ihr berührt zu werden! Es war wie ein Sog, dem ich nicht entkommen konnte. Ein Strudel, der mich eingefangen hatte, umherwirbelte und mitriss. Ich kletterte auf ihren Arm und meine Füße krallten sich an ihrer Jacke fest.

Was ich hier tat, war einfach absurd. Kein normaler Rabe würde sich so zutraulich verhalten.

Sie hob mich hoch.

»Weißt du, wo Alexej ist?«, wiederholte sie ihre Frage sanft.

Mein Herz gab ihr die Antwort, aber es war eine, die sie nicht hören konnte. Es pulsierte immer stärker in meiner Brust. Langsam und kräftig und absolut nicht wie ein Vogelherz. Es wuchs und breitete sich aus.

Meine Kehle wurde mir eng. Mir blieben nur noch wenige Augenblicke, wenn ich mich nicht vor ihren Augen verwandeln wollte. Ich grub den Schnabel in ihr Haar. Der Geruch ließ mein Menschenblut bis in die allerkleinsten Kapillaren fließen, drohte meinen Körper zu sprengen. Ein unterdrückter Schrei brach aus mir heraus, und ich stieß mich mit gewaltiger Kraftanstrengung von ihr ab.

Nur fort von hier! Ich schaffte es gerade, mich hinter einen Baumstamm zu retten, bevor mein Rabenkörper zerbrach und ich auf die Knie fiel.

Ich hörte sie. Das Rascheln, als sie ihren Rucksack aufnahm, ihre Schritte, die sich nur zaghaft fortbewegten, als müsse sie sich erst sammeln. Ich krallte mich mit den Fingernägeln in der Baumrinde fest. So fest, dass meine Knöchel weiß hervortraten und meine Finger fast taub wurden. Sie war nur wenige Meter von mir entfernt. Wenn sie auch nur einmal in meine Richtung blicken würde, musste sie mich entdecken. Denn der Baum, hinter dem ich hockte, war viel zu schmächtig, um mich ganz zu verbergen.

Ich stieß mit dem Kopf gegen den Stamm, um jeden weiteren Gedanken aus mir herauszuschlagen – wieder und wieder.

Nicht denken, Alexej! Nicht denken und bloß nicht hadern!

Aber wie sollte ich nicht hadern, wenn mein Schicksal allein durch mein Blut besiegelt war? Ein unerwartet heftiger Zorn belebte mich. Ich wollte mich nicht so in mein Schicksal ergeben. Und ich wollte mich verdammt nochmal nicht länger verstecken müssen!

Arwed hatte völlig recht: Wir hockten hier, während unsere Väter, einer nach dem anderen, hingerichtet wurden. Und das auf heimtückischste Art und Weise. Und wie recht er hatte!

Dieses Warten auf den Tod war eine Qual. Aber noch unerträglicher war es, nicht wirklich zu leben! Ich rannte los. Ich achtete nicht auf den Weg, lief schneller, riskierte keinen Seitenblick, sondern sah nur mein Ziel vor Augen. Mehr und mehr beschleunigte ich mein Tempo, wich den Bäumen aus und warf mich bei der nächsten Gelegenheit hoch in die Luft.

Ich flog einen großen Bogen über den Wald. Isabeau stand weit unter mir, die Augen mit der Hand abgeschirmt, und sah mir nach.

Ich trieb mich selbst vorwärts. So viel Kraft floss durch meinen Körper, dass ich gar nicht fähig gewesen wäre, innezuhalten. Ich ließ die Wälder hinter mir, die Seen, die Berge. Einfach alles zog in verschwommenen Bildern unter mir vorbei. Als hätte jemand eine Flut Wasser über ein frisch gemaltes Bild gegossen.

Meine Flügel peitschten durch die Luft. Ich erreichte die Stadt, mit ungebrochener Ausdauer und ungebrochenem Zorn.

Geschickt umflog ich alle Hindernisse, schwang mich an der Fassade von Nikolaus' Haus empor und krachte mit gewaltigem Schwung gegen die Fensterscheibe. Das Glas splitterte, und ich brach durch die Scherben ins Innere.

Ich hörte ein Kreischen, als ich mich zu meiner vollen, menschlichen Größe aufrichtete. Nikolaus war aufgesprungen, und seine Frau hatte sich erschrocken zur Zimmerwand gerettet.

Ich stürzte auf meinen besten Freund zu, und ohne abzuwarten, schlug ich ihm mit voller Wucht die Faust ins Gesicht. Er krachte gegen den Tisch und konnte sich nur mit Mühe auf den Beinen halten.

Unbeholfen tastete er nach seinem Kinn und würgte nur ein Wort hervor. »Wow!«

Ich war ebenso sprachlos. »Du … du Schwein!«, brüllte ich ihn an.

Er machte einen debilen Eindruck, weil er plötzlich grinste.

»Nicht schlecht!«, sagte er anerkennend. »Ich dachte schon, du wärst so lange fortgeblieben, um dich abzureagieren.«

»Das habe ich auch versucht«, keuchte ich. »Warum hast du das getan?«

»Willst du dir nicht erst mal was anziehen, bevor wir das diskutieren?«

»Das ist doch jetzt völlig gleichgültig!«

»Katharina, Liebling«, wandte er sich an seine Frau, »vielleicht würdest du uns einen Augenblick alleine lassen?«

»Jetzt, wo es gerade interessant wird? Im Leben nicht!«

»Katha!«

»Ist ja schon gut.« Sie hielt sich demonstrativ die Hand vor die Augen. »Ich habe nichts gesehen«, sagte sie und schlich aus dem Zimmer.

»Hier!« Nikolaus zog eine Hose aus dem Schrank und warf sie mir zu. Mit fahrigen Händen versuchte ich, sie mir über die Beine zu ziehen.

»Wieso, Niki?« Ich zerrte an dem Reißverschluss.

»Ich habe dir doch gesagt, du brauchst ein wenig Kriegsbemalung, damit du in Stimmung kommst.«

»Das ist doch nicht dein Ernst!«

»Natürlich, verdammt noch mal! Ich will, dass du aufhörst, dich zu verkriechen. Steh endlich dazu, was du bist! Du tust ja gerade so, als wärst du ein Monster!«

Ich schüttelte verständnislos den Kopf. »Und deshalb hast du mir ein Mal verpasst, das jeder sehen kann? Warum hast du es mir nicht gleich auf die Stirn tätowieren lassen?«

»Ich habe kurz daran gedacht, aber ich wollte dein hübsches Gesicht nicht verschandeln.«

Ich musste an mich halten, um ihm nicht an die Gurgel zu springen.

»Außerdem«, polterte Niki weiter, »Was sollte die Nummer, dass du dich einfach so verwandelst? Was glaubst du, was ich dem Typen erzählen durfte? Der dachte, ich hätte ihm was in den Kaffee gerührt. Mann, der ist voll ausgeflippt!«

»Du ... du bist ... unglaublich! Ich bin wirklich fassungslos!« Ich wusste genau, dass er mich nur angriff, um sich selbst zu verteidigen. Seine körperlichen Reaktionen sprachen Bände.

Er raufte sich das Haar. »Ich weiß, dass es nicht richtig von mir war, aber zum Teufel, jetzt wehr dich endlich einmal!«

»Aber das liegt mir nicht. Ich hasse Gewalt!«

Nikolaus bekam runde Augen und rieb sich auffällig das malträtierte Kinn. »Ja, das habe ich gemerkt! Deine pazifistische Einstellung hast du eben klar und deutlich zum Ausdruck gebracht.«

Gegen meinen Willen musste ich lachen. »Ich wollte dich gar nicht schlagen. Verzeih mir!«

»Hör bloß auf, um Verzeihung zu bitten! Mein Gott, du solltest dich nicht dafür schämen, was du bist. Du solltest stolz auf dich sein! Ich will, dass du für dich kämpfst. Dafür, dass du als Mensch glücklich wirst. Du kannst mir nicht erzählen, dass es dir reicht, als Rabe zu leben!«

»Ich will mich doch gar nicht verstecken! Aber hast du vergessen, dass es jemand darauf abgesehen hat, uns alle zu töten? Weißt du, wie gefährlich es ist, wenn man erfährt, aus welchen Familien wir kommen? Viele von uns haben kleine Geschwister, möchtest du die etwa auch auf der Abschussliste sehen? Wenn wir schon nicht wissen, wie die Weitergabe unseres Rabenblutes funktioniert, dann kann es unser Feind erst recht nicht wissen. Er würde versuchen, alle zu vernichten, egal ob es sich um ein kleines Kind oder um einen erwachsenen Mann handelt. Noch weiß er nicht, wer alles zu unserem Schwarm gehört. Noch sind die anderen sicher.«

Nikolaus nickte langsam. »Aber ich möchte, dass du glücklich bist, verdammt!«

»Und deshalb gehst du so weit?«

»Ich würde noch viel weiter gehen. Ich würde noch viel mehr tun, damit du mir noch einmal so eine reinhaust! Das war echt beeindruckend!«

»Ich kann aber mein Glück nicht auf dem Risiko aufbauen, anderen zu schaden. Das war eine völlig idiotische Aktion von dir. Du hättest mit mir sprechen können!«

»Du hättest niemals auf mich gehört. Seitdem Nathalie dich so abserviert hat, hast du überhaupt kein Vertrauen mehr in dich selbst.«

»Das hat mit Selbstvertrauen überhaupt nichts zu tun! Ich bin einfach nur realistisch. Nathalie hat mich nicht so sehr verletzt, wie du denkst. Sie hat mir nur die Augen geöffnet. Ich war vorher so dumm zu glauben, dass mein Leben so sein könnte wie deins!«

»Das kann es auch!«

»Das kann es nicht. Niemals!« Ich lief ruhelos durch das Zimmer.

»Wie kannst du von mir verlangen, dazu zu stehen und mich nicht mehr zu verstecken, wo du es noch nicht einmal fertigbringst, diese abscheuliche Wahrheit über mich deiner eigenen Frau zu erzählen?«

»Wer sagt, dass ich es ihr nicht erzählt habe?«

Erschrocken hielt ich in meinem Lauf inne. »Das hast du nicht!«

»Und wenn doch?«

»Das glaube ich dir nicht!«

»Hmh«, brummte er. »Und wenn ich es ihr nicht gesagt hätte, glaubst du, Katha wäre vorhin so cool geblieben, nachdem du durch unser Wohnzimmerfenster gekracht bist?«

Das war allerdings ein Argument.

»Und … und was hat sie gesagt?« Meine Stimme zitterte unkontrolliert.

»Sie hat mir kein Wort geglaubt, ist doch klar. Wir diskutierten gerade darüber, als du herein … äh … kamst. Sie hat gesagt, ich solle aufhören, sie zu verarschen.«

»Das habe ich so niemals gesagt!«

Unsere Blicke flogen zur Tür.

»Das würde ich nie sagen, schon gar nicht vor den Kindern«, wiederholte Katharina und schloss die Tür hinter sich.

»Die Kinder waren ja auch gar nicht dabei.«

Seine Frau trug einen dicken Pappkarton zum Fenster. Sie hatte sich ein Kehrblech unter den Arm geklemmt und versuchte den Karton mit Klebestreifen am Fensterrahmen zu befestigen.

Ich ging zu ihr und nahm ihr das Kehrblech ab.

»Das mit dem Fenster tut mir furchtbar leid«, erklärte ich und bückte mich, um die Scherben aufzukehren.

»Ist nicht so tragisch, Nikolaus wird sich heute noch darum kümmern. Nicht wahr, Niki?«

Er brummte etwas vor sich hin, als seine Frau plötzlich einen spitzen Schrei ausstieß.

»Mein Gott, du blutest ja!«, kreischte sie auf. »Du musst dich an den Scherben verletzt haben, als du hindurch… du liebe Güte, bist du wirklich hindurch*geflogen*?«

»Ich konnte nicht anders«, gab ich zu.

Der Blick, den sie mir zuwarf, war alles andere als angeekelt, eher überrascht. »Warte, ich mach dir ein Pflaster auf die Schnittwunden.«

»Das ist nicht nötig«, wollte ich sie abwehren, aber sie konnte sich nicht vom Anblick meines Rückens losreißen.

»Ist das ein Bild von dir?«, fragte sie interessiert und musterte den Raben zwischen meinen Schulterblättern.

Ich nickte.

»Und das hast du machen lassen, ohne ihn zu fragen?«, wollte sie von ihrem Mann wissen. Nikolaus zog in böser Vorahnung den Kopf ein.

»Deshalb also der Wodka! Mann, du bist echt ein Trottel!«, schimpfte sie und boxte ihn in die Seite. »Aber weißt du, Alexej, es sieht ziemlich gut aus. Nein, im Ernst, es sieht richtig toll aus! Niki hat an derselben Stelle einen – nun ja«, sie kicherte, »einen Schmetterling.«

Einen Schmetterling?

Sie zwinkerte mir verschwörerisch zu, und ihr Mann hob irritiert die Augenbrauen. Das reizte mich so sehr zum Lachen, dass mir die Tränen in die Augen schossen. Katharina stimmte in mein Lachen mit ein. Nur Nikolaus war leicht verdutzt.

»He, was ist daran so witzig? Wenn ich dich erinnern darf, liebe Frau, hast du das Bild damals ausgesucht, ja?«

Hoffnungsblick

Der Schotter knirschte unter herannahenden Autoreifen. Ich war mit den anderen in der Küche zum Mittagessen, aber bei diesem Geräusch hob ich den Kopf. So häufig fuhren keine Autos zu uns, und der Jimny stand vor dem Haus und hielt ein Nickerchen.

Ich schob den Stuhl zurück und eilte nach draußen.

»Timo!«, kreischte ich und sprang die wenigen Stufen hinunter meinem kleinen Bruder entgegen. Aber was hieß hier klein? Vor einem halben Jahr hatte er noch viel jungenhafter ausgesehen, dachte ich. Himmel, er war riesig, und außerdem kratzte seine Wange bei der Umarmung.

»Du wächst ja immer noch«, rief ich freudig aus und stellte mich auf die Zehenspitzen, um ihm die kurzen Haare zu strubbeln. Er stöhnte genervt.

»Bis eben habe ich gedacht, ich hätte dich vermisst.«

»Hast du auch! Und ich dich erst! Fröhliche Weihnachten!« Ich schleifte ihn zur Tür. »Ich hätte niemals gedacht, dass dich Mama heute fahren lässt.«

»Hat sie auch nicht. Ich habe mich einfach aus dem Staub gemacht. Sie wollten, dass ich mit zu ihren Bekannten fahre. Hallo? Wie alt bin ich denn? Also, da hatte ich echt keinen Bock drauf!«

»Aber du hast ihnen Bescheid gesagt, oder muss ich jetzt zu Hause anrufen und Entwarnung geben?«

»Brauchst du nicht. Ich habe von unterwegs auf den *AB* gesprochen.«

»Das wird sie ja unheimlich beruhigen!«

»Warte! Willst du nicht wenigstens mein Auto bewundern?«, fragte er, bevor er auch nur einen Fuß auf die Treppe gesetzt hatte.

»Sieht gut aus, gefällt mir. Aber jetzt komm rein, es ist echt kalt!«

Er zog einen Flunsch, ging aber brav mit mir hinein.

Ich stellte ihn stolz den anderen vor und schob ihn auf meinen Sitzplatz.

»Mann, riecht das gut!«, sagte er.

Michala bedachte ihn mit einem liebevollen Blick. Sie verstand kaum ein Wort Deutsch, aber es musste da etwas in der Tonlage eines jungen Mannes geben, was einer tschechischen Mutter unbestreitbar klarmachte, dass er hungrig war. Sie stellte sofort einen hoffnungslos überfüllten Teller vor ihm ab.

»Wenn du *den* schaffst, hast du für alle Zeiten gewonnen«, flüsterte ich ihm zu.

»Kein Problem«, sagte er siegessicher und rammte die Gabel ins Fleisch.

Wenige Minuten später hatte ich den Eindruck, dass sein Gesicht ziemlich an Farbe gewonnen hatte, aber er aß tapfer weiter, wenn die Schlagzahl sich auch deutlich verlangsamt hatte.

»Toll, dass du schon so früh gekommen bist«, sprach Lara ihn an. »Ich glaube nämlich, Isa hat ziemliches Heimweh.«

»Habe ich nicht!«

»Und ob du Heimweh hast!«

»Blödsinn!«

Timo guckte von Lara zu mir und wieder zurück und entschied sich dann dafür, das Gespräch auf Männerart anzugehen: Er stopfte sich eine weitere Ladung Fleisch in den Mund und kaute auffällig.

»Aber du bist nicht besonders friedlich in letzter Zeit«, fuhr Lara fort.

»Ich bin genauso friedlich und gut gelaunt wie immer«, fauchte ich.

»Siehst du, was ich meine?«, fragte Lara meinen Bruder.

Timo hob das Glas und setzte es demonstrativ an die Lippen, seine braunen Augen glänzten.

»Sag ihr bitte, dass ich immer so bin.«

Timo hustete.

»Mein Gott, so viel Durst kannst du doch unmöglich haben!«

Er würdigte mich keines Blickes und spießte die letzten Brocken auf seine Gabel. Zurück blieb nur ein dunkler See aus Sahnesauce. »Kann ich vielleicht ein Stück Brot haben?«

Ich hielt ihm leicht angesäuert den Brotkorb hin. Er tunkte ein großes Stück in die Sauce und stopfte es sich in den Mund. Ich bekam es mit der Angst zu tun. Auf seiner Stirn zeigten sich erste Schweißperlen. Lara bedachte ihn mit einem anerkennenden Blick, und Michala hatte sich vorgebeugt und beobachtete ihn ebenfalls.

Hoffentlich musste ich nicht gleich diesen berühmten Heimlich-Handgriff anwenden, dachte ich panisch. Aber er schaffte es tatsächlich, sich nicht zu verschlucken.

Sein Teller sah aus, als könne man ihn direkt wieder in den Schrank stellen. Michala klopfte Timo stolz auf die Schulter. Ihr Gesicht hatte einen seligen Ausdruck angenommen.

»Gott sei Dank«, ließ sich Marek vernehmen. »Jetzt hat sie endlich einen Ersatz für Alexej gefunden.«

»Wer ist Alexej?«, fragte Timo.

Betretenes Schweigen.

»Das war unser letzter Gast«, versuchte Lara zu erklären. »Michala hatte ihren Spaß daran, ihn zu mästen.«

»Ach so.« Timo lehnte sich entspannt zurück und streichelte sich über den schlanken Bauch.

»Und was machen wir jetzt?«

»Das kommt drauf an«, erwiderte ich.

»Worauf?«

»Kannst du dich noch bewegen, oder müssen wir dich rollen?«

»Gib mir eine Viertelstunde.«

Ich grinste. »Und was gibt es Neues zu Hause?«

»Willst du das wirklich wissen?«

»Eigentlich nicht. Wie läuft es denn in der Schule?«

»Häh?«

»Okay, vergiss es. Gibt es mal wieder eine neue Freundin in deinem Leben? Irgendetwas, das ich wissen müsste?«

»Du meinst außer meinem 85-PS-Golf?«

»Wohl nicht, hm?«

Er lachte. »Zeigst du mir gleich alles? Ich wollte schon immer mal einen Urwald sehen.«

Ich tippte ihm liebevoll gegen die Stirn. »Sicher. Wenn du Lust hast, können wir eine Runde drehen, dann zeig ich dir, was ich jeden Tag so mache.«

Er stieß hörbar auf. »Bin gleich wieder fit.«

Timo sah überhaupt nicht müde aus. Seine Augen waren wach und lebhaft. Bis eben war sein dunkles Haar perfekt gestylt und nicht einmal sein Pullover wirkte zerknittert. Wie schaffte er das nur? Hätte ich sechs Stunden im Auto gesessen, stünden mir die Haare zu Berge und meine Klamotten wiesen höchstwahrscheinlich zahlreiche Spuren von keksartiger Fremdeinwirkung auf. Kurz: Ich wäre von oben bis unten vollgekrümelt.

»Soll ich dir erst mal dein Zimmer zeigen?«, fragte Lara.

»Timo kann doch bei mir schlafen«, entgegnete ich.

»Klar, und sich jeden Abend anhören, wie du dich in den Schlaf weinst.«

»Ich heule überhaupt nicht!«

»Wieso heulst du?«, fragte Timo.

»Ich heule gar nicht, das habe ich doch gerade gesagt!«

Ich hätte Lara erwürgen können.

»Jedenfalls kannst du Alexejs Zimmer haben«, sagte sie.

»Nein!«, entfuhr es mir. Lara hob eine Augenbraue an und ich lenkte vorsichtig ein.

»Das heißt, wieso eigentlich nicht.«

»Stimmt«, sagte sie böse. »Wieso auch nicht? Alexej braucht es ja nicht mehr. Er ist schließlich weg!« Sie beugte sich provozierend vor. »Und da er nicht wiederkommen wird, können wir auch endlich seine Klamotten entsorgen.«

»Nein!«

»Und ob. Er ist jetzt seit Wochen weg. Mir reicht es langsam! Ich will, dass du aufhörst, so unglücklich zu sein! Vergiss ihn einfach!«

Super! Musste sie mich ausgerechnet vor meinem Bruder so bloßstellen?

»Lass uns das Zeug wegschmeißen! Heute wäre ein Spitzentag dafür. Dein Bruder könnte uns helfen.«

»Bitte nicht.« Ich schaute sie flehend an.

»Kann mir mal einer erklären, was das heißen soll? Wer ist der Kerl überhaupt, von dem ihr redet?«

»Gute Frage!«, hakte Lara ein. »Sehr gute Frage! Wer ist Alexej überhaupt? Wir wissen doch gar nichts über ihn! Vielleicht hat er sich nur eine kleine Auszeit genommen und sitzt jetzt wieder zu Hause bei Frau und schätzungsweise sieben Kindern. Und du heulst immer noch hier rum und trauerst ihm nach. Hast du denn gar keinen Stolz?«

Ich war so wütend auf Lara, dass ich ohne ein weiteres Wort vom Tisch aufstand. Ich wollte mir das nicht länger anhören. Mein Bruder machte irgendwelche beschwichtigenden Handzeichen, aber ich musste an die frische Luft.

Timo kam mir nach, und gemeinsam liefen wir den Weg in Richtung Wald.

»Soll ich dir zeigen, wo ich die meiste Zeit verbringe?«, fragte ich, als ich mich einigermaßen beruhigt hatte.

Er beäugte mich misstrauisch von der Seite.

»Gewöhnlich mache ich jeden Tag eine andere Runde. Ich suche nach gerissenen Tieren und nach Losungen von Luchsen, also ihren Kotspuren. Der Kot wird von uns makroskopisch auf seine Inhaltsstoffe untersucht. Und wenn wir ihre Beutetiere finden, dann ist es meine Aufgabe, die Schlingfallen darum zu positionieren. Marek beobachtet die Fallen mithilfe einer Kamera. Und wenn wir, was nicht alle Tage vorkommt, einen Luchs einfangen, dann wird er mit einem Halsband besendet. Hörst du mir überhaupt zu?«

»Ja.«

»Was Lara da eben gesagt hat, ist vollkommener Quatsch. Ich heule mich nicht in den Schlaf oder so. Ehrlich nicht.«

»Ach nein? Sah mir eben aber nicht so aus, als würde sie sich das nur ausdenken.«

»Jetzt fall mir noch in den Rücken!«

»Tu ich ja gar nicht. Aber Lara scheint wirklich eine gute Freundin zu sein.«

»Wie kommst du darauf?«

»Nicht jeder bringt es fertig, dir so gehörig den Kopf zu waschen.« Er grinste. »Jetzt mal ehrlich. Ihr scheint sehr viel an dir zu liegen, sonst würde sie sich wohl kaum so viele Sorgen um dich machen.«

»Sie sollte lieber aufhören, mich zu quälen.«

»Quält es dich denn?«, fragte er und es überraschte mich, dass seine Stimme so verständnisvoll klang. So kannte ich ihn gar nicht.

»Schon. Manchmal. Eigentlich immer.«

»Und was ist das für ein Typ, dieser Alexej?«

»Das ist eine lange Geschichte«, sagte ich abweisend. »Und jetzt sag nicht: Ich hab Zeit! Das gilt nicht!«

»Habe aber gerade nichts Besseres vor.«

»Okay, pass auf! Alexej kam aus dem Nichts und dahin ist er wieder verschwunden – das ist alles. Mehr gibt es nicht zu erzählen.«

»Und im Mittelteil?«

»Was willst du hören? So was wie: Da hat er mir mein Herz gestohlen?«

»Geht es auch weniger kitschig?«

»Leider nicht«, sagte ich. »Denn genauso fühlt es sich an – wie ein Loch. Und wo vorher etwas war, ist jetzt gähnende Leere. Und alles drum herum krampft sich zusammen, um das Loch zu schließen. So und genau so fühlt es sich an, okay?«

»Ist ja schon gut, Isa.«

Es ist überhaupt nicht gut, dachte ich.

Ich hätte gerne einen anderen Schmerz gespürt, damit ich diesen einen nicht weiter fühlen musste. Aber das konnte ich ihm unmöglich sagen.

»Komm! Ich möchte dich jemandem vorstellen«, sagte ich plötzlich.

»Hier im Wald?«

»Ist das so abwegig?«

Mittlerweile war ich den Weg so oft gegangen, ich hätte ihn mit verbunden Augen zurücklegen können. Ich wollte nicht zu nah an den Schlafplatz von Jarus Schwarm geraten, um ihn nicht schon wieder in Schwierigkeiten zu bringen. Denn die ersten paar Tage, nachdem er von dem ausgewachsenen Kolkraben angegriffen worden war, hatte er sich viel zurückhaltender gezeigt, und ich hatte mich sehr bemühen müssen, sein Vertrauen zurückzuerlangen. Deshalb näherte ich mich seinem Schlafplatz nur bis auf hundert Meter.

»Jaru?«, rief ich leise. »Jaru?« Ich stieß einen kurzen Pfiff aus und gleich darauf hörte ich ein Flattern. Ein Zischen, und Timo duckte sich erschrocken, weil Jaru knapp über seinem Kopf auf mich zuflog.

Unsanft landete er auf meinem Arm.

»Du hast schon wieder zugenommen«, stellte ich fest. »Bald muss ich mit Hanteln trainieren, damit ich dich tragen kann.«

Jaru keckerte laut und anhaltend.

»Mann, hab ich mich erschreckt! Hättest du mich nicht vorwarnen können?«, sagte Timo vorwurfsvoll.

»Ich glaube, er lacht dich aus.«

»Danke auch!«

»*Isabb*«, krähte Jaru hingebungsvoll. »*Isabb, Isabb.*«

»Hört sich an wie Isabeau«, sagte Timo.

»Findest du auch? Ich dachte schon, ich bilde mir das nur ein. Ist er nicht wunderschön?«

»Ich weiß nicht. Sind alle Raben so zahm?«

»Natürlich nicht. Jaru ist etwas Besonderes. Außerdem würde ich ihn nicht als zahm bezeichnen – eher zutraulich. Er macht nur das, wozu er auch Lust hat.«

Ich kramte in der Tasche nach etwas Essbarem. Eine Notfallration hatte ich immer dabei – man konnte ja nie wissen. Diesmal bestand sie aus klein gewürfeltem Gouda.

»Du magst doch Käse?«

Jaru schnappte sich gierig den Brocken, das war Antwort genug.

»Darf ich auch mal probieren?« Timo hielt ihm ein Stück vor den Schnabel, und Jaru pickte ihm in den Finger.

»Autsch. Blödes Vieh!«

Ich lachte und streichelte Jaru über die Brust.

»Wo ist denn dein großer strenger Freund geblieben«, fragte ich den Raben interessiert. »Ich habe ihn nie wieder gesehen.«

»*Akii*«, krächzte er.

»Und Alexej? Hast du Alexej mal wieder gesehen?«

»*Aki. Aki.*« Jetzt krähte er hilflos.

Timo schaut mich entgeistert an. »Du redest mit ihm? Ist dir nicht gut?«

»Das ist irgendwie so ein Ritual zwischen uns«, klärte ich ihn auf. »Ich frage ihn nach Alexej, und er antwortet mir immer dasselbe. Ich weiß auch nicht, warum er das tut. Aber so unterhalten wir uns.«

Timo sah mich an, als sei ich nicht mehr ganz richtig im Kopf.

»Weißt du«, sagte er argwöhnisch. »Ich glaube, wir gehen besser mal zurück. Ich will auch noch mein Zimmer inspizieren und es wird schon langsam spät, wenn wir heute noch was erleben wollen.«

»Was willst du denn hier erleben?«

»Nun, nicht gerade hier!«, erklärte er, machte eine ausladende Geste mit den Armen und verdrehte die Augen.

Jaru stieß sich von meinem Arm ab hoch in die Luft. Ich sah einen Ast in einiger Entfernung wippen, auf dem er gelandet sein musste.

»Schade, jetzt hast du ihn verscheucht.«

Timo hatte seine Sachen in meiner Hütte verstaut und fläzte sich gerade auf mein Bett, als Lara hereinkam. Sie sah unschlüssig aus, wie jemand, dem eine unangenehme Aufgabe bevorstand. Normalerweise war sie geradeheraus und nicht so vorsichtig. Ich wusste nicht, ob sie sauer auf mich war, oder ob sie ein schlechtes Gewissen hatte. Jedenfalls wollte ich mich nicht mit ihr streiten.

Sie war wirklich eine sehr gute Freundin. Und es sprach nur für sie, dass sie mich nicht länger so unglücklich sehen wollte.

»Wir wollten heute Abend nach Prag fahren«, sagte Timo. »Durch die Altstadt bummeln und so. Isa hat mir gebeichtet, dass sie noch nicht einmal dort war. Das geht ja wohl gar nicht!«

»Da hast du vollkommen recht. Schande über dich, Isa!«, sagte Lara.

»Aber vielleicht könnt ihr euren Plan auf morgen verschieben?«

»Wieso, was steht an?«, fragte Timo.

Laras Ton war seltsam, als gäbe es schlechte Neuigkeiten.

»Ist was passiert?«, fragte ich.

»Nein, nein. Aber ich habe hier etwas, das euch vielleicht Spaß machen würde.« Sie hielt mir einen weißen Briefumschlag hin. Ich nahm ihn und zog den Inhalt heraus.

Drei Konzertkarten.

»Woher sind die denn?«, fragte ich überrascht und studierte sie genauer. *Weihnachtskonzert* stand da. Und darunter:

F. Chopin: Concerto for piano and orchestra No. 2
in F minor Op. 21
F. Chopin: Concerto for piano and orchestra No. 1
in E minor Op. 11
26. December, Saturday 7:30 pm
Dvořák Hall

Ich war überrumpelt. »Hast du die Karten gekauft?«

Sie schüttelte den Kopf. »Die sind mit der Post gekommen.«

»Versteh ich nicht.« Auf dem Briefumschlag standen Laras und Mareks Namen und darunter auch mein eigener. Wie seltsam. Laut las ich das Kleingedruckte vor:

»*Czech Philharmonic Orchestra*.« Zwei mir unbekannte Namen waren darunter vermerkt. Der eine war sicher der Pianist und der andere irgendein bedeutender Geigenspieler. Weiter las ich: *Conductor: Stanislav Leskowitz*. Sollte mir das irgendwas sagen? Dann atmete ich hörbar ein.

»Meinst du, Nikolaus hat uns die Karten geschickt?« Ich konnte nicht verhindern, dass meine Stimme vor Aufregung eine Oktave in die Höhe schoss.

»Das habe ich mir jedenfalls gedacht«, sagte Lara.

»Das ist ja – wow, Gott sei Dank sind sie noch rechtzeitig angekommen.«

Lara schaute bei diesen Worten verlegen zur Seite. »Na ja, eigentlich sind sie nicht erst heute gekommen«, brachte sie hervor.

»Was? Wann denn? Warum hast du denn nicht früher was gesagt?«, fragte ich verwundert.

»Sie kamen schon letzte Woche. Ich wusste nicht so recht, was ich damit machen sollte. Am liebsten hätte ich sie weggeworfen.«

Jetzt, wo es heraus war, sah sie erleichtert aus.

»Bist du verrückt? Das ist doch toll. Ich meine, ich würde mich riesig freuen, Niki wieder zu sehen. Außerdem könnte es doch sein, dass – «

»Ja!«, unterbrach sie mich. »Es könnte doch sein, *dass*! Genau das ist ja der Grund, warum ich nichts gesagt habe. Was, wenn du dann wieder enttäuscht wirst?«

Aber wie könnte ich mich nicht darüber freuen? Es war ein Hoffnungsschimmer, wenn auch nur ein kleiner. Vielleicht würde ich Nikolaus sehen, und vielleicht bekam ich sogar die Möglichkeit, mit ihm zu sprechen. Meine Hände wurden ganz feucht. Ich wagte nicht, an die Möglichkeit zu denken, vielleicht Alexej zu sehen. Ich wagte nicht einmal, es zu hoffen.

Nein, ich durfte mich keinesfalls da reinsteigern und hoffen, dass Alexej dort wäre.

Oh Himmel – und wie ich hoffte!

»Siehst du, da ist er wieder, dieser Blick«, schimpfte Lara.

»Welcher Blick?« Timo musterte mich.

»Da, genau dieser Blick. So ein seliger Ausdruck. So voller Vorfreude und Hoffnung. Süße, tu das nicht! Hätte ich dir bloß nicht diese blöden Karten gegeben!« Sie schlug sich an die Stirn. »Ich dachte, schlimmer könnte es eigentlich nicht werden, da du dich immer noch dagegen sträubst, Alexejs Klamotten wegzuschmeißen, und jetzt sieh, was ich angerichtet habe!« Sie schubste Timo, damit er etwas dazu sagte.

Der zuckte nur mit den Achseln. »Also ich kann nichts erkennen.«

Revierkampf

»Es hat alles geklappt wie gewünscht«, sagte Nikolaus, als er in das Musikzimmer kam. »Du bist der *Special Guest*.«

Ich hielt im Klavierspielen inne und drehte mich zu ihm um. »Wie hast du das bloß geschafft?«

»Beziehungen«, antwortete er.

»Papa?«

Er seufzte. »Natürlich. Er hat überall seine Finger mit im Spiel. Du glaubst ja gar nicht, wen der alles kennt! Ich sage: Ich brauche deine Hilfe. Er sagt: Gib mir fünf Minuten. Und dann ruft er mich nach *drei* Minuten zurück und hat alles geregelt.«

»Also hast du ihm diese tolle Wohnung zu verdanken?«

»Mmhja«, presste er widerwillig durch die Zähne. »Was soll's. Und – bist du nervös?«

»Nein.«

»Wirklich nicht? Mann, ich bin jeden Abend nervös, und ich mach das schon seit zwei Jahren. Finde ich echt abartig, wenn du nicht mal Lampenfieber hast.«

»Ich sitze doch nur da oben und spiele ein Lied. Es sind ganz andere Dinge, die mich nervös machen.«

»Ach ja, lass mal hören!«

»Vergiss es. Du glaubst doch nicht, dass ich dir das erzähle, nachdem ich weiß, wie gerne du mich aus der Fassung bringen würdest.«

»Mein Vater kommt übrigens auch.«

Ich nickte höflich und blätterte durch meine Noten.

»Und Nathalie.«

Ich hielt kurz im Blättern inne. Sehr kurz. So kurz, dass ich mir eigentlich sicher war, Nikolaus hätte es gar nicht bemerkt.

»Sie will *dich* natürlich nicht sehen, sie kommt nur wegen des anderen Pianisten.«

»Natürlich.«

»Bist du jetzt nervös?«

»Nein.« Ich schlug das Heft zu und warf es auf den Stapel neben meinen Füßen. »Wenn ich mich recht erinnere, hat Nathalie mich noch nie nervös gemacht. Warum sollte das jetzt anders sein?«

Nikolaus antwortete nicht darauf. »Weißt du denn schon, was du spielen wirst, oder überlegst du dir das erst eine halbe Stunde vorher?«

Ich lachte leise.

»Ich frage nur, weil ich dir einen kleinen Tipp geben wollte. Du solltest vielleicht beachten, ob deine Liedauswahl auch dem General gefallen würde.«

Ich sprang vom Hocker auf. »Was willst du damit sagen?«

»He – bleib mal ganz ruhig, es war nur ein dezenter Hinweis.«

»Hast du etwa mit ihr gesprochen? Weiß sie, dass ich hier bin?« Ich spürte, wie mir das Blut zu Kopf stieg und meine Hände anfingen zu zittern.

»Nicht von mir. Ehrlich! Aber jetzt, wo ich gehört habe, dass sie kommt, ärgere ich mich, dass mir nicht eingefallen ist, sie zu benachrichtigen.«

»Seit wann hast du denn so ein perverses Bedürfnis mich zu quälen? Also jetzt bin ich nervös, danke!«

»Ich will dich gar nicht quälen. Ich habe auch keine perversen Bedürfnisse, nur irgendwie eine tierische Lust, mal so richtig auf die Kacke zu hauen. Du wolltest doch Aufsehen erregen, oder nicht? Na, wenn das nicht aufsehenerregend ist, dass Alexander – «

»Ach, halt den Mund, Niki!«

»Und das nach all den Jahren! Das ist wie die Story vom verlorenen Sohn.«

Ich schüttelte den Kopf. Der Vergleich hinkte nun wirklich. »Nur mit dem Unterschied, dass ich, im Gegensatz zum verlorenen Sohn, das Erbe meines Vaters gar nicht haben wollte. Noch habe ich geprasst oder gesündigt.«

»Gott, ich habe vergessen, wie bibelfest du bist!«

»Das sind wir alle. Das war eines der Probleme unserer Großeltern. Die erste Republik war stark anti-adlig und antikatholisch, und der Adel war nun einmal katholisch. Aber ich muss dir in einem Punkt zustimmen. Genauso wie der verlorene Sohn kehre ich als Bettler zurück.«

»Aber du müsstest keiner sein. Es ist deine eigene Entscheidung.«

»Da hast du wiederum recht.«

»Übrigens bekommst du eine nette Gage für den Abend.«

Ich winkte desinteressiert ab. »Gib sie deiner Frau! Ich stehe sowieso in eurer Schuld.«

»Quatsch«, widersprach er. »Obwohl, wenn ich mal kurz nachdenken darf, das mit dem Fenster«, er wog den Kopf hin und her, »war nicht unerheblich.«

»Ich wurde provoziert.«

Niki bleckte die Zähne. »Das würde vor keinem Gericht der Welt standhalten.«

»Vermutlich nicht.«

Dann hörten wir schnelle Schritte im Flur. Katharina klopfte an und trat sofort ein, ihre Wangen vor Aufregung gerötet.

»Da draußen ist ein Vogel. Ich meine … ich bin mir fast sicher, dass es ein Rabe ist. Was soll ich tun? Soll ich ihn reinlassen?«

»Auf jeden Fall!« Ich lief ihr ins Esszimmer nach und sah eine schwarze Silhouette hinter der Gardine abtauchen. Nach einem kurzen Moment kam sie wieder hoch.

»Es ist Jaro«, sagte ich ehrlich überrascht. Ich öffnete eilig das Fenster und Jaro flatterte zu Boden. Beinahe im selben Augenblick verwandelte er sich. Katharina stieß einen spitzen Schrei aus, als sie erkannte, dass es ein Junge war.

Jaro sah so erschöpft aus, als wäre er pausenlos durchgeflogen.

»Was ist passiert?«

»Es hat einen Revierkampf gegeben.« Er keuchte.

»Sergius?«

»Wie du befürchtet hast. Man hätte ihn besser im Auge behalten müssen, aber ich war … abgelenkt.«

»Warte – trink erst mal einen Schluck. Du bist ja völlig entkräftet.« Ich hielt ihm ein Glas Wasser hin. Nikolaus warf ihm eine Wolldecke zu, die er sich um die Hüften wickelte.

»Milo sagte mir, dass Sergius sich abgesetzt hat. Wollte nach seinem Erkundungsflug wohl noch woanders hin. Milo hat sich gar nichts dabei gedacht, aber ich war ja vorgewarnt. Also habe ich ihm erzählt, dass du mich gebeten hast, immer einen Blick auf ihn zu werfen.« Er holte tief Luft, bevor er weiter sprach.

»Wir sind dann auch sofort los. Er war nicht schwer zu finden. Die Schreie waren so laut, es war echt ekelhaft. Aber wir kamen zu spät. Das andere Männchen hatte keine Chance. Sergius hat ihn regelrecht zerfetzt. Ehrlich, ich kriege Mega-Alpträume, wenn ich daran denke!«

Das war nicht gut. Ich traute mich kaum, die nächste Frage zu stellen.

»Und das Weibchen?«

»Es war schon passiert. Wie es aussah, hat das Männchen Sergius überrascht, deshalb der Kampf. Bleibt nur zu hoffen, dass – «

»Dass es keine Folgen haben wird«, beendete ich seinen Satz. Katharina machte einen bestürzten Eindruck. Sie klammerte sich an Nikolaus.

»Was meint er damit?«

Ich drehte mich zu ihr um. »Ich weiß nicht, was Niki dir alles erzählt hat. Aber es ist so, dass sich unser Rabenblut nur in der männlichen Linie vererbt. Frauen sind niemals betroffen. Und da unsere Vorfahren alle *menschliche* Bindungen eingegangen sind, wissen wir ziemlich genau, dass es ohne Komplikationen funktioniert. Das heißt, wenn man es nicht als Komplikation ansieht, dass es uns überhaupt gibt.« Ich lächelte schief. »Aber wir wissen nicht, was passiert, wenn ein Rabe aus unserem Schwarm sich mit einem Rabenweibchen einlässt. Wenn unsere Gene sich mit denen der echten Raben vermischen. Es ist ein Tabu.«

»Glaubst du, sie würden irgendwie mutieren, oder wie darf ich das verstehen?«

Ich zuckte mit den Schultern. »Alles ist möglich.«

»Aber das Weibchen? Wird sie nicht … ich meine, oh Gott, die Arme.«

»Vergiss nicht, dass es sich um ein Tier handelt!«, wandte Nikolaus ein. »Das soll jetzt nicht gefühllos klingen, aber es ist ja nicht so wie bei uns Menschen. Ich meine, ein Vogelweibchen unterwirft sich zwangsläufig dem … äh … stärkeren Geschlecht.«

Katharina warf ihm einen Blick voller Abscheu zu. »Das ist echt mies«, sagte sie.

»Nikolaus hat recht«, eilte ich ihm zur Hilfe. »Aber es ändert nichts an der Tatsache, dass Sergius gegen die Regeln verstoßen hat. Das ist kein Kavaliersdelikt, es könnte weitreichende Konsequenzen haben, die wir noch gar nicht abschätzen können. Ich kann nur hoffen, dass es zu früh war. Wir haben erst Ende Dezember. Sicher, es gibt auch Paare, die extrem früh brüten, vielleicht schon im Januar. Aber wenn wir Glück haben, dann war sie noch gar nicht paarungsbereit.«

»Ich glaube, mir wird schlecht«, sagte Katharina und hielt sich die Hand vor den Mund.

»Es ist auch echt zum Kotzen!«, bestätigte Jaro.

Was war nur in Sergius gefahren? Machte er sich etwa gar keine Gedanken um unseren Schwarm? Hatte er sich so wenig im Griff? Und dann bemächtigte sich ein anderer Gedanke meiner:

Was ist, wenn ihm das nicht genügt?

Was, wenn er immer noch nicht zufrieden war? Wenn er es genossen hatte, diese Macht auszuüben? Wenn er dasselbe Machtgefühl wieder spüren, vielleicht sogar noch steigern wollte? Mir wurde schwarz vor Augen, wenn ich daran dachte, wie nah er Isabeau war.

»Was ist mit Milo?«

»Er hat das Weibchen weggeschickt. Sie muss sich schnellstmöglich einen neuen Partner suchen, der sie und ihr Revier verteidigen kann. Wir müssen sie beobachten, hat er gesagt. Und Sergius – nun, Milo hat ihn ordentlich vertrimmt, aber was nützt das schon? Er hat ihm gedroht, dass er ihm die Augen aushackt, wenn er sich nur mehr die kleinste Kleinigkeit leistet. Aber er wollte ihn nicht zum Teufel jagen.«

»Besser man hat ihn da, wo man ihn beobachten kann«, stimmte ich zu.

Nikolaus nickte. »Arwed hätte Sergius bestimmt kaltgestellt.«

»Niki!«, entfuhr es mir. »Du vergisst, dass auch Sergius ein Mensch ist!«

»Er ist ein Schwein!«

»Wo du gerade Schwein sagst«, meldete sich Jaro schüchtern zu Wort. »Kann ich vielleicht was zu essen haben? Der Weg hierher war echt anstrengend. Bin die ganze Zeit auf Vollpower geflogen.«

»Ach Gott, ja«, sagte Katharina. »Tut mir leid, daran habe ich gar nicht gedacht.« Sie musterte Jaros schmächtige Gestalt. »Magst du vielleicht Pfannkuchen? Ich wollte gerade welche für die Kinder machen.«

Jaro knirschte mit den Zähnen. »Das wäre toll.«

Ich konnte förmlich seine Gedanken hören: Da kam er als Bote hier angestürzt, um eine wichtige Nachricht zu überbringen, und Katharina wollte ihn an den Kindertisch setzen. Ich grinste, hielt mich aber wohlweislich zurück, obwohl Jaro mir einen hilflosen Blick zuwarf, als Katharina ihn mit sich zog.

»Was willst du tun?«, fragte Niki. »Du kannst jetzt nicht hier weg!«

»Nein, natürlich nicht. Ich traue Milo durchaus zu, dass er Sergius in Schach halten kann. Aber mir wäre es natürlich lieber, wenn ich noch heute zurückkönnte.«

»Denk nicht mal dran! Wir müssen gleich zur Probe. Dein Auftritt geht vor. Wir müssen euren Feind herauslocken, schon vergessen?«

Ich hatte es nicht vergessen, aber ich sorgte mich um Isabeau. Sie ging immer alleine auf ihre Tour. Was passieren würde, sollte Sergius ihr über den Weg laufen, wollte ich mir lieber nicht ausmalen.

»Ich weiß, an wen du jetzt denkst«, sagte Niki. »Aber da darfst du dich nicht reinsteigern. Sie kann schon selbst auf sich aufpassen, glaub mir.«

»Aber sie ist auf so etwas nicht vorbereitet. Sie ist viel zu offenherzig.«

»Das macht dir ganz schön zu schaffen.«

Wie sehr, das konnte ich ihm unmöglich sagen. Niki öffnete den Mund, als wollte er etwas erwidern, besann sich dann aber anders. Da kam Katharina schon wieder mit Jaro zurück. Er trug eine abgewetzte Jeans und ein verwaschenes Sweatshirt.

»Vom Nachbarjungen«, erklärte Katharina. Jaro verdrehte die Augen.

»Satt?«

Jetzt grinste er. Anscheinend waren Pfannkuchen auch mit fünfzehn nicht ganz so schlecht.

»Möchtest du mit zur Probe in die Philharmonie kommen?«, fragte ich ihn.

»Klar!«

»Wird das nicht ein bisschen spät für ihn? Die Probe geht heute bestimmt bis in die Nacht«, gab Katharina zu bedenken.

»Ich denke, er schafft das.«

Wir machten uns zu Fuß auf den Weg. Jaro schien ganz in Gedanken versunken.

»Du siehst irgendwie schwer gealtert aus«, wollte ich ihn aufmuntern. Aber er lächelte nicht.

»Mach dir nicht so viele Sorgen um Sergius. Die Jungs werden sich schon um ihn kümmern.« Diese Worte sollten mich selbst beruhigen. »Oder ist es der Anblick, der dir nicht mehr aus dem Kopf geht? Ich weiß, es ist nicht schön zu sehen, wie zwei Raben sich bis aufs Blut bekämpfen.«

»Das war total widerlich«, stimmte er mir zu. »Hast du jemals, ich meine damals, als es den Schwarm noch nicht gab, hast du da auch so kämpfen müssen? Hast du schon mal jemanden im Kampf getötet?«

»Es gab Kämpfe, in die ich verwickelt wurde, aber ich konnte mich jedes Mal rechtzeitig zurückziehen. In ein paar Situationen geriet ich, weil ich unwissend war. Ich kannte die Regeln nicht, und ich hatte niemanden, der sie mir hätte erklären können.«

»Wie lange warst du allein?«

»Etwa ein Jahr. Dann habe ich mich einer großen Gruppe angeschlossen. Es waren an die hundert Tiere, und ich habe eine Menge von ihnen gelernt.«

»Aber das waren normale Raben, oder?«

»Ja. Ich war der Exot. Wir konnten uns gut verständigen, aber ich machte wahrscheinlich die falschen Gesten, wenn du verstehst, was ich meine.«

»War das nicht superätzend für dich? Warst du nicht total einsam?«

»Manchmal, aber ich hatte genug Gedanken zu verarbeiten, die hätten wahrscheinlich auch für länger gereicht. Es war vergleichbar mit einer Exerzitienreise oder einem Jakobsweg.«

»Ich versteh schon. Also wie eine Suche nach dem Sinn deines Lebens?«

»So in etwa.« Ich warf ihm einen Blick von der Seite zu. »Sind das die Gedanken, die du dir zurzeit machst? Über den Sinn deines Lebens?«

»Klar. Was denkst du denn?« Er kaute auf seiner Unterlippe. »Bist du eigentlich immer hier geblieben, hier zu Hause?«

Ich lachte laut heraus, sodass Nikolaus, der uns vorausging, sich fragend zu uns umdrehte.

»Ist das eine ernstgemeinte Frage? Wenn du entdeckst, dass du fliegen kannst, und noch dazu gezwungen bist, alle Brücken hinter dir abzubrechen, würdest du dann hier bleiben?«

Jaros Blick erhellte sich, als eröffneten sich ihm ganz neue Perspektiven. »Daran habe ich ja noch gar nicht gedacht!«

»Dann denk mal darüber nach. Wer hat schon die Möglichkeit, seinen Horizont so sehr zu erweitern, frage ich dich. Ich habe es jedenfalls ausgiebig genossen und bin viel herumgekommen.«

Jetzt war es an ihm, zu grinsen. »Wann hast du den ersten gefunden, der wie du selbst eben kein normaler Rabe war?«

»Da war ich schon etwa ein Jahr in meinem alten Schwarm. Mir fiel auf, dass ein Neuankömmling sich genauso dämlich verhielt wie ich am Anfang.«

»Wer war das?«

»András. Er kam aus Ungarn. Nur wenig später folgte ihm Ferenc.«

Jaro nickte. »Wie wird es denn jetzt weitergehen?«

»Ich habe keinen blassen Schimmer«, gestand ich ihm.

»Was?« Er schien ehrlich entsetzt.

»Warum vermutet eigentlich jeder, ich wüsste genau, in welcher Richtung es weitergeht? Steht etwas auf meiner Stirn, von dem ich nichts weiß?«

»So was wie *Leader*, oder so?« Er kicherte. »Mann, ich dachte, du hast voll die Peilung, und jetzt sagst du mir, du kennst den Weg nicht?«

»In der Tat. Schockiert dich das?«

»Also ich weiß nicht. Ich dachte irgendwie, dass du mir sagen kannst, wo's langgeht.«

»Da muss ich dich enttäuschen. Das musst du schon selbst für dich herausfinden. Und wenn du es weißt, dann halte den Gedanken gut fest! Weil es nämlich sein kann, dass er sich plötzlich in Luft auflöst. Dass sich in einer Sekunde einfach alles ändert. Halte ihn gut fest!«, riet ich ihm.

Blutkleid

Wieso hatte Lara mir nicht viel früher von diesem Konzert erzählt? In weniger als drei Stunden wollten wir in Prag sein und ich hatte nichts, aber auch gar nichts Brauchbares zum Anziehen. Ich konnte doch unmöglich in Jeans und Sweatshirt zu einem Weihnachtskonzert gehen!

Sakra!

Timo war damit beschäftigt, ein paar E-Mails zu schreiben, und ich hatte etwa die Hälfte meines Kleiderschrankinhalts auf mein Bett geworfen und verzweifelt darin gewühlt. Wer hätte denn ahnen können, dass ich hier in der Einöde ein *kleines Schwarzes* benötigen würde!

Frustriert warf ich das nächste Bündel in einem hohen Bogen auf den Boden. Timo starrte mich stirnrunzelnd über den Rand des Laptop-Deckels an.

»Findest du nicht, dass du ein bisschen viel Tamtam machst? Du gehst ja nicht auf deine eigene Hochzeit oder so.«

»Davon verstehst du nichts!«, zischte ich. Sein Kopf verschwand wieder hinter dem Laptop. Es war sinnlos, weiter zu suchen. Auf eine Veranstaltung dieser Art war ich einfach nicht eingerichtet. *Oh Himmel, Lara!*

Ich schrie ihren Namen nicht zum ersten Mal tonlos in die Luft, aber dieses Mal musste sie meine Verzweiflung gespürt haben, denn es klopfte an der Tür.

»Gott sei Dank kommst du endlich«, heulte ich auf. »Ich brauche Hilfe.«

Ihre Ohrringe klimperten. »Oje, das sieht schwer nach einem Notfall aus.«

Ich saß wie ein Häufchen Elend in Baumwollunterwäsche auf meiner Bettkante und schniefte.

»Ich brauche ganz dringend solche Dings, so piekfeine Schuhe mit hohem Absatz, wie nennt sich das noch?«

»Stöckelschuhe vielleicht?«

»Ja, genau.«

»Mmh«, machte Lara. »Das dürfte aber nicht dein einziges Problem sein.«

»Ach nein?« Ich schaute panisch an mir herunter. »Du hast recht, ich brauche auch eine Strumpfhose.«

»Du brauchst vor allem erst einmal vernünftige Unterwäsche!«, sagte sie leicht angewidert.

»Wieso? Was stimmt denn nicht mit meiner Unterwäsche?«

»Sie sieht so … so bequem aus.«

»Aber das sieht doch kein Mensch.«

Sie zog ihre Augenbrauen hoch. »Du kannst keinesfalls solche Unterwäsche unter einem netten Fummel anziehen. Das geht nicht. Da fehlt doch das ganze Feeling. Das würde ich dir sofort bei jedem Schritt ansehen.«

»Im Ernst?«

Sie starrte mich an, als vermute sie hinter meinen Augäpfeln ein Alien.

»Gib mir fünf Minuten«, sagte sie knapp und verschwand. Timo kicherte hinter dem Bildschirm. Ich hoffte für ihn, dass es da etwas Lustiges zu lesen gab.

»Willst du dich nicht auch langsam umziehen?«, fragte ich vorwurfsvoll. Keine Reaktion.

Ich raufte mir die Haare und fühlte mich besser dadurch. Dann fiel mir ein, dass ich sie ja auch irgendwie wieder glatt bekommen musste, und fühlte mich wieder schlechter. Als Lara nach einer Ewigkeit zurückkam, war ich völlig aufgelöst.

Sie hatte sich einen übervoll beladenen Wäschekorb unter den Arm geklemmt, schubste mich ins Bad und warf mir etwas Durchsichtiges zu. Ich wusste zuerst nicht, wo bei diesen

Teilen oben und unten war, aber nach ein paar Minuten hatte ich jedenfalls etwas an. Ob das so seine Richtigkeit hatte? Außerdem war es mir viel zu eng.

»Der BH ist zu eng«, brüllte ich durch die Tür.

»Das muss so sein. Ich kauf die immer extra eine Nummer kleiner. Da kommt alles viel besser zur Geltung.«

Tatsächlich?

Die Strumpfhose jedenfalls schaffte ich ohne Probleme und hüpfte wieder in mein Zimmer.

»Und jetzt?«, fragte ich Lara und hoffte dabei inständig, sie würde einfach einen Zauberstab herausziehen, oder noch besser *drei Haselnüsse für Aschenbrödel* dabei haben. Das war aber leider nicht der Fall.

»Ich habe es mir überlegt«, kündigte sie an.

»Was denn?«

»Es gibt nur ein einziges Teil, das wirklich zu dir passen würde.«

»Nur ein einziges?«

Sie zog etwas Grünes aus ihrem Korb.

»Hast du nichts Dezenteres? Vielleicht in Schwarz oder Dunkelblau oder so?«

»Nein.«

»Einfach so nein?«

»Ja.«

»Wie jetzt?«

»Hör endlich auf und zieh es an! Es passt genau zu deinen Augen. Du hast da so grüne Kringel um die Iris.«

Das war natürlich ein Argument. Ich schlüpfte in das Abendkleid und hatte das Gefühl, als streifte mich ein kühler Windhauch.

»Oh Gott, das fühlt sich an, als ginge man nackt auf die Straße.«

Lara nickte lebhaft. »Himmlisch, nicht wahr?«

»Nein, überhaupt nicht. Eher teuflisch – mir wird nämlich ganz heiß dabei. Außerdem ist der Ausschnitt viel zu tief. Kann ich da eine Strickjacke drüberziehen?«

»Bevor du jetzt noch weitere blöde Fragen stellst, will ich dich nur an eines erinnern: Du hoffst, Alexej wiederzusehen, okay?«

Hatte verstanden – der Ausschnitt war ganz prima. Geradezu perfekt.

»Die Schuhe könnten allerdings ein Problem werden. Ich habe kleinere Füße als du.« Sie hielt mir ein paar schwarze Riemchensandalen hin.

»Wir haben Winter!«, entfuhr es mir entsetzt.

Sie formte nur stumm das Wort *Alexej* mit ihren Lippen, und ich quälte mich in die engen Dinger. Beinahe sofort wurde meine Blutzirkulation abgeschnürt.

»Perfekt«, presste ich mit schmerzverzerrtem Gesicht hervor.

»Das ist die richtige Einstellung!«, lobte Lara.

Timo genoss es, uns durch die Gegend zu fahren. Lara und ich hatten sein neues Auto ausgiebig bewundert, und deshalb war er glänzender Laune. Marek war so dankbar gewesen, dass Timo ihn von der dritten Karte erlöst hatte, dass er Lara ein Bündel Scheine in die Handtasche gestopft hatte, mit der Bemerkung, wir sollten uns einen richtig tollen Abend machen. Timo brauchte nur eine Viertelstunde, um sich umzuziehen, und sah trotzdem toll aus. Ich fand das mehr als ungerecht. Vor allem, da er auch noch schicke Sachen in seiner Reisetasche dabei hatte.

»Wusste ja nicht, ob ihr mich in die Kirche schleifen würdet.«

Lara und ich schauten uns schuldbewusst an. Daran hatten wir gar nicht gedacht. Überhaupt hatte in den letzten Wochen kein festliches Gefühl aufkommen wollen.

Lara trug die neuen Ohrringe, die ich ihr geschenkt hatte – zumindest hatte ich sie bezahlt. Hatte ich schon erwähnt, dass ich Shopping hasste? Dafür trug ich die Kette, die sie mir gestern feierlich überreicht hatte. Sie bestand aus schwarzfunkelnden Steinen und baumelte mir fast bis zum Bauchnabel. Das Schönste daran war, dass man sie schnell über den Kopf streifen konnte, sollte sie einem lästig werden, aber das sagte ich Lara natürlich nicht.

Abgesehen davon war Lara sowieso schon erschöpft wegen des Kampfes, den wir ausgefochten hatten. Ich hatte zwar verloren, aber Lara hatte ebenso viele Federn lassen müssen. Mein Gesicht war jetzt perfekt geschminkt, meine Lippen rot angepinselt und jeder unbedeckte Teil meines Körpers in Parfüm gebadet. Ich fühlte mich wie eine Fremde im eigenen Körper und von dem Duft wurde mir beim Autofahren schlecht.

Wir fuhren über die Mánesův-Brücke in Richtung Altstadt. Von dort aus hatte man einen wunderschönen Ausblick auf das Rudolfinum, das riesige Konzertgebäude im Neorenaissancestil.

Natürlich waren alle Parkplätze neben dem Gebäude besetzt, deshalb kurvten wir eine Zeitlang herum. Ich war so aufgeregt, dass ich kaum etwas von meiner Umgebung wahrnahm. Das Einzige, was ich genauestens in mich aufnahm, waren die Gesichter der Menschen, die draußen über den dunklen Platz liefen oder im Laternenschein eine letzte Zigarette rauchten: Ich suchte Alexejs Gesicht unter ihnen.

Langsam wurde mir bewusst, wie ungerechtfertigt meine Hoffnungen waren. Sie begründeten sich auf den vagen Verdacht, dass Nikolaus seinen Freund ebenfalls eingeladen hatte. Und was, wenn er gar nicht mehr in Kontakt zu ihm stand? Schließlich hatte er ihn auch vorher schon acht Jahre nicht gesehen.

Lara stupste mich an, und ich kreischte erschrocken auf.

»Meine Güte, bist du schreckhaft heute!«

Meine Zähne klapperten.

»Weiber«, sagte Timo mit Blick auf meine hochhackigen Sandalen.

»Du solltest deiner Schwester lieber mal sagen, wie toll sie aussieht!«, empfahl ihm Lara.

Panik breitete sich auf Timos Gesicht aus. »Wer? Ich? Äh, ja ... du siehst echt ganz gut aus. Toll, meine ich, irgendwie cool«, brachte er mühsam hervor.

Ich winkte ab. »La-lass gut sein, Timo.« Meine Zähne klapperten noch lauter.

»Gehen wir rein, dann können wir uns im Foyer bei einem Gläschen Sekt aufwärmen.«

Das Letzte, wonach mir jetzt der Sinn stand, war ein Gläschen Sekt, aber ich wollte mal nicht so sein.

Wir schoben uns durch den säulengeschmückten Eingang. Es waren massig Leute da und ich war froh festzustellen, dass Lara mit ihrem Dresscode nicht ganz so falsch gelegen hatte. Timo gab unsere Mäntel an der Garderobe ab und warf mir seinen Autoschlüssel zu. »Kannst du den einstecken, dann beult sich meine Hosentasche nicht so aus.«

Ich stopfte den Schlüssel in das winzige Handtäschchen, das Lara mir aufgeschwatzt hatte und in das eigentlich nicht viel mehr als eine Packung *Tic Tac* hineinpasste. Timo kaufte an der Theke drei Gläser Sekt.

»Ich mag gar keinen Sekt«, erklärte ich Lara und schüttete den Inhalt des Glases in einem Zug hinunter.

»Mann, weißt du, was der gekostet hat?«, fragte mich Timo vorwurfsvoll. »Da hättest du den ja wenigstens mal genießen können!« Er nippte dezent an seinem Glas.

Eine wohlige Wärme durchströmte meinen Hals bis hinunter in meine Eingeweide. Auf meiner Zunge lag ein tauber Film.

»Du musst doch noch fahren!«, entfuhr es mir plötzlich und ich entwand Timo sein Glas.

Ich hatte es bereits bis zur Hälfte gelehrt, als Lara es mir abnahm.

»Hör auf, du kannst dich doch hier nicht betrinken. Du sollst daran nippen und ab und zu ein dezentes Lachen und *Bussi Bussi* von dir geben. Stell dir vor, du musst aufstoßen, nur weil du zu viel von dem Zeug getrunken hast! So was passiert nämlich immer dann, wenn gerade eine künstlerische Pause angesagt ist.«

»Sprichst du aus Erfahrung?«

»Was denkst du denn? Aber das erzähle ich dir ein andermal!«

Ich kicherte albern. Oje – anscheinend stiegen die Blubberbläschen schneller zu Kopf als erwartet.

Das Foyer wurde immer voller, und um uns herum schwoll das Gerede zu einem sinnlosen Summen an, nur unterbrochen von der ein oder anderen aufdringlichen Lachsalve.

»Ich muss noch mal aufs Klo«, verkündete ich viel zu laut.

»Jetzt noch? Ich glaube, wir dürfen gleich rein. Dann mach aber schnell!«, scheuchte mich Timo davon.

Ich stöckelte durch das Foyer und suchte nach einem mir bekannten Zeichen in Türhöhe. Meine Zehen schmerzten und ich überlegte ernsthaft, einfach barfuß weiterzugehen. Aber das konnte ich Lara nicht antun, schließlich hatte sie sich so viel Mühe mit meinem Outfit gegeben. Also stolperte ich mehr schlecht als recht vorwärts. Von wegen kleines Grünes! Das Kleid war so lang, das ich den Saum immer mit einer Hand hochhalten musste, um nicht drauf zu treten. Endlich entdeckte ich die Damentoilette. Natürlich hatte sich eine Schlange davor gebildet. Einen kurzen Moment liebäugelte ich mit dem Herrenklo, verwarf den Gedanken aber gleich wieder.

Reiß dich zusammen, Isa!

Bis ich an der Reihe war, wurde bereits der zweite Gong geschlagen. Jetzt aber flott. Ich hüpfte auf die Toilette und eroberte ein Waschbecken. Und als ich dachte, dass niemand hinsähe, hielt ich beide Arme unter das fließende Wasser und goss auch einen Schwall davon über meinen nackten Hals. Dieser Parfümgeruch würde mich sonst wahnsinnig machen.

Mist, kein Papier! Hier gab es nur diese blöden Föhnapparate! Ich hängte mich also darunter und versuchte meinen Hals zu trocknen, als ich plötzlich ein abfälliges Lachen hörte.

Neben mir stand eine dunkelblonde Frau, die mich weit überragte, und das nicht nur, weil ich gerade eine peinliche Hockstellung eingenommen hatte. Sie trug ein tief dekolletiertes, blutrotes Kleid und zwischen ihren Brüsten klemmte ein schwerer Klunker. Sie musterte mich von oben herab, und mir schoss das Blut ins Gesicht.

Ich kroch unter dem Föhn hervor. Irgendjemand hielt mir eine Klopapierrolle hin.

»Danke!«, sagte ich erleichtert zu einer grimmig aussehenden alten Dame mit Adlernase. Warum wuchsen Nasen eigentlich im Alter immer so ungehemmt? Ich lächelte sie an, und die Blondine sagte irgendwas zu ihrer ebenso aufgetakelten Freundin. Beide lachten.

Keine Frage, dass sie über mich lachten. Ich rollte einen Schwung Papier ab und trocknete mich ab, ohne weiter auf die beiden zu achten. Wenigstens roch das Parfum jetzt nicht mehr so stark. Als ich mich durch die Tür quetschen wollte, sprach mich die Superblondine an.

»Ist nichts für Bauerntrampel«, sagte sie mit starkem Akzent. Das *ch* klang so hart wie über eine Kartoffelreibe abgezogen.

So eine blöde Zicke!, dachte ich, ließ sie aber kampflos vorbeiziehen. Es war ja nicht so, als gäbe es keine Sitzplätze mehr. Ich hechtete durch den Flur zurück, wo Timo und Lara schon aufgeregt winkten.

Ein Platzanweiser deutete uns die Treppe hinauf. Die Sitzplätze auf dem Balkon waren toll, wir würden sicher einen guten Blick auf die Künstler haben. Die Bühne wurde von mehreren Kronleuchtern erhellt. Über der riesigen Orgel hing eine Fahne der Tschechischen Republik.

Ein großer Flügel stand ganz vorne am Rand der Bühne und dahinter waren die Stühle des Orchesters aufgestellt. Es wurde laut geraschelt und gerückt, und immer wieder hörte man jemanden husten. Als käme man plötzlich auf die Idee, sich schnell noch einmal auszuhusten, egal ob man musste oder nicht, quasi auf Vorrat.

Dann traten unter lautem Applaus die Orchestermitglieder ein. Ich beugte mich über die Brüstung, weil ich sehen wollte, ob ich von hier oben Nikolaus erkennen konnte. Gar nicht so einfach. Alle hatten sich fein herausgeputzt und ich kannte Nikolaus nur in Rockerkluft.

Enttäuscht wollte ich mich schon zurücklehnen, da sah ich am Bühnenrand, halb verdeckt hinter dem Vorhang, eine dunkle Gestalt, deren Silhouette meinen Herzschlag abrupt aussetzen ließ. Ich krallte mich mit den Fingernägeln an der Brüstung fest. Ein hochgewachsener Mann trat zu dieser Gestalt und sprach ein paar kurze Worte mit ihr, bevor er unter lautem Applaus die Bühne betrat. Es war der Dirigent, der mit einer dankenden Verbeugung seinen Platz einnahm.

Alexej?

Die Silhouette des Unbekannten verschwand hinter dem Vorhang.

»Setz dich hin«, befahl Timo ungeduldig.

»Was ist denn los?«, flüsterte Lara und zerrte mich zurück auf meinen Platz.

Auf diese Frage konnte ich ihr keine Antwort geben. Ich wusste nur absolut sicher:

Ich hatte Alexej gesehen.

Missgeburt

»Kannst du mir sagen, wo du so lange gewesen bist? Ich krieg die Krise!« Nikolaus zog mich ins Zimmer.

»Ich war in der Kirche. Falls es dir nicht aufgefallen ist, wir haben Weihnachten«, informierte ich ihn.

»Du kannst doch jetzt nicht in die Kirche gehen! Mein Gott, das Konzert fängt in einer halben Stunde an!«

Ich lächelte milde. »Ich war nur eine Viertelstunde fort, Niki. Was macht dich so nervös? Die Probe ist doch großartig verlaufen.«

»Wir müssen jeden Moment zum Einstimmen nach draußen.«

»Sicher, aber ich doch nicht. Das würde mir euer Pianist auch sehr übel nehmen, wenn ich versuchen würde, den Flügel zu stimmen«, sagte ich lachend. »Nebenbei bemerkt, er ist überwältigend. Ich habe vorher noch nie zuvor auf einem *Fazioli* gespielt. Der Klang ist atemberaubend.«

Nikolaus brummte vor sich hin. »Musst du nicht wenigstens noch deine Hände baden, oder sonst irgendwas?«

»Natürlich nicht.« Ich schmunzelte und Nikolaus wandte sich von mir ab, um nervös eine Runde durch das Zimmer zu drehen. Die anderen Musiker saßen faul herum, tranken etwas oder warfen noch einmal einen Blick auf ihre Probennotizen. Sie redeten und lachten leise.

Niki sah aus, als wäre ihm überhaupt nicht nach Lachen zumute. Seine Stirn glänzte schweißnass, und immer wieder rieb er sich die feuchten Hände an einem Stofftaschentuch ab.

»Was murmelst du da eigentlich die ganze Zeit?«, fragte ich.

»Ich murmle nicht, ich zähle.«

»Du zählst? Einfach nur Zahlen, oder wie?«

»Nnja«, presste er hervor.

Eine Durchsage forderte die Streicher auf, die Bühne zu betreten. Nikolaus tastete ein letztes Mal kontrollierend nach seinem Hosenschlitz und ließ sich von den anderen mit nach draußen ziehen.

Ich ging den langen Weg bis zur Bühne und sprach kurz mit dem Dirigenten. Dabei konnte ich einen Blick auf das Publikum werfen: Der Saal war gut gefüllt. Nur in der ersten Reihe gab es noch ein paar leere Plätze. Irgendwo dort draußen musste der General sitzen, wahrscheinlich auf dem Balkon; aus einem mir unerfindlichem Grund bevorzugte sie diesen Platz. Da Nikolaus mich vorgewarnt hatte, würde mich ihr Auftauchen nicht irritieren. Dennoch beschlich mich das seltsame Gefühl, dass dieser Abend mehr bringen würde, als ich mir davon erwartete.

Ich warf einen suchenden Blick in den Saal. Es war mir, als versuchte jemand, Blickkontakt mit mir herzustellen, als flüsterte eine unhörbare Stimme meinen Namen. Ein Prickeln durchzog meine Eingeweide. War das nun jenes Lampenfieber, das Niki so gerne an mir gesehen hätte?

Ich vermied es, an Isabeau zu denken und daran, dass Sergius in ihrer unmittelbaren Umgebung war, noch dazu in äußerst unberechenbarer Stimmung. Und ich dachte nicht eine Sekunde an Nathalie. Stattdessen zog ich mich in den Aufenthaltsraum zurück und versuchte, mich zu entspannen. Gerade wurde vom ersten Oboisten der Ton angegeben, es folgte ein wirres Durcheinander verschiedenster Instrumente. Dann kehrte Ruhe ein. Der Abend wurde mit dem zweiten Klavierkonzert eröffnet. Die Streicher begannen und Nikolaus würde es jetzt sicher besser gehen.

Mein Auftritt würde nach dem dritten Satz noch vor der Pause sein, also blieben mir noch knapp dreißig Minuten, den Applaus nicht mitgerechnet. Ich genoss das Spiel des Pianisten und schloss die Augen. Nach dem Ende des ersten Satzes rauschte der Applaus durch die Übertragungsanlage.

Jetzt das *Larghetto*.

Gab es in der Musik ein Stück, das mehr Gefühl und Poesie ausdrücken konnte?

Für mich war es der Höhepunkt des Konzerts. Der ganze Satz ein einziger Liebeserguss. So voller Romantik, dass meine Gesichtsmuskeln weich wurden und sich die Töne süß in mein Herz ergossen. Innerlich spielte ich mit und ließ meine Finger zärtlich über die Tasten gleiten.

Mir gegenüber saß ein alter Herr, der lächelte und mir fast unmerklich zunickte.

Ich wollte nicht warten, bis der Orchesterinspizient mich aufrief, und verließ meinen Platz, um zur Bühnentür zu gehen. Ich war sehr gut vorbereitet, und es gab keinen Grund, an meinen Fähigkeiten zu zweifeln; trotzdem wusste ich im Voraus, dass sich ein Gefühl der vollkommenen Zufriedenheit nicht einstellen würde.

Der Pianist nahm seinen Applaus entgegen und verließ den Saal. Die Tür schloss sich wieder. Der Dirigent warf mir einen aufmunternden Blick zu, jemand rief *Toi, toi, toi* und der Inspizient öffnete mir die Tür.

Innerlich wappnete ich mich dagegen, was jetzt zwangsläufig passieren würde. Doch dieser Auftritt fand schließlich nur aus einem einzigen Grund statt: um Aufsehen zu erregen.

Ich holte tief Luft und betrat das Podium.

Das Orchester war aufgestanden und der Applaus aus dem Publikum begrüßte mich. Noch bevor ich dem Konzertmeister die Hand reichte, brach das Klatschen ab und gedämpftes Getuschel begann.

Papiere raschelten.

Die Zuschauer zog die Programmhefte heraus, um sich zu vergewissern, wen sie da sahen. Ich hob den Kopf, lächelte und verbeugte mich auch in Richtung der oberen Ränge.

Die Stimmen wurden lauter. Ich konnte es den Leuten nicht verdenken, sah ich doch meinem Vater so unglaublich ähnlich.

Ich kontrollierte meinen Sitz, heftete meinen Blick gänzlich auf den Dirigenten und versuchte gleichzeitig, alle anderen Eindrücke auszuschalten. Noch immer wollte das Getuschel nicht verstummen, und der Dirigent schlug mit dem Taktstock auf das Pult.

Dann endlich kehrte Ruhe ein.

Ich spielte eine Etüde von Chopin, Opus zehn, Nummer drei. Tristesse – Traurigkeit. Ein Gefühl, das ich gut kannte. Es war kein Stück, das meine Technik besonders herausforderte, aber es war eine Herausforderung, was den melodischen Ausdruck und die Atmosphäre betraf. Ich schloss die Augen und konzentrierte mich darauf, vorsichtig mit der Dynamik zu balancieren. Ich genoss die perfekten Reaktionen des Flügels, das Gefühl, mit den Fingern über weichen Samt zu streichen.

Ich ließ meinen ganzen Körper von der Musik forttragen. Ich sah Bilder in meinem Kopf, die meine Traurigkeit widerspiegelten. Dinge, die einen schmerzhaften Verlust in meinem Herzen spürbar machten.

Etwas flüsterte meinen Namen, berührte sanft meine Seele und zog zarte Wasserkreise auf einem See.

Die Töne wehten wie kleine Fallschirme des Löwenzahns durch den Saal, ließen sich von einer Windböe erfassen und purzelten im unregelmäßigen Rhythmus durcheinander.

Nicht einmal ein Husten war zu hören, als ich die Variation spielte und zum Schluss das Thema wiederholte. Nach dem letzten Ton war es sekundenlang still, bevor das Publikum heftig applaudierte. Es schien mir, als gelte der Jubel allein dem Umstand, dass ich überhaupt hier oben stand, nach so vielen Jahren.

Das Scheinwerferlicht blendete mich. Trotzdem entdeckte ich den General oben auf dem Balkon. Selbst auf die Entfernung konnte ich sehen, dass ihre Augen verräterisch glitzerten. Und ich war mir sicher, dass die Wahl des nächsten Stücks ihr gefallen würde. Ich lächelte, bevor ich mich wieder setzte.

Jetzt kam der aufsehenerregende Teil: Die Revolutionsetüde. Ich fand sie äußerst passend für den Zweck, den dieser Auftritt erfüllen sollte.

Der Anfang forderte meine ganze Konzentration. Ich spielte die heroische Melodie in der rechten Hand über einer sehr anspruchsvollen Sechzehntelbewegung in der linken. Es war dramatisch und aufwühlend und schwemmte mir das Blut heiß durch den ganzen Körper. Auch der Zuhörer in der letzten Reihe musste diese Intensität spüren können. Der Bass grollte, und durch die Kraft des Anschlags flogen meine Hände in die Höhe.

Stille.

Ich hielt den Atem an.

Plötzlich ein einzelner Ruf: »Danke!«

Sofort klatschte das Publikum stürmisch. Ganze Reihen erhoben sich begeistert, Bravorufe schallten mir entgegen. Wie gern wäre ich jetzt auf dem schnellsten Weg abgetreten, aber es wäre dem Publikum gegenüber sehr unhöflich gewesen. Ich verbeugte mich mehrmals, ein dankbares Lächeln auf den Lippen.

Doch gerade, als ich die Bühne verlassen wollte, bestieg eine Frauengestalt in einem auffällig roten Kleid das Podium.

Ich erstarrte.

Eindrücke aus der Vergangenheit überschwemmten mich: Es war Nathalie, die plötzlich auf mich zutrat und mir mit einer theatralischen Geste einen Blumenstrauß überreichte.

Sie lächelte mit rotgeschminkten Lippen. Weiße Zähne blitzten in dem ebenmäßigen Gesicht. Sie hatte sich überhaupt nicht verändert, und ich konnte nicht verhindern, dass mein Lächeln einfror. Meine Hände griffen nach dem Strauß und krallten sich unwillkürlich daran fest, obwohl das Bedürfnis, ihn von mir zu schleudern, beinahe übermächtig wurde.

Ihre Lippen bewegten sich, wahrscheinlich zu einer Gratulation, aber ich verstand sie nicht. Das Einzige, was ich hörte, war ihre Stimme von damals:

Du bist ein ekelhaftes Monstrum! Ein widerliches, abartiges Getier – eine Missgeburt!

Wappentier

»Das ist wunderschön!«, raunte Lara mir zu. »Und so romantisch!« Sie seufzte. Timo verdrehte die Augen. Romantik war etwas, das ihm völlig abging.

Ich war so gefangengenommen, dass ich ein starkes Gefühl des Bedauerns verspürte, als das Stück zu Ende war und alle applaudierten. Erst nach mehreren Verbeugungen verließ der Pianist die Bühne.

Ob Alexej hier irgendwo gesessen und zugehört hatte? Oder ob er sich hinter der Bühne aufhielt? Oder hatten mir meine Sinne wieder nur einen Streich gespielt? Es war nicht viel mehr als ein Schatten gewesen, aber nur eine Bewegung hatte genügt, mein Herz plötzlich laut pochen zu lassen.

»Ist jetzt schon Pause?«, fragte ich Lara. Im selben Moment meinte ich, einen kräftigen Schlag abzubekommen. Ein Mann in einem rabenschwarzen Anzug trat auf die Bühne. Er bewegte sich zielstrebig, ohne den kleinsten Anflug von Nervosität. Ich spürte förmlich, wie sich die Luft auflud. Ein Raunen war zu hören, Papier raschelte. Der Mann wandte sich dem Publikumsraum mit einem beinahe neutralen Blick zu. Und in dem Moment, als er das Publikum ansah, erhellten sich seine Züge, als hätte er nur auf diesen einen Augenblick gewartet.

Er lächelte.

Ich krallte mich an Laras Arm fest und gab unartikulierte Laute von mir.

»Was ist denn?«, fragte Lara. »Ist dir nicht gut?«

Sie sah mein verstörtes Gesicht und folgte meinem Blick, um die Ursache dafür zu entdecken. Dann stieß sie einen spitzen Schrei aus.

»Oh mein Gott, es ist Alexej!«, quietschte sie.

Timo beugte sich ebenfalls vor. »Das ist er? Aber wieso – ?«

»Pssst!«, zischte jemand hinter uns.

Oh Himmel!

Neben mir fing auch Lara an zu rascheln und wedelte hektisch mit den Zetteln vor ihrer Nase.

»Sie haben das Programm geändert. Hier, schau!«

Ich riss ihr den Bogen aus der Hand und suchte nach dem Programmpunkt, der jetzt an der Reihe war. Ich las die kleingedruckten Worte *Special Guest* und daneben einen Namen, der das Blut in meinen Ohren zum Rauschen brachte:

Alexander von Steinberg.

»Aber …« ich brachte kein Wort mehr heraus. War das etwa sein Name? Ich war verwirrt. Er selbst nannte sich Alexej. Nikolaus hatte Alexander zu ihm gesagt, und der Brief aus dem Krankenhaus war an Alexej Nepovím adressiert gewesen. Und jetzt las ich hier Alexander von Steinberg?

Es wurde getuschelt. Man verrenkte sich den Hals, um einen Blick auf den Pianisten zu werfen. Ich hielt Lara mit zitternden Fingern den Zettel vor die Nase und sie überflog die Seite.

»Ich kenne ihn!«, rief sie aus.

»Was soll das heißen, du kennst ihn? Natürlich kennst du ihn!« Ich war nahe daran, einen hysterischen Anfall zu bekommen.

Sie lachte albern und ihre Stimme überschlug sich fast.

»Ich meine seinen Namen. Mein Gott, jeder in diesem Land kennt seinen Namen!«

Was sollte das jetzt bedeuten? Jeder in diesem Land? War ich etwa die Einzige hier im Saal, die keinen blassen Schimmer hatte, wer Alexej war?

»Es ist seine Familie! Jeder kennt seine Familie.«

»Ruhe jetzt!«, schimpfte eine Männerstimme. Der Dirigent schlug mit dem Taktstock auf das Pult. Die Stimmen verstummten und ich hielt den Atem an.

Alexej begann zu spielen, und vom ersten Ton an schmolz ich dahin. Er spielte so wehmütig und dabei so unendlich gefühlvoll, dass mein Herz sich schmerzhaft verkrampfte.

Ich kenne dich überhaupt nicht!, durchfuhr es mich. *Aber ich liebe dich.*

Das Publikum applaudierte heftig. Es hatte sich von seiner Ausstrahlung fesseln lassen, genau wie ich. Er verstand es, mit einer kleinen Geste oder einem Blick mit dem Publikum so zu kommunizieren, dass sich jeder von ihm angesprochen fühlte. Auf einmal war mir sterbenselend zumute.

Das nächste Stück, das er spielte, ließ mir das Blut heiß in den Kopf steigen, so dramatisch und mitreißend war es. Und als er die letzten Takte voller Kraft anschlug, hielt jeder im Saal den Atem an.

Dann brach tosender Applaus los.

»Ich muss hier raus«, würgte ich hervor und drängte mich an den anderen Zuschauern vorbei auf den Gang. Dort lehnte ich mich kraftlos gegen die Wand und fühlte mich einfach furchtbar dumm.

Ich hatte mich verrannt.

Ich hatte mich in einen Mann verliebt, den ich gar nicht kannte. Ich hatte mich in ihn verliebt, weil er die Natur liebte genau wie ich, und weil er Dinge wahrnahm, die mir verborgen blieben, weil seine Wahrnehmung so sinnlich war. Ich wusste, dass in ihm viel mehr war, als seine beherrschte Art mir offenbaren wollte, dass er Gefühle in sich trug, die nur darauf warteten, erlebt zu werden.

Hinter meinen Augäpfeln brannte es. Die Superblondine hatte Recht – ich war ein dämlicher Bauerntrampel!

Lara trat lachend aus der Tür, gefolgt von meinem Bruder.

»Wenn ich das Marek erzähle, bricht er mir auf seinem Schreibtisch bewusstlos zusammen.«

Ich schloss die Augen.

»Willst du es gar nicht wissen?«, fragte Lara lachend.

»Sag schon, vielleicht kann ich dann mitlachen«, kam es leise aus mir heraus.

»Alles in Ordnung mit dir? Du bist ja ganz käsig im Gesicht.« Sie holte tief Luft. »Alexej ist ein Mitglied der Familie Steinberg! Erinnerst du dich, dass er diesen Raben bei sich hatte, als ihr ihn gefunden habt? Seine Familie hat einen Raben in ihrem Wappen. Ich habe das mal auf einem Schulausflug gesehen. Das ist ewig her, aber ich kann mich noch genau daran erinnern. Ist das nicht witzig?«

»Wappen?«, fragte ich mit schwacher Stimme.

»Ja, sein Großvater war früher ein Baron oder so was. Ich kenne mich damit nicht aus, der Adel wurde bei uns abgeschafft. Aber Alexej hat eindeutig blaues Blut!« Sie kicherte wieder.

Blaues Blut? Nein, schrie es in mir – er hat zwei Herzen. Zwei Herzen in seinem Körper!

»Wir haben früher im Geschichtsunterricht das Ganze durchkauen müssen. Ich glaube sein Großvater ist enteignet worden und dann im Arbeitslager gestorben. Man hat ihnen alles weggenommen. Damals war es sogar verboten, als Angehöriger des ehemaligen Adels zu studieren, sie durften nur einfache Arbeiten verrichten, im Bergbau oder im Straßenbau oder vielleicht als – «

»Waldarbeiter?«, fragte ich schwach.

»Genau. So was in der Art. Davon hat Alexej ja nichts mitbekommen, das war lange vor seiner Zeit. Wenn ich mich richtig erinnere, ist damals ein Steinberg bei einem Unfall gestorben, Anfang der Neunziger. War irgendwie in der Widerstandsbewegung gegen die Kommunisten aktiv. Kann sein, dass das sein Vater war. Aber da müsste ich Marek fragen, der interessiert sich viel mehr für sowas.«

Anfang der Neunziger? Da konnte er gerade mal sechs oder sieben Jahre alt gewesen sein.

»Hat er dir davon denn nie was erzählt?«, fragte Timo.

Kein Wort. Er hatte so wenig von sich erzählt, und wenn, dann waren es nur einzelne Teile gewesen, die nicht zusammenpassen wollten.

Hatte er sich vielleicht die ganze Zeit über mich lustig gemacht? War das irgend so ein perverses Spiel, weil er sich die Zeit vertreiben wollte?

Nein, das war ungerecht. So wollte ich nicht von ihm denken. Er war verletzt gewesen, als wir ihn gefunden hatten, er wäre fast gestorben. Und er war völlig auf sich allein gestellt – ohne Familie. Da konnte sie noch so einen bombastischen Namen haben. Außerdem besaß er nichts. Das hatte er gesagt, an dem Tag, als ich ihn aus dem Krankenhaus abgeholt hatte, und es entsprach der Wahrheit. Es gab kaum jemanden, der weniger an materiellen Dingen interessiert war als er. Das Einzige, was ihn wirklich interessierte, war die Musik.

»Ich glaube, wir müssen wieder rein. Gleich fängt der zweite Teil an«, sagte Lara.

»Geht schon mal vor, ich muss noch einmal kurz an die frische Luft.«

»Bist du sicher, dass alles in Ordnung ist? Du machst dich doch jetzt nicht verrückt wegen dem, was ich dir erzählt habe?«

»Nein, natürlich nicht.« Ich sandte ein tapferes Lächeln in ihre Richtung, aber innerlich fühlte ich mich grauenvoll.

»Geht schon – ich komme gleich. Ehrlich!« Ich scheuchte die beiden zurück durch die Tür und lief die Treppe nach unten.

Ein paar Nachzügler hasteten an mir vorbei. Eine Frau im Kostüm wies mich darauf hin, dass ich in wenigen Augenblicken nicht mehr in den Konzertsaal eingelassen werden würde, aber ich winkte ab.

Draußen schlug mir ein eisiger Wind entgegen.

Der Platz vor dem Rudolfinum war nur spärlich beleuchtet und menschenleer. Ich fluchte über die engen Sandalen, die mich bei jedem Schritt schmerzten. Wieso hatte ich mich nur so ausstaffieren lassen?

Eigentlich war es jetzt auch schon egal. Und auch auf die Gefahr hin, dass ich meine Füße nie wieder in die Dinger reingequetscht bekäme, streifte ich sie mir von den Füßen und genoss die neugewonnene Freiheit. Ich lief über das feuchte Gras in der Mitte des Platzes und sofort befiel mich die Erinnerung an die Nacht, in der Alexej und ich uns geküsst hatten. Da war ich auch barfuß gewesen.

Nach einigen Minuten trieb mich die Kälte wieder ins Foyer. Ich wollte dort auf Timo und Lara warten und mir so lange anschauen, wie sich das Licht der Kristallleuchter in den Gläsern widerspiegelte. Oder ich könnte ein wenig seufzen. Mir war sehr nach Seufzen.

Ich stieß die schwere Eingangstür auf. Mit den Sandalen in der einen Hand und der Handtasche in der anderen schlenderte ich an den Fenstern entlang.

Da ich sowieso nie eine Uhr trug, konnte ich es mir sparen, auf mein nacktes Handgelenk zu gucken. Schade, dass man hier so wenig aus dem Konzertsaal hören konnte. Meine Füße machten ein leises *patsch, patsch* auf dem Fußboden. Wie dunkel es draußen war und wie die Fenster alles widerspiegeln, überlegte ich gerade. Da sah ich plötzlich die Umrisse einer Gestalt in dem Fenster, an dem ich gerade vorbei gegangen war.

Ich drehte mich um und entdeckte ihn auf der anderen Seite des Raumes.

Mir wurden sofort die Knie weich.

Alexej lehnte lässig an der Wand, die Füße übereinandergeschlagen und beide Hände in den Hosentaschen. Diesen Blick hatte ich schon einmal gesehen. Er hatte die Lider halb gesenkt und schaute mich durch seine langen Wimpern hindurch an.

Wie lange stand er schon da? Und warum konnte ich nie den tollen Auftritt haben, sondern musste auch noch barfuß herumtapsen?

Er nahm die Hände aus den Hosentaschen und stieß sich von der Wand ab. Ich wollte etwas sagen. *Guten Abend* zum Beispiel oder: *Schön dich mal wieder zu sehen;* aber meine Kehle ließ keinen einzigen Ton heraus.

»Isabeau«, sagte er und sein Blick wanderte an meinem Kleid hinunter. Ich dachte an den tiefen Ausschnitt und gab Lara einen gedanklichen Rippenstoß.

Alexej lächelte. »Ich bin überrascht, dich hier zu sehen.«

Wie schön seine Stimme war – so warm und dunkel. Aber was hieß hier überrascht? Er sah überhaupt nicht überrascht aus. Wie immer war er souverän und vollkommen Herr der Lage.

»Du hast wundervoll gespielt«, brachte ich hervor. Aber er schien mir gar nicht zuzuhören.

»Du siehst hinreißend aus«, sagte er.

In meinem Magen flatterte es.

»Ich bin hingerissen. Von dir.«

Lieber Gott, lass das kein Traum sein!

Seine Hände berührten mein Gesicht.

Als er die Augen schloss, warfen seine Wimpern zarte Schatten auf seine Wangenknochen. Ich dachte noch daran, wie stark seine Lippen aussahen. Wie kraftvoll. Wie etwas, das von Michelangelo in Marmor gemeißelt werden sollte.

Dann küsste er mich.

Hassliebe

Jaro ließ sich Zeit, eigentlich hatte er spätestens zum zweiten Teil des Konzerts hier sein wollen. Mit Sicherheit wurde er bei Arwed aufgehalten. Ich lehnte mich an die Wand und dachte an den General. Ich würde auf sie warten und mich freiwillig ihrem Zorn ausliefern müssen.

Gerade war eine Kellnerin damit beschäftigt, die geleerten Gläser fortzuräumen und die Tischdecken auszutauschen. Sie verschwand durch eine Tür, und ich schlug entspannt die Beine übereinander.

Die Eingangstür ging auf und ein smaragdgrünes Seidenkleid rauschte herein. Ich starrte auf ein paar nackte Füße und spürte eine seltsame Erregung in mir. Da war wieder dieses Flüstern, das mich innerlich lockte, das mich heute den ganzen Abend schon begleitet hatte.

Sie war hier! Ich konnte es kaum glauben. Nur wenige Meter entfernt lief sie barfuß an den Fenstern entlang. Ich dankte Gott dafür, dass er mir diesen Vorsprung gewährte und sie mich noch nicht gesehen hatte. *Du bist jetzt kein Rabe, du bist ein Mann, und sie wird auch nichts anderes in dir erkennen können!*

Ich musste mich nicht verstecken und ich musste auch nicht befürchten, dass sie mich überraschte und enttarnte. Ich war sicher, wenigstens im Moment.

Ich dachte an unsere letzte Begegnung im Wald, daran, wie ich meinen Schnabel in ihr Haar gegraben hatte, und seufzte. So ungeniert würde ich das als Mann nie tun können.

Aber welche Regel besagte das eigentlich?

Sie drehte sich um und schlenderte denselben Weg zurück. So groß war das Foyer nicht, allzu lange konnte es nicht dauern, bis sie mich entdeckte. Plötzlich blieb sie stehen und starrte in das Fenster, an dem sie gerade vorbeikam.

Ihr Kopf flog herum, und ich senkte die Lider, damit sie die Erregung nicht in meinen Augen sehen konnte. Dann nahm ich die Hände aus den Hosentaschen und stieß mich von der Wand ab.

»Isabeau«, kam es unbewusst über meine Lippen. Ich ließ meinen Blick an ihrem Kleid hinunter wandern. Ich sah so viel nackte Haut, dass meine Kehle sofort austrocknete.

»Ich bin überrascht, dich hier zu sehen«, sagte ich. Isabeaus Stimme war leise. Ich war so gefesselt von ihrem Anblick, dass ich ihre Antwort nicht verstand.

»Du siehst hinreißend aus.« Mein Hals schnürte sich zusammen. Sie war wunderschön – natürlich schön. Keine andere Frau war so ungekünstelt.

»Ich bin hingerissen. Von dir.«

Ich streckte die Hände nach ihr aus und berührte ihr Gesicht. Und ohne zu wissen, was ich da eigentlich tat, beugte ich mich vor und schloss die Augen. Sie sollte eine Chance haben, sich abzuwenden.

Jeden Moment rechnete ich damit, dass sie mich wegstoßen würde, aber nichts geschah.

Ich küsste sie. Meine Zunge schob sich zwischen ihre Lippen. Sie öffneten sich so bereitwillig, dass mir das Blut heiß in den Eingeweiden rauschte. Meine Hände fuhren in ihr Haar.

Nur dumpf drangen Geräusche und Gelächter an mein Ohr, stießen nicht bis in mein Gehirn vor. Meine Hand löste sich und glitt ihren nackten Hals hinab. Ihr Atem an meinem Ohr ließ jeden vernünftigen Gedanken verdampfen. Ich drängte mich an sie, wollte sie ganz spüren.

Ein reißendes Geräusch schnitt durch mein Bewusstsein, und der Stoff, den ich festgehalten hatte, gab nach. Ich taumelte zurück. Eine Naht ihres Kleides war eingerissen.

Musste ich mich denn immer wie ein Tier aufführen, wenn ich in ihrer Nähe war?

Sie schaute an ihrem Kleid hinunter. »Ist … nicht … schlimm«, kam es stockend. »Ich … ich hänge ein Bild drüber«, sagte sie mit seltsam heller Stimme.

Ich bin ein Idiot!, durchfuhr es mich. Ich konnte mich doch nicht auf sie stürzen wie auf ein Stück Aas!

»Verzeih mir.« Ich suchte verlegen nach Worten. »Kann ich dir mein Jackett anbieten? Es wird niemanden verwundern, es ist schließlich kalt genug«, brachte ich mühsam hervor.

»Und was kannst du mir noch anbieten?«, fragte sie.

Um uns herum füllten sich die Stehtische wieder mit Gästen, man hörte Gläserklirren und angeregte Unterhaltungen.

»Außer deinem Jackett, meine ich. Das genügt mir nämlich nicht.« Ihre Wangen färbten sich rosa. Meine eigenen wurden blass.

Gott, diese Frau! Ich kämpfte hier um jede Faser der Beherrschung, und sie sah mich an, mit einem Blick, der mir eine *Carte blanche* versprach!

»Herr von Steinberg«, hörte ich unvermittelt jemanden sagen. Nur widerwillig drehte ich mich nach der Stimme um. Den Mann, zu dem sie gehörte, hatte ich noch nie zuvor gesehen. Er war groß und kräftig gebaut. Sein Körper wirkte in den Anzug hineingezwängt.

Um nicht unhöflich zu sein, zeigte ich ihm ein offenes, wenn auch nicht aufrichtiges Lächeln. Er hatte eng beieinander stehende Augen und eine stark geäderte Haut, die davon zeugte, dass er dem Alkohol nicht abgeneigt war.

»Ich gratuliere Ihnen zu Ihrem Auftritt.« Er sprach Tschechisch mit einem leichten Akzent, den ich nicht einordnen konnte. Ich ergriff die dargebotene Hand.

»Sehr lange habe ich darauf gewartet, wieder etwas von Ihnen zu hören«, sagte er und lächelte.

Ich wollte ihm meine Hand entziehen, aber er hielt sie weiter fest.

»Das ist sehr freundlich von Ihnen«, presste ich hervor. Isabeau beobachtete uns, konnte aber kein Wort von dem verstehen, was wir sprachen.

»Würden Sie jetzt bitte meine Hand loslassen.«

Er lächelte immer noch, machte aber keine Anstalten, meiner Bitte nachzukommen. »Ich kannte ihren Vater«, sagte er und erhöhte den Druck.

»Hat sich viele Feinde gemacht, damals«, sagte er. »Und manche davon haben ein gutes Gedächtnis.« Er lachte, als hätte er einen netten Scherz gemacht. Ich dachte daran, dass Nikolaus genau dieselbe Wortwahl getroffen hatte.

»Lassen Sie sofort meine Hand los!«, wiederholte ich lauter.

»Und wenn ich sie nicht loslasse, du Aasfresser?« Er lächelte Isabeau dabei an. »Was, wenn ich ein bisschen damit spiele und deine Knochen mal so richtig durchmische?«

Er presste seine Hand zusammen, die Ringe, die er trug, schnitten in mein Fleisch.

»Was passiert denn mit dem erfolgreichen Pianisten, wenn ich ihm jetzt die Hand zerquetsche? Wenn ich ihm jeden Knochen einzeln breche?«

Nur mit Mühe unterdrückte ich einen Schmerzenslaut.

»Ich … werde … wohl … nie wieder … spielen können«, sagte ich stockend. Schweiß perlte mir auf der Stirn und meine Nerven waren zum Zerreißen gespannt. »Ist es das, was Sie wollen?«, fragte ich und schwankte. Im selben Moment ließ er meine Hand los und stützte mich.

»Ein bisschen schwach auf den Beinen, der junge Mann!«, sagte er laut in die Runde und klopfte mir jovial auf die Schulter. Dann zog er sich zurück und tauchte in der Menge unter.

Ich konnte nur atemlos zusehen, wie er zwischen den herumstehenden Gästen verschwand.

»Ist alles in Ordnung mit dir?« Isabeau beugte sich besorgt zu mir. Mein Gott, wie oft hatte sie mir diese Frage schon stellen müssen!

»Wie bist du eigentlich hierher gekommen?«, fragte ich rüder als beabsichtigt.

»Mit Lara und meinem Bruder«, antwortete sie. »Sie müssten eigentlich bald auftauchen. Ich hoffe, dass sie nicht oben auf mich warten.«

Sie suchte mein Gesicht nach einer Regung ab, etwas das ihr verriet, was da eben passiert war.

»Wer war der Mann? Ich hatte den Eindruck, dass er nicht sehr freundlich zu dir war.«

»Ich habe ihn noch nie zuvor gesehen«, erklärte ich wahrheitsgemäß. »Vermutlich war er betrunken.«

Isabeau runzelte die Stirn, und mir war klar, dass sie da völlig anderer Meinung war.

»Aber er kannte dich?«, hakte sie nach.

»Nun, das ist keine Kunst. Schließlich stand ich eben hier auf der Bühne, nicht wahr?« Mein Lachen klang unecht.

»Ja«, sagte sie gedehnt. »Aber er kannte dich nicht aus diesem Grund, oder? Lara sagte, dass jeder hier in diesem Land deinen Namen kennen würde. Hat sie recht damit? Hast du ihn mir deshalb nie verraten?«

»Ja. Ich hielt es nicht für klug.«

»Nicht für klug?« Sie hob die Augenbrauen an, was mich in Alarmbereitschaft hätte versetzen müssen.

»Da du ja so *klug* bist, kannst du mir sicher erklären, was das alles bedeutet. War dein Großvater ein Baron oder so was Ähnliches?«

»Der Adelsstand wurde bei uns schon nach dem Ersten Weltkrieg abgeschafft«, erklärte ich knapp.

»Hör auf! Das bedeutet doch gar nichts! Man wird deinen Großvater bestimmt trotzdem mit *Herr Baron* angeredet haben, oder nicht?«

»Das will ich nicht hoffen. Er wäre sicher sehr beleidigt gewesen, hätte man ihn einfach so zum *Niederen Adel* degradiert.«

Isabeau verschluckte sich fast. »Wie, *Niederer Adel*? Gibt es da auch noch Unterschiede?«

»Gewiss. Als Fürst wäre die korrekte Anrede immer noch *Euer Durchlaucht* gewesen.« Das Ganze war so albern, dass ich lachen musste.

»Und du – ich meine, wenn der Adelsstand nicht abgeschafft worden wäre, wärst du dann jetzt etwa *Fürst Alexander*?«

Ich rieb mir über die malträtierte Hand und fragte mich, worauf dieses Gespräch eigentlich hinauslief.

»Das spielt doch überhaupt keine Rolle!«

»Keine Rolle? Das stimmt doch nicht! Muss ich mich jetzt vor dir verbeugen und *Euer Durchlaucht* zu dir sagen?«

»Nein, um Gottes willen! Ich habe dir doch gesagt, dass es überhaupt keine Relevanz mehr hat. Und mich persönlich interessiert es auch gar nicht.«

Warum nur war sie plötzlich so aufgebracht? Warum sprachen wir überhaupt darüber, wo ganz andere Dinge viel wichtiger waren? Und dann überfiel mich ein anderer Gedanke: Wie würde sie erst reagieren, wenn ich ihr von meinem Blut erzählte, von meinem Rabenherz, wenn sie schon so wütend wegen meines Namens wurde?

»Aber, wenn dein Name – «

»Hör zu, Isabeau! Mein Name interessiert mich überhaupt nicht. Das Wort *wenn* existiert für mich überhaupt nicht! Es gibt kein *Wenn*, und es gibt deshalb auch keinen Fürsten, verstehst du mich?« Ich zog sie zurück an den Rand, damit die Leute nicht auf uns aufmerksam wurden.

»Mein Name ist nicht das, was mich anders sein lässt. Mein Name ist nicht das Problem!«

»Und du erwartest, dass ich dir das glaube? Ich habe den Eindruck, dass es sehr wohl eine Rolle spielt. Dass genau das der Grund ist, warum du mit mir spielst!«

»Ich spiele nicht mit dir!«

»Ich bin wohl der größte Esel auf Gottes Erdboden! Jeder kennt dich, nur ich kenne dich überhaupt nicht. Woher soll ich wissen, dass du dich nicht über mich lustig machst?«

»Ich habe mich nie, *niemals* über dich lustig gemacht!« Ich war so entsetzt darüber, dass sie das von mir dachte, dass ich erst einmal tief Luft holen musste.

»Ich besitze nichts«, sagte ich. »Verstehst du? Und dieser Name ernährt mich nicht! Ich bin nicht in der Position, mich über irgendjemanden lustig zu machen. Es ist nicht Stolz gewesen, der mich von dir ferngehalten hat. Ich bin nicht stolz! Wenn du den Dreck auf deiner Zunge gespürt hast, während andere über dich hinwegschreiten, dann weißt du, dass du dir Stolz nicht leisten kannst! Es ist einfach so: Ich habe überhaupt nichts vorzuweisen, ich habe nichts, was ich dir bieten könnte, außer …« Ich hielt inne.

Was hatte ich ihr bloß sagen wollen?

Außer meinen verfluchten Genen?

Verzweifelt fuhr ich mir durchs Haar. Ich erinnerte mich noch genau an ihre Worte, als sie mir die Geschichte ihres Namens erzählt hatte:

Wie könnte ein Mensch schon einen Vogel lieben?

Niemals durfte ich ihr sagen, was ich war. Niemals durfte ich ihr sagen, dass ich ein Rabe war! Sie würde mich dafür hassen.

»Und was hat es mit diesem Wappen auf sich?«, fragte sie auf einmal, und im ersten Moment wusste ich gar nicht, was sie damit meinte.

»Lara hat mir erzählt, dass in eurem Familienwappen ein Rabe ist. Stimmt das?«

»Ja«, gab ich zu.

»Und was bedeutet das? Wieso gibt es immer wieder diese Verbindung zwischen dir und diesen Raben? Wieso begleiten sie dich? Wieso hast du nach ihnen gesucht? Wieso war einer von ihnen dein Freund? Erklär es mir bitte, ich möchte das verstehen!«

Es war unmöglich, ihr diese Fragen zu beantworten.

»Es ist nicht so einfach«, fing ich an. »Der Rabe ist schon seit fast vierhundert Jahren im Wappen meiner Familie. Ich kann dir das jetzt nicht erklären – nicht hier.«

»Dann gehen wir eben«, sagte sie und nahm meine Hand.

»Jetzt?«

»Natürlich jetzt! Wenn es auch nur eine Sache gibt, die verhindert, dass ich bei dir sein kann, dann will ich sie sofort beseitigen.«

Auf einmal nahm ich das Gewimmel der Menschen um uns herum wieder wahr, hörte die lauten Stimmen, die vorher einfach an mir abgeprallt waren. Ich spürte Isabeaus Hand in meiner – alles andere war unwichtig.

Sie zog mich durch die Menge. Doch kurz bevor wir die Tür erreichten, stellte sich uns eine rote Gestalt in den Weg.

»Ihr wollt schon gehen?«, gurrte Nathalie. Ich erstarrte mitten im Schritt. Der letzte Mensch, den ich jetzt gebrauchen konnte, war Nathalie. Ich wollte mich an ihr vorbeidrängen, aber Isabeau blieb stehen.

»Kennt ihr euch?«, fragte sie mich.

Ich stöhnte innerlich. Ich könnte Nathalie erwürgen, überlegte ich kurz, aber das würde mir Nikolaus sicher übel nehmen.

»Darf ich vorstellen: Das ist Nathalie, Nikolaus' Schwester.«

Nathalie zeigte eine Reihe perlenweißer Zähne. »Und mit wem habe ich das Vergnügen?«

»Bauerntrampel«, sagte Isabeau. »Ich bin der Bauerntrampel.«

Was hatte das zu bedeuten? Die Frage musste auf meiner Stirn zu lesen gewesen sein, denn Nathalie beugte sich vertraulich vor.

»Ich gestehe, wir haben uns schon bekannt gemacht.« Sie warf ihre blonde Mähne zurück und lachte.

Hatte ich sie jemals schön gefunden?

»Wenn du uns bitte entschuldigen würdest?«

»Aber natürlich«, sagte sie gefährlich sanft. »Wer wüsste besser als ich, dass du abends nicht so lange aufbleibst? Du brauchst deinen Schlaf, nicht wahr? Und sicher musst du dir noch ein hübsches Nest suchen für die Nacht.«

Ich schloss die Augen. Tu das nicht!, dachte ich flehend. Unwillkürlich hielt ich Isabeaus Hand fester.

»Es ist gut, Nathalie. Ich werde jetzt gehen. Mein Anblick wird dich nicht weiter belästigen.«

»Du belästigst mich doch gar nicht! Aber weißt du, Haustiere sind hier nicht erlaubt. Höchstens ein paar Fliegen.« Sie kicherte. »Magst du Insekten eigentlich? Isst du sie? Pardon, das war die falsche Wortwahl. Richtig müsste es heißen: *Frisst* du sie?«

Isabeau schnappte entsetzt nach Luft. »Was fällt Ihnen eigentlich ein?«

Nathalie lachte abfällig. »Wer bist du eigentlich, Bauerntrampel? Seine Tierpflegerin? Schläft er mit dir? Treibst du es gern mit Tieren?«

Das war zu viel. Ich packte Nathalies Handgelenk.

»Das reicht. Ich weiß, dass beleidigende Worte deine große Stärke sind, aber du wirst das nicht wiederholen. Verstanden?«

Einige Leute drehten sich nach uns um. Ich ließ sie los und senkte die Stimme.

»Du bist es nicht wert, dass man dir auch nur eine Minute zuhört. Halt deinen Mund, Nathalie, und beweise wenigstens einen Funken Anstand.«

»Anstand?« Sie lachte kehlig. »Du willst mir etwas über Anstand erzählen? Aus welchem Loch bist du überhaupt herausgekrochen? Und wo ist deine ganze Brut, die dich immer begleitet? Bist du etwa ganz alleine hier, ohne Schwarm?«

»Lass uns gehen!«, sagte ich zu Isabeau und wollte sie mit mir fortziehen.

»Weiß sie es überhaupt?«, keifte Nathalie los. »Hast du es ihr gebeichtet? Oder wacht sie morgens auf und fragt sich, wo die Frühstückseier herkommen?« Sie lachte so laut, dass ich sie am liebsten geschlagen hätte.

Was hatte ich getan, dass sie mich so sehr hasste? War es meine bloße Existenz, die sie reizte? Weil ich es gewagt hatte, mich in sie zu verlieben, als ich noch nicht wusste, was aus mir werden würde?

»Und putzt sie dir auch das Gefieder und sucht deine Läuse heraus? Vögel haben doch Läuse, oder? Sie müssen doch massenweise Parasiten anziehen, mit ihrem Gestank! Was ist, Bauerntrampel, hast du dich noch nie gewundert, warum dein neuer Freund so gerne im Wald ist und sich von Müll ernährt? Warum er so tierische Laute von sich gibt, wenn er es mit dir treibt? Weißt du etwa gar nicht, was für eine Missgeburt er ist?«

Meine Erziehung verbot es mir eine Frau zu schlagen, und deshalb schloss ich die Augen, weil ich nur noch rot sah. Aber das galt anscheinend nicht für Isabeau, denn sie erwachte neben mir aus ihrer Starre und holte aus.

Es gab ein knacksendes Geräusch, als sie Nathalie mit voller Wucht ins Gesicht traf. Jetzt half es auch nicht mehr, die

Stimme zu senken. Alle Augenpaare flogen in unsere Richtung.

Nathalie war rückwärts gegen einen anderen Gast gestürzt und hielt sich erschrocken die Hand vor das Gesicht. Und dann geschahen mehrere Dinge gleichzeitig: Meine Großmutter bahnte sich einen Weg durch die Menge und sagte nur ein Wort.

»Aki!«, rief sie.

Isabeaus Lippen bewegten sich stumm, als überlegte sie, woher sie dieses Wort kannte.

Und, mein Gott, ich wusste, woher sie es kannte!

In diesem Moment öffnete sich die Eingangstür und Jaro kam mit Arwed herein. Beide waren rabenschwarz gekleidet, so wie wir alle uns am wohlsten fühlten.

Nathalie kreischte inzwischen und schrie nach der Polizei.

»Aki!«, rief jetzt auch Jaro, und Isabeaus Kopf flog zu ihm herum. Und er hatte nichts Besseres zu tun, als sie anzulachen.

»Isabeau«, rief er freudig aus. Seine blauen Augen strahlten förmlich. Er war so überrascht, sie zu sehen, dass er völlig vergessen hatte, dass er sie gar nicht hätte kennen dürfen.

Isabeau machte einen Schritt auf ihn zu, und er legte den Kopf schief. Es war genau dieselbe Haltung, die er als Rabe immer einnahm, wenn er nachdachte. Ich hielt mir die Hand vor Augen. Das durfte jetzt einfach nicht wahr sein!, dachte ich. Isabeau erstarrte neben mir.

»Ich kenne dich«, flüsterte sie.

Erkenntniswucht

»Ich kenne dich«, flüsterte ich.

Oh Himmel – dieses Wort! Wo hatte ich dieses Wort nur schon gehört? *Aki, Aki,* wiederholte ich stumm und versuchte verzweifelt den Moment einzufangen, der durch meine Erinnerung schwebte wie eine leichte Feder. Aber jedes Mal, wenn ich sie beinahe zu fassen bekam, wehte ein Windstoß sie weiter fort.

Ich sah den großen Jungen vor mir und starrte nur seine blauen Augen an. Ich hatte ihn noch nie zuvor gesehen, aber es war mir, als hätten mich allein diese Augen schon hundertmal angeschaut. Und er kannte mich! Er hatte meinen Namen gesagt! Woher wusste er nur, wie ich hieß?

Dann legte er den Kopf schief. In diesem Augenblick zog sich mir der Boden unter den Füßen weg.

»Ich kenne dich. Du siehst genauso aus wie – « Mir drehte sich der Kopf und ich schwankte. Ich konnte doch unmöglich sagen, dass er mich an einen Vogel erinnerte, oder? Ich schaute von Alexej zu ihm und wieder zurück. Alexej fasste sich mit der Hand über die Augen, als hätte er starke Kopfschmerzen. Und dann brach es einfach so aus mir heraus.

»Jaru!«

Er grinste. »Eigentlich Jaro, aber ich kriege das mit den Vokalen noch nicht so richtig hin.«

Alexej stöhnte.

Jaro zwinkerte mir zu. »Mann, das ist echt toll, dass ich dich mal kennenlerne. So richtig.«

»Aber wer bist du?« Meine Stimme nahm einen schrillen Ton an. Ich warf einen hilfesuchenden Blick zu Alexej. »Wer ist er?«

Alexej schluckte hart. »Das ist Jaroslaw. Er ist ... Pavels Bruder.«

Pavels Bruder?

Aber Pavel war doch ein Rabe! Ich selbst hatte ihn doch begraben!

»Aber, wenn du Pavels Bruder bist ...«

Ich hörte wieder dieses unangenehme Kreischen. Nathalie stand direkt hinter mir und zeigte mit dem ausgestreckten Finger auf mich.

»Diese Frau hat mich geschlagen! Jeder hier kann das bezeugen. Ich will, dass sofort jemand die Polizei ruft.«

Aufgebracht fuhr ich zu ihr herum. »Meine Güte, können Sie nicht mal fünf Minuten die Klappe halten? Ich versuche nachzudenken.«

Jaro kicherte, und das erinnerte mich so stark daran, wie Jaru der Rabe, mich jedes Mal ankeckerte, dass ich tief Luft holen musste.

»Bitte, Isabeau, lass uns nach draußen gehen«, beschwor Alexej.

Erinnerungen befielen mich: Alexej hilflos und verletzt auf dem Boden kauernd, mit dem toten Pavel im Arm. Alexej im Wald, den Hirschen untersuchend und seine Hände, die über das blutige Fleisch streichelten. Alexej, wie er an seinen Händen roch. Die rohen Steaks, die Kellerasseln. Und dann fiel mir der Rabe in seinem Zimmer ein. Ein großer, schwarzer Kolkrabe – so groß und imposant wie der Rabe, der Jaru attackiert hatte. Oh Himmel, er hatte genauso ausgesehen wie der Rabe, der mich berührt hatte, und dann plötzlich davongeflogen war!

Und wie heiß Alexej oft gewesen war. Als wäre seine normale Körpertemperatur die eines Vogels. Er hatte mich verlassen, indem er einfach in den Wald gelaufen war – nackt und ohne irgendetwas. Er hatte keine Spuren hinterlassen, als hätte er sich in Luft aufgelöst, als wäre er einfach so davongeflogen.

Und was hatte Nathalie eben gefragt? Treibst du es gerne mit Tieren?

Die Gedanken, die mich plötzlich überfielen, waren so abstrakt, so irreal, so völlig absurd und phantastisch, dass mich eiskalte Gänsehaut überlief.

Ich sah Alexej an und öffnete den Mund.

»Und du?«, hauchte ich verzweifelt. »Wer bist du?«

Er regte sich nicht. Er sah aus, als erwartete er nicht mehr, dass er noch etwas sagen müsste. Es gab nur ein einziges Wort, das den Ausdruck in seinen Augen beschreiben konnte: hoffnungslos.

Plötzlich und unwiderruflich traf mich die Erkenntnis mit solcher Wucht, dass ich zurücktaumelte.

»Du bist einer von ihnen!« In diesem Moment schien meine ganze Welt über mir zusammenzustürzen.

»Das gibt es doch gar nicht«, keuchte ich. »Nein – das gibt es doch gar nicht!« Und dann ließ ich ihn stehen, stieß gegen die Eingangstür und lief die breiten Stufen nach unten.

Sakra! Diese blöden Schuhe! Ich quetschte mich krampfhaft in die engen Dinger rein und wäre dabei noch fast gestürzt. Das gab es nicht! Ich war hier im falschen Film. Menschen konnten sich doch nicht in Tiere verwandeln!

Das Ganze kam mir vor wie ein einziger Alptraum.

Aber halt! Das war kein Alptraum! Wollte ich mich denn so verhalten wie in einem Melodram? Wollte ich wirklich deswegen fortlaufen? Was hatte ich mir denn gedacht? Bis vor einem Tag hatte ich noch befürchtet, Alexej niemals wiederzusehen. Und bis vor einer halben Stunde war ich mir fast sicher, dass er nichts für mich empfinden würde. Er war doch der kultivierte, gutaussehende Pianist und ich nur der Bauerntrampel.

Was hatte er zu mir gesagt?

Mein Name ist nicht das Problem?

Und jetzt? Ich schüttelte heftig den Kopf.

Er war ein Rabe. Ein Rabe! Aber nicht nur das. Vor allem aber war er der sinnlichste Charakter, den ich je kennen gelernt hatte. Er war immer souverän und beherrscht, er vergaß niemals seine gute Erziehung. Selbst eben, als diese blöde Nathalie ihn bis aufs Blut gereizt hatte, war er ihr nicht anders als anständig begegnet. Er würde sich niemals so aufführen, wie sie es eben getan hatte.

Oder wie ich. Oh Gott – ich hatte sie geschlagen! Jetzt schämte ich mich, dass ich mich so wenig unter Kontrolle gehabt hatte. Aber sie hatte es nun wirklich verdient! Wie konnte sie nur so schreckliche Dinge zu ihm sagen und ihn so demütigen?

Alexej hatte wirklich ein gutes Herz. Er war zu jedem freundlich und höflich, er zeigte Anteilnahme. Er hatte Mitgefühl, etwas, das vielen Menschen völlig abging. Und er war gütig. Ich durfte mich doch jetzt nicht so albern verhalten und alles aufs Spiel setzen, nur weil ein kleines Detail nicht meinen Erwartungen entsprach.

Ein kleines Detail? Ich hatte wirklich eine Meise!

Ich trat von einem Bein auf das andere. War das kalt! Und ich hatte nicht einmal meinen Mantel mitgenommen. Ich schleuderte die Handtasche wütend herum, da fiel mir ein, dass ich ja Timos Autoschlüssel hatte. Also lief ich über den Platz in Richtung Golf.

Ich ließ mich auf den Fahrersitz fallen und steckte den Schlüssel ins Zündschloss. Aber auch im Auto war es eiskalt, und der Wagen hatte keine Standheizung. Ich stellte das Radio an und sofort dröhnte Rockmusik aus den Boxen. *Nothing else matters* von Metallica – wie passend. Ich drehte den Regler auf volle Lautstärke und ließ meinen Kopf auf das Lenkrad sinken.

Die Musik war so laut, dass ich nicht hörte, wie sich die Beifahrertür öffnete. Eine Hand legte sich auf meinen nackten Arm, ich fuhr erschrocken zusammen. Alexej drehte das Radio ab.

»Du willst doch jetzt nicht losfahren, oder? Ich bitte dich, warte, bis dein Bruder kommt!«

Er sprach so freundlich, so teilnahmsvoll. Und das, obwohl ich ihn gerade einfach stehen gelassen hatte.

Nein, dachte ich plötzlich, Alexej hatte nicht nur ein gutes Herz, er hatte sogar zwei! Ich lachte auf und wischte mir mit der Hand die Tränen fort.

»Du lachst?« Diesmal konnte ich an der Färbung seiner Stimme genau hören, wie angespannt er war.

»Ich glaube, ich bin ein bisschen hysterisch«, versuchte ich zu erklären.

»Verständlich.«

»Ja … nein, so meine ich das nicht. Du hast nur … du hast mein ganzes Leben auf den Kopf gestellt. Nichts ist mehr, wie es vorher war.«

»Ich habe alles zerstört«, sagte er.

»Nein, du hast überhaupt nichts zerstört. Ich … ich meine …«, Himmel, wie schwer es mir fiel, etwas zu sagen. Aber er kam mir zuvor.

»Ich hatte Angst.« Er strich sich verlegen eine Haarsträhne hinter das Ohr. »Die ganze Zeit hatte ich Angst, dass du mich hasst, wenn du es erfährst. Dass ich dich abstoßen würde.« Sein Gesicht zeigte einen gequälten Ausdruck. »Ekelst du dich vor mir?«, fragte er.

Oh Himmel!, dachte ich.

»Nein! Überhaupt nicht – niemals.« Ich kam ins Stottern. Ich würde nicht alles kaputtmachen, nur weil er anders war, als ich es gedacht hatte. Und deshalb nahm ich meinen ganzen Mut zusammen:

»Ich liebe dich, Alexej. Oder Aki, oder Alexander, oder wie auch immer du dich nennst«, sagte ich.

Er hob den Kopf. »Sag das noch mal.«

»Ich liebe dich.«

»Nein.«

»Es ist aber so.«

In Alexejs Augen flackerte es.

»Ich habe nie gehofft …«, er stockte. »Niemals habe ich zu hoffen gewagt, dass … nicht, wenn du wüsstest, was ich wirklich bin. All die Jahre habe ich nie davon geträumt, als Mensch glücklich zu werden.«

Wer hatte ihm nur so wehgetan? Wer war dafür verantwortlich, dass er sich selbst so wenig mochte? Ich spürte Wut in mir aufkeimen. Wer, verdammt noch mal, hatte ihm weisgemacht, dass er es nicht wert wäre, geliebt zu werden?

»Hat Nathalie dir das etwa eingeredet?«, fragte ich rundheraus. »Hast du ihr das zu verdanken? Was war da zwischen euch?«

Er strich sich wieder nervös durch die Haare, aber er wollte ehrlich zu mir sein, das konnte ich ihm ansehen.

»Wir waren einmal ein Paar. Es ist wirklich schon sehr lange her. Ich war erst neunzehn und wusste nicht, dass ich mich verwandeln würde.«

Bei dem Wort *verwandeln* schlug mein Herz eine Extrasystole.

»Das heißt, du bist nicht schon immer so gewesen? Du bist nicht so auf die Welt gekommen?« Aus irgendeinem Grund war mir die Antwort auf diese Frage sehr wichtig.

»Nein, ich hatte keine Ahnung. Bis zu diesem Zeitpunkt habe ich ein ganz normales Leben geführt, wie jeder andere auch. Wir haben uns auf dem Konservatorium getroffen. Nikolaus hat Geige studiert und Nathalie Gesang. Wir haben damals viel Zeit miteinander verbracht.«

»Und dann hast du dich verwandelt? Einfach so?«

»Nicht einfach so. Es gab Anzeichen. Zumindest hätte es sie gegeben, wenn ich gewusst hätte, worauf ich hätte achten müssen. Aber, wie gesagt, ich war völlig ahnungslos.«

»Was für Anzeichen waren das? Kannst du dich daran erinnern?«

»Ehrlich gesagt, nein. Nikolaus hat mir später einmal erzählt, dass ich damals seltsame Gewohnheiten angenommen hätte und ein paar ziemlich schräge Gelüste. So hat er sich zumindest ausgedrückt. Aber mir war das alles überhaupt nicht bewusst.«

Ich nickte. »Bitte erzähl weiter. Was ist passiert, nachdem du erfahren hast, was mit dir geschieht, mit deinem Körper?«

»Nikolaus war damals bei mir und natürlich sehr schockiert. Er hat mir geraten, es lieber für mich zu behalten. Also habe ich versucht, gegen die Verwandlung anzukämpfen, leider ohne Erfolg.«

»Heißt das, du kannst es nicht beeinflussen? Es geschieht einfach mit dir?«

»Nicht direkt. Damals, in der ersten Zeit, hatte ich kaum Einfluss darauf, aber nach einer Weile habe ich gelernt, es zu beherrschen, und je älter ich wurde, umso stabiler wurde mein Zustand.«

»Und jetzt kannst du es tun, wann immer du willst?« Ich wurde rot und war froh, dass Alexej es bei diesem diffusen Licht nicht sehen konnte.

»Bis auf wenige Ausnahmen. Es gibt Momente, in denen ich mich nicht so gut unter Kontrolle habe. Einen davon hast du selbst erlebt, als wir mit der Schulklasse im Wald waren.«

»Du hast mir später aus der Hand gefressen.«

»Wie hätte ich auch anders reagieren können.« Er lächelte.

»Und was war dann mit Nikolaus' Schwester?«

»Ich wollte es ihr zuerst verheimlichen, aber ich habe schnell gemerkt, dass man so etwas nicht verheimlichen kann – auf Dauer. Also habe ich ihr davon erzählt, und als sie mir nicht glauben wollte, habe ich den Beweis eben persönlich erbracht.«

»Und sie war genauso schockiert wie ihr Bruder?«

»Mehr als das. Sie war völlig außer sich. Sie hat getobt, ich würde ihr Leben damit zerstören, ihre Karriere. Ich dürfte sie nie wieder anrühren. Sie war so angewidert – du hast sie ja selbst erlebt. Das eben war nur eine kleine Kostprobe aus ihrem Repertoire.«

»Sie hat dich also verlassen.«

»Sie hat mich verlassen und dafür gesorgt, dass ich auch wirklich kein Bedürfnis verspüren würde, ihr jemals wieder näher zu treten. Bis zu meinen Prüfungen waren es nur noch wenige Wochen. Ich habe die Konzertreife abgelegt und dann alle Brücken abgebrochen.«

»Aber Nikolaus und du – eure Freundschaft hat es nicht berührt?«

»Nein, und dafür bin ich wirklich sehr dankbar.«

»Heißt das, du hast all die Jahre danach nur als Rabe gelebt?« Ich war sehr bestürzt über diese Vorstellung.

»Bis zu dem Tag, an dem Pavel starb und ihr, Marek und du, mich gefunden habt.«

Pavel! Daran hatte ich gar nicht mehr gedacht.

»Dann war Pavel also auch ein Mensch?«

»Pavel war ein sehr guter Freund. Er war erst ein Jahr bei unserem Schwarm, aber wir haben viel Zeit miteinander verbracht …«, er hielt inne. »Pavel war erst sechzehn.«

»Und ich habe ihn einfach so eingebuddelt! Wenn ich das alles nur geahnt hätte! Aber wie ist das passiert? Wieso ist er gestorben?«

»Er wurde von einem Hund angegriffen. Der Biss hat ihm das Genick gebrochen und Pavel war sofort tot. Das war der Grund, warum ich bei euch blieb«, gestand er. »Ich wartete auf Hilfe und musste selbst wieder gesund werden, um zu meinem Schwarm zurückkehren zu können. Dann kam Nikolaus, und wir brachten Pavel nach Hause.«

Sie hatten ihn ausgegraben! Das musste in der Nacht gewesen sein, als Alexej verschwand. Das war also der Grund für seine Qual, deshalb war er so aufgelöst gewesen.

»Wenn ich das nur gewusst hätte.«

Er beugte sich zu mir rüber und legte mir seine warmen Finger auf die Lippen.

»Nein, Isabeau. Sag niemals wenn!«

Mir lag noch eine weitere Frage auf der Zunge. »Was ist mit deinem Schwarm? Sind sie etwa alle so wie du und Pavel?«

»Wir sind ein besonderer Schwarm.« Er lächelte.

»Aber was hat das für einen Hintergrund? Gibt es sonst irgendwelche Gemeinsamkeiten zwischen euch?«

»Du weißt genau, welche Fragen du stellen musst, ja? Es ist tatsächlich so, dass die familiäre Provenienz, die Herkunft, bei uns allen gleich ist. Wir alle haben Namen, die in der Republik nicht gerade unbekannt sind. Und nicht nur hier. Drei von uns sind aus Ungarn, zwei aus Österreich und einer aus Polen. Und wir alle tragen dasselbe Blut in uns.«

»Ich verstehe«, sagte ich langsam. »Haben etwa alle den Raben in ihrem Wappen?«

»Nicht alle.« Er holte tief Luft. »Da gibt es noch etwas, das ich dir beichten muss.«

Oh Himmel, was kam denn jetzt noch?

»Es hat mit dem Unfall zu tun, bei dem Pavel getötet wurde. Genauer gesagt können wir ausschließen, dass es ein Unfall gewesen ist.«

»Was willst du damit sagen?«

»Es hat zu viele Unfälle gegeben. Mein Vater war der Erste, der bei einem fingierten Unfall starb. Auch Milos und Rabans Väter starben auf ähnliche Weise. Als Letztes Arweds Vater.«

»Das ist ja furchtbar! Willst du damit sagen, dass eure Väter ebenfalls … Raben waren?«

Er nickte. »Und ich will damit sagen, dass es jemand darauf abgesehen hat, uns zu töten. Nicht offensichtlich, nicht in Menschengestalt, schließlich ist der Weg über unsere Rabenkörper wesentlich ungefährlicher, aber es gibt jemanden, der es sich zur Aufgabe gemacht hat, uns auszurotten. Jemand der uns hasst.«

»Wisst ihr, wer dahinterstecken könnte?«

»Das ist das Problem. Wir wissen nur, was unsere Familien verbindet, und versuchen darüber ein Motiv zu finden.«

»War es dann nicht sehr gefährlich für dich, heute Abend hier zu spielen? Auf der Bühne bist du doch wie auf einem Präsentierteller.«

»Das war der Sinn und Zweck des Ganzen.«

»Bist du verrückt? Wieso bringst du dich so in Gefahr?«

»Vergiss nicht, dass ich bis heute Abend wenig Grund hatte, besonders vorsichtig zu sein. Ich wollte herausfinden, wer dahinter steckt. Das war das Einzige, was mich interessierte.«

»Und jetzt ist das nicht mehr so? Hast du jetzt einen Grund, besser auf dich aufzupassen?«

»Ja. Aber vor allem habe ich einen Grund zu kämpfen. Ich möchte mich nicht verstecken. Ich möchte mich nicht immer verbergen müssen.« Er sagte es so voller Inbrunst, dass mir heiß und kalt wurde.

»Aber dieser Mann, der dir nach dem Konzert gratuliert hat. Hat er dich irgendwie bedroht? Ich frage das nur, weil ich ihn bei Nathalie habe stehen sehen. Es war noch ein anderer Mann dabei, ein etwas älterer, mit graumelierten Haaren. Könnten sie etwas damit zu tun haben?«

»Der ältere Mann war Nikolaus' Vater. Ich kann mir unmöglich vorstellen, dass Nathalie etwas damit zu tun hat. Sie ist bestimmt kein guter Mensch, aber sie ist nicht kriminell. Außerdem suchen wir nach einem Zusammenhang, der fast zwanzig Jahre zurückliegt. Damals war Nathalie noch ein Kind.«

»Ich verstehe«, sagte ich, aber ich verstand gar nichts.

Das Einzige, was ich wirklich verstanden hatte, war, wie sehr Nathalie Alexej hasste. Und wer so demütigend war, dem traute ich beinahe alles zu.

Rabenhorst

»Wir sollten wieder reingehen und nach Lara und deinem Bruder sehen«, sagte ich. »Sicher vermissen sie dich schon.«

»Wer?« Isabeau blinzelte.

»Dein Bruder. Wie heißt er eigentlich?«

»Äh … Timo«, fiel es ihr gerade noch ein.

Ich strich ihr eine Haarsträhne aus dem Gesicht. »Dir ist kalt. Komm, lass uns gehen!«

»Willst du wirklich wieder da reingehen?« Plötzlich war sie hellwach. »Vielleicht ist Nathalie dort drin immer noch am Zetern. Ich möchte mir das nicht noch einmal anhören.«

»Möchtest du hier im Auto warten? Dann hole ich deinen Mantel.« Ich konnte gut nachvollziehen, dass sie Nathalie kein zweites Mal begegnen wollte. Das Zusammentreffen an diesem Abend hatte auch mich für lange Zeit gesättigt.

»Glaubst du, ich lasse zu, dass sie sich noch einmal auf dich stürzt wie ein Aasgeier?« Sie kicherte albern und räusperte sich dann.

»Es tut mir leid, dass ich sie geschlagen habe. Normalerweise tu ich so was nicht.«

»Ach nein?«

»Ehrlich, ich kann Szenen nicht ausstehen. Tut mir wirklich leid.«

»Glaub mir, dein Mitleid ist völlig verschwendet.«

»Halt, ich habe nicht gesagt, dass *sie* mir leidtut! Ich wollte dich nur nicht in so eine peinliche Situation bringen.«

»Und wenn ich dir sage, dass ich schon immer davon geträumt habe, dass eine Frau sich für mich prügelt?«

Isabeau warf mir einen vorwurfsvollen Blick zu. Ich stieg aus dem Auto und zog sie zu mir hoch.

Ob sie fühlen konnte, dass mein Menschenherz nur für sie schlug? Meine Hand berührte ihre Wange. Wie zart ihre Haut war, und wie gut es tat, sie zu spüren; mit der Gewissheit zu spüren, dass sie wusste, was ich war. Ich war so unendlich erleichtert, dass sie nicht vor mir zurückschreckte. Aber ich war mir nicht sicher, ob ihr die Bedeutung dessen, was ich ihr erzählt hatte, gänzlich bewusst war. Mit allen Konsequenzen.

Ihre Lippen berührten mein Ohr.

»Ich darf den General nicht vergessen«, sagte ich bedauernd.

»Welchen General denn? Musst du mir etwa noch mehr beichten?«

»Der General ist meine Großmutter.«

»Deine Oma?« Sie bekam große Augen, als wäre ihr die Vorstellung, ich könnte Familie haben, vollkommen fremd.

»Du nennst deine Oma *General*?«

»Alle Welt nennt sie so. Ich kann mich gar nicht erinnern, dass jemals anders von ihr gesprochen wurde.«

»Ist sie etwa so streng?«

»Nein, sie ist sehr diszipliniert und konservativ und … ja, sie ist so streng«, gab ich zu. »Ich habe sie seit Jahren nicht gesehen. Sie würde es mir nie verzeihen, wenn ich mich aus dem Staub machen würde, ohne dass sie die Möglichkeit hatte, mir das Fell zu gerben.«

»Ist sie wütend auf dich?«

»Eventuell könnte sie eine begründete Wut auf mich haben. Wahrscheinlicher ist aber, dass sie sogar über alle Maßen empört ist. So würde sie es zumindest ausdrücken.«

»Nicht nur sie. Du würdest es auch so sagen.«

»Ja.«

»Du scheinst ihr sehr ähnlich zu sein.«

»Bin *ich* etwa streng?«

»Manchmal.«

»Tatsächlich?«

»Du hebst dann eine Augenbraue an. Das reicht meistens schon aus, damit man sich respektvoll zurückzieht.«

»Schade, dass ich davon noch nichts bemerkt habe. Aber jetzt, wo ich es weiß, werde ich den Blick gleich bei ihr ausprobieren.«

»Du sprichst nur von deiner Oma, was ist denn mit deiner Mutter?«

Einen kurzen Moment hielt ich den Atem an. Das war eine berechtigte Frage, trotzdem fühlte ich mich überrumpelt.

Außerdem war das ein Thema, über das ich nicht gerne sprach. Es war nicht einfach, zuzugeben, dass die eigene Mutter einen verlassen hatte, weil sie einen fürchtete. Und dieser Abend hatte wahrlich schon genug Geständnisse gebracht.

»Es gibt keine«, sagte ich etwas barsch.

Jetzt hob sie ihre Augenbrauen an und versuchte streng auszusehen. »Das ist doch Blödsinn.«

»Du musst dich für heute aber mit dieser Antwort zufriedengeben.«

Auf ihrer Stirn hatte sich eine steile Falte gebildet.

»Da kommt Lara mit einem gutaussehenden, jungen Kerl angerauscht«, warf ich schnell ein. »Er sieht dir ziemlich ähnlich. Warum ist Jaro das nicht direkt aufgefallen? Mir sagte er, du hättest dich mit einem fremden Mann getroffen, und dass ihr sehr vertraut schient.«

»Hat er das gesagt?« Isabeau lächelte süß.

»Hat er.« Ich konnte selbst das Knurren in meiner Stimme hören und ärgerte mich darüber. »Ich vermute stark, dass er das mit Absicht getan hat. Dabei ist doch offensichtlich, dass ihr einer Familie angehört.«

»Jaro weiß eben, dass er sich mit seiner Fritten-Frau gutzustellen hat.«

»Seiner was?«

»Ach nichts.« Sie schlang plötzlich die Arme um meinen Hals. »Küss mich, bevor sie da sind.«

»Aber – ?«

»Küss mich einfach«, sagte sie und presste ihre Lippen auf meine. »Lass mich nicht so lange auf dich warten, bitte. Sonst denke ich am Ende, dass es doch nur ein Traum war.«

Ich nickte benommen. Es fiel mir ohnehin schwer genug zu gehen.

»Warte, dein Jackett«, sagte sie und streifte es sich von den Schultern. Ich nahm es an mich und verschwand ohne ein weiteres Wort die Straße hinunter.

Das Rudolfinum erreichte ich nach wenigen Minuten. Aber es war für Besucher bereits geschlossen. Also machte ich mich zu Fuß auf den Weg. Nikolaus war sicher bereits zu Hause. Vielleicht hatte er mit dem General gesprochen und eine Nachricht für mich erhalten.

Wie einfach wäre es jetzt, die Flügel auszubreiten und zu ihm zu fliegen. Doch heute genoss ich es, den Weg mit meinen Füßen zurückzulegen. Ich fühlte mich lebendig und sehr menschlich.

Die Straßen waren verlassen und hier in der Altstadt vom Weihnachtsschmuck erleuchtet. Mir war nicht kalt. Zwar konnte ich deutlich meine Atemluft sehen, aber innerlich war mir so warm, als pulsierte mein Blutfluss in zwei Bahnen.

Als ich in Nikolaus' Straße einbog, sah ich mitten auf der rechten Spur einen fremden Wagen. Im Vorbeigehen fiel mir auf, dass die Heckscheiben dunkel getönt waren; und nachdem ich nur wenige Schritte daran vorbeigegangen war, startete der Motor. Mein Weg wurde von den aufstrahlenden Scheinwerfern erhellt. Der Wagen rollte langsam an, und gerade, als ich Nikolaus' Wohnhaus erreicht hatte, hielt er und eines der elektrischen Fenster senkte sich summend herab.

Ich wurde unruhig. Hatte mein Auftritt heute Abend etwa so schnell seine Wirkung erzielt? Ich wollte Nikolaus nicht in Schwierigkeiten bringen und überlegte fieberhaft, wo ich in Deckung gehen könnte. Ich lief an Nikis Haus vorbei und der Wagen rollte wieder an. Was war das für ein Spiel? Langsam kochte Wut in mir hoch.

Man würde mich doch wohl nicht einfach so mitten auf der Straße angreifen, überlegte ich, doch im selben Moment wurde mir bewusst, dass es bei Arweds Vater genau so gewesen war. Der Wagen glitt an mir vorbei und das Fenster surrte wieder nach oben. Ein paar Meter weiter blieb er erneut stehen und der Motor erstarb. Ich lief nach vorne zur Fahrerseite und riss mit Schwung die Türe auf.

»Was zum Teufel wird das hier?«, knurrte ich ins Innere. Die Beleuchtung war beim Öffnen der Tür nicht angesprungen, deshalb konnte ich nur einen dunklen Schatten ausmachen. Einen kurzen Moment hörte ich ein flaches Atmen, dann tönte von hinten ein energischer Ausruf.

»Machen Sie das Licht an, Šimon!«

Diese Stimme fuhr mir durch Mark und Bein! Der Fahrer tastete einen Moment suchend das Autodach ab und fand schließlich den Lichtschalter.

»General!«, entfuhr es mir unwillkürlich. Meine Großmutter saß hinten auf der Rückbank. Sie hielt ihre Handtasche auf dem Schoß umklammert. Ihre Knöchel traten weiß hervor.

»Wenn du einsteigen würdest, könnten wir uns unterhalten, ohne uns anzubrüllen«, stellte sie fest.

In der Tat. Ich war erleichtert und zog die hintere Tür auf, um mich neben sie zu setzen.

»Hast du mich vielleicht erschreckt! Lauerst du neuerdings immer den Leuten auf offener Straße auf?«

»Das verwahre ich mir für die besonders harten Fälle«, sagte sie rundheraus. »Du darfst mir zur Begrüßung einen Kuss geben.« Sie hielt mir ihre Wange hin.

»Selbstverständlich.« Ich beugte mich vor und küsste sie auf die faltige Haut. Sofort überfiel mich der Geruch des Gesichtspuders, das sie immer großzügig benutzte.

»Ich habe dich sehr vermisst«, sagte ich.

Sie schnaubte. »Das habe ich gemerkt! Aus diesem Grund musste ich von deinem Auftritt auch durch Šimon erfahren. Du hast es nicht einmal für nötig befunden, mich persönlich zu benachrichtigen, dass du wieder unter uns weilst.«

»Es war ein wenig kurzfristig«, hob ich an.

»Unsinn!«, würgte sie mich ab. »Dir fehlte es an Courage! Du hast befürchtet, dass ich dir den Kopf abreiße, wenn du dich nach so langer Zeit wieder blicken lässt. Und deine Befürchtungen waren berechtigt. Ich habe gute Lust, ein wenig Gewalt auszuüben!«

»Herr Šimon?«, rief ich nach vorne. »Neigt meine Großmutter neuerdings zu Gewaltausbrüchen?«

Šimon räusperte sich. »In letzter Zeit nicht, Herr von Steinberg.«

Ich lehnte mich entspannt zurück. »Also alles nur leeres Gerede!«, sagte ich fast ein wenig enttäuscht.

»Frecher Bengel!«, erwiderte sie liebevoll. Und zu Šimon gewandt: »Fahren Sie!«

Der Zündschlüssel wurde herumgedreht und der Wagen setzte sich in Bewegung.

»Wohin fahren wir?«

»Orlík«, erklärte der General knapp.

Ich seufzte. Immerhin, die Richtung stimmte. Es brachte mich näher zu Isabeau.

»Haben dir die Stücke gefallen? Ich habe das zweite nur für dich ausgesucht, weil ich wusste, dass du kommen würdest.«

»Willst du gelobt werden?«

Ich lächelte milde. Anscheinend hatte es ihr gut gefallen, sonst hätte sie mir niemals mit einer Gegenfrage geantwortet.

»Dein Großvater wäre sicher stolz auf dich. Und dein Vater auch«, fühlte sie sich doch bemüßigt zu erklären.

Ich musterte sie von der Seite. Sie schien um keinen Tag gealtert seit dem letzten Mal, als ich sie gesehen hatte, und doch war um ihren Mund ein neuer Zug. Sie war eine starke Frau. Wie hätte sie es auch sonst ertragen können, mit meinem Großvater zu leben, meinen Vater großzuziehen und ebenso mich selbst unter ihre Fittiche zu nehmen?

Sie hatte niemals mit ihrem Schicksal gehadert. Sie war enteignet und aus ihrem Heim vertrieben worden. Man hatte sie aller Privilegien beraubt und sie war gezwungen gewesen, meinen Vater unter ärmsten Bedingungen großzuziehen. Mein Großvater war beim Gerichtsprozess *Prager Burg* der Verschwörung gegen den Staat angeklagt und verurteilt worden. Sie verlor ihn, als er während seiner Strafe im Uranabbau zwangsarbeiten musste und dabei schwer erkrankte. Das Einzige, was ihr geblieben war, waren die wenigen persönlichen Schmuckstücke und Erinnerungen, von denen sie viele auch noch veräußern musste, um ihren Sohn zu ernähren. Sie hatte Jahre in einer Fabrik in der Produktion gearbeitet und nebenbei Gürtelschnallen zusammengeschweißt.

Ich erinnerte mich, dass sie mir berichtet hatte, wie man ihr, Anfang der Fünfzigerjahre, die Lebensmittelkarten weggenommen oder oft gar nicht erst aushändigt hatte, mit der Begründung, sie würde zum *kapitalistischen Ungeziefer* gehören.

Und noch heute hatte ich ihre Stimme im Ohr, wenn sie von unserer Familiengeschichte sprach: »*Wir sind eine alte Familie. Vermögen kommen und gehen, das gehört zum Leben dazu. Wir haben oft gewonnen und jetzt haben wir eben verloren.*«

Wenn ich sie mir jetzt so ansah, wie sie mit diesem entschlossenen Gesichtsausdruck ihren Weg suchte und nach Hause fuhr, in ihr Orlík; ein zu Hause, das ihr fünfzig Jahre lang verwehrt gewesen war und für das sie unheimlich gekämpft haben musste, dann hatte ich den Eindruck, dass sie wieder gewonnen hatte.

Šimon fuhr nicht schnell, aber die Straßen waren frei, deshalb kamen wir gut voran. Nach etwa einer Stunde erreichten wir *Orlík nad Vltavou*. Meinem Blick nach draußen offenbarte sich nicht viel, es war zu dunkel.

Die Scheinwerfer strahlten den Asphalt an und wurden dann von einer hellen Fläche zurückgeworfen: Weiße Türme ragten vor uns auf. Das alles war noch viel schlimmer, als ich es von den alten Fotos kannte. Es war einfach zu groß, zu pompös. Eine Felsburg inmitten der zahlreichen Wasserarme der Moldau.

Der General umklammerte die Handtasche fester.

»Willkommen im Rabenhorst!«, sagte sie, und es klang wie eine Herausforderung.

Drohbrand

»Alles in Ordnung mit dir?« Lara verrenkte sich fast den Hals, um mich auf der Rückbank genauer ansehen zu können. Ich hatte mich nach hinten verkrümelt, damit ich in Ruhe nachdenken konnte.

»Du siehst so komisch aus.«

»Wie?«, fragte ich leicht umnebelt. Die Lüftung brummte und blies warme, muffige Luft zu mir.

»Du siehst aus, als hättest du die ganze Nacht am *Einarmigen Banditen* gespielt und den Jackpot geknackt.« Sie musterte mich weiter. »Und danach hast du ganz alleine mit einer Flasche Prosecco gefeiert.«

Den Jackpot geknackt?

»Ja«, seufzte ich.

»Hnh«, machte Lara, drehte sich wieder nach vorne und warf Timo einen Seitenblick zu.

»War das eben dieser Alexej, der da bei dir stand?«

»Mmh.«

»Und? Was wollte er?«

»Mmh?«

»Halloho! Was wollte der Typ von dir?«

Meine Güte, sonst interessierte sich Timo doch nicht die Bohne für mein Privatleben!

»Reden.«

»Aha. Geht's auch ein bisschen ausführlicher?«

Lara schnaubte. »Warum ist er eigentlich nicht geblieben? Ich hätte ihn gerne gesprochen.«

»Er hatte es leider eilig. Außerdem wolltest du ihm den Kopf abreißen, schon vergessen?«

»Ja, aber du auch, wenn ich dich erinnern darf! Sah mir nicht gerade danach aus, als wenn er um seine Leben hätte bangen müssen. Habt ihr euch geküsst, oder hast du ihn nur in die Lippen gebissen?«

»Bitte?«

»Das ist ja wohl eine berechtigte Frage!«

Timo gab einen unartikulierten Laut von sich, den ich vorsichtig als *iiiiihhh* interpretierte. Wie konnte auch jemand seine Schwester küssen? Das war wirklich ein widerlicher Gedanke. Ich kicherte.

»Also doch!«, stöhnte Lara. Bitte lass das Ganze nicht schon wieder von vorne losgehen! Hast du jetzt wenigstens seine Adresse? Oder seine Telefonnummer?«

»Irgendwie schon.«

»Was heißt denn irgendwie? Entweder du hast sie oder du hast sie nicht!«, fauchte Lara.

»Ich weiß, wo er wohnt.«

»Hnh«, machte sie.

Ich hing weiter meinen Gedanken nach. »Sag mal, wie alt werden eigentlich Raben?«, fragte ich sie unvermittelt.

»Wie kommst du denn jetzt darauf?« Sie schüttelte verständnislos den Kopf.

»Nur so, musste gerade daran denken.«

»Das kann ich dir nicht so einfach beantworten. Kommt drauf an, ob in Freiheit oder in Gefangenschaft.«

»In Freiheit natürlich.«

»Also älter als fünfzehn bis zwanzig Jahre garantiert nicht! Dafür haben sie zu viele Feinde.«

»Wer genau sind denn ihre Feinde?«

»An erster Stelle natürlich der Mensch. Der Kolkrabe zum Beispiel ist in Mitteleuropa beinahe ausgerottet worden. Er wurde als vermeintlicher Feind des Niederwildes systematisch abgeschossen oder vergiftet, und wird es immer noch.«

»Aber er ist doch ein Singvogel!«, empörte ich mich.

»Wen interessiert das denn? Die Menschen denken nur an ihren Profit. Sie teilen die Tiere in *nützlich* und *schädlich* ein, was so viel heißt wie *gut* und *böse*. Aber wenn sie meinen, sie müssten neben einer Mülldeponie Ackerbau betreiben, dann ist es nicht weiter verwunderlich, dass dieses Feld eben von den Raben umgepflügt wird. Quasi als Kollateralschaden.«

»Und außer den Menschen?«

»Süße, soll das jetzt eine Vorlesung werden?« Sie seufzte. »Vermutlich am ehesten Greifvögel. Der Uhu ist bekannt dafür, dass er Raben frisst, auch der Wanderfalke ist sein Feind. Wahrscheinlich, weil er ihn als Nesträuber sieht. Kolkraben sind auch nicht gerade Unschuldslämmer! Mmh … dann fallen mir noch größere Säuger ein, der Marder zum Beispiel.«

»Und wie ist es in Gefangenschaft?«, fragte ich zweifelnd. »Wie alt können sie da werden?«

»Das ist natürlich was anderes! In Gefangenschaft werden sie etwa so alt wie ein Gänsegeier oder ein Uhu. Mit viel Glück und Rückenwind vielleicht fünfzig oder sechzig Jahre.«

Das klang doch schon viel besser, dachte ich erleichtert. Ich musste Alexej unbedingt fragen, ob das auch für ihn galt. Außerdem wollte ich wissen, ob es sich als Rabe frei fühlte, und ob, im Umkehrschluss, ihn sein Leben als Mensch einschränkte. Kostete es ihn Überwindung, ein Mensch zu bleiben, nachdem er die letzten Jahre ausschließlich als Rabe gelebt hatte? Ein Leben, das voller Freiheit, aber auch voller Wagnisse war?

Wie leicht hätte er von irgendwelchen Raubvögeln getötet werden können, oder von Menschen erschossen! Außerdem konnten Raben ja durchaus auch krank werden, dachte ich bestürzt. Sie konnten von Parasiten befallen werde, die Vogelgrippe bekommen oder sonst was! Oder sie fraßen vergiftete Köder.

Mir wurde übel bei dem Gedanken, wie gefährlich Alexejs Leben als Rabe war.

»Hat dir eigentlich das Konzert gefallen?«, fragte Lara plötzlich und brachte mich ganz aus meiner Konzentration.

»Und jetzt frag nicht: welches Konzert denn!«

»Es war wunderschön«, sagte ich. »Und dabei hätte ich nie gedacht, dass ich mir so was mal freiwillig anhören würde. Ich glaube, ich muss meinen Musikgeschmack überdenken. Aber ich habe Nikolaus gar nicht gesehen. Hat er überhaupt mitgespielt?«

»Hat er. Wir haben mit ihm gesprochen.«

»Ist ein cooler Typ«, ließ sich Timo vernehmen.

»Du findest jemanden cool, der Violine spielt?«

»Klar, wieso nicht. Das rockt.«

Ich bekam große Augen. Mein Bruder konnte mich wirklich noch überraschen.

Lara nickte. »Ich habe ihn zuerst gar nicht erkannt. Okay, er hatte auch einen Anzug an, da sieht man die Tattoos ja schlecht. Wusstest du, dass er zwei Töchter hat?«

»Nein, keine Ahnung.«

»Er hat uns die ganze Zeit von ihnen vorgeschwärmt. Alexej hat die letzten Wochen wohl bei ihnen gewohnt. Nikolaus sagte, seine Mädchen würden ihn vergöttern. Was mich auch nicht weiter wundert, weil er angeblich stundenlang mit ihnen Pferderennen veranstaltet hat.«

Ich versuchte, mir das bildlich vorzustellen, aber es gelang mir nicht. »Wirklich?«

»Er gibt der Älteren, ihren Namen habe ich vergessen, Klavierunterricht. Nikolaus hat sich darüber lustig gemacht, weil Alexej sie auf den Tasten alle möglichen Tierstimmen imitieren lässt. Aber sie findet es wohl ziemlich toll.«

»Das würde ich gerne sehen.«

»Er wünscht sich auch eine Familie.«

»Wer?«

»Alexej.«

»Bitte was?« Ich verschluckte mich fast an diesem Brocken. Lara grinste breit und drehte sich dann wieder nach vorne, ohne ein weiteres Wort zu sagen.

Sicher wollte sie mich damit nur necken. Ich konnte mir gar nicht vorstellen, dass Nikolaus ihr so was erzählt haben könnte.

Alexej war schließlich ein Rabe.

Ein Rabe!

Ich versuchte erst einmal zu erfassen, wie seine Existenz überhaupt möglich war. Wie konnte er sich verwandeln? Und was war das für ein Gefühl? Einen weiteren Gedanken an die Zukunft wagte ich noch gar nicht zu denken!

Ich starrte aus dem Seitenfenster. Es hatte angefangen zu nieseln und in der Ferne hörte ich schwaches Donnergrollen. Timo stellte die Scheibenwischer an.

Gegen Mitternacht waren wir zu Hause. Wir sagten Lara gute Nacht und schleppten uns müde in meine Hütte. Timo ließ sich samt Klamotten aufs Bett fallen, und ich zog mir als Erstes diese verhassten Schuhe aus. Himmel, wie gut das tat, wieder frei gehen zu können! Meine Zehen kribbelten wegen des plötzlichen Blutüberschusses, und ich hüpfte ein paar Mal auf der Stelle.

»Soll das ein Tanz werden?«, fragte Timo muffig.

Ich warf einen der Schuhe nach ihm, aber er wich geschickt aus.

Wir hörten hastige Schritte die Außenstufen heraufpoltern. Die Tür wurde aufgerissen, ohne dass ich vorher ein Klopfen gehört hätte.

»Marek ist nicht da!«, verkündete Lara aufgeregt.

»Wie, Marek ist nicht da?«

»Er ist nicht im Haus. Auch nicht in einem der Nebengebäude, da habe ich überall nachgeschaut. Aber sein Rechner ist noch an und überall brennt Licht.«

»Hast du mal im Bad nachgesehen, vielleicht ist er nur auf dem Klo?«, versuchte ich behilflich zu sein. Sie warf mir einen Blick zu, der mir klar machte, wie überflüssig dieser Hinweis war.

»Ich komme sofort!«, sagte ich, schlüpfte barfuß in meine kalten Stiefel und zerrte meine Strickjacke von der Stuhllehne herunter.

»Wo können wir noch suchen? Wohnt hier sonst noch jemand, bei dem er vielleicht sein könnte?«, fragte Timo.

»Hast du Janosch schon angerufen?«, fragte ich.

Lara schlug sich gegen die Stirn. »Ich Dummerchen!«, rief sie erleichtert und kramte in ihrer Tasche nach dem Handy. Es dauerte eine Weile, bis am anderen Ende der Hörer abgehoben wurde. Noch immer nieselte ein feiner Regen auf uns herab, und ich überlegte gerade, ob ich vielleicht im Gartenschuppen nachschauen sollte, als Lara auflegte.

»Nichts?«

Sie schüttelte den Kopf.

Timo war den Schotterweg entlanggelaufen und deutete mit der ausgestreckten Hand in den Wald.

»Sieht aus, als würde dort jemand ein Lagerfeuer machen. Seltsam, nicht? Ich dachte immer, das wäre im Wald verboten.«

Lara rannte sofort los. Ich kämpfte noch mit meinem Abendkleid, das ich bis zu den Knien hochraffte, um besser laufen zu können. Ein Feuer!

Wir sahen den orangefarbenen Schein in Bodenhöhe aufleuchten. Es musste ziemlich weit weg sein, und nur weil die meisten Bäume im unteren Bereich der Stämme völlig kahl waren, konnten wir es auf die Entfernung überhaupt sehen. Wir sprangen über zahlreiche Wurzeln und Reisighaufen. An manchen Stellen musste ich über die Baumstämme klettern, um einen größeren Umweg zu vermeiden. Timo war natürlich viel schneller als Lara und ich.

Ich konnte den Rauch riechen. Es qualmte wie verrückt, weil das Holz keineswegs ausgetrocknet und leicht entflammbar war, sondern vom Regen feucht und mit Frost überzogen.

»Ich habe gar keinen Blitzschlag gehört!«, keuchte Lara neben mir.

Das hatte ich auch nicht, wenn auch im Hintergrund immer noch ein dumpfes Donnergrollen zu hören war. Mir wurde bewusst, dass wir dieselbe Richtung eingeschlagen hatten, in der Jaros Fichte stand, und eine schwere Faust presste mein Herz zusammen.

Dichter Rauch hüllte uns ein. Wallend kroch er über den Boden und hing zwischen den Stämmen fest. Das Licht dahinter war gleißend hell und ein blutroter Schein strahlte in den Nachthimmel.

»Marek!«, rief Lara laut.

Ich sah Timo einen weiten Bogen um den Brand einschlagen; er wurde beinahe sofort von den wabernden Qualmwolken verschluckt.

»Marek!«, riefen Lara und ich gleichzeitig. Wir wagten uns nicht näher an die Brandstelle heran, weil die Hitze einem die Augenbrauen zu versengen drohte. Aber dann hörten wir schon ein Husten und sahen Mareks Gestalt aus dem knisternden Waldstück hervorstolpern.

Seine Kleidung war rußverschmiert, aber er war unverletzt. Lara fiel ihm in die Arme.

»Wie ist das passiert? Hat ein Blitz eingeschlagen?«

»Ich habe nichts davon mitgekriegt. Die Feuerwacht ist informiert, sie müssten eigentlich bald auftauchen.«

Timo kam keuchend aus dem Rauchnebel hervor. Hinter ihm brannte eine Fichte wie eine überdimensionierte Wunderkerze. Es knackste und Zweige fielen wie Feuerpfeile nach unten.

»Du hast einiges fortgeschafft«, sagte Timo anerkennend zu Marek. Der nickte erschöpft.

»Habe versucht, in einem größeren Radius Stämme und Reisig wegzuschaffen, um eine Brandschneise zu schaffen. Ich glaube nicht, dass sich das Feuer weiter ausbreitet, die Laubbäume in unmittelbarer Umgebung speichern viel mehr Wasser und sind ohnehin kahl, aber ich bin trotzdem froh, wenn die Profis anrücken, denn es ist zu windig.«

Plötzlich krachte es und ein Stamm schien regelrecht zu bersten, bevor flammend rote Bruchstücke nach unten stürzten.

»Lasst uns weiter weggehen, nicht, dass noch jemand getroffen wird!«, befahl Marek. Wir zogen uns in den Hintergrund zurück und starrten wie gebannt auf die Flammen und ihre Zerstörungswut. Der Lärm des knallenden und zischenden Harzes und der herabregnenden Holzstücke vermischte sich mit dem ratternden Geräusch eines Helikopters. Scheinwerfer erhellten große Flächen des Waldes und das plötzliche Licht verscheuchte den unheimlichen, schwarzroten Schein. Wir waren nun so weit entfernt, dass ich die Kälte wieder spürte und meine Strickjacke enger um mich zusammenzog.

Die Rotorblätter des Hubschraubers wummerten. Ein riesiger Behälter baumelte an einer langen Kette unterhalb der Maschine, und tausende Liter Wasser ergossen sich schwallartig vom Himmel. Sofort drehte der Hubschrauber wieder ab, um Nachschub zu holen.

Es regnete jetzt stärker, und ich wischte mir das feuchte Haar aus der Stirn. Ich versuchte, unseren Standpunkt genauer zu lokalisieren und war mir absolut sicher, dass der Brand auch die Fichte von Alexejs Schwarm vernichtet haben musste. Hoffentlich hatten sich alle Tiere rechtzeitig in Sicherheit bringen können!

Aber was hieß schon Tiere? Ich spürte, wie die Angst mich überschwemmte.

Alexej und Jaro sind noch in Prag!, versuchte ich mich zu beruhigen. Ihnen kann nichts passiert sein! Aber ich dachte auch an die anderen Raben. Nicht auszudenken, was ihnen vielleicht zugestoßen sein konnte.

»Na dann, fröhliche Weihnachten!«, sagte Marek.

Ich drängte mich zu ihm. »Glaubst du, dass es ein Blitzeinschlag war?«

»Zu fünf Prozent vielleicht.«

»Nur fünf Prozent? Und die anderen fünfundneunzig?«, fragte Timo überrascht.

»Brandstiftung.«

Freiheitserbe

Die Nacht hatte ich in einem kleinen, schmucklosen Zimmer verbracht. Die Wände zeigten eine altmodische Blümchentapete, die an mehreren Stellen eingerissen war. Die Holzdecke war dunkel getäfelt und am Fenster hingen grobgemusterte Vorhänge. Ich war nicht anspruchsvoll, aber doch froh, dass die alte Burg schon so weit restauriert war, dass es ein Badezimmer gab. Ich stellte mich unter die Dusche und ließ das heiße Wasser an mir herunterlaufen. Ich zog meine Sachen vom Vortag wieder an, ließ aber Weste, Krawatte und das Jackett liegen, bevor ich mich auf die Suche nach etwas Essbarem machte.

Der General befand sich mit Šimon in der kleinen, provisorischen Küche. Meine Großmutter runzelte die Stirn, als ich eintrat, und deutete missmutig auf einen Stuhl neben sich. Šimon begrüßte mich höflich und fragte, ob er mir einen Kaffee einschenken dürfe. *Pan Kniže*, sagte er zu mir, und ich hob irritiert die Augenbrauen an.

Ob der General von ihm verlangt hatte, dass er mich mit diesem Titel ansprach? Das gefiel mir ganz und gar nicht.

»Ich kann mir denken, was gerade in deinem Kopf vorgeht«, sagte der General und tupfte sich den Mundwinkel mit einer Serviette ab.

»Tatsächlich?«

»Allerdings. Und ich kann dir sagen, dass es durchaus angebracht ist, wenn es dir auch nicht zu behagen scheint.«

Ich wollte mich nicht schon am frühen Morgen auf einen Disput mit einer kampferprobten, alten Dame einlassen und zuckte mit den Schultern.

Meine Haare waren noch nass und ich spürte, wie Wassertropfen meine Kehle hinabliefen. Meine Großmutter schien es im selben Moment zu bemerken, ebenso wie mein offenstehendes Hemd, und sie schnalzte missbilligend mit der Zunge.

»Schickt es sich, so am Tisch zu erscheinen?«, fragte sie herausfordernd.

»Selbstverständlich nicht. Ebenso wenig, wie es sich für eine Dame schickt, mit ihrem Mund Geräusche zu produzieren, die die Aufmerksamkeit auf ihren Körper lenken«, gab ich zurück.

Der General brauchte nicht lange, um diesen Hieb zu parieren. »Ich bin über achtzig! Für mich gelten solche Regeln nicht mehr. Ich habe Narrenfreiheit wie ein Kleinkind.«

Das musste ich ihr wohl oder übel zubilligen. Sie beobachtete, wie ich mein Frühstück zu mir nahm.

»Jedenfalls bin ich erfreut zu sehen, dass deine Manieren ansonsten nicht anstößig sind. Du scheinst sie in deiner wilden Zeit nicht verlernt zu haben.«

»Was daran liegen muss, dass du sie mir als Kind bis zum Übermaß eingeflößt hast.«

»Höre ich da einen Vorwurf heraus?«

»Mit einem Lebensalter von über achtzig Jahren kann es schon einmal vorkommen, dass man Zwischentöne missdeutet«, erwiderte ich.

Sie nahm ihren Kaffeelöffel und schlug mir damit auf den Handrücken. Ich zuckte mit keiner Wimper und führte meine Tasse zum Mund.

»Und was für ein Programm hast du für mich vorgesehen?« Sie hatte mit dieser Frage gerechnet, denn sie überlegte nicht eine Sekunde, bevor sie mir antwortete.

»Šimon wird dich herumführen und dich mit allem vertraut machen. Mir ist das auf meine alten Tage zu anstrengend.«

Sie bemerkte mein Stirnrunzeln.

»Es ist tatsächlich so«, bestätigte sie. »Und wenn du alles gesehen hast, dann lass dich in die *knihovna* führen. Ich möchte etwas mit dir besprechen.«

Ich nickte und leerte meine Tasse. »Wann passt es Ihnen am besten, Herr Šimon?«

»Er richtet sich selbstverständlich nach dir«, antwortete der General an seiner statt, und ihr Gesichtsausdruck ließ mich jeden weiteren Kommentar hinunterschlucken.

»Dann würde ich gerne sofort beginnen, wenn es Ihre Pläne nicht durcheinanderbringt.«

Er nickte leicht, was man durchaus auch als angedeutete Verbeugung interpretieren konnte. Hoffentlich würde er sich nicht bemüßigt fühlen, *Sehr wohl, Euer Durchlaucht* zu sagen. Andernfalls musste ich mir überlegen, ob der General es schicklich finden würde, wenn ich ihm die Kaffeekanne an den Kopf würfe.

»Sehr wohl, – «

Statt der Kaffeekanne warf ich ihm einen so drohenden Blick zu, dass er augenblicklich verstummte. Ich ließ die Serviette fallen und stand auf.

»Du entschuldigst uns also?«

Die nächsten beiden Stunden ließ ich mich von Šimon durch das Schloss führen. Der älteste Teil des Gebäudes stammte aus dem dreizehnten Jahrhundert. Er erzählte mir von mehreren Bränden, die die Burg zerstört hätten und von einem spätgotischen Umbau.

»1802 wurde die Fassade völlig zerstört und anschließend das Schloss um ein Stockwerk erhöht. Sein charakteristisches

Aussehen hat es erhalten, als in den Sechzigerjahren des neunzehnten Jahrhunderts die Fassade renoviert wurde.«

Ich konnte nur mit Mühe ein Gähnen unterdrücken. Es war nicht so, dass mich die Historie des Schlosses nicht interessierte, aber ich hatte während meiner Kindheit genug Erzählungen darüber lauschen müssen, sodass ich bei Šimons erläuternder Tonlage beinahe sofort in eine Art Dämmerzustand hineinglitt. Auch die komplexen genealogischen Zusammenhänge hatte der General in derselben Menge in mich hineingegossen, wie andere Großmütter ihre Enkelkinder mit Kakao tränkten.

Ich hatte den Stammbaum von hunderten von Jahren auswendig lernen müssen, um ihn bei passender Gelegenheit rezitieren zu können. Natürlich kam diese Gelegenheit nie. Aber der General hatte es als seine Pflicht angesehen, die Aufgabe, die vielleicht meinem Großvater, zumindest aber meinem Vater zugekommen wäre, gewissenhaft zu übernehmen. Sie sprach über unsere Ahnen nie, als handelte es sich nur um wohlklingende Namen auf einem Stück Papier, sondern stets ausgeschmückt und mit zahlreichen Anekdoten gespickt, als hätte sie sie persönlich gekannt.

Wir betraten den Teska-Saal, dessen geschnitzte Kassettendecke mich überaus beeindruckte. Die meisten Räume waren bereits renoviert und vollständig möbliert, die Einrichtung überwiegend im Empirestil gehalten. Mahagoni-, Zedern- und Ebenhölzer mit zahlreichen Applikationen aus Goldbronze erfüllten perfekt den Zweck der Repräsentation. Ich sah Samtpolster und Marmorplatten und sich wiederholende Motive aus der griechischen oder ägyptischen Kultur, wie zum Beispiel vergoldete Löwenfüße unter einem Teetisch.

Woher hatte der General die Mittel, um all das hier aufzubauen, und noch viel wichtiger: Woher nahm sie die Mittel, um das alles hier zu unterhalten? Es musste ein Vermögen verschlingen.

Voller Stolz zeigte mir Šimon eine bedeutende Sammlung alter Orden und Ehrenzeichen und ich lächelte höflich, als er mir die einzelnen Symbole zu erklären suchte. Anschließend bat ich ihn, mich zu meiner Großmutter in die *knihovna* zu bringen.

Es gab mehrere Eingänge zur Bibliothek. Šimon führte mich durch eine gut anderthalb Meter breite Tür, die in eine Bücherwand eingelassen war. Das dunkle Holz, das jeden Zentimeter der Zimmerwände einnahm, wirkte bedrückend. Neben einem rindsledernen Sofa stand ein kolorierter, antiker Globus auf hölzernem Fuß, und der Boden dämpfte mit seinen dicken Teppichen jeden Schritt.

Der Raum war gut geheizt und in einer Ecke des Zimmers entdeckte ich die Quelle dieser Wärme: ein mannshoher, grüngekachelter Ofen. Von der geschnitzten Decke hing zwar ein mehrarmiger Lüster, aber in Anbetracht der Tageszeit brannte nur eine kleine Messinglampe auf einem der Schreibtische. Die Regale waren bis zum letzten Platz mit Bücher aller Größe gefüllt, angefangen von dicken Folianten bis hin zu kleinsten Gedichtbänden. Es waren keineswegs nur antike Bücher, wie ich mit einem Blick feststellte, denn sie zeigten ihre Rücken in allen erdenklichen Farben.

Der General saß am Schreibtisch, den Blick mir zugewandt. Sie hatte ihre Brille bis zum Rand ihrer gebogenen Nase hinuntergeschoben und musterte mich darüber hinweg. Šimon hatte sich nach meinem Eintreten diskret zurückgezogen.

»Ich hoffe, du hast einen Überblick erhalten, Aki«, sagte sie und runzelte die Stirn, wobei ich mir nicht sicher war, inwieweit sich diese Falten überhaupt glätten ließen, wenn sie freundlich guckte.

»Ja, *babička*«, sagte ich liebevoll und ihre Augen nahmen einen milden Ausdruck an. Sie legte ihre Brille auf dem Schreibtisch ab. Ihre Hände waren mit Altersflecken übersät und die Gelenke arthritisch verdickt.

»Du siehst müde aus«, sagte ich.

»Das bin ich auch. Nicht nur heute. Im Allgemeinen bin ich es müde, mich um dich zu sorgen.«

Ich hob eine Augenbraue an. Ich hatte mich viele Jahre von ihr ferngehalten, damit sie sich eben nicht sorgen musste. Vielleicht sogar, damit sie überhaupt nicht mehr an mich dachte.

»Du weißt, dass das völlig unnötig ist, nicht wahr? Ich habe nicht vor, etwas zu tun oder zu offenbaren, was deinem Namen Schande bereiten würde.«

Sie winkte schnaubend ab und ließ sich erschöpft in den Sitz zurücksinken.

»Mein Name? Du vergisst, dass es auch dein Name ist.«

»Das vergesse ich nicht, aber in meiner Gesellschaft gebrauche ich ihn gewöhnlich nicht.«

»Das ist es ja gerade!«, sagte sie und beugte sich vor. »Deine Gesellschaft! Wann endlich hast du vor, deiner Gesellschaft den Rücken zuzukehren? Meinst du nicht, dass acht Jahre ausreichend lang waren, um darüber hinwegzukommen?«

Ich ließ mich entspannt in einen lederbezogenen Sessel fallen und schlug die Beine übereinander. Dieses Gespräch würde ein längeres werden.

»Worüber hätte ich denn hinwegkommen sollen?«

»Da gibt es mehrere Punkte«, hob sie an und legte die Fingerspitzen aneinander.

»Nenn mir einen!«

»Zum Beispiel den, dass ich dir neunzehn lange Jahre verschwiegen habe, was du bist.«

»Das kannst du getrost abhaken. Ich habe dir bereits verziehen«, erwiderte ich knapp.

Der General hielt inne. Anscheinend hatte sie mit dieser Antwort nicht gerechnet, und vermutlich war dies der eigentliche Punkt, der sie beschäftigte.

»Bist *du* denn darüber hinweggekommen?«

Ihre Augenlider flatterten nur für den Bruchteil einer Sekunde. Sie hätte ebenso gut einer von uns Raben sein können, so gut hatte sie sich unter Kontrolle.

»Ich habe es zu deinem Besten getan.«

»Ich weiß.«

»Ich wollte, dass du ohne dieses Damoklesschwert über dir erwachsen werden kannst. Und außerdem hatte ich die Hoffnung nicht aufgegeben, dass es dich vielleicht gar nicht treffen würde. Es war schließlich nicht die richtige Zeit für Revolutionäre.«

»Da kann ich dich beruhigen, so war ich nie. Weder so gewalttätig noch so aufrührerisch. Allenfalls kannst du mich einen *Revolteur* nennen«, bot ich ihr an.

»Du bist ein ausschweifender Mensch! Du denkst mehr an deine persönliche Freiheit, als an das Offizium deiner Familie!«

»Dir und deinem Mann wurde doch jegliche Dienstpflicht entzogen, warum also sollte ich mich da verpflichtet fühlen?«

»*Libertin!*«, schimpfte sie und schlug mit der flachen Hand auf den Tisch.

Das nahm ich als Kompliment, lächelte und strich mir eine Haarsträhne aus dem Gesicht.

»Spar dir deinen Charme!«, grollte sie.

»Kommen wir zum nächsten Punkt! Worüber hätte ich, deiner Meinung nach, auch noch längst hinweg sein sollen?«

»Darüber, dass diese wirklich unangenehme Person – diese Russin – dich abgewiesen hat. Ich finde es übertrieben, aus einem solchen Grund Jahre deines Lebens im Wald zu verbringen!«

»Darüber bin ich hinweg.«

Ihre Augen glitzerten gefährlich. Als Rabe hätte sie einem wirklich Angst einjagen können. Man wusste bei ihr nie, von welcher Seite die Attacke zu erwarten war.

»Nächster Punkt!«, sagte ich knapp, weil ich es hinter mich bringen wollte.

»Nun gut.« Ihr Gesichtsausdruck schien auf einmal bekümmert. Mir grauste vor ihren nächsten Worten. Nein – ich wollte gar nicht hören, was sie zu sagen hatte. Aber da ich mir schwerlich die Ohren zuhalten konnte, wappnete ich mich innerlich.

»Du solltest inzwischen darüber hinweg sein, dass deine Mutter dich verlassen hat!«, sagte sie.

Ebenso gut hätte sie mich kopfüber durch das Loch eines zugefrorenen Sees werfen können. Mir blieb beinahe die Luft weg.

»Ich habe schon lange nicht mehr darüber nachgedacht«, behauptete ich, während ich meine rechte Hand so fest zur Faust zusammenpresste, dass es schmerzte.

»Lügner!«, kam es grausam von ihren Lippen. »Du denkst jeden Tag deines Lebens darüber nach! Du fragst dich, warum sie dich nicht mitgenommen hat. Warum nur deine Schwestern. Du fragst dich, ob sie dich nicht geliebt hat und ob sie vielleicht Angst vor dir hatte.«

Jetzt konnte ich es nicht mehr ertragen und schloss die Augen. Die Worte meiner Großmutter schnitten mir wie ein dünner Draht durch alle Schichten und drohte meine Selbstbeherrschung zu zerstückeln.

Ich erinnerte mich an damals, als wären erst Tage vergangen. Meine Mutter hatte gesagt, sie würde vorausfahren, damit sie mir mein Zimmer herrichten könnte – in unserem neuen zu Hause. Sie hatte mir befohlen, auf meine Großmutter zu hören, brav zu sein. »Du musst nicht lange warten. Ich komme dich bald holen«, hatte sie versprochen.

Ich hatte nicht einmal gewagt, sie zum Abschied zu umarmen, weil ich zuvor im Dreck gespielt hatte und schmutzig war. Schmutzig wie ein Tier. Sie hatte mir den Kopf getätschelt, und jetzt, hier in dieser Bibliothek, spürte ich genau das Gefühl von damals, als ich die Tränen zurückzuhalten versucht hatte.

Mit dem Auto des Nachbarn waren sie zum Bahnhof gefahren, und das war das letzte Mal, dass ich sie gesehen hatte.

»Ich habe so lange gewartet.«

»Ich weiß«, sagte der General. »Aber sie liebte dich!«

»Wer ist hier der Lügner?«

»Sie liebte dich wirklich, aber sie war ein Feigling!« Der General schnippte angewidert mit den Fingern. »Sie hatte keinen Mumm. Sie war weiß Gott keine starke Frau!«

»Immerhin stark genug, um die Mädchen in Sicherheit zu bringen. Vielleicht vor mir, wer weiß das schon.«

»Das stimmt nicht – sie brauchte die Mädchen nur, um sich an ihnen festzuhalten.«

Ich überdachte diese Aussage. Mein Kopf schmerzte fürchterlich, und mit den Händen rieb ich mir über die Schläfen.

»Hör zu, Aki. Ich möchte, dass du meine Arbeit hier übernimmst«, sagte sie unerwartet. »Ich habe so lange dafür gekämpft. Und es trägt sich bereits selbst. Die Forstwirtschaft, der Export und auch der Steinbruch mit den Schotterwerken. Der Verwalter leistet hervorragende Arbeit.«

Ich war noch so gefangen in meinen Erinnerungen, dass ich erst gar nicht verstand, worauf sie hinaus wollte.

»Ich spreche von deinem Erbe. Wir können es erhalten, auch ohne weiteres Kapital. Ich habe Orlík, bis auf ein paar private Räume, für die Touristen geöffnet. Und die Einnahmen aus dem Holzexport und der Landwirtschaft reichen vollkommen aus, um dir ein mehr als angenehmes Leben zu ermöglichen.«

Mein Erbe? Nein danke, ich war mit dem Erbteil, den ich bereits erhalten hatte, mehr als bedient. »Verkaufe es von mir aus. Ich will es nicht!«

Der General atmete scharf ein.

Meine Stimme wurde drängender. »Und wenn du das nicht willst, kannst du es immer noch meinen Schwestern vererben. Es dürfte nicht schwierig sein, sie aufzufinden. Erben verstecken sich gemeinhin nicht, wie du weißt.«

»Niemals!« Sie sprang von ihrem Stuhl auf und kam, so schnell es ihre müden Beine erlaubten, hinter dem Schreibtisch hervor.

Ich wollte ihr gar nicht erst die Möglichkeit bieten, auf mich einzureden. »Dann werde ich es tun, und du kannst dich im Grabe rumdrehen!«, drohte ich.

»Das kannst du nicht!«, sagte sie plötzlich triumphierend. »Ich habe gewusst, dass du so reagieren würdest, und Vorkehrungen getroffen, die das verhindern.«

»Was hast du getan?«

»Ich habe mein gesamtes Liegenschaftsvermögen in eine Stiftung eingebracht.«

Es würgte mich im Hals. Ich hatte das Gefühl, als würde mein Adamsapfel von einer eisernen Faust zerquetscht.

»Ja«, sagte der General überlegen. »Eine Familienstiftung. Es war die einzige Möglichkeit, dein Majorat, dein Vorrecht des Ältesten, zu sichern und gleichzeitig zu verhindern, dass das Erbe veräußert oder geteilt wird. Du kannst also nichts dagegen tun.«

Innerlich sackte ich zusammen. Mir wurde es übel bei dem Gedanken, vom General so überrumpelt worden zu sein.

»Der Stiftungszweck ist klar festgelegt«, fuhr sie ihren Siegeszug fort. »Der einzige Zweck ist die Versorgung aller meiner leiblichen Verwandten. Da dies deine Schwestern nicht ausschließt, musste ich dafür Sorge tragen, dass die Erbfolge, anders als es bei mir war, ausschließlich den männlichen Nachkommen vorbehalten ist. Du gelangst also in den Genuss von zwei Dritteln der ausgeschütteten Mittel. Du stehst an erster Stelle!«

Ich hatte das Gesicht mit den Händen bedeckt. Der Drang, den General irgendwie zu verletzen, wurde beinahe übermächtig.

»Du bist ab dem dreißigsten Lebensjahr vorsitzberechtigt«, erklärte sie. »Und das ganze Erbe ist gesichert und wird niemals geteilt werden können. Vererbt wird allein der Ertrags- und Fruchtgenuss der Stiftung. *Das* ist dein Erbe!«

Ich war aufgesprungen und hatte den Mund geöffnet. Das, was ich zu sagen versucht war, würde ihr nicht gerade schmeicheln. Sie stand vor mir wie ein wahrer Feldherr und machte ihrem Spitznamen damit alle Ehre. Aber sie war so klein! Ihr Kopf reichte mir gerade einmal bis zur Brust, trotzdem hatte sie eine innere Kraft, die für fünf Männer ausreichte. Ihr Körper war knochig und alt. Ich kannte sie gar nicht anders als alt. Und doch gab es keinen Menschen auf der Welt, dem ich mehr vertraute als ihr. Bisher.

Ich klappte den Mund wieder zu, zählte langsam bis zehn und dann weiter bis fünfunddreißig, bis ich spürte, wie der Puls, der mir im Halse pochte, sich verlangsamte und mich besser atmen ließ.

»Nun«, sagte ich leise. »Du hast immer getan, was du für richtig hieltest, nicht wahr?«

»So ist es.«

»Das muss ich auch tun. Du wirst sicher verstehen, dass ich deine Eröffnung erst einmal verdauen muss. Ich werde zurückgehen!«, sagte ich tonlos.

»Bitte bleib hier.«

Ich konnte mich nicht erinnern, jemals zuvor eine Bitte von ihr gehört zu haben. Alle Spannung war aus ihrem Körper gewichen, sie schwankte.

»*Babička*«, sagte ich sanft und griff nach ihrem Arm, um sie zu meinem Sitzplatz zu führen, und sie ließ sich kraftlos hineinfallen. Ich kniete mich vor sie und hielt ihre Hand fest. Sie war eiskalt.

»Ich werde wiederkommen. Ich verspreche es dir! Aber es gibt jemanden, mit dem ich sprechen muss. Jemand, der mir sehr viel bedeutet, und von dem ich gerade erst erfahren habe, dass ich ihr auch etwas bedeute.«

Ich schluckte mühsam. »Es ist das erste Mal, dass ich glaube, dass ich auf eine Zukunft hoffen darf. Dass ich die Gewissheit habe, dass es Sinn hat, obwohl ich nicht weiß, wie es ausgehen wird. Eigentlich ist es das erste Mal, dass es mir vollkommen egal ist, wie es ausgehen wird! Ich will keine Rücksicht darauf nehmen, verstehst du? Ich will es einfach nur erleben! Nur leben!«

Es war sinnlos nach weiteren Worten zu suchen.

Der General drückte meine Hand. »Das war sehr ehrlich von dir. Ich danke dir dafür! Und ich verstehe dich, aber bitte vergiss nicht, dass du auch Verantwortung trägst gegenüber deiner Familie und deiner Herkunft! Vielleicht wirst du mich einmal besser verstehen, wenn du selbst Kinder hast. Vielleicht siehst du in deinem Erbe dann auch noch etwas anderes als nur eine Belastung. Es bedeutet auch Freiheit.«

Ich erhob mich langsam. Was wusste der General schon von Freiheit?

Aber ich würde die Verantwortung, an die sie mich erinnert hatte, nicht vergessen.

Ihr kritischer Blick hielt mich weiterhin gefangen. »Bist du eigentlich immer noch mit diesem Nikolaus befreundet? Mit dem Bruder dieser Russin?«, fragte sie mich unerwartet.

»Ja.«

»Ich habe ihn heute Abend zum ersten Mal gesehen. Sein Gesicht erschien mir so bekannt, aber ich kam nicht darauf, woher bloß.« Sie räusperte sich, und ich meinte förmlich zu riechen, wie ihr Schweiß aus den Poren strömte. Aber sie war doch niemals nervös, dachte ich und suchte ihr Gesicht ab.

»Eigentlich wollte ich dir etwas zeigen, etwas, das deinen Vater betrifft. Dabei habe ich durch Zufall entdeckt, warum mir sein Gesicht so bekannt vorkommt.«

Ich beugte mich interessiert vor.

»Ich werde es dir zeigen.« Sie erhob sich schwerfällig, kein Vergleich zu der kämpferischen Frau, die mir eben die Pistole an die Brust gesetzt hatte. Sie holte einen Schuhkarton aus ihrem Schreibtisch und nahm den Deckel ab. Darin befanden sich unzählige alte Fotos und ausgeschnittene Zeitungsartikel.

»Das meiste davon gehörte deinem Vater. Aber nach seinem Tod – einige Sachen habe ich dazugetan«, erklärte sie.

Ich sah ein bekanntes Foto meines Vaters auf einer Zeitungsseite vom 9. Februar 1991. Es war der Bericht über den tödlichen Unfall, den er bei seiner Arbeit im Forst erlitten hatte.

»Die Fotografie, an die ich mich erinnerte, ist diese hier!« Sie zog ein Farbbild heraus, auf dem mehrere junge Männer zu sehen waren. Nach der Kleidung zu urteilen, war das Bild aus den Achtzigerjahren. Ich erkannte darauf nur das Gesicht meines Vaters – mein Spiegelbild, nur seine Haare waren kürzer als meine.

»Das waren alles Freunde deines Vaters«, erklärte sie. »Hier, in der hintersten Reihe ist Milos Vater Jaromir und daneben, das sind Zdeněk, Georg und Franz. Ich kenne nicht alle, aber einige davon gehörten zu uns bekannten Familien. Die meisten davon sind heute schon tot, obwohl sie noch lange nicht an der Reihe waren. Und vorne rechts neben deinem Vater, das ist der kleine Wratislaw, er war damals vielleicht neunzehn. Sie waren alle gegen den Kommunismus aktiv, haben Petitionen verfasst, sie als Flugblätter verteilt und Demonstrationen unter den Studenten organisiert. Ich war damals dagegen. Ich hielt es für viel zu gefährlich, erst recht für einen Steinberg. Aber dein Vater war jung und nicht bereit, sich mit der Situation, in der wir lebten, abzufinden. Ja«, sagte sie seufzend, »und das ist das Gesicht, an das ich mich erinnert habe.«

Sie zeigte auf einen jungen Mann, der links von meinem Vater stand und in die Kamera grinste. Es war ein Bild von Nikolaus, wie er leibte und lebte. Die Körpergröße, der freche Gesichtsausdruck, sogar dieselben langen Haare. Nur dass dieses Bild mehr als zwanzig Jahre alt war! Es konnte nur Nikolaus' Vater sein, durchfuhr es mich.

»Ich wusste gar nicht, dass die beiden sich gekannt haben«, sagte ich.

»Hier!« Sie zog einen weiteren Zeitungsausschnitt aus dem Karton. Es war ein Bild, das die Festnahme einiger Demonstranten zeigte. Der Artikel stammte aus einer deutschen Zeitung und beschrieb das Vorgehen der Staatssicherheit gegen die Demonstranten in der Tschechoslowakei als äußerst brutal. Ich erkannte Nikolaus' Vater unter ihnen. Ein Russe, ein Exkommunist, der gegen die kommunistische Regierung demonstrierte. Sicherlich waren sie nicht besonders zurückhaltend mit ihm umgegangen.

»Nikolaus hat dir nie davon erzählt?«, fragte meine Großmutter mit seltsam sanfter Stimme.

»Nein.«

»Wirklich ungewöhnlich«, überlegte sie.

»Vielleicht weiß er ebenso wenig davon wie ich.«

»Er wird doch seinem Vater gegenüber einmal erwähnt haben, dass er mit dir befreundet ist. Sein Vater wird doch von dir und dieser – wie hieß sie noch?«

»Nathalie.«

»Er wird doch von euch gewusst haben. Wieso hat er es dann niemals erwähnt, frage ich mich.«

Das war eine berechtigte Frage.

»Und du vertraust Nikolaus? Du vertraust seinem Wort?«

»Absolut.«

»Vertrauen«, begann sie und beobachtete mich dabei genau, »*übertriebenes* Vertrauen schadet in den meisten Fällen mehr, als Misstrauen es je könnte.«

Rabenlust

Ob ich diesen Rauchgeruch jemals wieder abgewaschen bekam? Ich schnupperte an meinem nackten Arm und verzog das Gesicht – ich roch wie ein geräucherter Hering.

An diesem Tag hatten wir hauptsächlich Bestandsaufnahme gemacht und dokumentiert, wie groß die Zerstörung durch den Brand war. Die Messung hatte ergeben, dass das Feuer nur eine geringe Fläche von etwa einem *Ar* vernichtet hatte. Bei der Spurensuche hatte man Rückstände von Brandbeschleunigern gefunden und damit bestätigt, was Marek schon vermutet hatte.

Der Gedanke, dass dieser Anschlag mit ziemlicher Sicherheit Alexej und seinem Schwarm gegolten hatte, war auch nicht dazu angetan, mich zu beruhigen.

Erst hatte man die Hunde auf ihn gehetzt, und dann wurde sein Schlafplatz angezündet. Was würde das Nächste sein?, fragte ich mich.

Alexej hatte vollkommen recht: Es hatte viel zu viele Unfälle gegeben. Die Sache mit seinem Vater – mit *ihren* Vätern – hatte mich wirklich schockiert. Wie konnte es sein, dass mehrere befreundete Männer durch Unfälle starben und es fiel nie jemandem ein, das genauer zu untersuchen?

Aber es war unlogisch, Nathalie ein Motiv dafür zu unterstellen. Erst einmal war sie viel zu jung, und zweitens hatte sie doch gewusst, dass Alexej in Prag war. Warum also sollte sie etwas mit dem Brand zu tun haben? Es sei denn, dieser Brand sollte den Schwarm ein wenig aufscheuchen – ihn aus der Reserve locken.

Ich drehte den Wasserhahn zu und tastete durch den Vorhang nach meinem Handtuch. Der Kanonenofen bollerte und machte aus meinem Schlafzimmer eine gemütliche Höhle.

Ob Alexej bereits wusste, was passiert war? Von hier bis nach Prag war es, Luftlinie gesehen, ja nicht besonders weit.

Ich konnte mir vorstellen, dass seine Großmutter ihn nicht so schnell wieder gehen lassen würde, nachdem sie ihn acht Jahre vermisst hatte. Bestimmt würde ich nicht vor Mittwoch mit ihm rechnen können. Vielleicht auch Dienstag oder – *Sakra!* Ich brauchte dringend Ablenkung.

Ich warf mich über das Bettgestell und kramte darunter nach einem spannenden Buch. *Das Erlkönig-Manöver* von Robert Löhr fiel mir in die Hände und ich klappte den Buchdeckel auf. Schon bei den ersten Zeilen kicherte ich und war bald völlig gefangen. Ich lag auf dem Bauch, die Bettdecke wegen der Hitze des Ofens von mir gestrampelt, und blätterte Seite um Seite um, kämpfte mit Goethe und Schiller in französisch besetzten Gebieten und gegen rasende Wildschweine, folgte den Streitgesprächen zwischen Klassiker und Romantiker und litt Herzensqualen:

Kein Baum kühlt so mit frischem Laub, kein Brunnen labt so den Durstigen, Sonn- und Mondlicht und tausend Sterne leuchten nicht ins irdische Dunkel, wie du leuchtest in mein Herz!

Mein Nacken schmerzte und mein linker Arm war eingeschlafen. Ich schaute auf die Uhr. Es war bereits nach zehn, und ich hatte nicht eine Minute aufgehört zu lesen. Als es dann unerwartet von draußen gegen mein Fenster pochte, zuckte ich zusammen.

Angstvoll zog ich den Vorhang zur Seite und kreischte auf, als etwas an der Scheibe vorbeihuschte. Meine Hände zitterten und ich musste mich überwinden, nicht einfach wieder in mein Bett zu springen und mir die Decke über den Kopf zu ziehen.

Feigling!

Also gut – das wollte ich mir nicht noch einmal sagen müssen. Ich zog den Griff zur Seite und das Fenster schwang auf. Im selben Moment flog ein Schatten an mir vorbei ins Zimmer, und ich hielt mir in Panik die Hände vors Gesicht. Der Luftzug in meinem Rücken ließ nach und der Fensterriegel rastete ein. Dann zog jemand sanft meine Hände nach unten. Ich kniff die Augen fest zu.

»Hasenherz«, flüsterte es samtig in mein linkes Ohr.

»Ich weiß«, antwortete ich und zwang mich, die Augen zu öffnen. Beinahe sofort schloss ich sie wieder.

»Das hatte ich ganz vergessen!«, rief ich entsetzt aus. »Warte einen Moment!« Ich tastete mich an der Wand entlang, ohne die Hand von den Augen zu nehmen.

»Wenn du mir sagst, wonach du suchst, könnte ich dir vielleicht behilflich sein«, bot Alexej an.

»An...zieh...sa...chen«, sagte ich stockend und verschwand mit dem ganzen Kopf in meinem Kleiderschrank. Irgendwo hatte ich sie doch. Ich hatte sie gewaschen, weil ich dachte, dass Alexej sie bestimmt brauchen würde, und doch war ich jetzt völlig überrumpelt, weil er so plötzlich und so *nackt* in meinem Zimmer stand. Ich hielt ihm das Bündel mit ausgestrecktem Arm nach hinten.

Er lachte, nahm aber Gott sei Dank die Sachen entgegen.

»Fertig«, sagte er nach einer Weile.

Erleichtert atmete ich auf und drehte mich um.

»*Das* nennst du fertig?« Er hatte gerade mal eine Hose an.

»Wozu sollte ich mir die ganze Mühe machen, wenn ich die Sachen eh gleich wieder ausziehe?«

Ich gab schnappartige Laute von mir.

»Ich schlafe nie vollständig bekleidet. Du etwa?«

»Äh ... nein, natürlich nicht.« Um nicht puterrot anzulaufen, hatte ich den Blick stur auf sein Kinn geheftet.

»Wo ist dein Bruder?«, fragte er.

»Er schläft in deinem alten Zimmer. Lara dachte, das wäre am bequemsten. Mein Zimmer ist ja nicht gerade groß und mein Bett …« ich deutete in den Raum und fing an zu stottern.

»In der Tat, dein Bett ist ziemlich schmal.«

In meinem Magen flatterten Schmetterlinge hysterisch von einer Ecke in die andere. Alexej setzte sich auf die Bettkante und griff nach meinem Buch.

»Ich habe dich lachen hören, als ich ankam«, sagte er. »Welche Szene war es denn?«

Dankbar für diesen Themenwechsel nahm ich ihm das Buch aus der Hand und suchte die Seite, die ich zuletzt gelesen hatte.

»Es ist vielleicht nicht ganz das, was du erwartest«, warnte ich ihn vor. Aber er nickte aufmunternd, und so las ich ihm die Stelle vor, in der die Helden des Buches in ein Feuergefecht verwickelt waren.

»Schiller setzte seine Armbrust an. »Mars regiert die Stunde!«, rief er seinen Kameraden zu. »Wenn noch ein Tropfen deutschen Heldenbluts in euren Adern rinnt – feuert!«

Alexej lächelte.

»Es machte mich glücklich, weil es sich einfach wundervoll anhört, findest du nicht?«

»Absolut.« Er stand auf, nahm mir das Buch aus der Hand und legte es sorgsam auf den Stuhl neben meinem Bett.

»Nun – in mir rinnt leider kein deutsches Heldenblut«, sagte er. Er griff nach meinem Arm und zog mich an sich. »In meinen Adern rinnt böhmisches Rabenblut!«

Die Schmetterlinge in meinem Magen flogen hart gegen die Wand und trudelten betäubt zu Boden.

Er küsste mich, und das nicht gerade sanft. Sein Körper war so furchtbar heiß, dass ich bei der ersten Berührung zusammenzuckte.

»Hast du Fieber?«

»Und wie.« Seine Zunge liebkoste meine Lippen. Seine Haut war noch feucht von der Anstrengung des Fluges, und seine Haare dufteten nach Wind und Blättern.

Moment mal!, dachte ich. Sollte ich nicht erst mal fragen: *Wie war dein Flug?*, oder so ähnlich? Aber Alexej ließ mich nicht zu Wort kommen. Er drängte mich zum Bett, wo meine Nachttischlampe sein Gesicht in warmes Licht tauchte. Seine Lippen glänzten feucht.

Er schob mein T-Shirt hoch und fuhr mit der Zunge zärtlich über meinen Bauch. Seine Hände glitten flach über meinen Brustkorb bis zu meinem Hals hinauf.

»Warte!«, keuchte ich. »Ich muss dich etwas fragen!«

»Jetzt?«

»Auf jeden Fall jetzt!«

»Dann … frag … schon«, presste er mühsam durch die Zähne.

»Könntest du kurz deine Finger wegnehmen, ja? Sonst kann ich mich nicht konzentrieren.«

»Ausgeschlossen.«

Nun gut. »Aber nicht bewegen!«

Er grinste frech. »Du hast zehn Sekunden.«

»Weißt du überhaupt, was gestern Nacht hier passiert ist?«, fragte ich.

»Ja.« Seine Fingerspitzen umkreisten meine Brustwarzen.

»Halt! Das waren höchstens vier Sekunden!«

»Lange genug.«

»Willst du gar nicht darüber reden?«

»Nein.«

»Ich hab noch eine Frage!«

Er biss mir zärtlich ins Kinn.

»Hast du es unter Kontrolle, wenn du dich verwandelst? Oder besteht die Gefahr, dass ich plötzlich mit einem Raben hier liege?«

»Ja und nein.«

»Wie jetzt?«

Er stöhnte. »Ja, ich habe es unter Kontrolle, und nein, die Gefahr besteht nicht. Ich kann mich nicht verwandeln, wenn ich mich so menschlich fühle.«

»Und jetzt fühlst du dich männlich … äh … ich meine menschlich?«

»Ja«, knurrte er, und das war ein ganz und gar unmenschlicher Ton.

Menschenleben

Isabeau hatte sich auf die Seite gerollt und lag mit ihrem Kopf genau in meiner Armbeuge. Sie schlief nicht, aber ich ließ sie in dem Glauben, dass ich das annahm. Ihr Puls ging schnell, ihr Herz flatterte beinahe wie das einer Taube.

Die Lampe brannte nicht mehr, aber ich ertrug es trotzdem nicht, mich vom Anblick ihres Körpers zu lösen, solange noch ein wenig fahles Mondlicht in das Zimmer schien. Auf ihrer Schulter glitzerten feine, blonde Härchen. Sie versuchte ihren Atem gleichmäßig zu halten, aber es gelang ihr nicht. In jemandes Armen einzuschlafen bedurfte wirklich eine ganz besondere Art von Vertrauen, und dieses Vertrauen musste ich mir erst noch verdienen. Mein schlechtes Gewissen regte sich. Ich hatte sie überrumpelt, weil ich einfach völlig von ihr überwältigt war. Und viel zu begierig, sie zu spüren. Für einen kurzen Moment schloss ich beschämt die Augen. Ich hatte mich wie ein Tier auf sie gestürzt und damit genau das bestätigt, was Nathalie mir so höhnisch an den Kopf geschleudert hatte.

Isabeau räkelte sich und streckte die Arme nach oben. Ich küsste zärtlich die weiche Haut auf der Innenseite ihres Oberarmes. Sie zuckte zusammen und kicherte. Dann erst öffnete sie die Augen. Mit dem Zeigefinger strich ich leicht über ihre Oberlippe.

»Das kitzelt!« Sie hielt meine Hand fest.

»Du bist nicht wütend auf mich?«

Sie runzelte die Stirn.

»Ich war ein wenig ungezügelt. Ich hoffe nicht, dass ich sogar rücksichtslos war.«

Ihr Hals verfärbte sich.

»Ich möchte nicht, dass du denkst, ich wäre immer so … so …«

»Hemmungslos?«, bot sie hilfreich an.

»Ja.«

»Kann es sein, dass du dir Sorgen machst, dass deine tierischen … dein Instinkt mir dir durchgeht?«

Das genau war der Punkt. »Ich möchte nicht, dass du denkst, ich könnte mich nicht kontrollieren und würde mich bestialisch benehmen, nur weil ich ein Rabe bin. Du sollst mich nicht für irgendwie entartet halten.«

Dabei bin ich es!, dachte ich verzweifelt. *Ich bin entartet!*

»Entartet?« Jetzt lächelte sie nicht mehr. »Und wenn ich dir sage, dass es mir gefällt, wenn du genau so bist? Ich will überhaupt nicht, dass du dich immer beherrschst! Du bist doch wirklich ein Meister darin, deine Gefühle zu verbergen. Ich bin so froh, wenn du es einmal nicht tust!«, rief sie aus. »Ich habe geahnt, dass du so sein könntest. Ich habe geahnt, dass alles bisher nur die Hälfte von dem ist, was eigentlich geht! Und wenn du es genau wissen willst, ich habe dafür gebetet, dass es so sein würde! Dass du so bist!«

Gebetet?

»Bist du katholisch?«, fragte ich.

»Was? Wie kommst du denn jetzt da drauf?« Sie war völlig überrumpelt. »Äh … nein.«

Ich hatte die Luft angehalten und sie sah mein Zögern.

»Ist das ein Problem für dich?«, fragte sie erschrocken.

»Nein. Ja. Nein, ich meine nein! Natürlich nicht!«

Mein Gott – war ich vollkommen verrückt? Ich sagte ihr, dass ich ein Rabe war, ein Mischwesen, das seine Gestalt wandelte, das die letzten Jahre nur als Tier gelebt hatte. Ein Wesen, das sich von Aas ernährte und in den blutigen Gedärmen von verwesenden Tierkadavern wühlte, und ich konnte ihr keine klare Antwort geben, wenn sie mich fragte, ob es ein Problem für mich wäre, wenn sie nicht katholisch sei?

»Also bist du katholisch?«, hakte sie nach.

Ich nickte.

»*Sehr* katholisch?«

Ich nickte wieder und seufzte.

»Also das stört mich überhaupt nicht!« Sie lachte so befreit auf, dass ihr ganzer Körper bebte.

Ich legte meinen Arm um ihren Bauch und zog ihren Rücken hart an meine Brust. Ihr Lachen vibrierte wie das Schnurren einer Katze und erregte mich. Mit der Zunge zog ich die Kontur ihrer Ohrmuschel nach und sie wurde plötzlich still. Das Beben verebbte und zurück blieb eine betörende Erwartung.

»Ich will dich.« Meine Stimme war kaum mehr als ein Hauch. Ich hob ihren Arm an und küsste die zarte Haut an ihrer Achselhöhle und biss dann sanft in das weiche Gewebe ihrer Brust.

»Darfst … du das denn überhaupt?«, kam es stockend aus ihrem Mund.

»Du meinst, weil ich katholisch bin?«

»Ja.«

»Wegen des unbefleckten Ehebettes, und weil der Ehebrecher von Gott gerichtet werden wird?«, fragte ich mühsam beherrscht.

»Zum Beispiel.«

Ich hatte kaum noch die Kontrolle über meine Zunge. »G-genau g-genommen hat das hier mit Ehebruch ja nichts zu tun, oder?« Meine Stimme zitterte. »Die Bibel ist da nicht sehr eindeutig.«

Oh Gott!, dachte ich hilflos und schloss die Augen. Und jetzt missbrauchte ich auch noch seinen Namen! Aber dieses Gefühl, diese erwartungsvolle Erregung floss durch meinen

Leib und hinterließ eine heiße Spur. Mein ganzer Körper bebte, und mir brach der Schweiß aus. Ich wollte nicht schon wieder die Beherrschung verlieren und versuchte von ihr abzurücken.

»Ich will nicht, dass du dich zurückhältst«, raunte sie. »Katholisch hin oder her.« Ihre Stimme klang plötzlich fest, und mein Herz schlug so hart gegen meine Brust, dass es schmerzte.

Ich war tatsächlich eingeschlafen. Matt und erschöpft hatte ich mich auf den Bauch gerollt und die Arme unter das Kissen vergraben. Ich erwachte davon, dass eine warme Hand langsam über meine Schulterblätter strich. Ich wagte kaum die Augen zu öffnen, weil ich befürchtete, dies alles als Traum zu entlarven.

»Das habe ich noch nie gesehen«, sagte Isabeau leise. »Diesen Raben auf deinem Rücken. Ist das ein Bild von dir?«

»Ich habe es noch nicht so lange«, sagte ich ausweichend.

»Es ist wunderschön. Es passt zu dir.«

Ich drehte mich zu ihr um. Sie legte ihren Kopf auf meine Brust und lauschte auf meinen Herzschlag.

»Ist das der Grund dafür, dass du dich in einen Raben verwandeln kannst? Dein zweites Herz?« fragte sie.

»Woher weißt du davon? Du kannst es doch nicht etwa hören?«

»Ich kann es nicht hören. Ich habe … recherchiert?« Es klang wie eine Frage.

»Ich glaube nicht, dass es in der Bücherei etwas darüber zu lesen gibt.«

Sie lachte. »Heutzutage geht kein Mensch mehr in die Bücherei. Wir googeln. Aber nein, auch im Internet habe ich nichts darüber gefunden«, sagte sie vage.

»Das möchte ich jetzt aber genauer wissen! Wie kamst du darauf? Ich dachte, ich hätte keinerlei Spuren hinterlassen.«

»Hast du auch nicht. Aber als du fort warst, hat das Krankenhaus deinen Arztbericht an uns geschickt, und darin stand, dass du einen suspekten Herzbefund hättest, aber dich nicht weiter untersuchen lassen wolltest.«

»Ja«, sagte ich gedehnt. »Ich habe es abgelehnt, weil ich meinen Befund kenne. Ich habe mich damals von einem befreundeten Arzt untersuchen lassen, auf Anraten meiner Großmutter. Wir wollten versuchen herauszufinden, woran es liegt. Aber wie hast du es erfahren?«

»Ich bin ins Krankenhaus gefahren, weil ich mir Sorgen gemacht habe.«

»Und da hat man dir meinen Untersuchungsbefund gezeigt?«, fragte ich überrascht.

»Nein, natürlich nicht. Aber eine nette Schwester hat mir rein hypothetisch von diesem seltsamen Fall berichtet und es mir ziemlich genau beschrieben«, antwortete sie und sah plötzlich besorgt aus. »Ist das normal für dich, ich meine, für einen … Rabenmenschen?« Sie errötete über dieses Wort.

»Es scheint so. Ich kann es dir nicht genau sagen, mein Vater hat sich nie untersuchen lassen. Mein Großvater – das war eine andere Zeit, damals gab es diese Untersuchungsmethoden noch nicht.«

»Wie alt war dein Vater eigentlich, als er starb«, fragte sie unvermittelt.

Ich musste keine Sekunde überlegen. »Zweiundvierzig.«

»Und dein Großvater?«

»Dreiunddreißig.«

»Was? Dein Opa ist nur dreiunddreißig Jahre alt geworden?«

»Er starb während seiner Zwangsarbeit im Uranabbau. Er war gesundheitlich angegriffen und die Winter waren kalt. Meine Großmutter durfte ihm keine Kleidung oder Decken bringen. Und selbst, wenn sie es gedurft hätte, sie hatte keine. Sie hatte selbst nur das, was sie auf dem Leibe trug.«

»Wie alt war dein Vater damals?«

»Er war noch ein Säugling.«

»Aber …« Sie schien ehrlich entsetzt. »Und was ist mit deinem Urgroßvater?«

»Weißt du etwa, wie alt dein Urgroßvater geworden ist?«, fragte ich sie zweifelnd.

»Nein«, musste sie zugeben.

»Also gut.« Ich seufzte. »Wann soll ich beginnen? Reicht es nach dem Dreißigjährigen Krieg?«

»Du machst dich über mich lustig!«

»Nein, überhaupt nicht. Wenn du es hören willst, kann ich dir auch die Daten bis 1362 aufsagen. Allerdings nur die männliche Linie; in meinem Fall auch die entscheidende.« Ich grinste.

»Ich nehme an, nach Christus?«

Das war eine so freche Bemerkung, dass ich mich dazu veranlasst sah, sie zu küssen, damit sie den Mund hielt.

»Moment!«, keuchte sie. »S-sag mir einfach, wie alt dein Urgroßvater geworden ist, ja?«

»Neunundzwanzig.«

»Das ist ja furchtbar!« Sie hielt sich die Hände vor das Gesicht.

»Das ist gar nicht so furchtbar, wenn du bemerkst, dass die Tendenz eindeutig steigend ist.« Selbst für mich klang meine Stimme zynisch. Isabeau nahm ihre Hände herunter und sah mich böse an.

»Und wie viel Zeit bleibt dir dann noch?«, fragte sie. »Muss ich mich jetzt darauf einstellen, dass es jeden Tag so weit sein könnte?«

»Wenn es nach mir ginge, selbstverständlich nicht. Ich weiß nicht warum, vielleicht liegt es an der guten Luft hier, aber irgendwie hänge ich am Leben.«

Sie boxte mich in die Seite.

»Ich habe nicht vor, mich von einem Baum erschlagen zu lassen, noch muss ich für irgendeine Tat ins Gefängnis. Allerdings befürchte ich, ernsthaft in Gefahr zu geraten, wenn ich dir gestehe, dass ich gleich noch nach Prag zurück muss.«

Sie schmiegte sich an mich, und diese Berührung schwächte mich.

»Und wenn ich dich nicht gehen lassen will?«

»Dann verschiebe ich das Ganze«, antwortete ich so schnell, dass sie unwillkürlich lachen musste. »Du kannst mich haben. Ich habe keinen Willen mehr, wenn du mich so anschaust. Und es fühlt sich einfach paradiesisch an. Du fühlst dich so an. Sagte ich paradiesisch? Nein, elysisch trifft es genauer. Aber ich muss wirklich mit Nikolaus reden. Ich habe etwas von meiner Großmutter erfahren, das von größter Wichtigkeit sein könnte.«

Dann erzählte ich ihr von den Bildern und den Zeitungsausschnitten, die der General aufgehoben hatte.

»Und jetzt befürchtest du, dass Nikolaus dir etwas verschwiegen haben könnte?«

»Niemals! Ich vertraue ihm vollkommen.«

»Ich fragte, ob du es befürchtest, nicht ob du es erwartest!«, wiederholte sie sanft.

»Ja.« Und der Gedanke brannte sich wie durch ein Brennglas in mein Gehirn.

»Dann musst du mit ihm reden. Am besten sofort.«

»Und was wirst du in der Zeit tun?«

»Arbeiten?«

»Natürlich.« Es fiel mir immer noch schwer, in diesen menschlichen Dimensionen zu denken. Bisher hatte ich mich weder um Wochentage noch Stunden oder gar Minuten kümmern müssen. Jahreszeiten waren das Einzige, was für mein Leben relevant war.

»Soll ich dir vorher noch etwas zu essen aus der Küche holen? Du willst doch bestimmt nicht ohne Frühstück los.«

»Ich werde mich unterwegs versorgen.«

»Ach so.«

Ich gab ihr einen Kuss auf die Stirn. »Wenn du nicht sehen möchtest, wie ich mich verwandle, dann musst du jetzt die Augen schließen.«

Sie ließ sich Zeit mit ihrer Antwort. »Und wenn ich es sehen will? Ist es irgendwie schlimm? Hättest du etwas dagegen?«

Ich schluckte. Ich hatte sie ein Hasenherz genannt, aber eigentlich war ich sogar froh gewesen, dass sie es nicht gesehen hatte. Ich befürchtete, dass es sie anwidern könnte. Es war schließlich etwas gänzlich anderes, nur davon zu wissen, als es leibhaftig zu sehen.

»Nikolaus findet es etwas unangenehm«, gab ich vorsichtig zu bedenken.

»Ach ja?«

»Ehrlich gesagt, findet er es sogar ziemlich ekelhaft.«

»Ich bin nicht empfindlich.«

Sie sagte es mit fester Stimme, aber ich konnte ihre Angst riechen und das Rauschen ihres Blutes hören. Auch ihre Hand zitterte.

»Du musst es nicht. Ich wäre dir nicht böse, wenn du es dir lieber nicht antun möchtest.«

»Aber es ist so ein wichtiger Teil von dir und ich möchte mich nicht davor drücken. Und wie sollte ich wissen … Woher weiß ich, dass du mir vertraust?«

Jetzt hatte sie mich wirklich am Kragen. Unmöglich, nun noch einen Rückzieher zu machen. Ich entzog ihr meine Hand und sprang dann leichtfüßig aus dem Bett, obwohl mir überhaupt nicht so leicht zumute war. Im Gegenteil. Bleierne Schwere steckte mir im Herzen, als ich die wenigen Meter bis zum Fenster ging und mit der Hand nach dem Riegel griff.

Wäre es nicht besser, sie im Ungewissen zu lassen? Ich versuchte mich selbst davon zu überzeugen, wie unnötig das Ganze war. Aber ich belog mich damit.

Isabeau hatte sich die Bettdecke um den Körper geschlungen, als sei ihr kalt. Vielleicht war es aber auch nur die Angst vor dem, was sie gleich sehen würde, die sie frösteln ließ.

Ich warf ihr einen letzten Blick zu, dann zog ich das Fenster auf. Die Morgenkälte warf sich mir wie eine Felswand entgegen. Aber gleich würde ich sie nicht mehr spüren. Mein Gefieder würde mich warm umschließen und mit der Witterung auf eine Art verbinden, die für mich völlig natürlich war.

Ich versuchte, mich auf meinen Blutfluss zu konzentrieren und alle anderen Gedanken auszublenden. Isabeaus Herzschlag vibrierte in mir nach. Sie hielt die Luft an, und ich tat es ebenfalls.

Dann verwandelte ich mich.

Rabenschwarz

Ich schlang die Decke noch enger um meinen Körper und ließ Alexej dabei nicht aus den Augen. Er stand am geöffneten Fenster und schaute nach draußen. Sein warmer Atem blies Rauchwolken in die Morgenluft. Er sah so kraftvoll aus, sein Körper sehnig und durchtrainiert – wahrscheinlich durch die vielen Flugstunden – und seine Rückenmuskeln wölbten sich angespannt hervor.

Ich ahnte, dass in seinem Inneren das Blut brodeln musste wie ein Geysir.

Alexej warf mir einen Blick zu und lächelte beinahe entschuldigend. Ich hielt den Atem an.

Er fing an zu zittern und krümmte sich wie unter Schmerzen zusammen. Wellenartig bewegten sich seine Muskeln. Ich blinzelte nicht einmal, so sehr war ich gefesselt von der Erschütterung seines Leibes. Sein Kopf beugte sich nach vorne, sein dunkles Haar schwärzte sich gänzlich und wie in Zeitlupe entwickelten sich blauschwarze Partikel heraus, die seinen Rücken hinabliefen. Der Kontrast zu seiner weißen Haut war einfach atemberaubend. Seine Haut schmolz unter diesen rabenschwarzen Fasern zusammen. Es sah so schmerzhaft aus, dass ich den Anblick kaum ertragen konnte und mir die Hand vor den Mund hielt, um nicht aufzuschreien.

Wie unter einer Wehe krampfte er sich zusammen. Alles Weiße löste sich auf in einem stahlblauen Schimmer. Er stieß einen Schrei aus, der so ursprünglich war, so gequält und unmenschlich, dass ich in dem Augenblick dachte, so würde der Wald sein Leid hinausschreien, so würden Steine schreien.

Es war, als gebäre sich sein Rabenkörper selbst. Und als seine Töne in das Krächzen eines Raben übergingen, stürzte ich zum Fenster. Im selben Moment breiteten sich seine Schwingen aus, und er flog davon. Ich wollte ihm nachrufen, aber meine Stimme war wie zerbrochen.

Schon war er im Nebel verschwunden.

Enttäuscht hielt ich mich am Fensterrahmen fest. Ich hätte ihm so gerne noch etwas gesagt. Dass ich … dass es überhaupt nicht ekelhaft war. Wenn ich nur wüsste, dass es ihm nicht wehtat, dann würde ich es sogar als schön empfinden. Es war schön! Diese glänzenden Federn, die aus seinen Haaren herauswuchsen, schimmerten wie Opale. Und in dem Moment, als sein Schrei ertönt war, hatte ich mir eingebildet, der Rabe zwischen seinen Schulterblättern hätte den Kopf gehoben und den Schnabel weit aufgerissen. Sicher war es nur eine Sinnestäuschung, weil sein Körper sich so verzerrte, aber ich hätte schwören können, dass es der Rabe war, der diesen Schrei ausgestoßen hatte.

Ich schloss das Fenster, stand aber noch lange davor und starrte ins Zwielicht.

Verträumt schlüpfte ich in frische Klamotten. Jeans, weißes T-Shirt und eine dunkelblaue Sweatshirtjacke. Die wenigen Meter bis zum Hauptgebäude trabte ich leichtfüßig und musste mich selbst ermahnen, nicht allzu selig zu lächeln.

Ich war die Letzte am Frühstückstisch. »Guten Morgen«, flötete ich.

Vier Augenpaare flogen in meine Richtung.

»Guten Morgen«, sagte Lara. »Oje, du hast wohl die Nacht kein Auge zugemacht, was, Süße?«

»Wieso?«, quietschte ich erschrocken.

»Du hast Augenringe so groß wie Lkw-Reifen.«

»Ach so.«

Laras Ohrringe klimperten, und Marek biss fröhlich in sein Brötchen. Ich stellte einen Topf Milch auf den Herd, wobei Michala mich eingehend musterte. Schnüffelte sie etwa? Sie sagte etwas auf Tschechisch und Lara begann plötzlich ebenfalls zu schnuppern.

»Also ich rieche nichts«, sagte sie zu der Köchin. »Du etwa?« Sie stupste Marek von der Seite an, aber der hörte gar nicht zu und versank mit der Nasenspitze in seinem Tageshoroskop.

»Michala sagt, etwas riecht hier komisch.«

Ich rührte hektisch in dem Milchtopf herum. »Die brennt doch wohl nicht so schnell an.«

Timo hob ungeniert den Arm hoch und hielt die Nase unter seine Achsel. »Also ich bin es nicht«, ließ er uns wissen.

Ich goss die Milch in eine Tasse und mischte vier Löffel Kakaopulver darunter – vielleicht waren es auch fünf.

»Hnh«, machte Lara nachdenklich. »Jetzt rieche ich auch etwas.«

Mit der Tasse in der Hand setzte ich mich an das andere Ende des Tisches. So ein Blödsinn! Als ob man riechen könnte, wenn jemand Sex gehabt hatte, dachte ich kopfschüttelnd.

»Aber was ist es? Es riecht irgendwie süß und warm ...«, Lara hielt inne und überlegte.

»Vielleicht der Kakao?«, schlug ich hilfreich vor.

»Wieso grinst du eigentlich so?«

»Ich grinse doch gar nicht!« Ich zog eine Grimasse.

»Hast du schon was von Alexej gehört?«, wollte sie auf einmal wissen.

»Nein, noch nicht«, versuchte ich zu lügen und bekam spontan ein puterrotes Gesicht. Timo beugte sich zu mir herüber und fing ebenfalls an zu schnüffeln.

»Ich glaube, den Geruch kenne ich.«

Ich sprang von meinem Stuhl auf und wich vor ihm zurück. Waren denn jetzt alle verrückt geworden? Besser ich haute ab, bevor Timo einfiel, woher er diesen Geruch kannte. Wieso kannte *er* ihn überhaupt?

»Hast du eigentlich schon gepackt?«, fragte ich streng.

»Willst du mich loswerden?«

»Natürlich nicht. Aber du wolltest doch heute fahren.«

»Erst gegen Mittag.« Er warf Michala einen Beifall heischenden Blick zu. »Nach dem Mittagessen.«

Die Köchin lächelte und zeigte stolz ihre Zähne. Dabei dachte ich immer, sie verstünde kein Wort Deutsch.

»Jetzt weiß ich es!«, rief Lara impulsiv aus.

»Was weißt du?« Marek ließ seine Zeitung so weit heruntersinken, dass seine Nase darüberlugte.

»Woher ich diesen Geruch …«, sie verstummte, starrte mich an und ihre Augen weiteten sich auf Tellergröße.

»Oh.«

»Ich muss los!«, rief ich und knallte die Tasse auf den Tisch.

»Moment mal!« Laras Stimme überschlug sich fast.

»Ich hab es wirklich eilig, Lara. Dein Mann hat mir ganz schön viel Arbeit aufgebrummt, und wenn ich nicht sofort anfange, kann ich meinen Zeitplan nicht einhalten.«

Lara klappte den Mund zu. Ihre Augen verzogen sich zu kleinen Schlitzen, bevor sie sich bequem nach hinten lehnte. Sie sah mich an wie ein Luchs, der seine Beute anvisierte.

»Timo, kommst du nach, wenn du fertig mit Packen bist?«

Er grunzte, weil er schon wieder die Backen voll hatte, und ich hetzte nach draußen.

Ich schlüpfte in meinen Parka, ließ ihn aber offen, weil ich spontane Hitzewallungen hatte. In der Eile, Laras Blicken zu entkommen, hatte ich auch noch meinen Rucksack liegen lassen. Ich hatte nichts dabei: weder Plastikbeutel noch Taschenmesser noch Handy. *Na super!* Nur die Vorstellung, Lara doch noch in die Hände zu fallen, hinderte mich daran, wieder umzudrehen. Sicher würde Timo den Rucksack im Flur stehen sehen und mitbringen.

Ich hatte mit Alexej gar nicht mehr über das Feuer gesprochen, fiel mir ein. Ob sein Schwarm schon einen neuen Schlafplatz gefunden hatte? Ich wusste nicht, ob sie überhaupt hierher zurückkehren würden. Und Jaru, nein, *Jaro* fehlte mir schrecklich. Es war noch gar nicht so lange her, dass er seinen Bruder verloren hatte, und nun war er selbst dieser ständigen Bedrohung ausgesetzt.

Mit diesen schweren Gedanken beladen lief ich durch den feuchten Nebeldunst, der mich nicht weiter als hundert Meter blicken ließ. So sah ich erst kurz bevor ich das verbrannte Waldstück erreichte, wie das Bild sich plötzlich veränderte. Die Asche hatte sich wie ein schwarzes Tuch ausgebreitet und das Licht getrübt.

Der Boden war mit Staub bedeckt und die Überbleibsel der Baumstämme ragten wie antike Ruinen in den Himmel. Es war nicht alles kahl, weil die Feuerwacht frühzeitig eingeschritten war, aber an vielen Stellen sahen die Bäume aus wie Finger einer Hand, die sich hilflos nach oben reckten.

Gestern Morgen war der Boden warm gewesen. Man hatte die Energie des Feuers noch durch die Schuhsohlen spüren können. Aber heute war er kalt und der Tau glitzerte als dünner Film auf dem schwarzen Grund. Ich fröstelte. Unbeholfen griff ich nach dem Saum meiner Jacke und fingerte am Reißverschluss herum. Meine Sohlen verursachten nur ein leises Knirschen, ansonsten war der Wald unheimlich still. Der Nebel, die Schwärze, die verkohlten, verstümmelten Baumstämme und dazu noch dieses Schweigen jagten mir eine Gänsehaut über den Rücken.

Ich kämpfte immer noch mit meinem Reißverschluss. Auf halber Strecke klemmte er sich endgültig im Innenfutter fest, und ich bekam ihn weder hoch noch runter. *Sakra!* Am besten ging ich nach Hause. Ohne Ausrüstung hatte es hier wenig Sinn. Doch irgendwie fesselte mich dieser Ort. Der Dunst waberte über den Boden und die Kälte kroch mir langsam die

Beine hoch. Ich fühlte mich beobachtet und drehte mich nervös um die eigene Achse.

Aber da war niemand.

Trotzdem hatte ich das Gefühl, nicht alleine zu sein.

Was war nur los mit mir? Ich hatte doch noch nie im Wald Angst gehabt. Wieso lief mir dann jetzt eine ganze Ameisenkolonie den Rücken hinunter? Etwa, weil ich in der letzten Nacht wieder diesen Alptraum gehabt hatte? Meinen Traum von dem schwarzen Rabenteppich, der sich auf eine Menschengestalt stürzt? Ich atmete schwer, und plötzlich hörte ich etwas den Wind durchschneiden. Wie ein Rutenhieb schlug es durch die Luft.

Ich bewegte meine Füße langsam vorwärts. Aber im selben Moment überfiel mich Panik und ich suchte hektisch alle Richtungen ab. Irgendetwas war hier! Meine Nackenhaare stellten sich auf, als krabbelten meine Urinstinkte an die Oberfläche. Ich drehte mich im Kreis und sah auf dem Boden plötzlich etwas, dass meinen Blutfluss stocken ließ:

Zwei Fußabdrücke. Genau vor mir in der schwarzen Asche.

Das kalte Grausen packte mich. Das waren menschliche Fußabdrücke, eindeutig! Aber hier war kein Mensch außer mir. Und die beiden Spuren verliefen ins Nichts.

Erneut hörte ich dieses peitschende Geräusch. Ich machte einen großen Schritt über die Fußspur hinweg, voller Angst, ich könnte aus dem Gleichgewicht geraten und aus Versehen drauftreten. Dann surrte etwas über meinen Kopf hinweg. Ich schrie auf, und der Schatten verschwand. Aber nur wenige Sekunden später kam er wieder aus dem Nebel angeprescht und flog so dich über mir, dass seine Flügel meinen Kopf berührten.

Es war ein Rabe! Ich hörte sein lautes Krächzen, aber diesmal klang es nicht wie Musik in meinen Ohren.

»Alexej?«

Er konnte doch unmöglich schon aus Prag zurück sein? Wollte er mir Angst einjagen? Wenn das seine Absicht war, dann gelang es ihm ziemlich gut.

»Hör auf damit!«

Der Rabe landete lässig auf einem der verkohlten Äste. Er sah gar nicht so aus wie heute Morgen. Sein Gefieder war anders, struppiger.

»Wer bist du?«, fragte ich. »Du bist nicht Alexej.«

Der Vogel legte den Kopf zurück, öffnete den klobigen Schnabel und keckerte laut und anhaltend. Nicht so freundlich wie Jaro, sondern mit einem wilden Unterton.

Ich überlegte, ob ich einfach loslaufen sollte. Was konnte der Rabe für einen Grund haben, mir zu folgen? Vermutlich würde er einfach sitzen bleiben. Das Herz pochte mir bis zum Hals. Ich rannte los. Doch beinahe sofort hörte ich das wummernde Geräusch seiner Flügelschläge.

Er sauste über mich hinweg und schwang sich vor mir auf den nächsten Baum.

Ich blieb stehen und rang nach Luft. Im selben Moment schaukelte der Rabe nach vorne, als wollte er sich kopfüber herunterstürzen, und fiel in einem eleganten Bogen herab. Es ging so schnell, dass ich meinen Augen kaum traute. Seine Federn spritzen nach allen Seiten weg. Seine Verwandlung war gewaltig: Weiße Haut ergoss sich im Schwall und versprühte den Raben wie Ascheregen.

Vor mir baute sich ein Mann auf.

Ein mir völlig fremder Mann.

Und er war schön! Seine dunkelblonden Haare fielen ihm weich in die Stirn. Seine Augen strahlten in einem satten Grün. Breitbeinig stand er im kalten Morgendunst, ohne eine Regung, ohne durch die Wucht seiner Landung auch nur einmal ins Schwanken gekommen zu sein. Er lächelte und musterte mich von oben bis unten.

Ich räusperte mich und zwang mich zu sprechen. »Gehörst du zu Alexejs Schwarm?«

»Bis eben noch.« Seine Stimme war dunkel. Es war eine Stimme, die eigentlich zu einem älteren Mann gehörte. Vielleicht war seine Kehle aber auch nur ausgedörrt, denn er leckte sich über die Lippen.

»Ich bin Sergius«, sagte er.

Rachedurst

Ich warf keinen Blick zurück. Ich wollte nicht sehen, wie sie sich entsetzt von mir abwandte. Es war kein schöner Anblick. Auch wenn sie sagte, sie sei nicht empfindlich, wusste ich doch, dass es nur schwer zu ertragen war. Ich wollte mir dieses Glücksgefühl, das mich erfasst hatte, noch etwas länger erhalten. Es war der Wind unter meinen Flügeln.

Ich gönnte mir nur wenige Pausen. Je eher ich dieses Gespräch hinter mich bringen würde, umso besser. Vielleicht würde Nikolaus' Vater ein ganz anders Licht auf die Ereignisse werfen. Er war einer der wenigen Männer, wenn nicht gar der Einzige auf diesem alten Foto, der noch lebte. Er konnte etwas wissen, das uns bisher entgangen war. Es musste ein Zusammenhang bestehen zwischen den Geschehnissen von damals und heute. Ich erinnerte mich daran, was dieser aufdringliche Mann am Konzertabend über meinen Vater gesagt hatte:

Hat sich viele Feinde gemacht, damals. Und manche davon haben ein gutes Gedächtnis.

Aber warum spielte das noch eine Rolle, nachdem mein Vater schon zwanzig Jahre tot war? Auch machte es keinen Sinn, wenn ich mich in der Öffentlichkeit zeigte und damit nur Drohungen hervorrief. Ich wollte Forderungen hören, wollte endlich wissen, warum man uns jagte, und diese Jagd beenden.

Als ich Prag erreichte, war es immer noch früh am Tag. Ich hatte unterwegs Reste eines Igels zu mir genommen und verspürte keinen Hunger.

Katharina öffnete mir ein Fenster und ließ mich allein, damit ich mich anziehen konnte. Ich knöpfte mir das Hemd zu und war gerade dabei, meine Schuhe zuzubinden, als die Mädchen wiehernd hereingaloppiert kamen.

»Alexej!«, kreischte Marina und sprang mir freudig auf den Schoß. Ihre kleine Schwester wollte es ihr nachmachen, quietschte und prallte gegen mein Bein. Sofort verzog sich ihr Mund zu einem Weinen. Ich hob sie lachend hoch und küsste sie überschwänglich.

»Nicht weinen, Karola! Du bist doch kein Rennpferd, wie deine Schwester. Du bist vielmehr ein wunderschönes Dressurpferd, mit lauter bunten Bändern in der Mähne und einer goldenen Rosette am Halfter.«

Sie kicherte und kuschelte sich an mich. Sehnsüchtig wurde mir bewusst, wie sehr kleine Kinderarme einen wärmen konnten.

»Du wirst sentimental«, sagte Katharina. Sie war hereingekommen und stellte eine Kanne mit dampfendem Kaffee auf den Tisch.

»Sieht man mir das an?«

Sie nickte. »Je älter Männer werden, umso sensibler werden sie. Nikolaus bekommt mittlerweile schon feuchte Augen, wenn in der Kirche der Kinderchor singt. Warte noch zehn Jahre, dann bist du völlig hinüber, sobald es ein wenig feierlich wird!«

»Er geht mit euch in die Kirche?«

»Weil ich ihn dazu zwinge.« Sie schenkte mir eine Tasse Kaffee ein. »Ich nehme an, du trinkst ihn rabenschwarz?«

»Wie kommst du bloß darauf?«, fragte ich augenzwinkernd. »Aber zuerst muss ich mit Nikolaus sprechen. Schläft er noch?«

»Er musste früh fort. Sein Vater hat angerufen und irgendwas von einem neuen Projekt erzählt. Sie wollten sich heute Vormittag treffen.«

»Weißt du wo?«

»Ist es so wichtig? Soll ich dich hinfahren?«

Ich wollte schon dankend ablehnen, aber dann fiel mir ein, dass es wesentlich sinnvoller wäre, nicht als Rabe hinzufliegen, sondern mich ausnahmsweise einmal wie ein Mensch fortzubewegen.

Katharina lenkte den Škoda aus der Einfahrt.

»Ich habe mich gefragt …«, sie machte eine Pause. »Wie ist das eigentlich, zu fliegen? Wie fühlt man sich dabei?«

»Kannst du fliegen, Alexej?«, kam von hinten Marinas kreischende Stimme. Katharina drehte sich für einen Sekundenbruchteil um, und der Blick brachte ihre Tochter sofort zum Schweigen.

»Angenehmer als Autofahren ist es jedenfalls. Wohin fahren wir eigentlich?«

»Es ist noch ein gutes Stück. Etwa fünfunddreißig Kilometer von hier, nach Mělník.«

»Ich dachte immer, Nikolaus' Vater arbeitet in der Medienbranche? Interessiert er sich neuerdings für Weinanbau?«

»Industrie«, verbesserte sie mich. »Früher war er bei der Zeitung. Hatte ein eigenes Blatt gegründet, später kam ein Fernsehsender hinzu. Aber das hat er alles verkauft und sein Geld in die Stahlindustrie investiert. *Russische* Stahlindustrie«, fügte sie bedeutungsschwer hinzu.

»Er scheint damit ziemlich erfolgreich zu sein.«

»Sehr erfolgreich.«

»Opa ist reich!«, gab Marina ihre Meinung kund.

»Darüber spricht man nicht!«, wies ihre Mutter sie zurecht.

»Warum denn nicht? Ist doch toll, wenn Opa reich ist. Er hat Geld wie Heu!«, wiederholte sie stolz.

»Nimm dir ein Beispiel an deiner Schwester und mach die Augen zu! Und die Ohren besser auch«, murmelte sie leise vor sich hin. Eine Weile schwiegen wir beide. Katharina öffnete mehrmals den Mund, seufzte und schloss ihn dann wieder, ohne etwas gesagt zu haben.

»Beschäftigt dich etwas?«

»Ja.« Sie lachte nervös. »Aber etwas ganz anderes. Was ist eigentlich mit dem Rabenweibchen passiert? Hat sie jemand gesehen? Ich meine, ist die Sache gut ausgegangen?«

»Sie brütet«, sagte ich düster.

»Ach du Scheiße!«, entfuhr es ihr, und sie warf erneut einen Blick nach hinten, um zu sehen, ob keines der Kinder ihren Ausbruch mitbekommen hatte. Glücklicherweise war das nicht der Fall. Ich sah im Rückspiegel, wie Marina verträumt in der Nase bohrte. Karola schlief in ihrem Kindersitz.

»Sie hat noch keinen neuen Partner gefunden. Milo und Jaro kümmern sich um sie und versorgen sie mit Nahrung.«

»Wäre das nicht eigentlich die Aufgabe des … Vaters?«

»Allerdings.«

»Ich dachte, es wäre noch zu früh? Hattest du nicht gesagt, dass sie wahrscheinlich noch gar nicht paarungsbereit war?«

»Wie es der Zufall wollte, war sie es. Der Zufall oder das Schicksal, wer weiß das schon.«

»Das ist ja wirklich furchtbar. Was glaubst du, was mit dem Nachwuchs passieren wird?«

»Das ist ein Glücksspiel.« Ich atmete tief ein. »Und wo genau fahren wir hin?«

»Um genau zu sein: Schloss Mělník«, erwiderte sie. Sie machte ein unglückliches Gesicht, und deshalb fragte ich nicht weiter nach.

Es dauerte noch eine Weile, bis ich das Schloss inmitten der Weinberge sehen konnte. Katharina parkte auf dem Besucherparkplatz.

Das Anwesen war vollständig renoviert und sehr gepflegt. Das Schloss selbst war im Stil der Renaissance erbaut worden, mit sandfarbenem Putz und leuchtend rotem Dach.

»Sie schlafen beide«, sagte ich zu Katharina mit Blick auf die Rückbank.

»Dann lassen wir sie schlafen. Ich zeige dir, wo du Nikolaus finden kannst und warte dann im Auto auf dich. Die zwei werden ja wohl nicht gerade in diesen fünf Minuten aufwachen. Hoffentlich«, fügte sie noch hinzu.

Wir schlossen leise die Autotüren und gingen zum Eingangstor. Irritiert registrierte ich das Wappen, das über dem Tor in den Stein gemeißelt war. In zwei Feldern glänzte ein schwarzer Rabe mit goldener Leiste über der Brust. Es war das Stammwappen von Arweds Familie.

»Warst du schon einmal hier?«

»Nikis Vater hat uns erst letzte Woche zur Weinprobe hierher eingeladen. Wir haben uns das ganze Schloss angesehen. Die Speisesäle, die Salons, die Kapelle. Das war an dem Abend, als du babysitten musstest.«

Wir betraten die Halle und Katharina sprach mit einer jungen Frau, die ein Tablett mit kostbarem Service spazieren trug.

»Herr Sajenko ist mit seinem Vater im Weinkeller.«

Dass man Nikolaus hier so gut kannte, wunderte mich.

»Gibt es etwas, das du mir vielleicht sagen solltest, bevor wir hinuntergehen?«, fragte ich Katharina und deutete auf die schwere Steintreppe.

Sie blieb stehen. »Eigentlich bin ich der Meinung, dass er dir das lieber selber sagen sollte. Ich bin nicht sicher, was du davon halten wirst.«

»Du siehst mich im Augenblick mehr als verwirrt«, erklärte ich. »Wie kommt es – «

»Er hat es gekauft!«, brach es aus ihr heraus. »Nikis Vater – Wassilij – er hat Mělník gekauft. Die Tinte auf den Verträgen ist noch nicht ganz trocken. Letzte Woche hat er uns deshalb hierher eingeladen, um die frohe Botschaft zu verkünden.«

»Das heißt, Nikolaus weiß es seit ein paar Tagen?«

»Ja.«

Wir gingen die massive Treppe hinunter, und ich überlegte fieberhaft, was das alles bedeuten könnte. Ob Arwed von dem Verkauf des ehemaligen Familienbesitzes wusste? Er hatte es jedenfalls nicht erwähnt.

»Wie weit geht es denn noch hinunter?«

»Es gibt drei Kellergeschosse. Ich überlege, ob ich mich nicht drücken sollte und dich alleine nach ihnen suchen lasse.«

»Zwei schlafende Kinder sind wirklich eine sehr gute Ausrede, würde ich sagen.«

»Findest du?« Ihre Stimme klang erleichtert.

»Absolut.«

Sie umarmte mich unbeholfen.

»Du brauchst nicht auf mich zu warten«, rief ich ihr hinterher, als sie die Treppe wieder hochstieg, war mir jedoch nicht sicher, ob sie es auch gehört hatte.

Hier im Keller war es wesentlich wärmer als draußen, aber dafür auch feuchter. Ich verstand nicht allzu viel von der Weinlagerung, wenn auch der General selbstverständlich dafür gesorgt hatte, dass ich ein Grundwissen darüber besaß.

Von Nikolaus und seinem Vater sah ich nichts und stieg noch eine weitere Etage in die Tiefe. Unzählige Barriquefässer reihten sich aneinander. Es roch süßlich nach Alkohol und Trauben. Die Wände waren mit Kellerschimmel bedeckt. Ein grau-grünlicher Belag, der, so weit ich wusste, die Luftfeuchtigkeit regulierte.

Jetzt hörte ich Stimmen, aber sie kamen aus einem tieferen Stockwerk. Ein ungutes Gefühl beschlich mich. Die Stimmen waren zu laut, als dass es sich um eine gewöhnliche Unterhaltung handeln konnte.

Ich trat durch eine breite Eichentür in das nächste Gewölbe.

Mein erster Blick fiel auf ein hölzernes gefiedertes Ungetüm, das auf einem der Fässer thronte. Die untere Hälfte waren Rumpf und Beine eines Wolfes und die obere endete in Kopf und Flügeln eines Raben. Der Rabe hatte den Schnabel zu einem Schrei weit geöffnet. Gänsehaut überlief mich bei diesem Anblick.

Nikolaus sprach mit äußerster Erregung. Von seinem Vater hörte ich nur einen gedämpften Bass, zu undeutlich, als dass ich Worte davon hätte verstehen können. Außerdem lag mir nichts ferner, als die beiden zu belauschen. Deshalb pochte ich gegen den Türrahmen.

Die Stimmen verstummten augenblicklich. Ich stieß die Tür weit auf. Der Raum wurde durch einige Kerzenleuchter erhellt. Nikolaus stand neben seinem Vater, ein Weinglas in der Hand, und wirkte überrascht, mich zu sehen. Sein Vater hatte seine Mimik besser im Griff, er lächelte liebenswürdig.

Er war eine imposante Erscheinung mit graumeliertem Haar und sah Nikolaus unglaublich ähnlich. Dieselbe Statur, dasselbe Lächeln, wenn das seine auch eine Spur geschliffener war. Seine Augen hatten die gleiche Farbe, nur die Brauen darüber waren buschiger, die Nase etwas größer und seine Haut hatte einen leichten Grauton, der den Raucher verriet. Er trug einen Anzug aus dunkelblauem Tuch, und der Geruch seines Aftershaves drang mir aufdringlich in die Nase.

»Welche Überraschung!«, sagte Wassilij mit fester Stimme. »Der Herr Fürst.«

»Alexej«, brachte Niki hervor.

»Verzeihen Sie diesen Überfall, Herr Sajenko. Ihre Schwiegertochter war so freundlich, mich herzufahren, weil ich eine dringende Angelegenheit mit ihrem Sohn zu besprechen habe.«

»Ach ja?« Niki lächelte. Ich sah, dass sein Glas bereits geleert war.

»Aber Sie stören überhaupt nicht, Durchlaucht. Darf ich Sie zu einer kleinen Verköstigung einladen?«

Warum nur hatte ich den Eindruck, dass er es zu genießen schien, mich auf diese Art anzureden? Ich senkte die Lider, um ihn unbemerkt mustern zu können.

»Sehr gerne«, erwiderte ich und nahm das mir angebotene Glas Weißwein in die Hand.

»Der Wein ist nicht schlecht«, erklärte Niki mit schwerfälliger Zunge. »Ein Riesling oder sowas.«

Sein Vater warf ihm einen verärgerten Blick zu.

»Das halte ich für unwahrscheinlich«, sagte ich. »Riesling wird normalerweise nicht in Barriquefässern gelagert.« Ich roch daran und bemerkte den hohen Alkoholgehalt. Ein kleiner Schluck bestätigte meine Vermutung, denn mir lag ein typischer, leicht rauchiger Geschmack nach Walnüssen auf der Zunge.

»Ein Chardonnay«, stellte ich fest. Nikolaus' Vater bestätigte es mir eher widerstrebend mit einem leichten Kopfnicken.

Niki stöhnte. »Du kannst deinen Stall auch nicht verbergen, was?«

Herr Sajenko reichte mir in einem Korb etwas Brot, das ich dankend ablehnte.

»Sie kennen sich mit Wein aus?«, fragte er.

»Ein wenig«, gab ich zu. »Aber ich bin weit davon entfernt, ein Kenner zu sein. Wie lange reift er schon?« Ich deutete auf mein Glas.

»Drei Jahre.«

Ich nickte anerkennend und sah mich um. Der Raum war langgezogen und seine tiefe Decke wirkte bedrückend. Ich hätte mich wesentlich wohler dabei gefühlt, das Gespräch an einem anderen Ort zu führen. Aber die Gelegenheit, mit Nikis Vater zu sprechen, war so günstig, dass ich nicht widerstehen konnte.

»Ich glaube, Sie kannten meinen Vater«, ließ ich in leichtem Plauderton in den Raum fallen.

»Nein, wie kommen Sie darauf?« Er hatte die Arme vor der Brust verschränkt.

»Durch Zufall entdeckte ich gestern ein Foto von Ihnen. Es muss etwas über zwanzig Jahre alt sein. Nikolaus sieht Ihnen sehr ähnlich und so kam ich nicht umhin, es zu bemerken.«

»Wirklich?«, fragte Niki spontan. »Davon hast du mir gar nichts erzählt, Papa! Was war das für ein Foto?«

»Ein Gruppenfoto. Es zeigt einige junge Männer – soll ich sie Studenten nennen, was meinen Sie?« Ich wollte Wassilij gar nicht provozieren, aber seine vorgetäuschte Unwissenheit reizte mich.

»Lassen Sie mich überlegen! Würde ich mich nicht daran erinnern, wenn mir ein Fürst vorgestellt worden wäre? Seltsam, dass ich mich nicht entsinne. Aber vielleicht war die Begegnung auch zu unbedeutend«, überlegte er laut.

Das kam ohne Zweifel einer Beleidigung gleich.

»Genauso unbedeutend wie die Festnahme durch die tschechoslowakische Staatssicherheit?«, fragte ich ihn mit erhobener Augenbraue. Nikolaus' Augen flogen zwischen uns beiden hin und her.

»Ich weiß gar nicht, wovon Sie sprechen.«

»Nein? Vielleicht kann ich Ihrem Gedächtnis auf die Sprünge helfen?«

Viel zu angriffslustig!, warf ich mir im Stillen vor und rang mir mühsam ein Lächeln ab.

»Haben Sie ihrem Sohn denn nie erzählt, was für ein Held Sie damals gewesen sind? Dass sie zu den Dissidenten gehörten, die gegen das kommunistische Regime gekämpft haben?«

»Was soll dieses Gerede?« Wassilijs Stimme nahm eine unverkennbar feindselige Note an. Unter meiner Haut begann es zu prickeln.

»Ihr Beitrag zur Bürgerrechtsbewegung war heroisch. Ihre Unterschrift unter der Petition gegen die Menschenrechtsverletzungen gehört doch heutzutage eingerahmt!«

»Halten Sie den Mund!«, ließ er sich hinreißen.

Nikolaus' Unterkiefer klappte herunter. »Krieg ich hier irgendwas nicht mit?« Er untersuchte sein Weinglas, als könne es ihm die Antwort liefern.

»Du hast wirklich keine Ahnung, oder?«, wollte ich von ihm wissen.

»Kann mir mal jemand erklären, was hier eigentlich läuft?« Hilfesuchend wandte er sich an seinen Vater. Aber ich wartete dessen Reaktion nicht ab.

»Ich möchte von Ihnen wissen, wen mein Vater sich damals zum Feind gemacht hat!«

»Ich sagte Ihnen doch, ich weiß nicht, wovon Sie reden. Und jetzt verschwinden Sie!«

»Ich denke nicht, dass es eine ungerechtfertigte Frage ist. Es gibt niemanden sonst, der sie mir beantworten könnte. Denn alle, die daran beteiligt waren, sind bereits tot. Alle außer Ihnen. Was also wissen Sie darüber?«

»Gar nichts weiß ich!«

»Und warum sind Sie damals als Einziger verhaftet worden? Haben Sie, was das betrifft, auch keine Ahnung? War es etwa Ihre Redaktion, die dazu benutzt wurde, diese Flugblätter zu verbreiten? Weshalb war mein Vater nicht im Gefängnis?« Meine Stimme wurde langsam lauter.

»Wieso nicht Milos Vater, oder Rabans? Oder Pavels? Und was ist mit Arweds Vater? Warum wurde keiner von ihnen verhaftet, frage ich Sie! Sie wurden alle angeklagt. Weshalb hat man nur Sie überführen können?« Ich hatte mich in Rage geredet, ganz entgegen meinen Vorsätzen.

Herr Sajenko wechselte die Gesichtsfarbe. Feine Schweißperlen bildeten sich auf seiner Stirn. Der Geruch nach Adrenalin überlagerte jetzt sogar den Duft seines Aftershaves.

»Das willst du wirklich wissen? Ich kann es dir genau sagen! Weil sie verdammt noch mal Raben waren! Alle! Diese Feiglinge haben sich einfach aus dem Staub gemacht. Wie viel ist diese Heldentat deines Vaters wert, frage ich dich! Wie viel ist sie wert, wenn es für ihn gar kein Risiko bedeutete? Als es hart auf hart kam, hat sich dieses Rabenpack einfach in Luft aufgelöst! Und du, du bist genauso ein Aasfresser wie sie!« Er brüllte fast.

Nikolaus stand völlig fassungslos daneben.

»Und deshalb hassen Sie uns?« Die Worte rutschten einfach so aus mir heraus. Und im selben Moment, in dem ich sie ausgesprochen hatte, wurde mir bewusst, was eine Antwort auf diese Frage bedeuten könnte.

»Weißt du, was sie im Gefängnis mit mir gemacht haben? Hast du eine Ahnung, was es für mich bedeutete, den Sozialisten ausgeliefert zu werden? Ich habe alles verloren dadurch! Du warst noch ein kleiner Junge, genauso wie mein Nikolaus. Während dein Vater wieder nach Hause kam, wurde ich inhaftiert. Und sie haben mich nicht auf Rosen gebettet wie dich, du verwöhnter Balg! Du kannst dir nicht vorstellen, was sie dort mit mir gemacht haben!«

»Aber daran kann ich mich überhaupt nicht erinnern!«, wagte Niki einzuwenden.

»Du warst ein dummer Junge. Du hast gar nichts mitbekommen. Deine Schwester war da wesentlich schlauer. Sie hat sofort begriffen, warum ich nicht nach Hause kam.« Er warf mir einen Blick voller Abscheu zu. »Und du wagtest es auch noch, Nathalie anzurühren, du Missgeburt!« Seine Augen verengten sich. »Wie konnte sie sich nur jemals mit jemandem wie dir einlassen?«

»Jetzt mach mal halblang!« Nikolaus baute sich empört auf, aber sein Vater wischte den Einwand mit einer Handbewegung beiseite.

»Alles habe ich aufgeben müssen. Alles, wofür ich so hart gearbeitet hatte, war zerstört. Ich habe die Zeitung nicht freiwillig verkauft, ich wurde dazu gezwungen.«

»Dabei hat sich das Ganze nicht gerade als Fehlinvestition herausgestellt«, entfuhr es mir und ich deutete auf die Umgebung, in der wir uns befanden.

Nikis Vater lief hochrot an, blitzschnell stieß er mich nach hinten. Mit voller Wucht prallte ich gegen eines der gefüllten Fässer. Das Weinglas fiel mir aus der Hand und zerschellte.

»Bist du irre?« Niki versuchte, seinen Vater zurückzuhalten.

»Ich denke, es ist besser, wenn ich mich jetzt verabschiede«, erklärte ich gefasst und wandte mich ab.

Aber Wassilij setzte mir nach, packte mich am Hemdsärmel und riss mich zurück. »Ihr werdet dafür büßen«, knurrte er. »Einer nach dem anderen!«

Er holte mit seiner Faust aus und schlug mit solcher Kraft zu, dass ich taumelte. Mit der Hand tastete ich kontrollierend nach meinem Unterkiefer.

»Einer nach dem anderen?«, schrie jetzt auch Nikolaus. »Was heißt das? Was zum Teufel hast du getan?«

Sein Vater lachte auf und ließ meinen Ärmel los. »Was ich getan habe? Ich habe versucht, sie auszumerzen. Dieses ganze Rabenpack! Aber wer kann schon ahnen, dass sie sich vermehren wie die Karnickel?«

Ich schloss die Augen. Beinahe abgekapselt, wie unter einer Glasglocke, drangen die Stimmen nur noch dumpf zu mir.

»Weißt du, wie lange es gedauert hat, sie in diesem verfluchten Wald aufzutreiben? Acht Jahre! Acht verdammte Jahre, bis ich diese kleine Spur gefunden habe!«

»Sie haben Pavel umgebracht«, sagte ich tonlos.

»Der Einzige, den die Hunde erwischen konnten!«

»Ich kann einfach nicht glauben, was du da sagst!« Nikolaus keuchte. »Es sind Menschen!«

»Es sind keine Menschen, du sentimentaler Schwachkopf! Man hätte während des Krieges die Gelegenheit nutzen sollen, sie alle zu vergasen!« Er spuckte aus vor Wut.

»Du bist verrückt!«, rief Niki. »Du bist ja vollkommen verrückt!«

»Ich bin nicht verrückt«, sagte Wassilij ruhig. »Aber ich werde dafür sorgen, dass keiner von euch übrig bleibt. Und was dieses Flittchen betrifft: Glaub mir, ich werde es zu verhindern wissen, dass sie eine weitere Missgeburt ausbrütet!«

»Was wollen Sie damit sagen?«

»Dieses Weib hat meine Tochter angegriffen«, sagte er.

»Redest du von Isabeau?« Niki packte seinen Vater am Kragen und schüttelte ihn.

»Du warst ein braver Junge. So viele Dinge, die ich von dir erfahren habe.« Er schien erschöpft. »So viele Details, die ich dir nicht einmal entlocken musste. Völlig bereitwillig hast du mir immer alles erzählt.« Er tätschelte Nikolaus' Wange.

»Das glaube ich jetzt einfach nicht!« Nikolaus schlug angewidert die Hand seines Vaters beiseite. »Wo ist Isabeau?«, wandte er sich an mich.

»Zu Hause.« Magensäure stieß mir bitter in der Kehle auf. Ich musste sofort hier raus und auf dem schnellsten Weg zurück. Keine Sekunde länger durfte ich hier vergeuden.

Nikis Vater schien meine Gedanken zu lesen.

»Du wirst nicht rechtzeitig da sein«, sagte er mit glänzenden Augen.

»Ich habe meinen Mann schon vor einer Stunde losgeschickt. Du wirst höchstens ihre Überreste aufsammeln können. Aber du verstehst dich ja darauf, Aas aufzustöbern!« Er begann zu lachen, und der Klang seiner Stimme war beinahe obszön.

Da explodierte etwas in mir.

Angriffslust

»Ich bin Isabeau«, sagte ich freundlich, wenn auch angestrengt.

»Ich weiß, wer du bist.«

Sergius' Lächeln kam mir raubtierhaft vor.

»Alexej kommt sicher bald zurück aus Prag.«

Ich wusste nicht, warum ich das sagte. Er erwiderte jedenfalls nichts darauf und musterte mich so ungeniert, dass ich unwillkürlich vor ihm zurückwich. Da war etwas in seinen Augen, das mir nicht gefiel. Sie waren einfach zu grün, zu strahlend. Sein ganzes Gesicht war zu engelhaft und hell. Sein Oberkörper war athletisch und angespannt wie eine Bogensehne. Und im Gegensatz zu seinem schönen Gesicht war er dort mit unzähligen Narben übersät, die in feinen, weißen Linien ein grausiges Muster auf Brust und Arme zeichneten. Ich vermied es, weiter nach unten zu gucken und schreckte vor den Händen zurück, die sich plötzlich nach mir ausstreckten.

Er überrumpelte mich, indem er einen raschen Ausfallschritt nach vorne machte und meine Jacke fest am Kragen packte.

»Ich weiß, wer du bist. Ich habe dich schon oft gesehen«, sagte er krächzend.

»Wie schön für dich«, presste ich mühsam hervor.

»Ich habe dich beobachtet.«

»Würdest du bitte meine Jacke loslassen?« Meine Stimme klang nicht annähernd gefestigt genug, um ihn zu beeindrucken.

Er lachte kehlig. »Würdest du bitte …?«, äffte er meine Stimme nach. »Du redest schon genauso geschwollen wie unser Fürst!«

Das hörte sich an, als wäre er auf Alexej nicht besonders gut zu sprechen.

»Lass sofort los!«

Er grinste nur. »So ist es schon besser«, lobte er mich, machte aber keine Anstalten, meiner Aufforderung nachzukommen. »Das kannst du noch steigern. Wie wär's mit: *Nimm sofort deine dreckigen Pfoten von mir, du Bastard!*?«

Die Angst schnürte mir die Kehle zu.

»N-nimm deine Dreckspfoten von mir!«

»*Du Bastard*!«, soufflierte er geduldig.

»D-du Bastard.« Langsam bekam ich wirklich Panik.

»Ja«, sagte er gedehnt, als genösse er es, dieses Wort aus meinem Mund zu hören.

»Aber du musst es hinausschreien. Das wirkt viel mehr, als so ein erbärmliches Gewinsel.«

Mir klapperten die Zähne, aber ich nickte, um ihn nicht auch noch provozieren.

»B-bist du sauer auf Alexej? Gibt es ein Problem zwischen euch?«

Seine Augen verengten sich. »Jedenfalls keins, das ich nicht beseitigen könnte«, sagte er und mit einem Ruck riss er mir die Jacke nach hinten, sodass sie meinen Oberkörper einschnürte wie eine Zwangsjacke.

Sakra!

Wie weit käme ich wohl, wenn ich ihm gehörig zwischen die Beine treten würde und einfach losliefe?

»Dein Alexej gönnt mir nicht den kleinsten Spaß.« Seine Stimme hatte sich in das gefährliche Schnurren einer Raubkatze verwandelt.

»Ich soll nach seiner Pfeife tanzen, mich an seine Regeln halten, aber ich habe keine Lust dazu.« Er zwinkerte mir zu, und sein Gesicht wirkte dabei so jung und unschuldig, dass seine Worte wie die eines Wahnsinnigen klangen.

»Und was genau verstehst du unter Spaß?« Ich konnte nicht verhindern, dass meine Stimme zitterte.

»Du bist wohl eine von den ganz Schnellen. Kein Vorspiel also? Du willst, dass es sofort zur Sache geht?« Er ließ eine Seite meiner Jacke los, packte meine Haare und riss meinen Kopf nach hinten. Der Schmerz ließ Sternchen vor meinen Augen tanzen. Und dann leckte seine Zunge langsam meinen Hals hoch. Ich war unfähig mich zu bewegen. Seine Hand zog an dem Reißverschluss meiner Sweatshirtjacke. Er griff nach meiner Brust, während er genüsslich an meinem Hals saugte. Sein Geruch wehte mir in die Nase, und mir wurde schlecht.

»Das verstehe ich unter Spaß. Ist schon lange her, dass ich eine richtige Frau vögeln konnte. Als Letztes musste ich mich mit einem Rabenweibchen zufriedengeben, das hat nur halb so viel Spaß gemacht. Wie praktisch, dass Alexej in Prag ist. Weißt du …«, er lutschte an meinem Ohrläppchen, »als Mann habe ich viel mehr Kraft als in meiner Rabengestalt.«

Mir wurde kotzübel. Das wollte ich gar nicht verstehen. Wenn ich doch nur meine Arme bewegen könnte!

»Und du glaubst«, keuchte ich angestrengt, »du glaubst wirklich, du könntest dich mit mir … amüsieren, und das hätte keine Konsequenzen?«

»Wieso? Willst du die Polizei auf den großen, bösen Raben hetzen?« Er lachte kehlig. »Sie werden sich den Arsch weglachen, wenn du ihnen von mir erzählst.« Er kniff mir in die Brustwarze, und ich stöhnte vor Schmerz.

»Das gefällt dir wohl?« Sein Griff in meinen Haaren lockerte sich ein wenig, und ich bekam besser Luft.

»Und der Schwarm? Du gehörst doch zu ihnen«, warf ich ein. »Glaubst du, Alexej würde das einfach so hinnehmen?«

Er winkte ab. »Ist sowieso langsam an der Zeit, mir was Eigenes zu suchen. Es gibt bestimmt Gruppen, in denen der

Spaßfaktor größer ist als bei ihnen. Was meinst du, wird er darüber ausrasten, dass ich dich gefickt habe?« Er beugte sich vor und steckte seine Zunge in mein Ohr. Ich ekelte mich so sehr, dass mein Körper wie elektrisiert zuckte.

Jetzt!, dachte ich nur noch. Ohne an die Folgen zu denken, riss ich mein Knie hoch und rammte es mit voller Wucht in seine Weichteile. Er hatte keine schützende Kleidung und ließ mich sofort los.

»Verfluchte Scheiße!«, brüllte er. Ich blieb aber nicht stehen, um ihm weiter zuzuhören, ich rannte los.

Meine Jacke behinderte mich, und jeden Moment drohte ich umzufallen, weil mein Gleichgewichtssinn gestört war. *Bestimmt, weil er mir ins Ohr gesabbert hat!*, dachte ich hysterisch. Ich versuchte verzweifelt die Jacke hochzuwinden, aber sie bewegte sich keinen Zentimeter. Ich stolperte vorwärts. Hinter mir hörte ich meinen Peiniger in einer unbekannten Sprache fluchen. Wo zum Teufel blieb Timo?

Ich versuchte, die Arme auseinander zu drücken, um den Reißverschluss aufzureißen – ohne Erfolg. Sergius war auf einmal still, das bedeutete nichts Gutes. Ich schwang herum, konnte ihn aber nirgendwo entdecken.

Dann gaben die Nähte meiner Jacke nach. Ein Reißen, und ich war endlich befreit. Ich riss mir den Parka herunter und konnte jetzt wesentlich schneller laufen. Ich schoss aus dem verkohlten Waldstück und sofort hörte ich, wie etwas durch die Luft schleuderte – ein schwarzer Rabenkörper verwandelte sich nur zwei Meter entfernt von mir in Sergius. Ich schlug einen Haken, aber meine schweren Stiefel behinderten mich. Das Ganze war wie ein Alptraum, in dem man lief und lief und doch nicht von der Stelle kam.

Sofort schwang sich Sergius wieder in die Luft. Wäre ich nicht vor ihm auf der Flucht, hätte ich seine Schnelligkeit, seine blitzschnelle Wandlungsfähigkeit bewundert. So aber keuchte ich vor Anstrengung. Ich hatte keine Chance, ihm zu entkommen. Egal, in welche Richtung ich auch lief, er war schon vor mir dort.

Mitten im Flug stürzte er sich plötzlich auf mich und riss mich mit seinem menschlichen Körper zu Boden. Ich schlug hart auf. Vor Wut und Angst traten mir die Tränen in die Augen.

Er drückte mich mit seinem ganzen Gewicht zu Boden.

Mir blieb die Luft weg.

»Das … war … nicht … schlecht.« Seine Stirn war schweißbenetzt. Er presste seine Lippen auf meine und biss dann zu. Ich schmeckte Blut und jetzt liefen mir die Tränen die Wangen hinunter.

»Bei Alexej warst du doch auch nicht so zimperlich!«

Er drängte meine Beine auseinander, rieb sich an mir. Ich spürte, wie hart er war. Seine Nase fuhr an meinem Haaransatz hinunter und er sog tief die Luft ein.

»Und ich kann es sogar jetzt noch an dir riechen.«

»Das geht doch gar nicht!«, würgte ich hervor. Ich hätte auflachen mögen, wenn ich genug Atem dafür gehabt hätte. Seine Hand griff zwischen meine Beine. Er riss an meiner Hose, und ich schleuderte meinen freien Arm gegen seine Kehle. Er röchelte und hielt kurz inne, bevor er mir mit der flachen Hand ins Gesicht schlug. Ich holte sofort zum Gegenschlag aus. Leider lag ich so ungünstig, dass ich mit der Faust nicht richtig ausholen konnte, und mein Hieb verpuffte wirkungslos.

Er grinste. Ich war so aufgebracht, dass ich direkt nochmal ausholte. Ich ließ meine flache Hand laut in sein Gesicht klatschen.

»Respekt!«, sagte er. »Das hätte ich dir gar nicht zugetraut!« Seine Augen waren vor Erregung geweitet. Doch dann schlug er so heftig zurück, dass mein Kopf zur Seite flog. Meine Lider flatterten. Ich konnte nicht einmal mehr schreien.

Jetzt bloß nicht ohnmächtig werden!, dachte ich und traktierte ihn mit meinen Fingernägeln. Ich riss an seinen Armen, kratzte ihm die Haut ab, aber es störte ihn nicht einmal. Ganz im Gegenteil, es schien ihn sogar noch anzustacheln. Er wälzte sich von mir herunter, rollte mich auf die Seite und zerrte an meinem Hosenbein. Ich zappelte wie verrückt und dankte Gott dafür, dass Jeans so eng waren. Mit meinem Ellenbogen erwischte ich ihn direkt im Gesicht. Da presste er meinen Kopf nach unten in den Dreck, und ich bekam kaum noch Luft.

Mit dem freien Arm hangelte ich nach hinten und versuchte verzweifelt, etwas von ihm zu packen. Ich erreichte aber nur eine Haarsträhne, und als ich daran zog, drückte er mein Gesicht nur noch fester auf den Boden.

Mein Gott – wollte er mich umbringen? Ich ließ seine Haare los, weil ich meine ganze Kraft brauchte, um mich hochzustemmen, damit ich nicht erstickte.

Ein Geräusch drang in mein Bewusstsein: ein Schnaufen. Ein lautes Rascheln und Keuchen. Aber das war nicht mein Peiniger, denn der hatte ebenfalls innegehalten, um zu lauschen.

Wir waren beide wie erstarrt. Dann hörten wir das Gebell. Es war ein wütendes, ein geradezu leidenschaftliches Kläffen, das mein Denkvermögen aussetzen ließ. Sergius hatte meinen Kopf losgelassen und beide starrten wir in dieselbe Richtung.

Sie preschten heran, als kämen sie direkt aus der Hölle. Es waren viele – ich konnte nicht erkennen wie viele, aber Sergius ließ von mir ab und sprang auf.

»So ein Mist!«, fluchte er, als hätte ihm ein Regenguss das Picknick verdorben.

Bunte Farbtupfer hüpften zwischen den Bäumen hindurch. Eine Meute kompakter, muskulöser Hunde in allen Farben, und sie raste in einer wahnsinnigen Geschwindigkeit auf uns zu. Ich erwachte aus meiner Starre und versuchte mich aufzurappeln. Sergius' Hände griffen mir unter die Arme, er half mir auf die Beine.

Ich wollte mich sofort von ihm losreißen, aber verwundert stellte ich fest, dass er mich nur in die andere Richtung stieß.

»Lauf, Mädchen!«, befahl er mir verärgert. »Unser kleines Spiel ist abgeblasen.«

Kleines Spiel? Nannte er das ein Spiel?

»Los, lauf!«, brüllte er.

Ich rannte los. Ich war beinahe blind vor Tränen. Hinter mir hörte ich Sergius' Schritte – sein atemloses Keuchen. Dann verstummte er, schwang sich in die Luft und stieß einen erschütternd langen Schrei aus. Ich wusste nicht, ob er mich damit anstacheln wollte, oder ob es seine Freude darüber war, gleich zu sehen, wie ich von diesen Bestien zerfleischt werden würde.

Ich war wieder in den verkohlten Teil des Waldes gelaufen. Hier gab es nicht einmal mehr richtige Bäume, die man erklettern konnte. Das Kläffen der Meute wurde immer lauter. Es würde keinen Sinn machen, Richtung Haupthaus zu laufen. Ich käme nicht einmal in Sichtnähe, bevor eines der Tiere mich gepackt hätte.

Hoffentlich kommt Timo bald!

Nein – hoffentlich kommt er nicht! Himmel, was sollte er schon gegen einen Haufen wilder Hunde ausrichten?

Über mir drehte Sergius eine Schleife. *Dieser gottverdammte Feigling!*, fluchte ich stumm. Erst war er der Widerling, der mich überwältigen wollte und dann zog er den Schwanz ein und flüchtete. Ich war so wütend, dass mir die Hitze den Hals hochkochte.

Aber die Meute kam näher. Die Hunde rannten so schnell und verbissen, dass sie übereinandersprangen, um sich zu überholen. Der Lärm ließ mir die Zähne klappern. Hektisch suchte ich die Umgebung ab. Von diesem verfluchten Sergius war kein Dunst mehr zu sehen. Die Hunde waren schon so nah, dass ich ihre kompakten, muskulösen Körper deutlich erkennen konnte. Ihr Fell glänzte.

Das Bellen ließ mein Blut gerinnen. Eines der Tiere hatte sich bereits deutlich abgesetzt. Seine Beine schienen sich regelrecht zu überschlagen.

Ich stürzte über einen halbverfaulten Stamm und fiel auf die Knie. Meine Hose war eingerissen, und ich hatte mir die Handflächen aufgeschürft. Mit Kampfgejaule schoss der Erste auf mich zu. Voller Todesangst stolperte ich vorwärts. Vor mir sah ich endlich einen Baum, dessen Äste sich wie einladende Arme ausbreiteten. Ich schrie auf, als ich den Atem des mich verfolgenden Tieres schon im Nacken spürte. Fahrig griffen meine Hände nach dem untersten Ast, als mich ein Luftzug streifte und etwas mit solcher Wucht gegen mich prallte, dass ich heruntergerissen wurde.

Der Hund hatte mich gebissen! Sein Maul hatte meinen Unterarm im Sprung erwischt. Er schleuderte mich zu Boden. Ich versuchte meinen Arm wegzureißen, aber das Tier lockerte seinen Kiefer nur kurz, um fester nachzubeißen. Gleich würden mich auch die anderen Tiere erreicht haben. Ich wollte schreien, aber ich hatte überhaupt keine Kraft mehr und auch keinen Atem. Allein der Kampf mit Sergius hatte mich völlig geschwächt. Rasend vor Blutgier zerrte der Hund an mir. Lautes Knurren dröhnte dabei aus seiner Kehle.

Ich schloss die Augen. Ich konnte ohnehin nichts mehr tun. In wenigen Sekunden würde die Meute mich zerfleischen und kaum etwas von mir übrig lassen. Das Stechen in meinem Arm zog wie Strom durch meine Glieder. Das heftige Rütteln schüttelte meinen Kopf hin und her und ließ meine Zähne aufeinanderschlagen.

Doch völlig unerwartet lockerte sich das Gebiss des Hundes, und ich war frei.

Keuchend holte ich Luft, kroch auf allen Vieren vorwärts, hangelte mich am Stamm hoch und griff nach dem nächstbesten Ast. Ich schaute mich nicht einmal um, um zu sehen, was den Hund von mir abgelenkt hatte. Ich nahm alle Kraft zusammen und stieß mich vom Boden ab. Meine Finger umschlossen den Stamm und sofort schwang ich meine Beine nach oben, umklammerte mit den Unterschenkeln den schweren Ast.

Schon hatten die anderen Tiere den Baum erreicht: Sie knurrten und fletschten die Zähne. Ich zog mich hoch und rettete mich auf den nächsthöheren Ast.

Keine Sekunde zu früh, denn die Ungeheuer sprangen übereinander, weil sie mich nicht schnappen konnten.

Der Saft troff ihnen aus den Lefzen. Ihre Augen waren weit aufgerissen und blutunterlaufen, als hätte man sie tagelang ausgehungert. Verbissen sprangen sie immer wieder am Stamm hoch. Jetzt konnte ich auch feststellen, aus welchem Grund der eine Hund von mir abgelassen hatte. Sergius kreiste über uns. Ich beobachtete, wie er todesmutig hinabstürzte und auf einen der Bluthunde einpickte. Das hatte er bestimmt schon vorhin getan, sonst hätte mich der Hund niemals entwischen lassen.

Dieser Vogel musste wahnsinnig sein.

Der angegriffene Hund schoss herum, schnappte nach ihm, aber der Rabe war schneller. Jetzt nahm er sich eine der anderen Bestien vor. Hämmerte mit seinem harten Schnabel auf deren Schädel ein, und schwang sich wieder in die Luft, nur einen Wimperschlag, bevor der Kiefer des Hundes den Luftraum durchbiss, den er gerade verlassen hatte.

Entweder war dieser Vogel todesmutig oder tollwütig! Immer wieder ließ er sich hinunterfallen, vollführte halsbrecherische Manöver und stieß mit seinem Schnabel zu. Ich schloss die Augen, weil ich nicht sehen wollte, wie sie ihn erwischten. Diese Schlacht konnte er unmöglich gewinnen. Und er musste es auch nicht. *Verschwinde doch!*, dachte ich. Sie kriegen mich schon nicht. Irgendwann müssen sie doch von mir ablassen, irgendwann müssen sie doch müde werden!

Der Rabe umkreiste den Baum wie ein Raubvogel. Seine Laute ein einziges Kriegsgeheul. Er breitete die Flügel weit aus und stieß geradezu lustvolle Schreie aus.

Er genoss diesen Kampf auf Leben und Tod.

Pfeilgift

Dieses Lachen brachte die schützende Kapsel, die mich umgab, zum Platzen. Ich warf mich auf Nikis Vater und gemeinsam stürzten wir gegen eines der schweren Eichenfässer. Ein Splittern war zu hören. Mit einem Krachen barst das Fass unter unserem Gewicht. Mehrere hundert Liter Wein ergossen sich in einem Schwall über den Boden und schäumten unsere Körper ein. Die Wucht des Aufpralls hatte jegliche Atemluft aus der Brust meines Feindes gepresst. Ich griff nach seiner Kehle und drückte zu.

»Nein!«, schrie Nikolaus. Aber das Einzige, was ich wahrnahm, war die erhitzte Haut unter meinen Händen, Wassilijs Augen, deren Pupillen seltsam hervorgewölbt in mein Gesicht starrten. Anstatt sich zu wehren, umklammerte er meine Finger.

»Alexej!«, brüllte Niki, diesmal voller Panik.

Meine Hände öffneten sich. Röchelnd sog Wassilij frische Atemluft ein. Als hatte nur diesen einen Atemzug bedurft, sein Gehirn wieder in Gang zu setzen, umkrallten seine Hände mich sofort wie eine Stahlzwinge. Doch jeder Gedanke an Gewalt war in mir verpufft. Ich spürte das vertraute Flattern unter meinen Lidern, als der Rabe in mir wild pulsierte, und mit einem Schrei brach er aus meinem Körper heraus. Das Hemd, das Nikis Vater weiterhin gepackt hielt, hing wie eine tote Haut herunter.

Er schrie auf und schwang es wie eine Fahne. Ich stob unter der flachen Decke entlang, aber die schwere Tür am Ende des Ganges war verschlossen.

Meine Augen flehten Niki um Hilfe an. Ich sah die Zerrissenheit in seiner Miene. Dann rappelte er sich auf und wuchtete die Tür auf. Ich ruderte in Richtung Treppenaufgang. Das Geräusch von Nikolaus' Schritten immer hinter mir, schoss ich den dunklen Schacht empor. Seine Arme öffneten das letzte Hindernis für mich. Und wie ein Feuerwerkskörper sprengte ich durch das Tor nach draußen.

Alles verschwamm unter der Geschwindigkeit meiner Flügelschläge. Selbst mit geschlossenen Augen hätte ich den Weg zu Isabeau gefunden. Ich musste nicht sehen, musste nur die Luftströme unter meinen Flügeln spüren und in meinem Gehirn floss eine Spur, die sich mit einer magnetischen Bahn der Erde zu verbinden schien.

Geräusche sickerten in mein Gehör: eine wahnsinnige Blutgier, die aus tierischen Körpern belferte.

Ich sah sie unter mir.

Isabeau, die sich an die Äste eines Baumes klammerte, und darunter eine Meute blutrünstiger Hunde. Ich war so erleichtert, sie lebend zu sehen, dass es einige Sekunden dauerte, bis die Wucht der Erinnerung mich traf. Genau diesen Moment hatte ich schon einmal erlebt.

Als Pavel starb.

Ich trudelte und schaffte es nur unter äußerster Anstrengung, meinen Körper in der Luft zu halten. Eine so reale Angst überfiel mich, dass meine Glieder zitterten.

Wie konnte ich auch nur einen Moment zögern?

Noch einmal spürte ich, wie die Zähne des Tieres das Fleisch aus meinem Arm rissen, sah Pavels schwarzen Körper in dem schäumenden Maul und hörte seine Knochen brechen. Dann schreckte mich der Anblick eines Raben auf. Er stürzte auf die Meute nach unten. Todesmutig pickte er mit seinem Schnabel auf sie ein.

Sergius!

Die Überraschung darüber ließ mich absacken, als wäre unter mir ein strömungsfreier Raum. Dass ausgerechnet Sergius einmal Isabeau helfen würde, hätte ich niemals für möglich gehalten. Er war das einzige Mitglied unseres Schwarms, dem ich misstraute, und doch war er hier. Ich ließ mich zu ihm hinabfallen.

»Wurde ja auch langsam mal Zeit!«, krächzte er atemlos. Seine Augen glänzten erregt und er schien in einer inneren Hochstimmung zu sein, als schöpfe er allein dadurch Kraft, dass sich sein Körper im Kampf messen konnte.

»Wie lange hältst du sie schon in Schach?«

»Keine Ahnung, vielleicht eine halbe Stunde. War mal eine nette Abwechslung, aber ich glaube, dein Weibchen kann bald nicht mehr.«

»Das sehe ich. Ich übernehme hier, und du versuchst, den Schwarm zu finden.«

Sergius hielt mich auf. »Schon passiert«, krähte er. »Sie trommeln noch mehr Raben zusammen. Ich werde jetzt den Viechern ordentlich das Maul wässern. Vielleicht kann ich sie von hier weglocken. Sieh zu, dass du das Weib wegschaffst, bevor es vom Baum kippt!«

Ohne eine Antwort abzuwarten, fiel er wie ein Stein vom Himmel, mitten in die Meute hinein. Mäuler schnappten nach ihm und unzählige Male krachten Kiefer aufeinander, ohne ihn zu erwischen. Die Tiere stürzten Sergius hinterher, der im Slalom nur wenige Zentimeter über dem Erdboden segelte. Das Rudel entfernte sich immer mehr.

Dann geschahen zwei Dinge gleichzeitig: Ein Tier des Rudels ließ sich zurückfallen und drehte sich auf den Hinterläufen. Isabeau schwankte, ihre Hände schrammten kraftlos an der Baumrinde entlang und ihr ganzer Körper sackte nach unten. Der Hund sah sie fallen und bekam Antrieb. Seine Hinterbeine schossen nach vorne und überholten dabei sogar seine Vorderläufe. Er kläffte nicht einmal mehr, verwandte seine ganze Energie darauf, sein Opfer rechtzeitig zu erreichen.

Isabeau krümmte sich. Ein Ärmel ihrer Jacke war blutdurchtränkt, ihre Augen geschlossen. In einem Sekundenbruchteil schleuderte ich in der Luft herum und hielt direkt auf die Bestie zu. Da war kein Gedanke mehr in mir. Kein Zweifel daran, dass ich das Tier aufhalten musste.

Ich sammelte meine ganze Kraft und stieß hinab. Im selben Moment, in dem ich den Bluthund erreichte, brachen meine menschlichen Glieder aus mir heraus und ich krachte mit der ganzen Gewalt der Geschwindigkeit in das laufende Tier hinein. Der Aufprall war wie eine Detonation. Wir überschlugen uns, und der muskulöse Körper des Tieres wälzte sich über mich. Der Hund fletschte die Zähne, bevor sich sein Kiefer in meiner Schulter festbiss. Ich krallte mich an seinem Rumpf fest, um ihn herumzureißen. Meine nackten Beine umklammerten seinen Leib wie zu einem grotesken Liebesakt.

Sein Kiefer lockerte sich, und wie das Rattern einer Schnellfeuerwaffe schlugen seine Zähne aufeinander. Ich rammte meinen Unterarm gegen seine Kehle, aber sein Hals war so kräftig, dass ich damit kaum etwas ausrichten konnte. Seine derben Beine rutschten immer wieder aus meiner Umklammerung heraus und traten nach mir. Dieses Tier kannte keine Furcht. Sein ganzes Sein war Mut, war Tapferkeit und darauf trainiert, verbissen zu kämpfen bis hin zum eigenen Tod.

Seine Zähne waren eine scharfe Waffe, die ich selbst nicht besaß. Aber ich konnte es wenigstens versuchen. Mit dem Mut der Verzweiflung schlug ich meine Zähne in seinen kurzen Hals. Ich biss so kräftig zu, dass mein Kiefer schmerzte. Das dichte kurze Fell und die dicke Haut darunter bewegten sich.

Ich schmeckte Blut.

Noch nie war ich der eigenen Wildheit so nah gekommen. Der Hund jaulte auf, und ein Gurgeln brach aus seiner Kehle heraus. Sein Gebiss schlug sich in meinen Oberarm, und er hebelte sich an mir hoch.

Ich lag flach auf dem Rücken. Stechend bohrten sich Zweige und Steine in mein Kreuz. Mit meiner freien Hand tastete ich den Boden neben mir ab. Ich bekam nassfeuchte Blätter zu fassen und einen morschen Ast, der auf dem Hinterkopf des Tieres zerbröselte, ohne ihm zu schaden. Ich wurde hin und her geschleudert. Dann spürte ich etwas Hartes zwischen meinen Fingerspitzen. Ohne nachzudenken holte ich aus und schlug damit auf seinen Schädel ein. Das Tier heulte erbärmlich. Blut spritzte mir ins Gesicht. Immer wieder hieb ich auf seinen Kopf ein und hörte, wie meine Fingerknöchel unter der Wucht knirschten. Mit einem Zucken erschlaffte er endlich und sackte über mir zusammen.

Völlig erschöpft fiel mein Kopf nach hinten. Nur mühsam pumpte ich Luft in meine Lungen. Wenige Augenblicke später wurde das Tier von mir heruntergezogen.

Isabeaus Stimme war nur ein Flüstern. »Hörst du mich?«

»Ich … ich glaube, ich habe mir die Hand gebrochen«, sagte ich kraftlos.

Sie brach in Schluchzen aus. »Ich dachte er würde dich umbringen!«

»Die anderen?«

»Sie sind alle fort. Es ist keiner mehr zu sehen«, stammelte sie.

»Hoffentlich haben sie Sergius nicht erwischt!«

»Ja, hoffentlich.« Ihre Stimme klang seltsam dünn.

»Was ist mit deinem Arm?«, wollte ich wissen. »Bist du schwer verletzt? Blutet es stark?«

»Ob es stark blutet? Sieh dich doch mal an! Himmel, deine Schulter blutet wie verrückt! Und dein Arm, deine Hand!« Sie heulte wieder. »Ich muss Hilfe holen.«

»So schlimm ist es auch wieder nicht«, versuchte ich sie zu beruhigen.

»Wenn ich doch nur mein Handy dabei hätte! Wo bleibt nur mein Bruder? Er wollte eigentlich sofort nachkommen, sobald er sein Zeug ins Auto gepackt hat.«

»Wenn du mir hilfst aufzustehen, könnte ich vielleicht laufen«, schlug ich vor.

Sie warf mir einen zweifelnden Blick zu. »Jedenfalls kannst du hier nicht so liegen bleiben. Es ist viel zu kalt. Du holst dir noch den Tod!«

»Du meinst, noch bevor ich verblutet bin?«

»Das ist überhaupt nicht witzig!« Sie versuchte mich aufzurichten. Eine Welle von Schwindel und Übelkeit überrollte mich, als mein Kopf in die Senkrechte kam. Immer noch sickerte Blut aus meiner Schulterwunde und ich begann, vor Kälte zu zittern.

»Ich bin Sergius so dankbar, dass er dir geholfen hat.«

Isabeau erwiderte nichts darauf, riss an ihrem T-Shirt und presste ein Stück Stoff auf meine Schulter.

Mir wurde schwarz vor Augen.

Da spürte ich auf einmal einen stechenden Schmerz in meinem Oberschenkel.

»Was ist? Habe ich dir wehgetan?«

»Mein Bein.«

Wir sahen es beide gleichzeitig: Aus der weißen Haut ragte etwas hinaus. Etwas, das aussah wie ein Pfeil.

Sie tastete nach meinem Oberschenkel und zog ruckartig die lanzettenförmige Spitze aus meinem Fleisch heraus. Ich unterdrückte einen Aufschrei.

»Es ist zu spät! Die Kammer ist schon leer!«, rief Isabeau.

»Was ist das?«

»Sieht aus wie eine Betäubungsspritze. Sie hat zwei Kammern. In der Vorderen ist normalerweise ein Narkosemittel und in der Hinteren ein Treibmittel, damit das Medikament sofort injiziert wird. Aber ich verstehe nicht, woher – «

»Hilf mir hoch!«

»Was?«

»Wie viel Zeit bleibt mir, bis dieses Mittel wirkt? Vielleicht schaffen wir es noch, hier wegzukommen.«

»Ich weiß es nicht. Vielleicht zwanzig Minuten?«

Meine Beine waren schwer wie Blei und mein ganzer Leib zitterte vor Kälte.

Hinter uns hörten wir eine bekannte Stimme.

»Sinnlos! Völlig sinnlos, Herr von Steinberg!«

»Sie!«, rief Isabeau aus. Ich musste mich nicht umdrehen, um zu wissen, dass es derselbe Mann war, der mich am Konzertabend bedroht hatte. Ich erkannte ihn sofort an diesem undefinierbaren Akzent. Auf Isabeau gestützt drehte ich mich langsam um.

Dieselben eng aneinanderstehenden Augen, die stark geäderte Haut und die streichholzkurzen Haare, nur dass er diesmal anders gekleidet war. Seine Beine steckten in khakifarbenen Hosen. Überflüssigerweise stellte ich fest, dass er sich in dieser Kleidung viel wohler zu fühlen schien. In der Hand hielt er ein fast zwei Meter langes Carbonrohr.

»Warum …?« Meine Stimme war furchtbar schwach.

Er schnaubte. »Halten Sie sich bloß nicht für so wichtig! Es gibt keinen tiefenpsychologischen Grund, warum ich das tue. Ich würde sagen, ein Haufen Kohle ist doch ein verdammt guter Grund. Ich hatte den Auftrag, Sie als Rabe zu erledigen, was mir nicht gelungen ist. Und deshalb blieb mir nicht anderes übrig, als noch einmal nachzulegen. Dass ich Sie als Mensch erwische, war so nicht geplant, aber«, er breitete die Hände aus, »was soll man machen?« Er lächelte entschuldigend. »Und Ihr russischer Freund war wirklich eine großartige Hilfe. Mit dieser riesigen Tätowierung auf dem Rücken würde Sie jeder auf tausend Meter Entfernung identifizieren können.«

»Was sagt er?«, flüsterte Isabeau.

»Ach, ich vergaß, Sie verstehen ja kein Wort Tschechisch! Dann lassen Sie mich Ihnen in Ihrer Sprache die Antwort auf Ihre Fragen geben.« Er kam beim Sprechen langsam näher. Sein Körper bewegte sich geschmeidig wie ein Luchs.

»Ihr kleiner, tierischer Freund hat es gleich hinter sich.« Die Kälte in seiner Stimme ließ sie zusammenzucken.

»Was war in der Kanüle?«

»Tststs! Sie glauben doch wohl nicht, dass ich das Geheimnis um meine Waffen lüfte? Und Ihnen womöglich noch die Gelegenheit einräume, seinen längst überfälligen Tod zu verhindern?« Er knurrte plötzlich. »Das kannst du vergessen!«

Wie gerne hätte ich mich auf ihn gestürzt und diesen hämischen Ausdruck aus seinem Gesicht gewischt, aber es kostete mich schon genug Kraft, überhaupt auf meinen Beinen zu stehen.

»Was haben Sie ihm gegeben?«

Er schüttelte den Kopf. »Keine Chance!« Dann wandte er sich an mich. »Doch bevor der Fürst in Panik um sein Liebchen ausbricht: Sie ist mir völlig egal, solange sie nicht auf die Idee kommt, ein paar Raben auszubrüten. Aber wenn du tot bist, ist die Chance wohl ziemlich gering. Oder wird sie sich dann einen anderen aus dem Schwarm aussuchen, was meinst du?« Er spuckte auf die Erde.

Heiß zog die Wut durch meine Eingeweide. Ich stieß Isabeau beiseite und wollte mich auf dieses Schwein stürzen, aber ich kam nur zwei Schritte weit, bevor meine Beine wegsackten und ich vor ihm auf den Boden stürzte.

»Erbärmlich, so ein Todeskampf, erst recht für einen Fürsten!«, sagte der Mann.

»Was passiert mit ihm?«

»Er wird elendig verrecken, wie er es verdient! Und du kannst nichts dagegen tun. Aber keine Angst, es dauert nicht lange. Wenn seine Atemmuskulatur gleich gelähmt ist, wird er in wenigen Minuten ersticken. Fast zu schnell, wenn du mich fragst!« Und mit diesen Worten drehte er sich weg und lief in den Wald.

Ich konnte nicht einmal mehr einen Finger krümmen. Kein Muskel meines Körpers schien mehr auf die Befehle meines Gehirns zu reagieren.

Es tat so weh, Isabeaus verzweifeltes Gesicht zu sehen. Speichel sammelte sich in meinem Mund, aber ich konnte ihn nicht hinunterschlucken, und so lief er mir aus dem Mundwinkel heraus. Ich versuchte die Lippen zu bewegen, um zu sprechen.

Ich wollte sie nicht verlassen. Gerade jetzt, wo ich das erste Mal in meinem Leben diese Hoffnung spürte. Eine Hoffnung so klar wie ein Kristall. Eine Hoffnung darauf, glücklich zu sein, lieben zu dürfen und wiedergeliebt zu werden. Tränen liefen mir aus den Augenwinkeln. *Ich liebe dich,* dachte ich.

Warum nur habe ich es dir nicht früher gesagt?

Meine Lider senkten sich. Ich hatte keine Macht mehr darüber, nicht einmal mehr über diesen kleinen Muskel.

Mein Brustkorb hob sich nicht mehr an. Ich atmete nicht, aber ich hörte jedes Geräusch um mich herum, die Schritte, die in unsere Richtung liefen.

»Ich liebe dich!«, sagte Isabeau. Und in diesem Augenblick wurde mir klar, dass alles gut war.

Ich sterbe.

Dieser Gedanke quälte mich nicht, weil sich eine Gewissheit in mir ausbreitete, die alles andere verdrängte, mich auf wispernden Winden bettete, zart, liebkosend.

Ich wusste: Ich sterbe als glücklicher Mann.

Liebesatem

»Du musst ihn beatmen!«, rief Timo.

Alexej lag flach auf dem Rücken, und ich packte mit beiden Händen seinen Kopf.

Und wenn ich etwas falsch machen würde?

Mein Herz raste. Ich legte meine Lippen auf seine und blies meinen Atem zögerlich hinein. Mein Unterarm ruhte auf seinem Brustkorb und erleichtert stellte ich fest, dass er sich anhob. Erneut blies ich Luft in seine Lungen und sein Brustkorb hob und senkte sich wieder.

Jetzt bloß nicht langsamer werden, versuch deinen Rhythmus zu finden! Ich fluchte innerlich, weil mir nicht mehr einfallen wollte, in welchem Zeitabstand man beatmen musste. Ich warf meinem Bruder einen eindringlichen Blick zu, bevor ich mich wieder runterbeugte. Er griff nach Alexejs Handgelenk.

»Nichts«, sagte er und tastete sich höher, bis zu seinem Hals. »Doch, sein Herz schlägt noch.«

Noch. Dieses Wort war so grausam.

Was hatte der Mann gesagt? *Wenn seine Atemmuskulatur gelähmt ist, wird er in wenigen Minuten ersticken.*

Das war es also. Wenn er nicht atmen konnte, weil seine Muskeln gelähmt waren, dann musste ich ihn doch am Leben erhalten können, wenn ich für ihn atmete! Wieder und wieder berührten meine Lippen seinen Mund, und sein Brustkorb hob und senkte sich. Nach etlichen Atemzügen warf ich einen fragenden Blick zu Timo, und er tastete nach seinem Puls.

Dieser Moment war der Schlimmste: dieses Bangen darauf, ob sein Herz noch schlug oder nicht.

Wenn wir doch nur wüssten, was für ein Gift ihm verabreicht worden war! Vielleicht gab es ein Gegenmittel?

»Timo!«, rief ich hektisch zwischen zwei Atemzügen. »Such die Kanüle. Wenn du sie findest, können wir sie dem Notarzt zeigen!« Hastig beugte ich mich wieder hinab. Alexejs Augen waren bis auf wenige Millimeter geschlossen.

»Er ist so kalt!« Ich konnte nicht verhindern, dass mir erneut die Tränen über die Wangen liefen.

»Ich habe Lara angerufen und ihr gesagt, sie soll Decken mitbringen. Mach dir keine Sorgen, sie wird jeden Moment kommen. Ich hoffe nur, der Notarzt findet den Weg schnell genug!«

Mein Nacken stand in Flammen und brannte. Alle meine Glieder schmerzten, aber ich durfte keine Pause machen. Alexejs Lippen waren blau angelaufen und ich betete darum, dass der Grund dafür nur die Kälte war.

»Bitte atme doch!«, flehte ich ihn an. Aber sobald sich mein Mund von seinem löste, senkte sich sein Brustkorb und wollte sich auch von alleine nicht wieder anheben. Der Stoff, den ich auf seine Schulterwunde gepresst hatte, war blutdurchtränkt, und dieser metallische Geruch lag satt in der Luft, ich konnte ihn sogar auf meiner Zunge schmecken.

»Wie lange macht sie das jetzt schon?«

Ich erschrak, denn es war Sergius' Stimme.

Timo war zu überrascht, um zu antworten. Er räusperte sich, und aus dem Augenwinkel sah ich, wie seine Hand noch einmal an Alexejs Hals entlangtastete.

»Darf ich mal fragen, warum du hier nackt herumläufst? Bisschen kalt, oder?«

Ich war unheimlich froh, dass Timo hier war. Sergius würde mich wohl kaum angreifen, wenn mein Bruder neben mir stand und Alexej mit dem Tode rang.

Sergius gab ihm darauf keine Antwort. »Meinst du nicht, es wäre bald mal gut?«, fragte er stattdessen. »Sieht doch jeder, dass unser Fürst hinüber ist!«

Timo gab ein seltsam würgendes Geräusch von sich. Mein Kopf flog zu Sergius herum, der in lässiger Pose dastand. Obwohl er keine Kleidung trug, stellte er eine völlig entspannte Überheblichkeit zur Schau, die mich bis aufs Blut reizte.

»Gib auf!«, sagte Sergius.

»Nein!«, keuchte ich aufgebracht.

»Gib schon auf!«, wiederholte er.

»Niemals!« Ich sah ein beinahe zufriedenes Grinsen auf seinem Gesicht, wie das einer Raubkatze, die sich, nachdem sie ihre Beute verspeist hatte, genüsslich das Maul leckte.

Dieses Schwein!, tobte es in mir.

»Was stehst du hier rum, während dieser Mörder im Wald frei herumläuft?«

Im ersten Moment stutzte er.

»Was erwartest du denn von mir? Soll ich ihn verfolgen? Ihn umbringen?« Sein Gesicht glich dem eines Engels. Mir war noch nie jemand begegnet, dessen Aussehen so wenig zu seinem Wesen passte.

»Sag schon! Soll ich ihn für dich umbringen?«

Ich warf ihm einen entsetzten Blick zu. Er gehörte doch auch zum Schwarm, und dieser Mann versuchte sie alle zu töten. Sie mussten sich gegen ihn wehren! Sollten die anderen ihm denn auch zum Opfer fallen? Auch Jaro?

»Was soll diese Frage?«, keuchte ich. Ich war so erschöpft, dass ich befürchtete, gleich umzukippen.

»Mädchen«, er gurrte wie eine Taube. »Du weißt nicht, was du willst!«

»Ich weiß nicht was ich will?«, kreischte ich auf. »So ein Blödsinn! Ich weiß genau, was ich will! Ich will, dass Alexej lebt, verstehst du? Und ich will, dass dieses verfluchte Schwein dafür bezahlt, was er ihm angetan hat!«

»Das ist doch mal eine klare Ansage!«

Timo warf hektische Blicke zwischen uns hin und her.

»Was heißt das jetzt? Was hast du vor?«, wollte er wissen. Aber Sergius hatte sich schon abgewandt. Plötzlich lief er los und verwandelte sich innerhalb von Sekundenbruchteilen.

Timo war völlig entgeistert. »Gott, hast du das gesehen? Hast du das gesehen?«

Ich murmelte etwas Unverständliches.

»Spinn ich denn? Hast du gesehen, was da eben passiert ist?« Fassungslos rieb er sich über die Augen. Ich stöhnte innerlich. Hatte Sergius das unbedingt vor den Augen meines Bruders tun müssen?

Was, um Himmels willen, hatte er nun vor?

Hatte ich etwa von ihm verlangt, diesen Verbrecher umzubringen? Mein Herz raste und trotz der Kälte stand mir der Schweiß auf der Stirn. Ich zitterte.

Jedes Gefühl für Raum und Zeit hatte ich verloren.

Ich atmete und beatmete.

Dann drangen mit einem Mal neue Stimmen an mein Ohr: Marek und Lara. Ich war erleichtert, als wir Alexejs Körper in eine Wolldecke wickeln konnten.

»Soll ich dich ablösen?«, fragte Marek. Ich schüttelte nur den Kopf. Ich hatte solche Angst, dass sie nachgeben würden, dass jemand anderes sich nicht genug bemühen würde. Dass sie Alexej einfach aufgaben. Deshalb krallte ich mich an ihm fest. Meine Knie waren völlig taub. Kleine Steine bohrten sich durch meine Kleidung. Doch unbeirrt blies ich immer weiter Luft in Alexejs leblosen Körper. Es schien mir, als sei eine endlose Zeit vergangen, als Lara begann, laut zu rufen.

»Hierher!«, rief sie. »Wir sind hier!« Sie sprang auf und wedelte hektisch mit den Armen.

»Der Notarzt!«, stieß Marek erleichtert aus.

Jetzt wird alles gut, dachte ich. Da riss mein Bruder mich heftig am Ärmel.

»Isa, hör auf!«, rief er. »Ich … ich glaube, er atmet wieder. Guck doch mal!«

Jetzt erst wurde mir bewusst, dass ich die Augen geschlossen hatte. Meine Finger glitten über Alexejs Brust. Kein frisches Blut sickerte mehr aus seiner Wunde. Und daneben – oh Himmel! Sein Brustkorb hob sich.

Er atmet!, dachte ich ungläubig. Alexejs Lider zuckten und seine Nasenflügel bebten leicht. In der Sekunde, als er seine Augen aufschlug und ich die dunkelblaue Iris sah, wurde alles um mich herum rabenschwarz.

Irgendjemand hielt mir etwas zu trinken an die Lippen.

»Ist Alexej …?«

»Er kommt wieder in Ordnung«, hörte ich Laras Stimme, »mach dir keine Sorgen. Er ist wieder bei Bewusstsein.«

»Und seine Verletzungen?«

»Werden gerade verarztet.«

Mit einem Ruck richtete ich mich auf, und sofort drehte sich alles.

»Sag ihnen, sie dürfen ihm keine Blutkonserven geben! Hörst du? Das ist wirklich wichtig!«

»Ich sag es ihnen.«

»Und wenn sie nicht hören wollen, dann sag einfach, seine Religion würde ihm das verbieten oder so. Sag halt, er wäre ein Zeuge Jehovas!«

»Ist ja gut, Isa!« Ihre Stimme war ganz ruhig und sie drückte mich sanft wieder hinunter. Ich tastete mit der Hand neben mich und fühlte das weiche Plastik einer Rettungsliege. Über mir war eine Aludecke ausgebreitet. Sie knisterte, sobald ich den Arm anhob. Ich erkannte eine Menschentraube um eine orangerote Bahre. Ein Arm mit einer Blutdruckmanschette baumelte hervor. Timo löste sich aus der Menge.

»Da bist du ja wieder, ich hätte nie gedacht, dass du der Ohnmachtstyp bist.«

»Ich auch nicht.«

»Tut's noch weh?«

»Fast gar nicht«, log ich.

»Du warst echt gut!«, lobte er mich. »Weißt du eigentlich, wie lange du Alexej beatmet hast?« Er wartete keine Antwort ab. »Mindestens eine Dreiviertelstunde! Die Notärztin ist fast vom Glauben abgefallen, als ich ihr das erzählt habe. Das muss echte Liebe sein!« Er klimperte mit den Wimpern und ich hätte am liebsten nach ihm geschlagen.

»Kannst du mir mal hochhelfen?«

»Ja, klar. Alexej hat auch gerade nach dir gefragt.«

»Und das sagst du erst jetzt? Du bist echt ein Esel, Timo!«, schimpfte ich.

»Nur mal langsam, er kann ja nicht weglaufen.« Timo griff mir unter die Arme, und ächzend wie ein altes Weib kam ich in die Senkrechte.

»Danke, es geht schon.«

»Bist du sicher?«

Ich zog eine Grimasse.

An der dicken Aufschrift auf ihrer Jacke erkannte ich die Notärztin. Sie stand mit dem Rücken zu mir. Ich griff nach Alexejs Hand, die sich mir entgegenstreckte.

Sie war warm.

Die Ärztin drehte sich mit einem Lächeln zu mir um, aber ich hatte nur Augen für Alexej. Sein Haar klebte feucht an seiner Stirn und ich beugte mich vor, um ihm die langen Strähnen zurückzustreichen.

»Wie fühlst du dich?«, fragte ich.

Seine Wimpern glänzten feucht. Er lächelte.

»Ich liebe dich«, sagte er.

Ich brachte kein Wort heraus. Er kann sprechen, dachte ich erleichtert, und er weiß, wer ich bin. Und er liebt mich! Diese Erkenntnis tröste mich über alles hinweg, was ich in den letzten Stunden erlebt hatte.

»Ich bin so froh, dass ich dir das noch sagen kann. Ich dachte nicht ...« Seine Stimme brach ab.

»Wir bringen Sie jetzt ins Krankenhaus, Herr von Steinberg. Sie werden zur Überwachung noch ein paar Tage bei uns bleiben müssen, zumindest, bis wir wissen, dass ihr Zustand sich vollkommen stabilisiert hat«, unterbrach uns die Ärztin. Dann wandte sie sich an mich. »Sie kommen besser auch nach, damit wir uns ihre Bisswunde noch einmal genauer ansehen können.«

Ich nickte.

»Packen Sie ein paar Sachen zusammen und bringen Sie sie mit!« Sie drehte sich zu den Sanitätern um und gab weitere Anweisungen. Lara und Marek liefen voraus, um ihnen den Weg zu weisen. Timo drehte sich unschlüssig zu mir um.

»Geh schon, Timo!«, sagte ich. »Ich komme sofort nach.« Als alle außer Sichtweite waren, warf ich noch einen Blick in den Wald.

Ich fragte mich, wohin die Hunde wohl verschwunden waren, und ob dieser Verbrecher wohl jemals wieder auftauchen würde.

Der Himmel war immer noch voller Dunst. Ich bemerkte eine Krähe, die sich auf dem Kadaver des Hundes niedergelassen hatte. Das Tier pickte beinahe lustlos an dem blutigen Schädel herum und flatterte mit einem Mal hoch in die Luft. Was hatte sie nur aufgescheucht? Verwundert horchte ich in den Wald und hörte laute Schreie.

Diese Töne waren mir so vertraut. Voller böser Ahnungen setzten sich meine Füße in Bewegung. Eine Erinnerung überfiel mich. Eine Erinnerung an den Alptraum, der mich schon so oft gequält hatte.

Schon bald sah ich die ersten schwarzgefiederten Vögel über mir. Wie in Panik flatterten sie durcheinander und krächzten heiser. Es waren so viele, dass ich keine Konturen erkennen konnte, sie bewegten sich wie ein riesiges, schwarzgefiedertes Tuch.

Als ich die Stelle erreichte, die sie umkreisten, sanken sie als dichter Teppich zur Erde, bedeckten den Waldboden fast vollständig. Immer mehr Raben stürzten aus dem Himmel herab, das Kreischen schwoll an.

Dann bildete sich plötzlich eine Lücke in dem schwarzen Teppich, und was ich sah, ließ mich erschrocken aufkeuchen: Die helle Haut eines menschlichen Körpers hob sich fahl vom Erdboden ab. Ich wusste sofort, wer es war, obwohl ich nicht viel mehr erkennen konnte als eine weiße, blutverschmierte Masse. Und dort, wo eigentlich ein Gesicht sein sollte, hatten die Tiere mit ihren harten Schnäbeln die Haut zerfetzt und ganze Stücke herausgerissen.

Überall war Blut. Aber ich schrie nicht, wie ich es in meinem Traum getan hatte. Ich hatte heute schon so viel Schreckliches erlebt, das ich gar keine Kraft mehr dafür übrig hatte. Langsam wich ich zurück und verließ diesen scheußlichen Schauplatz, ohne noch einen weiteren Blick zurückzuwerfen.

Du weißt nicht, was du willst!, hatte Sergius zu mir gesagt. Und ich stellte fest, dass er damit recht hatte.

Hatte ich das gewollt?

Väterschuld

»*Wir* wissen jetzt, welches Mittel Ihnen injiziert worden ist«, sagte Frau Dr. Mládek.

Ich richtete mich in meinem Bett auf. Neben mir saß der General und tätschelte meine Hand. Sie war aschfahl im Gesicht und die Falten zogen tiefe Furchen in ihre Haut. Trotzdem klang ihre Stimme wie ein Bellen:

»Also?«

»Es handelt sich bei diesem Mittel um ein Pfeilgift. Es wird von den Indianern in Südamerika zur Jagd mit dem Blasrohr verwendet. Wir nennen es *Curare.*« Sie hielt inne, als warte sie auf eine Reaktion. Aber ich hatte dieses Wort noch nie zuvor gehört.

»Es würde jetzt zu weit führen, Ihnen die genaue Wirkungsweise zu beschreiben. Aber dieses Mittel blockiert bestimmte Andockstellen am Acetylcholinrezeptor und verhindert damit, dass Transmitter zwischen den motorischen Nerven und den Muskeln aktiv werden.«

»Und was genau soll das bedeuten, junge Frau?« Der General hatte jegliche Geduld verbraucht.

»Das bedeutet, dass Curare eine Muskellähmung verursacht, die auch auf die Atemmuskulatur übergreift. Einzig der Herzmuskel ist davon nicht betroffen. Ihre Freundin hat also das einzig Richtige getan, indem sie Sie so lange beatmet hat, bis die Wirkung des Giftes nachließ.«

»Und was wäre passiert, wenn dieses Mädchen das nicht getan hätte?«

»Nun, wenn die Atemmuskulatur gelähmt ist, tritt infolge des Atemstillstands nach wenigen Minuten der Tod ein.«

Der General stieß ein Krächzen aus. »Und wie kann man, bitteschön, an ein solches Gift gelangen, frage ich Sie? Ist so etwas heutzutage in der Drogerie erhältlich?«

»Natürlich nicht.« Die Ärztin rümpfte beleidigt die Nase. »Bis vor einigen Jahren wurde dieses Mittel noch in der Anästhesie als Muskelrelaxans benutzt. Aber aufgrund ungünstiger Nebenwirkungen findet es heute keine Verwendung mehr.«

»Ungünstige Nebenwirkungen! Das kann man wohl sagen!« Der General schnaubte.

»Es ist gut, *babička*«, sagte ich liebevoll und beugte mich zu ihr hinüber, um ihr einen Kuss auf die schrumpelige Wange zu drücken. Aber ein stechender Schmerz in meiner Schulter ließ mich auf halber Strecke innehalten.

»Wenn du mir nicht entgegen kommst, dann musst du eben ungeküsst bleiben.«

»Erzähl mir nicht, dass du dich nach einem Kuss von mir sehnst, frecher Lümmel! Außerdem wüsste ich gern, warum du so absonderlich guter Laune bist.«

Die Ärztin zog sich unauffällig zurück und ich verspürte dasselbe Bedürfnis, wenn ich diesen Ausdruck im Gesicht meiner Großmutter deutete. Es bestand kein Zweifel daran, dass sie sich vorgenommen hatte, etwas von mir zu erfahren.

»Nun?« Ihre Stimme hatte die Schärfe von Fangzähnen.

»Was möchtest du denn gerne hören? Ich bin dem Tode entronnen und erfreue mich meines Lebens. Genügt dir das als Erklärung?«

»Da habe ich schon Besseres gehört.«

»Tatsächlich?«

Sie sah aus, als würde sie mir am liebsten den Hals umdrehen. Deshalb täuschte ich erst einmal einen Hustenanfall vor, um etwas Zeit zu gewinnen. Aber schon im selben Moment klopfte es an der Tür.

»Du hast dich doch nicht etwa erkältet?« Isabeau kam herein, entdeckte meine Großmutter und blieb stehen.

»Kommen Sie ruhig näher, junge Frau!«

»Keine Sorge, meine Großmutter ist nicht in bisswütiger Laune«, erklärte ich nicht ganz wahrheitsgemäß.

»Ich bin nicht sicher, …«

Der General beugte sich interessiert vor. »Worin sind Sie sich nicht sicher? Ob ich nicht doch beißen könnte? Ich versichere Ihnen, heute besonders gut gefrühstückt zu haben.«

»Ich wollte Sie nicht stören.«

»Sie stören nicht! Mein Enkel harrt überhaupt nur aus dem Grund hier aus, weil die Möglichkeit besteht, dass Sie ihn besuchen kommen.«

»Ach, wirklich?«

»In der Tat, es ist so.« Ich konnte nicht verhindern, dass ich dümmlich grinste.

»Also kommen Sie schon her und lassen Sie mich Ihnen meinen Dank aussprechen.«

Isabeaus Gesichtsfarbe wurde, falls das überhaupt möglich war, noch eine Nuance röter.

»Ha!«, rief der General aus. »Ich kenne Sie doch!«

»Stimmt. Wir haben uns bei dem Konzert im Rudolfinum getroffen.«

Ich warf meiner Großmutter einen fragenden Blick zu.

»Nun weiß ich einmal mehr als du, Junge. Das musst du mich auskosten lassen. Und da du deine guten Manieren anscheinend gänzlich verloren hast, muss ich mich wohl selbst vorstellen. Elisabeth-Leopoldine von Steinberg. Sie dürfen mich ruhig Elisabeth nennen, auch wenn mein werter Enkel meint, General sei der richtige Name für mich!«

»Isabeau Radek.«

Sie schüttelte dem General die Hand und setzte sich auf die andere Seite meines Bettes. »Sie sind Zeuge meines peinlichen Benehmens geworden. Auf der Damentoilette.«

»Ganz im Gegenteil! Sie hatten sich wirklich gut unter Kontrolle, als dieses kleine Luder sich auf Ihre Kosten amüsiert hat. Ich konnte das Weib noch nie ausstehen!«

Diesem Wortwechsel konnte ich nicht folgen. Aber das spielte auch keine Rolle, solange die beiden sich verstanden.

»Übrigens ein Name slawischen Ursprungs«, erklärte meine Großmutter gerade.

»Mein Name?«, fragte Isabeau verwundert.

»Radek. Vermutlich lässt er sich von slawischen Rufnamen wie zum Beispiel Radomir ableiten. Übersetzt eine Verbindung der Worte *Friede* und *sich fügen*. Und da sich nun alles zum Guten gefügt hat, ist das doch wirklich eine interessante Entdeckung.« Der General umfasste mit fester Hand die Armlehnen und stemmte sich hoch. »Ich überlasse Ihnen meinen Enkel. Aber ich warne Sie jetzt schon vor: Er hat, im Gegensatz zu mir, überhaupt nicht gut gefrühstückt.«

Sie marschierte zielstrebig zur Tür und drehte sich noch einmal um.

»Ich werde dir Šimon schicken, um dich abzuholen«, blaffte sie noch.

»Alter Drache«, murmelte ich, und dann an Isabeau gewandt: »Wie schlimm ist es?« Ich berührte ihren Verband am Arm.

»Halb so wild.«

»Gibt es einen Hinweis darauf, wohin der Mann verschwunden ist? Irgendwelche Spuren?«

»N-nein, ich glaube, dass es keine Spuren geben wird.«

Diese Antwort machte mich stutzig. »Hat Sergius ihn erwischt?«, fragte ich deshalb direkt.

»Woher weißt du …?«

»Ich habe ihm aufmerksam zugehört.«

»Heißt das, du konntest uns verstehen?«

»Jedes Wort«, gab ich zu. »Ich habe jedes Wort gehört, und ich habe jeden Atemzug gespürt, den du mit mir geteilt hast.«

»Dann hast du auch gehört, dass er gesagt hat, ich solle aufgeben?«

Ich nickte und machte Isabeau ein weiteres Geständnis. »Ich bin ihm nicht einmal böse deswegen, weil ich in diesem Moment genau dasselbe gedacht habe.«

»Ich glaube nicht, dass irgendwelche Spuren zurückbleiben werden«, wiederholte sie jetzt flüsternd.

Ich verstand. Nicht wenige Raben würden Sergius' Ruf gefolgt sein. In ein bis zwei Tagen wären jegliche Überreste vertilgt. Diese Vorstellung erschreckte mich nicht. Es war völlig normal, eine natürliche Ordnung, dass so etwas geschah. Ob es sich nun um ein Tier handelte oder nicht. Dennoch überraschte es mich selbst, wie kaltblütig ich den Tod dieses Mannes hinnahm.

»Macht dir das Sorgen? Fühlst du dich schuldig?«

Isabeaus nickte. »Ehrlich gesagt, ja.«

»Das solltest du nicht. Glaub mir, Sergius lässt sich von niemandem sagen, was er tun soll. Wenn er auch manchem von uns Dinge in den Mund legt, die es so aussehen lassen könnten.«

»Du meinst, er hat mich manipuliert?«

»Sicher. Er hat dich dazu gebracht, das zu sagen, was er von dir hören wollte.«

»Ich glaube, er ist ein richtiges Schwein«, sagte sie heftig.

»Vielmehr ein *armes* Schwein, wenn du so willst.«

»W-wieso?«

»Es ist bestimmt nicht richtig, wenn ich dir von seinem Leben erzähle. Das sollte er lieber selbst tun.«

Sie sah nicht aus, als legte sie gesteigerten Wert darauf.

»Ich stehe jedenfalls in seiner Schuld. Wenn er die Hunde nicht in Schach gehalten hätte, dann weiß ich nicht, was passiert wäre.«

Es schien, als ob sie noch etwas auf dem Herzen hätte. Aber ein erneutes Pochen an der Tür unterbrach meine Gedanken.

»Nikolaus!«, rief Isabeau freudig aus.

Er hatte seine Familie mitgebracht und sah aus wie ein Tier, das zur Schlachtbank geführt wurde. Die Mädchen konnten nur mit Mühe davon abgehalten werden, auf mein Bett zu springen.

»Aber warum denn nicht? *Die* darf doch auch auf seinem Bett sitzen!« Marina zeigte mit spitzen Fingern auf Isabeau, die sofort aufstand und eine Begrüßung stammelte.

»Keine gebrochenen Knochen?« Nikis lockerer Ton konnte nicht über seine Anspannung hinwegtäuschen. Ich hielt ihm meine verbundene Hand hin.

»Nur ein paar. Ich bin froh, dass du gekommen bist!«

»Ich war nicht sicher, ob du uns sehen wollen würdest«, gestand er.

»Was ist mit deinem Vater? Hat er sich von unserem Intermezzo wieder erholt?«

»Er ist wie vom Erdboden verschluckt.« Er kämpfte sichtlich mit sich.

»Du brauchst nichts weiter zu sagen, Niki. Dich trifft keine Schuld!«

»Wenn ich nur daran denke, wie viele Informationen ich ihm ahnungslos geliefert habe! Ich hätte mir nie träumen lassen, dass er etwas damit zu tun haben könnte.«

»Es tut mir leid.«

»Wie?«

»Es tut mir leid, dass ich ihn provoziert habe. Ich hätte es dir gerne erspart.«

»Du weißt ja gar nicht, was er alles getan hat!«, flüsterte er heiser. »Ich glaube, er ist vollkommen durchgedreht. Er hat wirres Zeug gefaselt. Davon, dass er in deine Mutter verliebt gewesen ist. Kannst du dir das vorstellen?«

»Ich hatte keine Ahnung, dass sie sich überhaupt gekannt haben. Hätte der General nicht dieses Foto entdeckt …«

»Dein Vater hat damals das Rennen gemacht. Und mein Vater hat das anscheinend nie verwunden. Alles hat Johannes bekommen!, hat er gesagt. Die Frau, die er haben wollte, und dann auch noch das Vermögen. Er muss sich in der Zeit, die er im Gefängnis verbracht hat, völlig da reingesteigert haben. Nachdem die Regierung beschlossen hatte, die Güter zurückzuerstatten, da ist wohl irgendeine Sicherung in ihm durchgebrannt.«

»Dann war es also tatsächlich kein Unfall.« Meine Stimme war fast tonlos.

Er wusste sofort, wovon ich sprach. »Nein, Alexej. Das mit deinem Vater war kein Unfall. Und nicht nur das: Auch mein Studium in Wien hat er nur aus dem Grund forciert, um seine Rachepläne auszuweiten. Er hat mich nur benutzt, damit ich ihm als Spion dienen konnte! Kannst du mir verzeihen?«

»Es gibt nichts, was ich dir verzeihen müsste!« Ich war aufgebracht darüber, dass er sowas überhaupt denken konnte.

»Aber was soll ich jetzt tun? Ich kann doch schlecht meinen eigenen Vater – «

»Gar nichts tust du!«, stoppte ich seinen Redefluss. »Wo ist er jetzt?«

»In Melník jedenfalls nicht. Er muss sich irgendwohin abgesetzt haben. Geld genug hat er ja.«

»Wir können uns schon gegen ihn wehren. Jetzt wo wir wissen, wer dahinter steckt.«

»Aber er wird nicht eher ruhen, bis er euch alle bekommen hat.«

»Was ist los mit euch?«, fragte Katharina plötzlich. Ihre betonte Fröhlichkeit sollte wohl die Kinder ablenken.

»Marina und Karola würden gerne einen kleinen Spaziergang unternehmen. Kannst du schon aufstehen?«, wollte sie von mir wissen.

»Ich denke schon. Aber ich habe nichts anzuziehen.«

»Oh«, rief Isabeau aus. »Das habe ich ganz vergessen. Ich habe Sachen für dich im Auto.« Sie verschwand. Kurz darauf ging die Tür wieder auf, und die Schwester kam herein, um das Frühstückstablett abzuräumen. Sofort strömte der Geruch nach Zigarettenqualm und Haarspray durch die Raumluft.

»Da ist ja wieder unser Herr Nepovím.«

Alle Augenpaare flogen herum. Ich erkannte sie sofort wieder.

»Schwester Tereza«, entfuhr es mir.

»Habe ich also doch noch Ihren richtigen Namen erfahren!« Sie zeigte mir ihre leicht vergilbten Zähnen. »Ein Steinberg, wer hätte das gedacht! Wie geht es Ihnen denn?«

»Hervorragend. Danke.«

Isabeau kam mit einer Plastiktüte unter dem Arm wieder herein. »Hier sind deine Sachen – « Sie stockte, als sie Schwester Tereza entdeckte. Diese blickte erst auf Isabeau und die Plastiktüte und dann wieder auf mich. Und uns dreien wurde bewusst, dass wir genau diese Situation schon einmal erlebt hatten.

Schwester Tereza lachte heiser.

»Habe ich doch gesagt, Mädchen: Ist ein schöner Mann, nicht wahr?«

Epilog

Ich hörte die Melodie schon, bevor ich das Haus betrat. Draußen war vor wenigen Tagen der erste Schnee gefallen, und das Anfang Februar. Ich klopfte mit den Stiefelspitzen gegen den Türrahmen.

Ich könnte ihm stundenlang zuhören.

Dieses Lied tauchte das ganze Haus in eine seltsame Stimmung. Es hatte etwas Melancholisches und doch gleichzeitig Hoffnungsvolles, als würden sich Freude und Trauer miteinander verbinden und etwas unendliche Schönes gebären. Ich schlich die Treppe hinunter. Wir sollten unbedingt das Klavier nach oben schaffen. Sowas gehörte doch nicht in den Keller.

Leise öffnete ich die Tür. Alexej saß mit dem Rücken zu mir auf dem Klavierhocker. Er trug wie immer schwarz. Neben seinen Füßen lagen unzählige Notenblätter durcheinander. Als hätte der Winterwind sie durch das Zimmer geweht.

Nie war er mir glücklicher erschienen als in diesem Augenblick. Seine Hände bewegten sich leicht und spielerisch, und doch wusste ich, wie viel Kraft es ihn kostete. Aus dem Kragen seines Hemdes blitzte etwas Schwarzes hervor und ich konnte nicht widerstehen, seinen Raben zu berühren. Ganz sanft ließ ich meine Finger über die Haut gleiten und streichelte das aufgemalte Kehlgefieder des Kolkraben. Alexej spielte weiter, ohne sich anmerken zu lassen, dass ich ihn überrascht hatte. Ich beugte mich hinunter und küsste ihn sanft in den Nacken. Genau an die Stelle, wo der Rabe seinen breiten Schnabel emporreckte. Im selben Moment hielt ich die Luft an.

Hatte sich der Rabe bewegt?

Schon einmal hatte ich mir eingebildet, dass sein Rabentattoo sich regen würde. Ich strich noch einmal über Alexejs Haut, über das schwarze Gefieder seines Ebenbildes, und der Rabe reckte sich, öffnete seinen Schnabel und ließ einen gurrenden Laut hören.

»Jetzt hast du mich erwischt.« Alexej hörte auf zu spielen.

»Wobei?«

»Es sollte eigentlich eine Überraschung werden.«

»Das Lied? Ist es von dir?«

»Gefällt es dir?«

»Es klingt so … hoffnungsvoll. Wie nennst du es?«

»*Isabeau's Eyes*.«

Mir wurden die Knie ganz weich. »Wirklich?«

»Mmh«, brummte er und sein Mund kitzelte mich.

Die Tür wurde aufgerissen und ein kalter Luftzug wehte herein.

Alexejs Kopf flog herum. »Hier ist man aber auch wirklich niemals allein!«

Jaro steckte in viel zu langen Hosen, die er mehrmals umgekrempelt hatte. Sein Pullover war verdreht und ließ erkennen, dass er sich hastig angezogen haben musste.

Er legte den Kopf schief.

»Ist etwas passiert?«, fragte ich alarmiert. Normalerweise stürzte er nicht so eilig ins Haus.

»Nichts, was wir nicht bereits erwartet hätten, aber ich dachte doch, dass ihr sofort Bescheid wissen solltet. Es geht um das Rabenweibchen«, begann Jaro umständlich. »Das Rabenweibchen, das von Sergius überwältigt wurde.«

»Was ist mit ihr?«

»Das Junge – «

»Was ist mit dem Ei?«, drängte ich.

Jaro ballte seine Hände unwillkürlich zu Fäusten und presste mühsam die nächsten Worte hervor.

»Es ist geschlüpft.«

Ende

Über den Kolkraben

Schuld am Verschwinden des Kolkraben ist der Mensch. In großen Teilen Europas ist er im vergangenen Jahrhundert nicht ausgestorben, sondern wurde ausgerottet! Er wurde vergiftet und abgeschossen, seine Brutgeschäfte wurden gestört und seine Eier geraubt. Nur langsam kehrt dieser wunderbare Vogel wieder zu uns zurück.

Es macht mich betroffen, wenn Raben immer nur den Tod und das Böse darstellen, denn es sind Vögel mit einem stark ausgeprägten Sozialverhalten. Raben sind liebevolle Eltern, und ihre Ehen halten oft ein Leben lang.

Es darf nicht darum gehen, den Nutzen der Tiere abzuwägen. Rabenvögel, die hier nur überwintern, werden einfach abgeknallt. Sollte jemandem einfallen, dies bei Storchenschwärmen zu tun, wäre die Empörung der Welt ihm sicher, nur beim Raben gilt es als Kavaliersdelikt.

Rabenbluts Held ist ein Rabe. Und wie man in *Von Werwölfen und Vampiren* (Hans Meurer, Klaus Richarz) lesen kann: »[…] darf man auch den Raben […] nicht töten, denn man könnte aus Versehen dabei einen Gott oder zumindest einen Helden umbringen.«

Danksagung

Liebster, Du hast so lange Zeit meine Schwärmereien von einem anderen Mann ertragen. Danke – Du bist mein wahrer Held!

Danke an meine drei Söhne, die so geduldig mit mir waren. Ihr musstet Miracoli essen und Ravioli aus der Dose, die Wii-Fernbedienung war Euer Trost. Aber das Lotterleben ist vorbei – zieht Euch warm an!

Danke an meine Schwiegermama, für Deine Zeit und Deine Liebe. Ohne Dich läuft gar nichts!

Danke an Angela, meine liebste und älteste Freundin, dafür, dass ich Dich Tag und Nacht anrufen und zutexten durfte. Danke für Deine unglaublichen Ideen und Deine kriminelle Phantasie. Mit Dir zu plotten, ist ein Feuerwerk! Ohne Dich wäre ich nicht nur *medizinisch* aufgeschmissen gewesen. Dieses widerliche Buch mit den Abbildungen von Leichen verzeihe ich Dir aber nie!

Danke an meine Schwester Stefanie. Dein »Ich habe es in einer Nacht gelesen. Geil!« hat mich so manches Mal hochgezogen.

Danke an Hanspeter für Deine Geduld mit meiner technischen Ahnungslosigkeit und für Deinen Verstand – Du bist ein Genie!

Tausend Dank gilt meiner Seelenschwester Alexandra, für die endlosen Mails, die Ermunterungen. Danke für Deine Kritik, die mich sehr oft zum Lachen brachte. Niemand trifft so sehr den Nagel auf den Kopf! Danke für Deine Zeit, Dein wundervolles Design, Deinen Humor und Deine mir unendlich kostbare Freundschaft!

Danke an all die Blogger da draußen, für das Antreiben und auch für das Auf-die-Zehen-treten! Danke Petra, Annette, Nelja, Mirjam, Sinje, Sylvie, Gabi, Alice, Anni, Renate, Christa, Udo und dem lieben Väterchen Fritz!

Danke an den Autor Vladimír Votýpka, der über viele Jahrzehnte die Geschichten des böhmischen Adels zusammengetragen hat. Seine Bücher waren eine unerschöpfliche Quelle. Gleichzeitig möchte ich mich beim böhmischen Adel entschuldigen, weil ich so schamlos ihre Familiengeschichten ausgeweidet und mir ihre Adelssitze unter den Nagel gerissen habe. Ich bitte höflichst um Verzeihung!

Danke Gott für die Musik!

Danke, dass Du auch einen anderen Gott wie Rachmaninov neben Dir zulässt!

Danke an die vielen wunderbaren Musiker, die mich unglaublich inspiriert haben: Danke an Valentina Lisitsa, Bernd Glemser, William Joseph, Luka Šulić, Sergio Tiempo, Jarrod Radnich, Nikolai Lugansky, Hélène Grimaud, und für den musikalischen Humor: Greg Anderson, Elizabeth Joy Roe, Aleksey Igudesman und Hyung-ki Joo. Ganz besonders aber danke ich dem Pianisten Maksim Mrvica und dem Stargeiger David Garrett für ihre Musik. Sollte jemandem ihre optische Ähnlichkeit zu meinen Helden auffallen, wäre mir das sehr peinlich.

Nikola Hotel, Oktober 2012

18526538R00260

Made in the USA
Charleston, SC
08 April 2013